# 인간의 꿈

이 책은 '배달호열사정신계승사업회'의 기획과 지원으로 만들어졌으며, '배달호열사정신계승사업회'와 도서출판 후마니타스 사이의 출판권 계약에 의해 출간되었습니다.

인간의 꿈 두산중공업 노동자 배달호 평전

1판1쇄 | 2011년 1월 9일
1판2쇄 | 2011년 1월 20일

지은이 | 김순천

펴낸이 | 박상훈
주간 | 정민용
편집장 | 안중철
책임편집 | 이진실
편집 | 윤상훈, 최미정, 장윤미(영업)
업무 지원 | 김재선

펴낸 곳 | 후마니타스(주)
등록 | 2002년 2월 19일 제300-2003-108호
주소 | 서울시 마포구 독막로 23(합정동), 1층(121-883)
전화 | 편집_02.739.9929 제작·영업_02.722.9960 팩스_0505.333.9960
홈페이지 | www.humanitasbook.co.kr

인쇄 | 현대문화사 031.901.7347
제본 | 일진제책 031.908.1407

값 10,000원


ISBN 978-89-6437-129-9 03800

이 도서의 국립중앙도서관 출판시도서목록(CIP)은 e-CIP 홈페이지(http://www.nl.go.kr/ecip)에서 이용하실 수 있습니다.(CIP제어번호: CIP2010004725)

두산중공업 노동자 배달호 평전

# 인간의 꿈

김순천 지음

후마니타스

# 차례

## 1 지울 수 없는 것들



## 2 좋은 사람



## 3 공장에서 자유를 외치다



## 4 민영화의 고통

## 5 더러운 세상, 악랄한 두산



## 6 65일간의 눈물



## 7 그리고 그 후

내게 하나의 문이 열렸습니다.

그래서 그 안으로 들어갔습니다.

그런데 거기에는 백 개의 닫힌 문이 있었습니다.

_안토니오 포키아Antonio Porchia

# 1

# 지울 수 없는 것들

나는 지금 유아교육학과 졸업반이고 어린이집에서 보육 교사 부담임으로 일하고 있다. 일을 하다 보면 아이들이 배탈이 나서 토해 놓으면 치워야 하고 옷에다 오줌이나 똥을 누면 닦아 줘야 했다. 때로는 내가 하지 않은 일도 책임져야 하는 경우가 있었다. 내가 받는 작은 월급 안에 아이들의 구토와 똥, 사람들의 오해, 낮은 사람이 당해야 하는 모욕, 고된 일 등이 들어 있듯이 아빠의 월급에도 그런 것들이 들어 있었던 것이다. 아빠 자신의 목숨까지도. 어떻게 해야 한 회사에서 목숨을 버릴 정도의 일이 생기는지, 그것이 어떤 것인지 나는 잘 모른다. 그러나 아직도 그 의문이 지워지지 않고 가슴속에 아빠의 죽음과 함께 남아 있다.

# 아빠, 미안해요

큰딸 선혜

아빠를 생각할 때면 나는 항상 북마산 회산다리 근처에 있었던 오래고 낡은 기와집이 떠오른다. 우리 가족은 거기서 십 년 넘게 살았다. 내 인생에서 가장 소중한 시기였던 십 대를 그 한옥에서 보냈다. 그곳은 낡고 허름하지만 세월이 쌓여 이끼가 두껍게 자라난 숲처럼 아빠와의 많은 추억이 서린 곳이다.

그 기와집에는 마당이 하나 있었다. 전체가 스무 평쯤 되고, 큰방, 부엌, 인혜와 함께 쓰는 작은방을 합쳐서 아홉 평 정도 되었으니 그다지 크지 않은 마당이었다. 중3 여름방학 때 나는 염색이 정말 하고 싶었다. 그래서 하루는 친구를 데려와 그 마당에서 함께 머리에 물을 들였다. 학교 다니는 기간에는 선생님한테 걸리니까 방학 때 재미 삼아 파마도 하고 물도 들였다. 염색을 다 끝마칠 즈음, 아빠가 오더니 자신도 해달라고 했다.

"아빠, 웬일이야?"

나는 놀라서 동그랗게 뜬 눈으로 아빠의 얼굴을 쳐다보았다. 아빠는 원래 염색하는 걸 그다지 좋아하지 않았다. 길 가다가 젊은 사람들이 노랑, 파랑, 보라색 같은 튀는 머리색을 하고 있으면 '저, 저 머리 꼴이 저게 뭐꼬' 하면서 혀를 찼다. 하지만 내가 염색을 하니까 해보고 싶었나 보다. 아빠는 웃으면서 친구가 앉았던 등받이가 없는 동그란 의자에 앉았다. 나는 쓰고 남은 나머지 염색약을 탁탁 긁어서 아빠 머리에 얹었다. 그리고 살에 염색약이 묻지 않게 조심하면서 한 올 한 올 머리카락을 뒤로 젖히며 발라 갔다.

아빠의 머리카락은 굵고, 숱이 많고, 까맸다. 아빠 머리카락을 그렇게 자세히 들여다본 것은 처음이었다. 머릿결이 반짝반짝 윤이 났다. 아빠가 입고 있는 짙은 하늘색 작업복에서는 옅은 쇳가루와 바다 냄새와 땀내가 뒤섞여 흘러나왔다. 아빠의 그 냄새가 정겹게 코를 자극했다. 나는 기분이 좋아졌다. 그 우렁쉥이 같은 냄새는 항상 날 편안하게 해주었고, 내가 세상을 단단히 견딜 수 있는 힘을 주었다. 아빠의 체취는 이내 독한 염색약 냄새와 뒤섞여 사라졌다.

염색이란 건 처음 해본 아빠는 매우 신기해하면서 즐거워했다. 어떤 색이 나올까 기대와 궁금증이 얼굴에 가득했다. 동그란 눈을 반짝이며 거울을 바라보는 아빠의 어린애 같은 얼굴을 보고 있자니 웃음이 나왔다. 하지만 숱이 많고 까만 아빠 머리는 시간이 지나도 제 빛깔이 나지 않았다. 친구와 내 머리는 갈색빛으로 반짝이는데, 아빠 머리는 여전히 검었다.

"아빠 머리가 너무 건강해서 그래!"

"괴않타, 내가 원래 멋있어서 다 카바된다."

우리는 깔깔거리며 소리 내어 웃었다. 아빠 머리 위로 열기가 한풀

꺾인 늦은 오후의 여름 햇살이 비추고 있었다.

내 안에는 아빠를 떠오르게 하는 소중한 물건들이 많다. 핸드폰이 처음 나왔을 때 아빠는, 회사에서 받은 건지 아니면 어디서 얻은 건지, 무전기처럼 생긴 검정색 핸드폰을 가지고 있었다. 시티폰보다 좋은 최신식 휴대폰이었다. 내가 하도 갖고 싶어 하니까 아빠는 선뜻 핸드폰을 내주었다. 그래서 난 중학교 때 우리 반에서 유일하게 핸드폰을 갖고 있었다. 들고 다니기도 무거운 핸드폰이었지만 좋았다. 지금도 그 핸드폰을 생각하면 '밥 묵었나?' 하는 아빠 목소리가 들리는 것 같다.

아빠는 전화하면 항상 밥은 먹었는지 물었다. 내가 밥을 많이 안 먹으니까 몸이 약해질까 봐 걱정했다.

아빠가 핸드폰을 주기 전에는 삐삐가 유행이었다. 우리 반 애들 몇 명이 삐삐를 갖고 있었다. 너무 갖고 싶어서 아빠에게 거짓말을 했다.

"아빠, 반 애들 전부 삐삐가 있는데 나만 없어."

"그럼 사러 가야것네."

아빠는 그 길로 나를 데리고 나가 삐삐를 사주었다. 투명하게 안에 내장이 다 보이는 빨간색 삐삐. 얼마나 예쁘고 사랑스럽던지 지금도 그 모양을 잊을 수가 없다.

내가 다니는 학교에는 벚꽃이 참 아름답게 피었다. 나는 활짝 피었다가 떨어지는 벚꽃 무더기를 찍고 싶어 아빠에게 카메라를 사달라고 졸랐다.

"생각해 보꾸마."

아빠는 카메라는 부담이 되었는지 며칠을 고민하다가 결국 삼성에서 나온 카메라를 들고 나타났다. 아빠가 사준 카메라 덕분에 나는 사진 찍는 걸 정말 좋아하게 되었고, 다양한 시선으로 사물들을 관찰하는 법을 배웠다. 나중에 외삼촌이 줌이 되는 카메라를 사줘서 좋은 사진도 많이 찍게 되었다.

아빠는 컴퓨터도 사왔다. 컴퓨터는 엄마가 배운 후에 아빠를 설득해서 산 것이었다. 본체는 평범한 모양이었는데 모니터는 최신형이었다. 나온 지 얼마 안 된 평면 모니터. 아빠는 컴퓨터를 잘 다루지 못했다. 엄마는 아빠에게 컴퓨터 하는 법을 가르쳐 주었다. 아빠는 처음에는 잘 못해서 자존심을 많이 상해했는데, 나중에는 비록 독수리 타법이긴 해도 잘하게 되었다. 컴퓨터를 하고 있으면 아빠는 "선혜 니 졸업하거들랑 운전면허증 따라. 그라몬 내 중고차 물려주꾸마" 했다.

"와 당신은 내한테는 운전면허 따란 소리 안 하고 딸에게만 하는교? 사고 나면 밥해 줄 사람 없어져서 그라는교?"

엄마는 아빠가 내게 하는 말을 듣고 살짝 눈을 흘기고는 웃으며 말했다.

"당신은 겁이 많아가 운전하몬 사고 난다."

아빠는 자신이 운전을 해보니까 자질구레한 사고들이 자주 나서 엄마에게는 다칠까 봐 운전 이야기를 꺼내지 않았다.

아빠는 내가 사달라는 건 거절하지 않고 사주었다. 아빠가 돌아가시기 전에는 원하는 물건을 사주면 기분이 좋아서 어쩔 줄을 몰랐다. 하지만 나는 더 이상 좋아할 수가 없게 되었다. 아빠가 나에게 그런 물건들을 사주기 위해 얼마나 힘들게 회사에서 일해 왔는지 알아 버렸기 때문이다. 그 물건들에는 아빠의 고통이 있었다. 아빠의 월급에는 인간으로서 겪어야 하는 온갖 모멸이 들어 있었다. 나는 지금 유아교육학과 졸업반이고 어린이집에서 보육 교사 부담임으로 일하고 있다. 일을 하다 보면 아이들이 배탈이 나서 토해 놓으면 치워야 하고, 옷에다 오줌이나 똥을 누면 닦아 줘야 했다. 때로는 내가 하지 않은 일도 책임져야 하는 경우가 있었다. 내가 받는 작은 월급에 아이들의 구토와 똥, 사람들의 오해, 낮은 사람이 당해야 하는 모욕, 고된 일 등이 들어 있듯이 아빠의 월급에도 그런 것들이 들어 있었던 것이다. 아빠 자신의 목숨까지도. 어떻게 해야 한 회사에서 목숨을 버릴 정도의 일이 생기는지, 그것이 어떤 것인지 나는 잘 모른다. 그러나 아직도 그 의문이 지워지지 않고 가슴속에 아빠의 죽음과 함께 남아 있다.

2003년 1월 9일, 나는 의령에 있는 어느 산속, 폐교에 만든 교회 수련장에 있었다. 내 나이 갓 스무 살, 고3 수능 시험이 끝나고였다. 그날은 정말 추웠다. 가만있어도 몸이 굳어 버릴 정도였다. 문손잡이를 잡으면 손이 쩍쩍 달라붙었다. 3박 4일 수련회 마지막 날이었다. 아침밥을 먹기 전에 전도사님이 나보고 교회에 일이 있으니 먼저 가라고 했다. 나한테 무슨 일이 일어났는지는 이야기해 주지 않았다. 다른 친구들을 남겨 두고 혼자서 집사님 트럭을 탔다. 가는 도중에 집사님이 망설이면서 내게 이런 말을 했다.

"선혜야, 사람은 한번 태어나면 하나님 뜻에 따라 임종하게 되어 있다. 그러니 죽음에 너무 애달아하지 마라."

나는 그게 무슨 뜻인지 몰랐다. 왜 집사님은 나에게 지금, 그것도 아침부터 이런 말을 할까 의아했다.

추웠지만 맑은 날이었다. 창문을 통해 들어오는 햇살에 눈이 부셨다. 상쾌하면서 차가운 아침 공기를 마시면서 나는 그동안 가방에 넣어 두었던 핸드폰을 꺼내 들었다. 자판을 누를 때마다 오랜만에 듣는 가벼운 전자음이 나를 조금 들뜨게 했다. 핸드폰에는 며칠 동안 온 메시지가 쌓여 있었다. 누구에게 왔나 궁금해하며 메시지를 하나씩 열어 보았다. 그러다가 나는 한군데서 멈췄다. 동생 인혜에게서 다급하게 줄줄이 온 메시지였다. 인혜의 메시지를 확인하고 나는 갑자기 어지러웠다.

언.니.아.빠.가.돌.아.가.셨.어.빨.리.와.무.서.워.죽.겠.어.

전자음을 타고 온 문자가 비현실처럼 아득하게 춤을 췄다. 아빠가 돌아가시다니! 인혜가 평상시에도 장난을 많이 치는데 혹시 장난이 아닐까 하는 생각이 잠시 들기도 했다. 아니 그렇게 믿고 싶었다. 하지만 장난이라고 하기에는 내용이 너무 엄청났다. 갑자기 창을 통해 들어오는 밝은 햇살이 모두 끊기고 깊은 동굴 속에 갇힌 느낌이었다. 몸이 심하게 떨렸다. 인혜는 아빠가 돌아가셨다고만 했지 어떻게 돌아가셨는지는 말이 없었다. 나는 아빠가 공장에서 일하시다가 사고가 난 거라고 생각했다. 다른 것은 생각할 수 없을 정도로 내 머리는 이미 굳어 있었다.

교회에 도착하자 기다리고 있던 또 다른 전도사님이 나를 집에까지 데려다 주었다. 그 전도사님은 걱정이 되었는지 같이 집에 들어가 줄까 물었다. 나는 괜찮다고 짧게 대답하고 차에서 내렸다. 난 이상하리만치 침착했다. 마음이 가라앉으면서 아무 일도 일어나지 않은 것처럼 행동했다. 정말 내게 아무 일도 일어나지 않은 것 같았다. 나는 너무 두렵고 겁나고 무서워서 아빠의 죽음을 받아들이지 못하고 있었던 것이다. 내 몸은 얼음처럼 차가웠고 마음은 빛도 들어오지 않는 깊은 바닷속에 가라앉아 있었다. 집에는 교회 권사님인 동네 아주머니만 있었다. 아주머니께서 엄마는 아빠가 있는 회사에 들어갔다고 전해 주었다. 아주머니는 무릎을 꿇고 앉아 계속 기도를 했다. 나는 누군가를 기다렸다. 할머니도 좋고, 사촌 언니나 동생들도 좋았다. 누구라도 어서

이 집에 들어와 주었으면 했다. 아, 동생 인혜는 어디 갔을까. 그렇게 누군가를 기다리는데 잠이 쏟아졌다. 무섭게 밀려오는 잠이었다. 나는 어제 저녁 수련장에서 밤을 꼬박 샌 것을 기억해 냈다. 그것 때문일 거라고 생각했다. 하지만 누군가 바닥으로 나를 세게 잡아당기는 느낌이었다. 무거운 돌을 목에 매단 것처럼 자꾸 바닥으로 머리가 떨구어졌다. '아빠가 돌아가셨는데 내가 자면 안 되는데…….' 그러면서도 나는 잠에 빠져들었다.

한참을 자고 있는데 누군가 나를 깨웠다. 막내 고모였다. 이미 날은 어두워져 있었다. 큰 고모도 와있었다. 외할아버지, 외할머니도 오시고, 친할머니도 오셨다. 어릴 때 방학이면 항상 함께 놀았던 사촌 언니들도 왔다. 팔을 벌리면 닿을 만한 조그마한 방에 사람들이 가득 찼다. 친척들은 엄마에게 연락이 오기만을 기다리고 있었다. 함께 있다가 집이 좁아 나는 친구네 집으로 자러 갔다. 그렇게 하루가 지나고 둘째 날이 되었다. 많은 식구들이 모였지만 아빠가 어떻게 돌아가셨는지 말하는 사람은 없었다. 모두 회사에서 사고가 난 걸로만 믿고 있었다.

저녁밥을 먹고 텔레비전 앞에 모여 앉았다. 막 9시 뉴스를 시작하고 있었다. 멍하니 텔레비전 화면을 바라보고 있는데, 흰 천으로 시체를 덮어 놓은 장면이 나왔다. 처음에는 그게 아빠인 줄 몰랐다. 자막에 분신자살했다고, 아빠 이름이 나오고야 알았다. 갑자기 수많은 벽돌들이 한꺼번에 내게 쏟아지는 것 같았다. 할머니는 글을 모르셨기 때문에 그걸 보고도 무슨 뜻인지 모르셨다. 우리는 얼른 할머니를 다른 방으로 모셨다. 만약 아빠가 그렇게 돌아가셨다는 것을 알면 할머니는 정신을 놓아 버리실 것이다. 나는 식구들이 텔레비전을 보지 못하게 채널을 다른 곳으로 돌려 버렸다. 다른 채널에서는 아무 일도 없다는 듯이 평화롭게 연속극을 하고 있었다. 인혜는 아빠가 텔레비전에 안 나오게 해달라고 울었다.

나는 아빠가 그렇게 돌아가셨다는 게 믿어지지 않았다. 손발이 떨릴 정도로 충격을 받은 다음에는 종잡을 수 없는 혼란이 밀려왔다. 아빠가 돌아가셨다는 사실 자체보다도 스스로 몸을 태워 돌아가셨다는 그 사실이 더 감당하기 힘들었다. 수백 마리의 메뚜기떼가 내 머릿속을 갉아먹는 것 같았다. 일하다가 사고가 난 것도 아니고, 교통사고도 아니고, 병이 난 것도 아니고, 아빠가 그렇게 돌아가실 줄은 단 한 번도 생각지 못한 일이었다. 손과 발이 하늘로 향해 있었는지 하얀 천은 산과 계곡처럼 굴곡이 진 채 들려 있었다. 천으로 덮여 찬 바닥에 누워 있는 사람이 아빠라는 게 믿어지지 않았다. 아기처럼 작은 형태가…… 몸을 불태워서 오므라들 대로 오므라들어 그렇게 작아진 물체가……. 아빠가 얼마나 고통스러웠을까. 나는 지금도 그 장면을 잊을 수가 없다.

누가 나에게 아빠가 분신을 할 정도로 힘들게 살고 있다고 이야기라도 해줬으면, 사건이 나기 전에 얘기라도 해줬으면, 어떻게 해서라도 아빠를 보내지 않았을 텐데……! 나는 아무런 준비도 없이 아빠를 보내야 했다. 아빠는 나를 많이 사랑한다고 했으니까 사랑하는 큰딸 선혜가 아빠하고 이야기라도 한 번 나눌 수 있었으면 혹시 살 수 있지 않았을까. 이런 생각이 나를 놓아주지 않았다. 아무도 내게 그런 이야기를 안 해주니까, 내가 알 수 없으니까, 아빠 마음을 헤아릴 겨를도 없이 그렇게 보내 드렸다는 게 견딜 수가 없었다. 지난 일 년, 나는 고3이었고, 아빠는 회사 일로 많이 바빠 이야기를 제대로 나누지 못했다. 나는 나대로 바쁘고 아빠는 회사일 때문에 며칠씩 안 들어오고…….

아빠는 힘들어도 힘든 티를 내지 않았다. 그래서 아빠가 더 힘들었을 것 같았다. 혼자서 …… 속앓이를 ……많이 ……하셨을 거다. 그런 생각을 하면 자식으로서 죄책감이 많이 들었다. 어떤 때는 나하고 인혜가 없었다면 아빠가 그런 죽음을 선택하지 않았을 텐데 하는 생각까지 들었다. 우리를 먹여 살릴 일만 없었다면, 회사에서 주는 그런 비인간적인 모멸감을 참으면서 다니지 않아도 되었을 거고, 그렇게 힘들게 일할 필요도 없었을 텐데 다 내 탓인 것만 같았다. 수련회 가는 날도 아빠한테 회비가 있어야 한다고 하니까 아빠가 마지막으로 2만 원을 줬다. 그게 또 후회가 되었다. 너무 힘들어서 죽음을 생각하고 있는 아빠에게 나는 수련회비나 달라고 했다는 게……. 아빠도 많이 힘들었을 텐데……. 나중에 알았다. 가압류 때문에 월급도 못 받았다는 것을. 그런 상황도 모르면서 마지막까지 아빠에게 돈을 달라고 했던 내가 때려주고 싶을 만큼 미웠다. 아빠가 내게 보여 준 깊은 애정만큼 나는 아빠에게 해준 게 없는데, 갚을 기회도 안 주고 그렇게 가셨다. 그동안 받기만 했고 이제 다 커서 돌려줄 나이가 되었는데…….

엄마는 나와 인혜를 부산에 있는 외할머니 댁으로 보냈다. 왜 그랬는지 알 수는 없었지만 나는 엄마가 시키는 대로 했다. 나도 오히려 그게 마음이 편했다. 언론에 나오는 아빠 이야기는 나를 너무 힘들고 아프게 했다. 할머니 댁은 상가가 딸린 4층 건물이었다. 외할머니는 3층에 살았고 외삼촌 집은 4층에 있었다. 나는 유치원 졸업생과 유치원생인 사촌 동생들을 돌보면서 지냈다. 외삼촌과 숙모는 모두 일을 다녔다. 동생들 숙제도 거들어 주고 책도 읽어 주었다. 아빠가 계신 곳에 가보고 싶었지만 마음이 많이 불편했다. 나는 많은 것을 잊으려고 노력했다. 『해리 포터』 같은 책도 읽고 애들 밥도 챙겨 주었다. 잊으려고 했지만 마음 안에 구멍이 더 커지면서 아빠의 죽음이 현실로 절실하게 다가왔다. 그것은 가슴을 창으로 찌르는 아픔이었고, 온몸의 기운을 빼앗아 가는 무기력함이었다. 가만히 앉아 있어도 아빠의 모습이 어른거렸다. 어렸을 때 독립기념관에 놀러 갔을 때 모습이 떠올랐다. 나는 유물들로 가득 찬 그곳이 어둡고 차가워 보여 들어가기가 겁이 나 울었다. 아빠는 우는 내가 두렵지 않도록 번쩍 들어서 품에 안아 주었다. 나는 항상 어두운 곳이 그렇게 무서웠다. 동굴에 놀러 갔을 때도 동굴이 너무 무서워 안으로 들어가지 않겠다고 입구에 서서 울었다. 그럴 때마다 아빠는 나를 안아 주면서 달래 주었다. 아빠 품에 안기면 무섭지 않았다. 그렇게 팔에 나를 안고 아빠는 긴 동굴을 걸었다. 아빠의 따뜻한 체온은 아직도 내 몸에 남아 있는데, 아빠가 떠나 버린 현실은 잔인할 만큼 차가웠다.

내 머릿속은 끊임없이 아빠와 관련된 수많은 장면들로 가득 찼다가 사라지곤 했다. 나도 모르게 그 장면들을 가지고 아빠가 왜 그렇게 될 수밖에 없었는지 조각조각 맞추고 있었다. 아빠는 노조에 대해서는 이야기한 적이 없었다. 한번은 아빠가 텔레비전에 나왔다. 빨간 띠 두르고 데모하면서 호루라기를 불고 있는 모습이었다. 북마산에 살 때인데 쌀가게 아주머니가 니 아빠 텔레비전에 나왔다며 재미있어 했다. 그때는 초등학생이어서 '네, 나왔어요. 저도 봤어요' 그러면서 마냥 좋아했다. 그게 어떤 건지도 모르면서 어리니까 그랬던 것 같다. 아빠가 교도소에 있는 건 아예 몰랐다.

아빠가 출소했을 때 나는 자고 있었다. 엄마가 우릴 깨웠다. 일어나서 평상시처럼 아빠에게 뽀뽀를 해주고 용돈을 받았다. 잠시 여행 갔다 온 것처럼. 아빠는 외국 출장을 가끔 갔으니까 그런 줄로만 알았다. 곧 잊어버렸지만 어렴풋이 기억에 남는다. 외할머니의 말이 그 말인 것이……. 외가에 갔는데 할머니가 아빠에게 교도소 갔다 오니까 살이 붙어 보기 좋다고 했다. 외가에 갈 때마다 할머니는 아빠에게 뭐라고 야단을 했다. 하지 말라고. 하지만 나는 그게 무슨 말인지 몰랐다. 무얼 하지 말라는 말인지. 그 교도소라는 말도 귀밑으로 흘려보냈고, 곧 잊어버렸다. 잊지 말았어야 했는데……. 자식들은 철들기 전에는 부모님이 무얼 하고, 어떤 사람이고, 무엇을 좋아하는지 전혀 모른다고 하더니 내가 그랬다. 아빠에 대해서 아는 게 별로 없었다. 내게 해줬던 일만 기억났다. 내게 해준 일만 기억나고 아빠에 대해서 아는 게 없다는 사실이 또 나를 힘들게 했다. 힘들어서 아빠의 죽음을 잊으려고 했다. 하지만 그럴수록 아빠의 죽음이 더 크게 다가왔다.

아, 이제 아빠에게 가봐야지 할 즈음에 외숙모께서 상복을 입혀 주었다. 급히 회사로 들어가 봐야 한다고 했다. 나는 아빠가 일하는 공장으로 갔다. 많은 사람들이 모여 있었다. 각종 언론사 기자들, 아빠랑 함께 놀러 갔을 때 보았던 아빠 친구들, 일반 시민들도 많았다. 나는 이런 상황이 낯설어서 고개를 들 수가 없었다. 엄마의 모습은 초췌해 보였다. 얼굴도 몸도 건강했던 예전의 모습이 아니었다. 그런 엄마의 모습이 송곳처럼 나를 찔러 댔다. 지금까지는 엄마에게 내가 의지했는데, 이제는 엄마를 돌봐야 한다는 생각이 들었다. 기자회견 자리였는데, 사람들이 너도나도 엄마에게 질문을 쏟아 냈고, 엄마는 착 가라앉은 목소리로 대답을 했다. 누군가 내게도 마이크를 댔다. 나는 아무 말도 할 수 없었다. 아빠가 왜 그렇게 되었는지, 왜 이런 식으로 장례를 치러야 하는지, 상황이 어떻게 돌아가고 있는 건지 알 수가 없으니 더 힘이 들었다. 아무도 내게 이야기를 해주지 않았고, 나 또한 물어보는 게 겁났다. 자살이란 방식에도 충격이 컸다. 나는 크리스천이니까. 거기에는 내가 학교에서도 사회에서도 그 어디서도 배우지 못한 것들이 들어 있었다. 사람들은 아빠의 죽음은 잘못한 일이 아니라고, 많은 사람들을 살리기 위한 죽음이었다고 말했다. 그런 말을 들으면 내 안에 빛이 조금 생기는 것 같았다. 하지만 온전히 위로가 되는 것은 아니었고, 여전이 마음은 찢어질 듯 아팠다. 내 안에서 해결되지 않은 물음들이, 답이 없는 물음들이 생겨났다 사라지곤 했다.

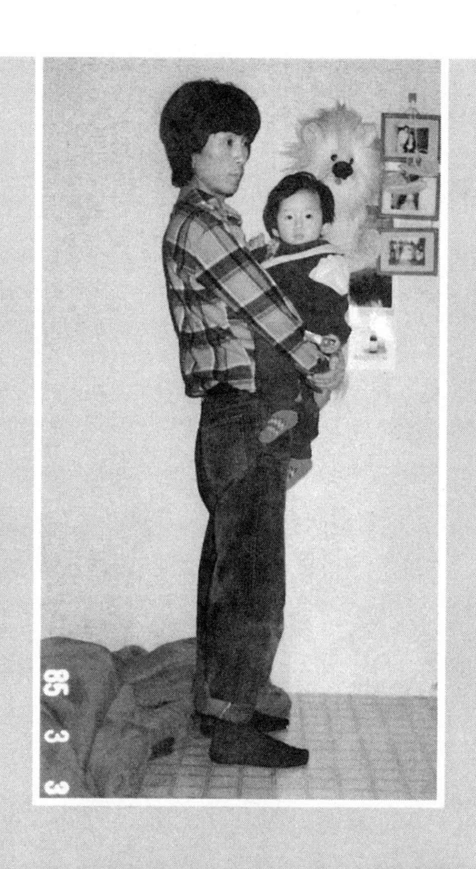

2월, 내 졸업식장에는 아빠 친구분들이 왔다. 그분들 중에는 처음 뵌 분들도 있었고, 함께 놀러 다녔던 분들도 있었다. 그분들이 아빠 대신 내 목에 꽃다발을 걸어 주었을 때 나는 아빠의 손길이 느껴져 눈물이 났다. 하지만 내게 닥친 이런 모습들이 낯설었고, 마음속에서는 끊임없이 무언가가 충돌하고 있었다.

나는 지금도 고등학교 때 나를 학교까지 실어다 주었던 아빠 생각이 난다. 북마산에서 창원까지 가는 먼 길, 엄마 몰래 주었던 용돈, 항상 챙겨 주었던 밥……. 아빠는 끝까지 내게 잘해 주었다. 나는 내가 스스로 해낸 일들을 아빠가 지지해 줄 때 기분이 좋았다. 아빠는 나를 믿어 주었고, 나는 그런 아빠에게서 세상을 보는 따뜻함을 배웠다. 힘든 일이 있을 때면 나는 그런 아빠를 하나씩 꺼내 보며 세상을 살아갈 힘을 얻는다. 아직도 나는 누군가 나에게 아빠가 죽은 게 아니라 먼 이별을 했을 뿐이라고 말해 주었으면 좋겠다. 내가 살고 있는 현실이 꿈이었으면 좋겠다.

# 당신은 웬수

부인 길영

2003년 1월 1일은 신정이라 남편이 회사를 쉬었다. 그날 우리는 집에서 함께 김장을 했다. 남편은 평소보다 더 밝은 모습으로 김장 일을 도와주었다. "남편이 옆에 있으이 좋제?" 하면서. 남편이 어디서 구했는지 김장하라며 돈을 얼마 쥐어 주었을 때, 나는 가슴에서 무거운 돌 하나를 걷어 낸 것처럼 마음이 가벼웠다. 내심 김장을 할 수나 있을지 걱정하고 있던 참이었다. 김장이라도 하지 않으면 매일 반찬 걱정을 할 수밖에 없는 형편이었다. 정말 힘든 시기였다. 그때를 떠올리면 화장대 위나 방바닥에 굴러다니던 '잔고가 바닥난 통장'이 생각난다. 그 통장을 보고 있으면 삶이 어디로 흘러갈지 알 수 없어 불안감에 휩싸이곤 했다. 월급이 들어오지 않아 잔고가 '0'으로 찍히는 통장을 결국 나는 없애 버렸다. 월급이 들어오지 않으니 집안 살림이 제대로 돌아가지 않았다. 낡은 집은 수리하지 못해 여기저기 고장 난 채였고,

보일러는 잘 돌아가지 않아 방치되어 있었다. 남편이 월급을 제대로 주지 못한 사정을 나는 한동안 자세히 알지 못했다. 남편이 얼마씩 부쳐 줬지만 왜 이렇게 조금씩 주나 하면서 마음만 불편해하고 있었다. 회사에서 남편 월급을 가압류해서 그런 줄은 몰랐다. 나는 몇 달이 지나서야 그 사실을 알았다.

그날 남편은 절인 배추도 씻어 주고 김장독도 땅에 묻어 주었다. 파도 다듬고 마늘도 까주었다. 내가 배추에 양념을 버무리면, 옆에 앉아 통에 배추를 담아 주기도 했다. 오래간만에 맛보는 평화로운 날이었다. 남편은 그동안 회사 일로 수배되고 감옥에 갔다 와서 집안을 온전히 돌봐 줄 틈이 없었다. 사실 나는 남편의 잦은 부재로 많이 피로했고, 모든 일이 남편의 잘못이라고 생각하지는 않지만, 생활이 힘드니까 집안 살림에 신경 쓰지 않는 그가 원망스러웠다. 그때는 남편이 그렇게 힘든 상황이었는지 잘 알지 못했다. 남편은 자기 이야기를 털어놓는 스타일이 아니라서 나는 그가 처한 상황을 깊게 이해하고 있지 못했다. 그날 남편이 왜 그렇게 밝은 모습으로 나를 돌봐 주었는지도. 참 부부란 것이 묘한 게, 남편이 곁에서 도와주니 패인 웅덩이가 물로 메워지듯 그렇게 갈라진 마음이 덮어졌다. 나는 마음이 한결 가벼워졌고, 남편에 대한 원망도 많이 덜 수 있었다. 남편은 어느새 자상하던 신혼 때의 모습으로 되돌아와 있었다.

결혼 초, 선혜와 인혜가 어렸을 때 남편은 언제나 회사에서 집에 일찍 들어왔다. 선반이라든가 집 안에 필요한 것도 설치해 주고, 빨래도 해주고, 밥도 해주었다. 그때는 정말 재미나게 살았다. 보통 사람들이 당연하게 사는 평범한 생활, 그리고 내가 꿈꾸었던 소박한 생활이었다. 회사에서 퇴근해 오면 같이 밥을 먹고, 그런 다음에는 선혜랑 인혜 데리고 나가서 공원도 산책하고 이런저런 사는 이야기도 나누었다. 남편은 언제나 가족과 함께해 주었다. 회사 갔다 오면 집밖에 몰랐다. 선혜를 얼마나 예뻐했던지 아이를 등에서 내려놓을 줄 몰랐다. 아이를 업고 마당으로, 골목으로 왔다갔다했다. 못을 박을 때도 아이를 업고 망치질을 했다. 남편은 반찬도 참 잘 만들었다. 총각 때 자취 생활을 오래 하고 야외도 많이 다녀서 음식을 재미나게 잘 요리했다. 이것저것 섞어서 만든 '국적 없는 음식들'이었다. 김치찌개에 된장을 넣어 된장찌개도 아니고 김치찌개도 아닌 것들, 꽁치 통조림에 김치 넣고 라면 넣고 햄도 넣어 부대찌개인지 꽁치찌개인지 헷갈리는 음식들. 그래도 나는 그런 것들이 정말 맛있었다. 내가 이제까지 한 번도 먹어 보지 못한 특별한 맛이었다. 그리고 그 안에는 남편의 자상한 마음도 있었다.

어떤 때는 착각할 때가 있다. 남편이 곁에 살아 있는 듯 김치를 담가 주고 함께 밥을 먹고 마당에서 아이들과 놀아 주곤 한다. 꿈도 자주 꾼다. 노조 사람들이 모여서 집회를 하면 거기 맨 앞줄에 남편이 앉아 있다. 어떤 때는 뒷모습만 보일 때도 있다. 얼굴은 안 보여 주고. 가서 얼굴을 돌리려고 하면 남편은 어느새 공중에 떠 있는 모습으로 앉아 있다.

남편이 죽기 이틀 전인 1월 7일, 남편은 마산 교도소에 수감 중인 회사 동료를 면회하고는 밤늦게 술을 마시고 들어왔다. 손에는 애들 어릴 때처럼 과자 봉지가 몇 개 들려 있었다. 선혜는 교회 수련회를 가고 없었고, 인혜만 있었다. 남편은 둘째 딸을 껴안고 울었다.

"인혜야, 우리 둘째 딸. 아빠가 니한테 해준 게 없어 미안 …… 하데이. 우리 딸 불쌍해서 우짜노. 엄마 말 잘 듣고 공부 잘해야 한데이."

그러면서 흐느꼈다. 나는 놀라서 남편을 쳐다보았다. 남편이 우는 모습은 처음이라 뭔지는 모르지만 가슴이 무너지는 듯했다. 그 모습이 너무 낯설어서 두려운 마음이 들었다. 하지만 그런 마음도 잠깐이었고, 어려운 생활에 애들 학원도 못 보내고 미안해서 그런가 보다, 그렇게 생각하고 말았다. 인혜에게 과자를 주고, 남편은 얼어서 터진 수도꼭지를 밤새 고쳤다. 북마산에 있었던 한옥집은 낡아서 배관이 자주 터지곤 했다.

그 이튿날 남편은 회사에 하루 휴가를 냈다. 미용실에 가서 깨끗하고 단정하게 머리도 깎았다. 보일러 같은 집 안에 있는 물건들도 다 손을 봤다. 그날 나는 아파서 누워 있었다. 남편이 교도소에 가고 난 뒤로 나는 몸이 많이 안 좋아져서 자주 아팠다. 남편은 내가 누워 있는 큰방으로 오더니 교도소에서 사귀었던 친구에게 메일을 보내야 한다면서 도움을 청했다. 가르쳐 주고 누워 있는데, 남편이 나에게 일어나 보라고 했다. 일어나 앉으니 내 앞으로 봉투를 하나 내밀었다. 봉투에는 '45만 원'이라고 쓰여 있었다. 남편이 직접 쓴 글씨였다. 봉투를 주고 나더니 생전 안 그러던 남편이 내 등을 두드리면서 자기가 못해서 미안하다며 고개를 떨구었다. 그러고는 작은방으로 건너갔다. 잠시 후에 머리가 아프다면서 게보린 하나를 달라고 했다. 그래도 나는 전혀 눈치를 채지 못했다. 자신의 마음을 숨기느라 얼마나 힘들었겠나…….
나중에 남편 승용차 안에서 부산 영락공원 주차장 영수증을 발견했는데, 그곳엔 시아버지 납골당이 있었다. 남편이 죽기 전에 마지막으로 아버지한테 갔다 온 것이다.

그날 저녁은 남편에게 칠첩반상을 차려 주었다. 돼지 불고기도 하고, 국도 끓였다. 나도 내가 왜 그랬는지 모르겠다. 얌전히 차려서 올렸는데 남편은 세 숟갈 정도만 뜨다가 그만두었다. 그러고는 상을 치우라고 했다. 그다음 날 아침에 남편은 해고자들을 태워 주기로 했다면서 평상시보다 한 시간 이른, 5시에 집을 나섰다. 집을 나서기 전에 남편은 춥다면서 솜잠바를 달라고 했다. 나는 그 옷을 참 좋아했다. 남편이 회사 동료들이랑 함께 설악산 야유회 갈 때 단체로 맞춰서 입은 등산용 검은색 코오롱 잠바였다. 두툼하고 따뜻한 잠바. 남편이 체격이 작고 어깨가 없으니까 나에게도 잘 맞았다. 한 벌 가지고 둘이 서로 번갈아 가면서 입던 것이었다. 나는 남편에게 그 검은색 잠바를 내주었다. 지금도 길거리 옷가게에서 검은색 겨울 잠바가 걸려 있는 걸 보면 남편과 있었던 일들이 한꺼번에 떠올라 마음을 뒤흔들어 놓는다. 그런 날은 아무 일도 할 수 없어 방바닥에 누워 있곤 했다. 남편이 회사에 출근하면 나뿐만 아니라 선혜, 인혜도 아빠 볼에 뽀뽀를 해주어야 했다. 잘 다녀오라고. 그것이 우리 가족의 오랜 습관처럼 돼 가지고 그날도 문 앞까지 배웅하면서 볼에 뽀뽀를 해주었다. 작업복 바지를 입은 남편의 뒷모습은 지난 20년의 세월이 그랬듯이 여느 날과 똑같았다.

그러고 나서 두 시간쯤 지나 목욕을 가려고 이것저것 물품들을 챙겨 집을 나서려는데 전화가 걸려 왔다. 회사 동료였다. 배달호 씨, 출근했냐고 물었다. 출근했다니까 그냥 끊었는데, 그 뒤로도 계속 전화가 와서는 아무 말 않고 끊었다. 그때는 이미 사고가 난 뒤였던 것 같았다. 앞집에 두산중공업 다니는 사람이 있었는데, 그 부인이 찾아와서는 "선혜 아버지가 돌아가셨다면서요?" 그랬다. 무슨 소리냐, 그럴 리가 없다. 이러고 있는데 노조에서 함께 일하던 후배에게 전화가 왔다. 형님이 돌아가셨다면서. 그때서야 나는 망치로 뒤통수를 맞은 것처럼 정신을 차릴 수가 없었다. 앞집 부인이 빨리 회사에 들어가 봐야 한다고 정신이 없는 내 등을 떠밀었다. 나는 그래도 친정과 시댁에 전화는 해드려야 할 것 같아서 번호를 눌렀다. 나는 그때까지도 남편의 죽음을 확신할 수 없었다.

"아이고 아버지, 배 서방이 죽었다는데 우짜면 좋것습니꺼."

"야가, 아침부터 무슨 소리고. 말도 안 되는 소리 하지 마라."

"글치예? 그럴 리가 없지예."

나도 긴가민가 갈피를 못 잡고 있었다.

그렇게 헤매고 있는데 회사 과장에게 전화가 걸려 왔다.

"배달호 씨가 머리 뒷골이 깨져서 다쳤어요."

그랬다. 죽었다는 소리는 하지 않고. 그래서 나는 기계가 돌아가다 사고가 났구나 생각했다. 그냥 큰 사고가 나서 많이 다쳤는 갑다 했다. 회사 사람들이 사고 현장을 봤을 테니까 회사의 말이 더 정확할 거라 믿었다. 그때는 누가 봐도 분신이 명확한 상황인데 회사에서는 왜 뒤통수만 깨졌다고 말해 주었을까 의심하지 못했다. 나중에야 회사가 왜 그렇게 전달했는지 이해할 수 있었다. '뒤통수가 깨졌다'는 이 말로 회사가 우리 가족에게 회오리바람을 일으키고 다시는 서로를 볼 수 없게 가족들 사이를 갈가리 찢어 놓을 줄은 그 당시엔 생각조차 할 수 없었다.

조합에서 함께 일한 정도석이라는 분이 집 앞에 있는 동사무소에서 전화를 했다. '선혜 엄마, 빨리 나오세요' 하길래 미친년처럼 해가지고 인혜를 앞집에 맡겨 놓고 밖으로 나왔다. 차 안에는 조합 동료 두 사람이 있었다. 나는 그들을 보자마자 물었다.

"남편이 죽었어요? 살았어요? 기계가 잘못 돌아갔어요?"

그러니까 그중 한 명이 머뭇거리다가 그랬다.

"분신했어요."

갑자기 분신했다니까 상상이 안 갔다. 분신이라면 그 전태일 평전을 읽어서 어떤 건지 알고는 있는데, 설마 내 남편이 분신했다는 생각은 할 수가 없었다. 아침에 출근 잘 했던 사람이 왜? ……분신이란 말을 듣는 순간 나도 모르게 "미쳤는갑다" 하고 욕이 튀어나왔다. '왜 분신을 해!' 남편이 불쌍하다는 생각보다는 '왜 그런 고통스러운 일을. 차라리 아파서 죽든지, 다쳐서 죽었다면 모를까. 그러면 당연히 그럴 수 있다고 받아들일 텐데…….' 나는 차를 타고 가는 내내 몸부림을 쳤다. '왜 가는데 …… 우리를 버리고 …… 갈라면 우리에게 이야기라도 해주고 가야지, 준비라도 하게. 기름에 손가락 하나 데도 견디기 힘든데, 식용유 한 방울만 튀어도 아픈데 죽는 순간 남편이 얼마나 고통스럽게 갔겠나…….' 나는 그게 더 견디기 힘들었다. 남편의 죽음에 대한 충격, 분신이라는 죽음의 방식, 아무 말도 남기지 않았다는 배신감이 섞여서 내 마음은 아주 복잡하게 뒤엉켜 버렸다.

그때 당시에는 정신이 없어 몰랐지만, 회사에서도 나를 데려가려고 집으로 왔었다고 했다. 2, 3분 차이로 회사는 나를 데려가지 못했다. 만일 회사가 나를 데려갔다면 완전히 다른 상황이 펼쳐졌을 것이다. 조합 사람들이 먼저 나를 데려간 걸 알고 회사에서는 난리가 났다. 정도석 씨가 나를 데려간 걸 알고는 아침 7시부터 11시 사이에 20, 30통 넘게 전화가 걸려 왔다고 했다. 회사 간부들은 가족들이 만나 주지 않으니까 남편을 죽게 한 사람은 자신들이 아니라 노조라고 소문을 냈다.

직장 동료들은 나를 바로 회사로 데려가지 않고 직장 동료이자, 내가 3년 동안 일하기도 했던 김종환 씨의 갈비집으로 데리고 갔다. 거기에는 남편 동료들과 그 부인들이 와있었다. 조금 기다리니까 친정아버지, 어머니가 도착했고, 시댁 식구들, 삼촌, 막내 고모도 도착했다. 그 분들과 함께 있다가 1시 반쯤 황성고 씨 차를 타고 회사로 들어갔다. 회사에서 이미 진을 치고 나를 만나려고 기다리고 있었기 때문에 나는 차에서 내릴 수가 없었다. 그 사람들이 나를 발견하면 어떻게 할지 몰라 계속 차 안에 있어야만 했다. 동료들이 모여서 집회를 하고 있는지, 여자분이 마이크 잡고 이야기도 하고 노래도 부르고 있었다. 빈소도 이미 마련되어 있었다. 20년 동안 직장 동료로 남편과 절친했던 김건형 씨도 내려와 빈소에 앉아 있었다. 그는 몸이 아파 병원에 입원해 있었는데 남편 소식을 듣고는 환자복에 슬리퍼를 신은 채로 바로 내려왔다고 했다.

그날 남편의 소식을 들은 나는 회사 사람들뿐만 아니라 조합 사람들도 다 미웠다. 김창근 노조 위원장부터 시작해서 남편과 같이 일한 사람들이 밉고 원망스러웠다. 우리 남편이 뭘 그렇게 잘못한 게 많아서 그리 가도록 내버려두었을까. 남편은 왜 바보같이 회사만 관두면 되지 자살까지 했을까. 원망하는 마음이 들어 차 안에 있는 의자를 두들기며 몸부림을 쳤다. 나도 우리 신랑하고 같이 갈란다, 가서 왜 죽었는지 물어볼란다.

사람들은 그런 나를 노조 사무실로 데려갔다. 거기서 보경 씨라고 부산·울산·경남열사회에서 일하는 여성분을 만났다. 보경 씨가 내게 참 많은 걸 해주었다. 지금 생각하면 정말 고마운 사람이다. 보경 씨는 찬물을 갖다 주고 나를 진정시켰다. 마음이 다 가라앉으니 회사가 한국중공업(한중)에서 두산중공업으로 바뀌고 나서 조합원들이 어떻게 살아왔는지 비디오를 보여 주었다. 그 비디오를 보니 마음에 맺힌 응어리가 좀 풀리는 듯했다. 아, 남편에게 이런 일이 있었구나. 남편의 삶이, 내가 잘 알지 못했던 남편의 삶이 그 속에 있었다. 부부는 한 이불을 덮어도 잘 모르는 부분이 있다더니 내가 그런 거였다. 하지만 여전히, 죽음을 말리지 못한 동료들이 밉고 남편이 미웠다.

세 시가 넘으니까 형사들과 기자들이 몰려왔다. 형사들은 내게 수첩과 지갑, 안경, 열쇠 등 남편 소지품을 꺼내 놓으며 배달호 것이 맞냐고 물어보았다. 너무나 익숙한 남편의 물건들이 보였다. 어떤 형사가 남편의 유서라면서 필체가 맞냐고 물었다. 길쭉하게 흘려 쓴 남편의 필체가 맞았다. 남편이 정말 죽었는갑다, 현실로 확인하니까 다리가 떨려서 서있을 수가 없었다. 그 유서에는 내가 모르는 남편의 세계가 있었다. 남편이 그 힘겨운 세계를 견딘 것이다. 집안 돌보지 않는다고 잔소리했던 게 부끄러웠다. 원망했던 마음도, 더 잘해 주지 못했던 것도……. 그동안 회사에서 남편이 얼마나 힘들었으면 그런 길을 선택했겠나! 눈물이 쏟아져 멈춰지질 않았다. 이렇게 힘든 길을, 상상할 수도 없는 길을 가다니 가슴이 막혔다.

하루 이틀 시간이 지나자 마음이 가라앉았다. 이제 남편이 억울하게 죽지나 않게 하자는 생각이 들었다. 원은 풀어 줘야지, 유서에 쓰인 대로. 가족들 다 버리고 갔을 때는, 그렇게 고통스럽게 죽어 갔을 때는 마음에 맺힌 한이 있을 것이다. 그 한이라도 풀어 줘야 하는 것 아닌가. 나는 항상 평범하게 살고자 했지만, 이번만큼은 유서에 남긴 남편의 뜻을 따르겠다고 마음먹었다. 하지만 사측에서 딸들을 납치할까 봐 겁이 났다. 만약 납치를 한다면 내가 그들 말을 들을 수밖에 없는 상황이었다. 그래서 선혜, 인혜를 외할머니 댁에 맡겨 놓았다. 인혜는 가끔 내가 있는 곳으로 와서 함께 지내기도 했다. 회사에서는 남편이 죽었는데도 조문은커녕 꽃 한 송이 보내지 않은 채 죽음에 책임이 없으니 빨리 장례나 치르자고만 했다. 선혜 아빠랑 친했던 김창근 위원장이 내 손을 잡으며 말했다.

"형수, 이제는 갈 데가 없어요. 무조건 앞만 보고 걸어가야 합니다. 남편 일 해결하기 위해서는 피할 길도 없습니다. 죽으려고도 생각하지 말아야 합니다."

나는 그 말이 무슨 말인지 몰랐다. 노조 사무실이 있는 건물 1층에서 스티로폼을 깔고 지냈다. 65일. 나는 거기서 한겨울을 나고 봄까지 맞았다. 남편이 다니던 회사에 이렇게 오래 있게 될 줄은 몰랐다. 남편의 장례를 치르지 못했던 그 65일 동안 나는 인간이 이 세상에 살면서 겪을 수 있는 온갖 생지옥을 경험했다. 남편이 왜 죽을 수밖에 없었는지 너무도 잘 이해하게 되었다. 그전에는 남편이 회사 이야기를 잘 안 해주니까 몰랐지만 내가 겪은 65일은 그 모든 것을 이해하기에 충분한 시간이었다. 아, 이래서 남편이 갔구나. 20년 동안 배울 걸 두 달 만에 배워 버렸다. 남편이 살다 간 한 세계를……. 긴 시간 동안 동료 부인들이 나와 함께해 주었다. 아이들도 함께 와서 아무것도 모른 채 눈싸움도 하고 가오리연도 날렸던 기억이 난다. 나는 아직도 한겨울이 오면 그때가 생각나 많이 아프다.

# 내 대신 갔구나

동료 건형

배 형 이야기를 꺼내려니 힘이 든다. 자꾸 말을 더듬는다. 그리고 …… 많이 망설여진다.

1월이었다. 혹독하게 추웠던 겨울날, 배 형은 내 곁을 떠났다.

나는 지금 인도에 산다. 내 게스트 하우스와 레스토랑이 있는 남인도 타밀나두(Tamil Nadu) 주, 스리페룸부두르(Sriperumbudur)의 1월은 한국의 겨울 날씨와는 달리 청량하고 맑다. 한국의 가을을 닮았다. 서너 달이 지나면 이제 망고가 뜨겁게 달궈지면서 그 향이 집안 가득 퍼질 것이다. 청량한 날씨에 맞춰 나는 인도의 독특한 문양이 새겨진 청록색 긴소매 옷을 꺼내 입는다. 한낮의 날씨는 간간이 따갑고, 밤에는 기온이 내려가기 때문이다. 스리페룸부두르는 최첨단 공업이 발달한 도시로 현대자동차와 삼성전자가 들어와 있는 지역이었다. 이곳에서 나는 한국 음식을 좋아하는 인도인과 한국인을 상대로 음식점을 운영하고 있다.

나는 청량한 날씨에도 혹독하게 추웠던 한국의 겨울을 지우지 못한다. 여기 와서도 1월이 되면 음식과 과일을 차려 놓고 잊지 못할 오랜 친구이자 형인 배달호를 기억한다. 배 형은 나보다 나이는 많지만 항상 친구처럼 스스럼없이 지냈다. 얼음처럼 차가운 바람이 날카롭게 불던 겨울날, 배 형은 단조 공장 쿨링타워 근처에서 시커멓게 타버린 모습으로 누워 있었다. 땅바닥에 얼어붙어 떨어지지 않던 그의 모습이 내 마음에서도 얼어붙은 채 그대로 남아 있다. 한순간에 시신으로 변한 배 형의 모습에 우리들은 절규했다. 그는 아무도 없는 어두운 새벽에 20년간 몸담았던 공장 한 귀퉁이에서 그렇게 외롭게 자신의 몸을 불사르고 가버렸다. 사람들이 많이 모여 있는 집회 장소도 아니고, 누구나 환영하는 광장도 아니고, 어둠만이 있는 그곳에서 그렇게 몸을 버렸다는 사실이 나는 견딜 수가 없었다. 어둠 속에 앉아 배 형이 얼마나 많은 눈물을 흘렸을 것인가? 배 형은 세상 어느 누구의 보호도, 위로도 받지 못한 채 가장 외로운 방식으로 혼자 그렇게 세상을 떠난 것이다. 나는 그 눈물을 닦아 주지 못했다. 불에 타다 만 안전화만이 한 노동자로서 살다 간 배 형임을 알려 주었다. 부패되지 않도록 넣어 두었던 드라이아이스. 떨어지지 않은 시신을 땅에서 녹여 보관해 두었던 냉동 탑차. 그 모든 것들이 잊히지 않는 영상으로 내 마음에 박혀 있다.

배 형의 둘째 딸 인혜도 지금 나와 함께 일을 하고 있다. 성격이 밝은 인혜는 사람들과 잘 어울리며 레스토랑 일을 배우고 있다. 인혜는 자신이 하고 싶은 일에는 항상 손끝이 맵고 날렵하다. 나는 어렸을 때부터 인혜가 자라는 모습을 보아 왔다. 돌잔치도 함께했고 초등학교, 중학교 졸업식 때도 갔다. 한번은 인혜가 마음에 들어 배 형에게 내 며느리 삼았으면 좋겠다고 말한 적이 있었다. “배 형, 인혜가 마음에 드는데 내 며느리로 삼으면 안 되것나?” 배 형은 망설임도 없이 ‘택도 없다, 니는 꿈도 꾸지 말그라!’라고 정색을 하며 단칼에 거절했었다. 거절하는 배 형의 얼굴 표정을 떠올리면 섭섭하기보다는 웃음이 나왔다. 내 아들은 지금은 이 세상에 없지만 그때는 그런 꿈을 가졌었다. 배 형은 틈만 나면 두 딸 자랑이었다. 자고 있는 딸들을 바라보고 있으면 얼굴에서 빛이 나온다고 했다. 배 형은 딸들을 보석보다 더 귀하게 여겼다.

배 형과 나는 입사 때부터 한 공장에서 함께 지낸 사이였다. 회사 조직이 개편되면 만났다 헤어졌다 여러 번 반복하면서 20년을 함께 일했다. 어떤 때는 공장에서 함께 일하고, 일 끝나면 또 만나서 술을 마셨다. 일손이 딸리면 같이 일해 주고 집에 힘든 일이 있으면 서로 도와주었다. 배 형은 내게 명절 때 어쩌다 만나는 형제보다 더 가까운 사람이었다. 배 형이나 나나 그저 평범한 노동자였다. 서로 비슷한 시기에 결혼도 하고 월급도 모아서 조그만 집도 샀다. 자식들도 나이가 비슷했다.

배 형과 나 외에 우리와 어울리는 또 한 친구가 있었다. 입사 때부터 한 공장에서 일한 쌍용이 형. 우리는 이렇게 셋이 어울려 다녔다. 쌍용이 형은 퇴직금을 중간 정산해서 창원 변두리에 땅을 조금 샀다. 그러고는 거기에 주말농장을 만들었다. 일요일만 되면 주말농장에 있는 원두막에 앉아 고기도 구워 먹고 닭도 튀겨 오고 소주도 한잔했다. 배 형은 술을 많이 못했다. 몇 잔만 먹어도 얼굴이 빨개지면서 취했다. 우리는 그 농장에 고추·상추·배추 같은 온갖 푸성귀를 심었고, 닭장을 만들어 닭도 키웠다. 쌍용이 형은 그 땅의 일부를 공짜로 배 형에게 내주었다. 배 형은 푸성귀만 심어 놓고 다른 일들이 많이 바빠 가꾸지를 못했다. 그러면 아무래도 일은 땅 주인인 쌍용이 형 차지가 되었다. 고추를 심어 놓으면 풀 매고 약 치는 일은 쌍용이 형이 다했다. 닭도 쌍용이 형은 일반 닭 스무 마리를 키웠는데, 배 형은 시커먼 오골계를 사와 가지고는 닭장에 넣어 놓았다. 그러면 키우는 것은 또 쌍용이 형 몫이었다.

"달호 자는 고추도 심어 놓으면 그걸로 그만이고 닭도 사가지고 닭장 안에 넣어 놓으면 끝이다. 내가 풀 뜯어 믹이고 사료 믹이고 다한다 아이가. 그렇게 다 키워 놓으면 지가 홀랑 다 잡아 묵어뿐다."

쌍용이 형이 푸념 아닌 푸념을 하면 우리는 폭소를 터트리곤 했다. 말은 이렇게 해도 나나 쌍용이 형은 배 형을 이해했다. 우리는 노동조합 일을 잘 안 하는 사람들이지만 배 형은 그 일을 열심히 했다. 배 형이 열심히 해서 회사로부터 인간적인 대접도 받고 일도 자유롭게 할 수 있었다. 작업장도 개선되고, 대우도 나아지고, 임금도 높아졌다. 배 형은 오골계를 키워서는 힘들게 조합 일을 하는 동료들을 불러 몸보신을 시켜 줬다.

나와 쌍용이 형은 배 형에게 항상 빚을 지고 있었다. 나는 노조 일에 관심이 없었다. 편찮으신 어머니와 아들 등 먹여 살려야 할 가족이 많았다. 맨날 일만 하고 일찍 집으로 들어왔다. 그러는 내게 배 형은 특별히 무리한 말을 하지 않았다. 내 사정을 배 형은 이해하고 있었던 것이다. 노조 일은 안 했지만 같이 어울려서 동료들 상갓집에도 같이 가고, 놀러도 가고, 결혼식장에도, 어버이 환갑잔치에도 같이 갔다. 회사는 우리의 고향집이나 마찬가지였다. 그것은 내 몸의 일부였다. 그것도 가장 중요한 가슴. 공기가 자연스럽게 공중에서 뒤섞이듯이 우리는 회사 안에서 모든 도구와 기계들과 뒤섞였다. 우리의 삶은 그 도구와 기계들과 함께 늙어 가고 바뀌었다. 우리는 그렇게 세월과 함께 회사와 늙어 갈 거라고 생각했고, 누구도 그것을 의심하지 않았다. 두산이 들어오기 전까지는. 한국중공업이 민영화되고 두산이 들어오면서 우리의 인생도 완전히 바뀌어 버렸다. 그렇게 친했던 우리는 모두 뿔뿔이 흩어져 버렸다. 배 형은 그렇게 세상을 떴고, 쌍용이 형은 명예퇴직이라는 이름으로 회사를 그만두었고 나는 인도로 와버렸다. 지금도 그때를 생각하면 무어라 표현할 수 없는 회한이 느껴진다.

두산으로 넘어가기 전, 1999년 민영화 이야기가 나오면서 비로소 나는 노조에 관심을 갖기 시작했다. 18년 동안 평조합원으로만 있었던 평범한 내가 직접 대의원에 출마하게 된 것은 민영화 때문에 내 삶에 대한 위기의식이 커져서였다. 민영화되어 정리 해고된다 하더라도 30, 40대 젊은 나이면 뭔가 새로운 일을 시도해 보겠지만, 쉰 살이 넘은 나이에 어디로 갈 것인지 걱정이었다. 내가 대의원이 된 것은 살길이 그것뿐이어서였다.

내가 이런 마음을 먹었다 하더라도 배 형이 곁에 없었다면 아마 노조 일 하기가 쉽지 않았을 것이다. 배 형은 오랫동안 노조 일을 해온 사람이었다. 열심히 일을 하고도 배 형은 항상 밑바닥에서 노조를 돕는 일을 했다. 대의원만 예닐곱 번 한 사람이었다. 자기 욕심을 차리지 않는 사심 없는 사람이었다. 자기가 싫어하는 사람이든 좋아하는 사람이든 남의 불행을 지나치지 않는 사람이었다. 나는 배 형의 이런 면이 좋았다. 배 형이 하는 일이라면 나도 해도 괜찮겠다는 믿음이 있었다. 같이 교육도 받으러 다니고 학습도 많이 받았다. 처음으로 내 존재에 대해서 인식했다. 세상 보는 눈을 떴다. 교육을 받으면서 우리의 권리를 찾는 길이 이런 거구나 깨달았다. 재미있게 다녔다. 민영화에 반대하기 위해 우리는 일주일에 두 번씩 서울에도 올라갔다.

이런 과정에서 집안일에 신경을 많이 쓰지 못했다. 나와 가족의 미래가 어떻게 될지 모르는 특수한 상황이었는데, 아내는 우리의 처지를 이야기해도 잘 받아들이지 못했다. 그 일로 아픈 일이 생겼다. 아내와 헤어지게 된 것이다. 아내와는 결혼하면서부터 성격 차이가 있었는데,

회사 상황도 그렇고 편찮으신 어머니를 집에 모시게 되면서 서로 감정이 안 좋아져 헤어지게 되었다.

나의 이런 속사정을 다른 사람들은 몰랐다. 배 형에게 털어놓으면 고민 상담도 해주었다. 배 형이 나의 마음을 참 많이 풀어 주었다. '건형아, 괘안타. 마음 안 맞는 사람하고 평생 살면서 마음고생 하느니 차라리 잘된 일인지도 모르겄다. 걱정 마라, 내가 중매 서줄께' 그랬다. 혼자되니까 가끔 남해나 삼천포로 함께 놀러도 갔고, 눈만 뜨면 만나서 많은 이야기를 나누었다. 한번은 배 형이 중매를 서준다고 했는데, 내가 아직 준비가 안 돼서 그만두었다. 아내와 헤어지고 나는 마음의 상처가 컸다. 배 형은 그걸 알기 때문에 빨리 좋은 사람 만나서 잊어버리고 새출발하기를 바랐던 것이다. 나는 지금은 인도에서 내 일을 도와주던 성실하고 좋은 여성을 만나 함께 살고 있다. 성격이 밝고 인심이 후한 그 여성 덕분에 가게에는 항상 손님들이 많다.

배 형이랑 있을 때 나는 차가 없었다. 내가 차가 필요하다고 하면 특별히 먼 곳에 있어 올 수 없는 경우를 빼놓고는 태워 주기를 마다한 적이 없었다. 나중에 그 차를 내게 물려주었다. 중고차이긴 했지만 그것을 남에게 팔았다면 몇 푼이라도 받았을 텐데 그냥 주었다. 배 형하고 있었던 이런저런 일들을 생각하면 배 형이 몹시도 그리워진다.

배 형이 죽던 날 아침, 나는 병원에 있었다. 성남에 있는 동국대 한방병원에 입원해서 정신과 치료와 물리치료를 받고 있었다. 아주 안 좋은 사고가 있었기 때문이다. 그 사고는 내 인생을 바꾸어 놓았다. 2002년, 노조를 없애려는 두산에 맞서 파업을 하고 있을 때 나는 생산물량을 빼내 가지 못하게 후문을 지키고 있었다. 모든 차는 일단 후문에서 검사를 받고 들어가야 하는데, 비상계획부장 이상출이 차를 세우지 않고 곧바로 거세게 돌진하면서 내게 달려들었다. 나는 얼떨결에 그 차 본네트(보닛) 위로 올라갔다. 내가 차 위에 있는 것을 알면서도 이상출은 계속 차를 달려 커브 길까지 합해 1.5킬로미터 가량 질주했다. 본관 건물 아래 계근대 앞까지 가서야 차를 세웠다. 나는 그 상태로 떨어지면 죽거나 크게 다칠 것 같아 떨어지지 않으려고 본네트를 세게 잡고 매달렸다. 얼마나 세게 잡았던지 어깨 근육이 경직되어 바늘도 제대로 들어가지 않을 정도로 딱딱하게 굳어 버렸다. 그 일로 나는 일년 동안 굳은 피를 뽑아내야 했다. 너무 놀라서 3층 계단도 올라가지 못해 쉬어야 할 정도로 숨이 차는 병을 얻었다. 공포로 인한 피해 의식도 심해 정신적인 치료도 동시에 받아야 했다. 나는 내가 받은 상처보다도 한 회사가 나를 죽일 수도 있구나, 그게 더 충격이었다. 아무리 서로 대립하는 관계라 하더라도 거기서 일하는 사람을 죽이려 한다는 게, 나를 죽이려 했다는 게, 나는 받아들일 수 없었다.

한방병원 물리치료실에서 근육을 풀어 주는 운동을 하고 있는데, 같은 공장에서 근무했던 노환철에게 전화가 왔다.

"야, 김건형, 큰일 났다. 달호가 죽었다."

나는 환자복을 입은 채로 곧장 창원으로 달려왔다. 배 형이 영정 사진 속에 있었다. 너무 어처구니가 없었다. 차라리 꿈이었으면 했다. 원래 배 형은 밝고 거침없고 그늘이 없는 얼굴인데, 영정 속 배 형은 큰 눈망울에 근심과 슬픔을 가득 담고 있었다. 전혀 예상하지 못한 채 갑작스럽게 맞이한 배 형의 죽음에 나는 정신을 차릴 수가 없었다. 그날로부터 나는 아무것도 먹지 않았다. 차라리 죽었으면 했다. 내가 배 형을 그렇게 가게 한 것이다. 내가 거기에 누워 있고 배 형이 이 자리에 있어야 하는데 반대가 된 것 같았다.

두산이 지배하는 현장은 점점 숨 쉬기도 힘들 만큼 극단으로 흘러갔다. 누군가 죽지 않으면 멈출 수 없는 상황이었다. 이렇게 몰리면서 나는 페트병에 휘발유를 넣어 가지고 몸에 지니고 다녔다. 그만큼 상황이 절벽 위를 걷는 느낌이었다. 인간이 삶과 죽음의 경계 위에서 인생을 살아갈 수도 있다는 것을 그때야 처음으로 알았다. 더 이상의 길은 없었다. 두산이 우리의 마지막 권리인 투표까지 막아 버리자 결국 나는 가지고 다녔던 휘발유를 몸에 붓고 불을 붙였다. 사람들이 몰려와 불은 금방 꺼졌고, 나는 다치지 않았다. 이 소식을 들은 배 형은 나에게 달려와서는 불같이 화를 냈다.

"니 바보 아이가. 와 그런 무모한 짓을 하노. 죽을 각오가 돼 있으면 살아서 더 열심히 싸워야 하는 거 아이가. 와 죽을라 카는데!"

배 형은 나를 모질게 질타했다. 그러고는 어깨를 두들기며 니 마음은 다 안다며 위로해 주었다.

그러던 배 형이 이렇게 자신의 목숨을 버렸으니 나는 도무지 어떻게 받아들여야 할지 혼란스러웠다. 나는 그렇게 해도 배 형은 그럴 사람이 아니었다. 내가 분신을 시도하지 않았다면 배 형도 그런 생각을 못했을 것이다. 나는 심한 죄책감에 사로 잡혔다. 내가 분신하기 전에 농담으로 '배형, 혹시 내가 먼저 가거든, 내 식구들 잘 챙겨 주소' 그랬는데, 내가 병원에 입원하고 없는 사이에 그렇게 먼저 가버리니 그런 농담마저 얼마나 마음에 부담으로 다가왔는지 모른다. 나보고 바보짓 하지 말라고 해놓고 배 형은 홀로 십자가를 지고 가버렸다. 배 형의 유서를 보니 수많은 밤을 지새우면서, 가족들 생각하며 고민하고 또 고민한 모습이 보였다. 나도 배 형처럼 몸을 불사르기 전에 수많은 밤을 지새우면서 고민을 했었다.

이런 상태에서 배 형의 죽음을 접한 나는 아무것도 먹을 수가 없었다. 나도 그만 배 형과 함께하고 싶었다. 그러면 이 고통스런 세상에서 평화를 찾을 수 있을 것만 같았다. 나는 34일 동안 식음을 전폐하다가 쓰러져 병원으로 옮겨졌다. 몸무게가 20킬로그램 가까이 줄었고 횡경막 경련과 신부전증으로 생명이 위독한 상태였다. 다른 동료들도 단식을 하다가 쓰러졌다. 돌이켜보면 그때 상황은 내가 아니어도 배 형이 아니어도 우리 노동자들 중에 누군가는 그 일을 할 수밖에 없는 상황이었는지 모른다.

배 형이 죽은 후 어머니도 돌아가시고 아들도 급성 백혈병으로 세상을 떴다. 아들은 집을 빼서 치료를 했지만 낫지 못하고 그냥 갔다. 요즘도 꿈에 자주 나타난다. 아들도, 어머니도, 배달호 형도. 아직도 나는 혼자 잠을 못 잔다. 불도 켜놓고 텔레비전도 켜놓고 잔다. 혼자 있으면 그때 일이 영화처럼 밀려온다. 극복했다고 하는데도……. 배 형은 그렇게 목숨을 버렸고, 쌍용이 형은 두산에서 그만두라고 종용하는데다 '친구도 죽었는데 회사 다녀서 뭐하느냐' 하면서 그만두었다. 지금 쌍용이 형은 많이 헤맨 끝에 아버지가 물려준 도자기 가마를 운영하고 있다. 나는 배 형의 소원이라도 이루게 하려고 두산에 남으려 했으나 두산에서 못 다니게 해 명예퇴직이란 이름으로 회사를 그만두었다. 그렇게 우리는 20년 동안 다녔던 회사에서 사라져 갔다. 나는 회사에다 대고 그랬다. 다시는 너희들을 보지 않겠다고. 그렇게 환멸을 느끼면서 회사를 떠나고, 한국을 떠났다.

인도의 레스토랑은 다행히 잘되었다. 내가 가기 전에 동생이 먼저 인도에서 8년 동안 일을 하다가 실패했는데, 동생이 실패한 것이 나에게는 오히려 자산이 되었다. 동생이 8년 동안 고생하면서 길을 다 만들어 놓았다. 쌀도 안남미 쌀은 찰기가 없고 불면 날아가는데, 동생이 미안마 국회 있는 데까지 가서 차진 쌀을 구해 왔다. 소화도 잘되고 먹기도 부드러웠다. 동생더러 실패했다고 욕을 많이 했는데, 오히려 동생은 내가 실패하지 않고 짧은 시간 안에 자리 잡을 수 있게 해주었다. 첸나이(Chennai)에도 식당을 세 개나 더 늘였다. 이런 내 모습을 배 형은 보고 있을 것이다. 배 형은 보리수나무가 뻗어 나간 자국처럼 지워지지 않고 해가 갈수록 더 뻗어서 내 마음 깊숙이 박혀 있다. 아무도 배 형의 죽음을 잊지 못할 것이다.

# 달현이 오빠

여동생 애숙

어머니가 작년(2008년) 4월에 돌아가셨다. 그동안 생계를 꾸리느라 고생을 많이 해서 그런지 당뇨병과 골다공증에 걸렸다. 조심한다고 했지만 결국 길거리에서 넘어져 뼈를 다치셨다. 골다공증은 조금만 다쳐도 뼈가 으스러지는 병이었다. 수술을 했지만 어머니는 점점 상태가 악화되어 결국은 세상을 뜨시고 말았다. 막내 동생 경화가 거동하지 못하던 어머니를 뒷바라지했다. 어머니는 돌아가실 때까지 자신이 세상에 태어나서 제일 사랑했던 큰아들 달호 오빠를 잊지 못했다. 오빠 얘기를 하면서 계속 울었다. 새벽에 무슨 소리가 나서 엄마 방에 가보면 혼자 흐느끼고 있었다.

"엄마, 왜 울어?"

"현이가 보고 싶어서. 현아, 왜 나를 놔두고 갔느냐."

엄마와 아버지, 친척들은 어렸을 때 달호 오빠를 달현이라 불렀다.

엄마는 큰오빠가 커서도 달호 오빠를 부를 때는 꼭 '현아'라고 했다. 엄마는 오빠의 죽음으로 몸이 많이 허약해져서 힘든 나날을 보냈다. 아침마다 깨끗한 물을 떠다 놓고 빌었다. 몸이 허락할 때까지 계속 손을 합장하고 백팔 배를 하기도 했다. 그런 식으로 어머니는 힘든 마음을 다스렸다. 돌아가시기 한 달 전에 죽을 쒀 가지고 갔는데, 어머니는 옛날 일을 아주 세밀히 기억하고 있었다. 원래 기억력이 좋으셨는데 아프고 난 뒤로 깜박깜박하더니 돌아가시려고 그랬는지 나는 생각나지도 않는 일까지 기억해 내셨다. 오빠가 아주 어렸을 때 옷 다 벗고 어머니 치맛자락을 붙잡고 오종종 쫓아다녔던 일들까지. 그런 이야기를 들으면 저절로 웃음이 나왔다. 엄마에게는 모두 재미있고 즐겁고 좋은 기억들이었다.

오빠는 부산에 살고 있는 엄마 집에 자주 찾아왔다. 창원 공장에서 철야를 하거나 야근이 끝나면 엄마 집에 오기 전에 전화를 해서는 '엄마, 엄마가 해준 겉절이 먹고 싶다, 내 곧 갈 테니까 해놔라' 했다. 그러면 엄마가 얼른 무쳐 놓았다. 어떤 날은 된장찌개 먹고 싶다, 어떤 날은 토란국 먹고 싶다, 어떤 날은 엄마가 직접 담은 김치를 먹고 싶다고 했다. 그러면 엄마는 시장을 봐와서 오빠가 먹고 싶다는 음식을 해주었다. 엄마 집에 오면 언제나 오빠 손에는 커다란 수박 아니면 어머니가 좋아하는 팥떡이나 군밤이 들려 있었다. 오빠는 가족을 소중하게 생각했다. 엄마한테도 잘해 드렸다. 엄마 집 부엌에 수도가 없어서 엄마는 항상 밖에서 물을 떠다가 설거지도 하고 음식도 만들었다. 비 오는 날이면 엄마는 비를 맞으면서 바깥 수돗가에서 일을 했다. 그런 엄마의 모습을 보고 오빠는 비 맞지 않도록 넓은 차양막도 달아 주었다. 슬레이트 지붕에 비가 새면 새 슬레이트를 얹어 주거나 플라스틱판을 덧대 주기도 했다. 아버지가 집에 있는 날이 별로 없었기 때문에 오빠는 언제나 엄마에게 큰 힘이 되었다. 딸로서는 교통사고로 먼저 간 경주가 제일 잘했고…….

내가 결혼 생활이 순조롭지 못해 힘들게 살았기 때문에 내 딸 둘과 여동생 애들을 엄마가 키워 주었다. 엄마는 자기 몸이 힘들면서도 아이들을 잘 건사해 주었다. 같은 또래인 오빠의 딸들, 선혜, 인혜도 엄마 집에 자주 놀러 와서 함께 재밌게 놀곤 했다. 한번은 내 딸 둘과 선혜, 인혜가 골목길을 가고 있는데 남학생들이 시비를 걸어 괴롭힌 적이 있었다. 남학생들은 오빠가 오는 줄도 모르고 계속 치근덕댔다. 애들도 아빠가 오는 줄 모르고 겁에 질려 있었다. 그때 오빠가 다가와 가지고 그 애들을 잡고 뺨 두 대를 딱딱 때리니까 도망가 버렸다고 했다. 오빠가 골목을 올라오면서 그 모습을 보고 있었던 것이다. 애들은 오빠를 보고는 너무 반가워서 뛸 듯이 기뻤다고 했다.

집에서 오빠는 조용한 성격이었다. 말도 몇 마디 하지 않았다. 오빠는 막내 동생 경화를 많이 예뻐했다. 경화는 얼굴이 예뻐 집안 식구들이 '아라비아 공주'라고 불렀다. 어렸을 때는 오빠가 항상 업고 다녔다. 경화는 엄마가 없을 때는 오빠의 젖꼭지를 잡고 잤다. 오빠하고는 열일곱 살 차이라 오빠는 경화를 거의 아빠처럼 돌봐 줬다. 오빠가 데이트 갈 때면 '엄마, 경화 옷 이쁘게 입혀 놔라' 해서 데리고 다녔다. 경화는 오빠랑 놀이공원에도 놀러 가 사진도 찍고 아이스크림도 사먹었다고 했다.

나는 오빠가 우리 가족이 살아 있는데 먼저 갈 것이라고는 상상도 못해 봤다. 어렸을 때부터 쭉 같이 살아왔으니까. 엄마 생신 때도 함께 모이고 명절 때도 함께 모이면서 그렇게 평생을 함께 살 줄 알았다. 청주에서 일을 하다가 오빠가 회사에서 사고 나서 죽었다는 전화를 경화에게 받았다. 아무리 어려워도 이것만은 변하지 않을 거라고 믿고 있었던 어떤 줄이 뚝 끊어지는 느낌을 받았다. 가슴에서 헉! 소리가 절로 나왔다. 오빠는 너무 일찍 우리 곁을 떠나 버렸다. 우리 가족에게 오빠의 죽음은 너무나 큰 고통이었다. 애들 방학이라 부산에 있는 엄마 집에 놀러 갔다가 올케로부터 그 소식을 접한 경화도 충격이 너무 컸는지 말을 제대로 잇질 못했다. 경화 옆에서 전화 소리를 들은 엄마는 그대로 주저앉아 버렸다.

우선 급하게 경화가 먼저 마산으로 떠났다. 나는 부산에 있는 엄마를 모시고 오빠 집으로 갔다. 날이 저물어 도착한 오빠 집에는 동생이랑 남동생 일호, 올케 식구들이 많이 와있었다. 올케는 회사에 들어가 있었다. 집안에는 쌀도 거의 바닥났고 반찬도 없었다. 냉장고에는 김치만 덩그러니 있었다. 이불 호청도 베개도 씌우지 않은 채 그대로였다. 오빠 옷도 몇 벌 없었는데, 있는 옷들도 다 낡은 것들뿐이었다. 오빠가 이렇게 살다 갔다는 게 너무 불쌍했다. 그동안 오빠에게 무슨 일이 있었는가. 나는 이 모습이 이해가 안 됐다. 속으로 올케를 욕했다. 살림을 어떻게 했길래 이렇게 만들어 놓았는지. 나는 그 당시에는 회사가 나쁘고 어떻다는 생각을 전혀 하지 못했다. 집안 형편이 너무 안 좋아 보이니까 시누이로서 올케 탓을 하게 된 것이다. 집 앞 슈퍼마켓에서 간단하게 장을 봐다가 애들에게 저녁을 해먹였다. 엄마는 너무 힘들어 누워 있었고, 인혜랑 선혜는 말이 없었다. 선혜는 집이 좁으니 친구 집에서 자고 온다면서 나갔다.

이튿날 회사로 들어가 노조 사람들을 만났다. 가끔 오빠는 옻나무나 뽕나무를 해달라고 해서 내가 그것들을 베어 가지고 오빠 차에 한가득 실어 주기도 했다. 오빠야, 뭐하려고 이런 건 비어 가나, 하고 물으면, 회사 친구들하고 옻닭 해먹으려고 한다고 했다. 내가 준 옻나무를 먹었던 사람들이라 생각하니 오래전에 만났던 사람들처럼 친근하게 느껴졌다. 비명에 간 오빠의 죽음까지 챙겨 주어 고마운 마음도 들었다. 오빠의 영정 사진을 본 순간 나는 오빠의 죽음이 실감 나서 왜 이렇게 가버렸냐고 소리를 질렀다. 그리고 영정 앞에 엎드려 일어나지 못했다.

한번은 오빠가 어렸을 때 내가 물에 빠진 것을 구해 준 적이 있었다. 냇가 다리에서 펄떡펄떡 뛰어내리면서 함께 멱 감고 그럴 때였다. 열다섯 살쯤 동네 쌍둥이 아주머니랑 낙동강에 대치라는 큰 조개를 잡으러 갔었다. 팬티만 입고 발로 살살 밑을 비벼서 조개가 발에 딱 걸리면 물속으로 머리를 처박고 그것을 주워 올렸다. 그렇게 조개를 열심히 잡고 있는데 갑자기 푹 꺼진 바닥을 만났다. 둘이 나란히 잡다가 바닥에 발이 닿지 않으니까 둘 다 물속으로 머리가 쑥 들어가 버렸다. 나는 헤엄을 잘 쳤는데 쌍둥이 아주머니는 헤엄을 잘 치지 못했다. 헤엄을 못 치니까 막 헤엄쳐서 나오려는 나를 확 끌어안으면서 다시 웅덩이 같은 데로 빨려 들어갔다. 아주머니는 나를 꽉 껴안은 채 놔주질 않았다. 놔주면 물 밖으로 나오겠는데, 그러면 아주머니도 살려 드릴 수 있는데, 안 놔주니까 물속에서 허우적거렸다. 같이 왔던 아주머니의 남편인 박 씨 아저씨는 물속에서 들어갔다 나왔다 하는 우리를 보고도 장난인 줄 알고 담배 피면서 그냥 쳐다보고만 있었다. 살라고 그랬는지 그때 오빠가 딱 거기를 지나가다가 물에 빠진 우리를 보았다. 왜 거기를 왔는지 지금 생각해도 잘 모를 일이다. "아저씨 지금 뭐하시는교? 사람이 죽어 가고 있구마." 그러면서 옆에 있던 대나무를 넣어 주었다. 그걸 잡고 나왔다. 물속에서 나와 오빠를 안고 얼마나 울었는지 모른다. 오빠가 그렇게 나를 살려 주었다. 그런 오빠가 이렇게 차가운 시신이 되어 누워 있었다.

같이 일하는 회사 친구들(노조 사람들)이 나와 동생 일호를 부르더니 오빠가 죽을 수밖에 없었던 사정에 대해서 이야기해 주었다. 밖에 나가면 반드시 회사 간부들이 찾아와서 회유를 할 거다, 그러면 이렇게 대처를 하라고 가르쳐 주었다. 간부들 만날 때 주의할 사항에 대해서도 이야기를 해주었다. 하지만 나는 그 내용이 귀에 잘 들어오지 않았다. 충격을 받아 정신이 없어서 말들이 귀에서 미끄러져 나갔다. 귀에 들어오는 단어 몇 가지에만 그러마고 대답했다.

회사 동료들과 약속한 게 있었기 때문에 처음에 회사 간부라는 사람들이 오빠 집으로 찾아와 돈을 내밀었을 때는 받지 않았다. 초인종 소리에 남편이 나가 보니 회사 간부들이 와서 돈 천만 원을 내밀었다. 어머니도 그렇고 가족들도 그렇고 부산에서 창원까지 왔다갔다하려면 여러 가지로 돈이 많이 들 텐데 경비로 쓰라고 했다. 남편은 받지 않고 그냥 들어와 버렸다. 그렇지만 내가 오빠 친구들인 노조 사람들을 다 이해하지는 못했다. 지금은 사위도 회사에 다니면서 노조 활동도 하고 있으니 아, 노조란 게 이런 거구나 생각을 하지만 그때는 아무것도 몰랐다. 이제는 회사에 다니면 간부들을 제외하고는 노조 일을 할 수밖에 없단 것을, 노조가 중요하다는 것을 알지만 그땐 그랬다.

회사에 들어가서는 오빠의 죽은 모습을 보지 못하고 분향만 하고 나왔다. 오빠의 모습을 처음 본 것은 창원 중부 경찰서에서였다. 지금 생각해 보면 형사들이 왜 우리 가족을 불렀는지 잘 모르겠는데, 오라고 하니까 갔다. 엄마는 기력이 없으셔서 못 가고 남동생 일호, 남편, 나, 이렇게 셋이었는데, 대뜸 형사가 사진을 보여 주면서 배달호가 맞는지 확인해 보라고 했다. 사진을 보자마자 우리 오빠가 이리될 수는 없다고, 이렇게 허무하게 갈 수는 없다고 펑펑 울었다. 그렇게 타버린 모습이 오빠라고는 생각할 수 없었다. 그 모습을 본 우리들도, 전해 들은 가족들도 모두 정신적으로 텅 비어 버렸다. 오빠를 그렇게 보낸다는 것은 너무 억울하고, 너무 허무했다. 가시를 발라낸 생선처럼, 중심을 잃은 팽이처럼 우리 가족은 무너졌다. 우리는 회사가 몇 달 동안 월급도 안 주고 오빠가 하던 활동도 방해했다는 것이 무슨 의미인지 잘 이해할 수 없었다. 가압류, 손배가 무엇인지도 그때는 이해할 수 없었다. 우리 머리로는 상상도 할 수 없었다. 세상에 이해할 수 없는 일이, 우리 안에서 이해할 수 없는 일이 있는 것 같다. 그 모든 것을 깊이 알았다면, 가족들끼리 그렇게 갈라서지도 않았을 것이다.

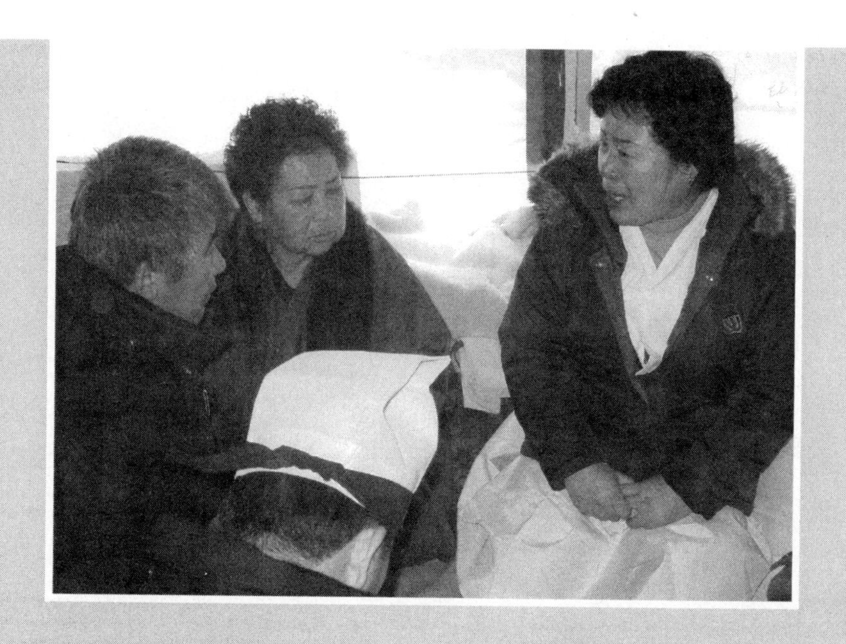

# 2

# 좋은 사람

—

애숙도 엄마도 동네 사람들도 달호가 만든 전축에서 소리가 나올 것이라고는 믿지 않았다.

"조금만 기다려 봐라. 음악이 나올 기다."

"괜히 방만 어지럽히는 거 아이가? 방 청소는 현아가 해야 된데이."

노래가 흘러나오자 마을 사람들이 다 놀랐다. 정말 소리가 나왔던 것이다. 사람들은 이제 중학생 나이밖에 안 된 달호가 그것을 만들어 내리라고는 생각을 못했다.

## 스카핑 노동자

1981년 1월 22일 한국중공업 입사 첫날, 배달호는 첫눈을 맞는 것처럼 마음이 설레었다. 드디어 그가 원하던 큰 기업에서 일하게 된 것이다. 그의 나이 스물여덟. 제대 후 그는 부산에 있는 동호전기라는 중소기업에서 7년 정도 일을 하다가 창원에 와서는 공작기계를 다루는 조그마한 회사에 다녔다. 작은 공장에만 다녔던 배달호는 마산·창원 지역에서 가장 큰 회사인 한국중공업에 다니게 되니 마음이 놓였다. 작은 회사에서도 일은 할 만했지만 회사가 어려우면 월급이 제때 나오지 않았다. 배달호는 가족을 책임지고 있었기 때문에 월급을 받지 못하면 생활이 힘들었다.

구불구불 난 길을 따라 버스를 타고 창원시 귀곡동에 있는 한국중공업을 처음 찾아왔을 때 배달호는 상상한 것보다 훨씬 큰 회사 규모에 놀랐다. 자신이 이 큰 회사에서 각종 발전소에 들어갈 설비를 만든다는 게 믿어지지 않았다. 마산 앞바다가 내려다보이는 곳에는 12층 본관 건물이 우뚝 솟아 있었고, 그 건물 옆으로는 기계공장, 중기계 공장, 원자력 공장, 제관(보일러) 공장, 단조 공장, 주조 공장 등 6개 동이 앞뒤로 나란히 형제처럼 서있었다. 6개 동 건물은 소나무 향이 가득한 산들로 둘러싸여 있었고, 12층 빌딩 뒤로는 건설 중장비 공장이 산골짜기 하나를 차지하고 있었다. 한국중공업은 157만 평 규모의 큰 공장으로 마치 공업 단지 하나가 조성되어 있는 것과 같아서 '공장을 만드는 공장'이라는 말을 들을 정도였다. 회사 사무를 보는 본관 앞으로는 넓은 들판이 펼쳐져 있었고, 그 들판은 푸른 바다로 연결되어 있었다. 바다 옆에는 갈대들이 차가운 겨울바람에 흔들리고 있었고, 그 넓은 갈대숲으로 수없이 많은 새떼들이 날아와 내려앉았다. 갈대숲으로 들어가는 입구에는 이런 푯말 하나가 외로이 세워져 있었다.

'여기는 바다를 매립한 땅으로 연약 지반입니다. 지대가 낮아 위험하니 조심해서 다니기 바랍니다.'

그 넓은 땅은 바다를 메워서 만든 것이었다. 나중에는 그 땅에도 공장 건물이 들어선다.

그 당시는 회사가 확장하고 있던 때라 공장을 지으려고 파놓은 구덩이들이 여러 군데 있었다. 구덩이들은 새로운 공장 건물에 들어가는 기둥을 세우기 위해 만들어 놓은 것들이었다. 단조 공장에 들어가는 만 톤 유압프레스를 설치하려면 기초가 튼튼해야 했고, 그런 만큼 구덩이도 엄청 컸다. 그 구덩이에 눈이 쌓였다 녹으면 기러기가 날아와 그 안에서 헤엄을 치고 놀 정도였다. 여름에는 허허벌판에서 뜨거운 햇빛을 피할 수 없는 건설 노동자들이 기둥 밑 그늘에 앉아 그날 했던 일을 되돌아보며 더위를 식히곤 했다.

귀곡동 바닷가에 세워진 이 큰 규모의 한국중공업은 1976년, 현대양행이 국제부흥개발은행(IBRD)으로부터 8천만 달러의 차관을 얻어 대규모 종합기계 공장을 지으면서 시작되었다. 하지만 당시 박정희 군부가 중공업 발전 정책을 표방하면서 시작된 삼성, 현대, 대우 등 대기업 간의 발전설비를 둘러싼 수주 경쟁은 현대양행의 독주를 허락하지 않았다. 게다가 사장 정인영이 무분별하게 회사를 확장하면서 부채가 눈덩이처럼 불어났다(200억 원의 자본금에 부채가 3천 8백억 원에 달했다). 결국 1979년 5월, 박정희 군부는 중화학공업 조정 대책을 발표하면서 계속 문제가 되어 온 현대양행 창원 공장의 경영권을 정주영이 소유한 현대중공업으로 넘겼다. 친동생 정인영의 회사가 정주영에게 넘어가자 사람들 사이에서는 자신에게 도전한 동생을 괘씸하게 여긴 정주영이 그를 무너뜨리기 위해 일부러 망하게 했다는 이야기도 나돌았다. 회사가 현대중공업에 넘어가자 IBRD는 협정 위반을 내세워 남아 있던 차관 금액 2,400만 달러를 회수하고, 인출 중단을 선언했다. 이런 과정에서 1980년, 새로 집권한 신군부가 갑작스럽게 발전설비통합조치를 발표하면서 회사의 경영권은 대우그룹 김우중에게 넘어갔다. 하지만 2개월 만에 부실과 자금 압박을 이유로 발전설비 인수는 취소되고, 산업은행과 외환은행의 공동출자 방식으로 회사는 공기업화된다. 한국중공업이 공기업이 된 사연은 이렇게 복잡했다. 한국중공업은 첫출발부터 사기업들의 잘못된 경영으로 발생한 부실을 국민이 세금으로 떠맡아 만든 기업이었던 것이다.

배달호는 보일러 공장에서 일했다. 그는 큰 공장에서 일한 경험이 처음이었기 때문에 일하는 조건은 중소기업에서와 마찬가지로 힘들었지만, 무엇보다 월급이 정해진 날짜에 나오니 좋았고, 대기업에 다닌다는 자긍심에 일하는 것도 더 흥이 났다.

보일러 공장의 주 공정은 패널(판넬)과, 코일과, 헤더과로 나누어져 있었는데, 배달호는 패널과였다. 그가 만드는 보일러는 가정에서 사용하는 보일러가 아니라 발전소에 들어가는 대형 보일러로 높이가 1백 미터도 넘었고, 보일러 탱크 하나만 해도 집채만큼 컸다. 큰 프로젝트를 맡아서 작업하는 경우에는 몇 달씩 걸리기도 했다. 보일러는 물이 흘러가는 패널로 이루어져 있는데, 물을 흘려보내기 위해서는 폭이 5센티미터 정도 되는 파이프를 서로 용접하고 그 사이에 또 큰 파이프를 쭉 연결해야 했다. 여기서 배달호가 맡은 일은 스카핑 머신을 이용해 파이프의 끝단 부분을 용접하기 쉽게 30도나 45도 정도로 비스듬히 깎아 주는 스카핑(scarfing) 작업이었다.

스카핑은 전문직종으로 2백여 명의 노동자 가운데 한두 명 정도만 하는 일이었다. 주로 커다란 제품의 끝단을 가공해 발전소 현장에서 수십 개의 파이프를 한꺼번에 서로 맞대 용접하기 때문에 정밀하고 까다로운 기술을 필요로 하는 파이널(마지막) 작업이었다. 배달호는 자기만의 특별한 노하우와 기술로 다른 노동자들보다 두세 배 빠른 속도로 일을 해나갔다. 아주 작은 크기의 패널은 정밀하게 깎기가 쉽지 않았고, 스카핑 머신도 사용할 수 없어 보조 기구나 장치를 이용해야 했다. 기술이 뛰어나지 못한 사람들이 하면 그만큼 시간이 오래 걸리고 품질이 떨어졌다. 배달호는 더 손댈 필요가 없도록 깔끔하게 일을 마무리했다. 배달호보다 먼저 입사해서 현재 보일러 공장 반장과 직장을 거쳐 관리직 차장으로 일하고 있는 유계호는 많은 물량의 오다(작업 지시)를 받으면 항상 배달호에게 의존했다. 배달호는 많은 물량이라도 거절하는 법이 없었다.

"내가 여기서 많은 사람들을 상대해 봤지만 배달호만큼 책임감 있

배달호는 보일러 공장에서 일했다.
그가 만드는 보일러는 발전소에 들어가는 대형 보일러로 높이가 1백 미터도 넘었고,
보일러 탱크 하나만 해도 집채만큼 컸다.

보일러 공장에서 스카핑 작업 후 보일러 패널을 용접하는 모습.

게 일하는 사람은 보지 못했습니다. 그는 스카핑에 있어서는 안 되는 게 없었죠."

배달호는 일할 때는 차분하고 조용했지만, 사람들과 어울릴 때는 친화력이 있었다. 작업 과정이 분명히 나누어져 있었지만 그는 자기 일을 다 끝마친 후에는 아직 일이 끝나지 않은 동료들을 도와주었다. 옆자리에서 일한 김건형도 배달호의 도움을 많이 받았다. 건형은 배달호가 스카핑해서 주는 파이프를 용접하는 일을 맡고 있었다. 화력발전소에 들어가는 부품들은 강도가 아주 높기 때문에 열을 가해야 부러지지 않았다. 용접하기 전에 쇠에 가하는 열을 초열 혹은 예열이라 하는데, 어떤 것은 2백 도가 넘었다. 배달호는 일이 일찍 끝나면 쉽게 용접할 수 있도록 예열 작업을 도왔다. 그렇게 건형과는 이리저리 반을 옮겨 다니면서 20년을 함께 일했다.

같이 일했던 배쌍용은 배달호와 입사 동기인데다가 같은 종씨여서 더 친하게 지냈다. 배달호가 쌍용에게 할아버지뻘 항렬이었다. 배달호와 같은 김해 친구이기도 했다. 나이는 쌍용이 한 달 일찍 태어나서 형이었지만 항렬이 낮으니 배달호는 항상 쌍용을 만나면 반말을 하면서 아랫사람 대하듯 했다. 만나자마자 처음부터 욕이었다.

"야 문디 자슥아, 잘 지냈나?"

"뭐라꼬? 니 내가 한 달 일찍 태어난 거 기억하제? 형이라 안 부르나?"

둘에게는 욕이 깊은 애정 표현이었다. 이제까지 이렇게 편하게 터놓고 지낸 사람은 건형이 말고는 쌍용이밖에 없었다. 자신의 이야기를 잘하지 않는 배달호도 가끔 쌍용에게는 고민을 털어놓았다.

쌍용은 용접 부위에 압력을 넣어 물이 새는지 검사하는 일을 했다. 발전 보일러를 파이프로 감아 놓은 꼬불렁꼬불렁한 용접 부위에 물이 새는가 보는 것이다. 그 일은 공장 건물 밖에서 혼자서 하는 작업이었기 때문에 회사에서는 뜨거운 여름과 추운 겨울에도 일할 수 있도록 컨테이너를 하나 만들어 주었다. 그 컨테이너를 동료들은 전부 수압장이라 불렀는데, 그곳은 쌍용이 개인 사무실처럼 쓸 수 있는 공간이었다. 일을 빨리 마친 배달호는 수압장에 와서 일하고 있는 쌍용에게 농을 걸곤 했다.

"손을 그렇게 더디 놀려도 되나? 빨랑빨랑 해라. 밥값은 해야 안 되것나?"

"니 조용히 안 하나? 일하는데 정신 시끄럽다."

"엉덩이 더 들고 …… 더 수그리고 ……."

"니 가만 안 있나? 힘들게 일하고 있는 사람 와 근드노?"

그러면서도 배달호는 쌍용이 힘들면 수압하는 일도 도와주고, 수압장 청소도 해주었다.

어느새 수압장은 맡은 일을 다 끝낸 쌍용이와 잠시 쉬러온 달호가 커피도 마시고 이야기도 나누는 공간이 되었다. 공장 안에는 쉴 수 있는 곳이 마땅치 않았기 때문에 다른 동료들도 반장의 감시를 피해 몰래 쉬러 오곤 했다. 함께 모여서 이야기도 하고, 몸이 아프거나 피곤하면 쉬었다 가기도 했다. 그곳은 현장 노동자들이 잠시 숨 돌릴 수 있는 작은 휴식 공간이었다. 힘들거나 긴히 할 말이 있는데 장소가 마땅치 않을 때 그곳을 찾았다. 이 작은 공간이 작업장에 활기를 더해 주었다. 모내기할 때 새참 먹고 잠시 쉬면 일이 더 잘되듯이 노동자들도 커피 한 잔 마시며 잠깐 쉬고 나면 더 힘을 내서 일했다. 이렇게 배달호가 일하고 있는 작업장은 겉은 여기저기 기계와 파이프로 가득 차 거칠고 어지러운 듯 보이지만 나름대로의 질서와 삶의 여유가 있는 곳이었다. 하지만 회사는 이런 작은 공간의 여유조차 달갑게 여기지 않았고, 여러 번에 걸쳐 컨테이너를 없애 버리려고 했다. 두산이 들어오자, 그나마 어렵사리 지켜 왔던 컨테이너도 이내 철거되었다.

## 특별한 외국 여행들

기술이 뛰어난 배달호는 회사로부터 몇 차례 상을 받아 특별 연수를 갔다. 이는 그에게 개인적으로는 꿈꾸기 힘든 외국 여행을 할 수 있는 기회이기도 했다. 1992년 2월, 동료 20여 명과 함께 떠난 3박 4일간의 일본 연수도 그랬다. 제일 먼저 들른 곳은 일본 아이치 현 나고야에 있는 '경상전기'라는 회사였다. 그곳은 한중 노동자들이 연수를 가면 필수적으로 들르는 코스 중 하나로 회사는 노동자들이 현장을 방문해 갖가지 새로운 생산과정과 기술들을 직접 견학하고 배워 오도록 했다. 일본 여행을 보내 준 회사에서는 의도하지 않았겠지만 노동자들에 대한 복지시설도 잘되어 있어 한국중공업의 열악한 작업 환경과 비교가 되는 회사였다.

배달호는 오사카에도 들렀다. 그곳에서는 도요토미 히데요시와 도쿠가와 이에야스의 역사가 살아 있는 오사카 성을 보고, 니혼바시 남쪽 끝에 있는 구로몬 시장에 갔다. 구로몬 시장은 오사카의 부엌이라고 불릴 만큼 맛집과 식료품 가게들이 즐비했다. 580미터나 되는 거리에는 화과자, 건어물, 이쿠라(연어알), 각종 약 등 없는 물건이 없을 만큼 다채로웠다. 그중에서도 배달호는 초밥이 가장 좋았다. 회전초밥집에 들어가 참치 뱃살(도로), 성게알, 연어, 전복, 학꽁치, 광어를 얹은 초밥들을 보고 있으면 절로 군침이 돌았다. 한 접시에 두 개씩 나오는 초밥을 스물다섯 접시도 더 먹었다. 초밥에 미소시루(된장국)와 초절임 생강, 락

오사카 성 앞에서 동료들과 함께한 배달호(앞줄 가장 왼쪽).

교, 정종 한잔을 곁들이면 더할 나위 없이 행복한 한 끼 식사가 되었다.

농촌에서 올라온 온갖 과일과 채소들을 파는 광경은 우리네 재래시장과 비슷했다. 건물 매장에는 오키나와의 고야 등 각 지방 특산물들이 가공되어 다양한 빛깔로 전시되어 있었다. 여러 나라에서 몰려든 관광객들, 반찬 사러 나온 주부들, 데이트 하는 젊은 연인들이 뒤섞여 시장은 굉장히 활기찼다. 재래시장이 발달되어 있으니 자연히 농촌도 더 많은 농산물들을 재배하고 있었다. 배달호는 재래시장을 보호해 주는 그런 모습이 보기 좋았다. 낮에는 시장을 구경하고 밤에는 동료들과 함께 숙소에서 나와 일본 선술집인 이자카야에서 술도 한잔했다. 배달호는 오사카가 마음에 들었다. 오사카는 서민의 도시이고, 바다와 가까운 탓에 고향인 부산과 음식도, 문화도 많이 닮아 있었다.

일본뿐만 아니라 중국의 하얼빈이나 상하이, 대만 등지도 다녔다. 하얼빈에 있는 회사는 한국중공업과는 비교가 안 될 만큼 큰 보일러 공장이었는데, 세 배 정도의 규모에 직원만 해도 5만 명에 달했다. 자신과 같은 일을 하고 있는 하얼빈 노동자들에게서 듣고 배우는 것도 많았다. 배달호도 자신이 아는 기술을 하얼빈 공장 노동자들에게 전수해 주기도 했다. 그곳 노동자들은 어떤 때는 기온이 영하 40도로 내려가는 강추위 속에서 일을 했다. 그렇게 심하게 기온이 내려가면 코에서 코피가 난다고 했다. 하얼빈 노동자들도 자신처럼 고생을 많이 하고 있었다.

외국에 나갈 기회는 해외 연수 말고도 있었다. 회사가 설비를 수출한 공장에서 하자가 발생할 경우 이를 수리하러 가야 했기 때문이었다. 담수 설비나 발전설비 등을 외국으로 수출하다 보면 간혹 작동하다가 고장이 나는 경우가 있었다. 배관 같은 게 잘못되면 절단해 다시 용접을 해야 하는데, 혈관처럼 복잡하게 얽혀 있는 배관을 잘라 이으려면 좁은 공간에서 끝단 부위를 스카핑 머신으로 가공해야 한다. 외국인은 물론이고 국내 노동자들도 아무나 할 수 있는 기술이 아니었다. 그 작업에 필요한 장비를 섬세하게 다룰 수 있는 사람은 배달호밖에 없었고 자연스레 그가 가야 할 상황이 많았다.

1995년에서 1997년 사이에도 그런 문제로 배달호는 인도에 일하러 간 적이 있었다. 시파트(Sipat) 화력발전소를 건설할 때 배관이 하나 잘못되어 가동을 하다가 문제가 생겼다. 배달호는 배민수 대리와 함께 인도로 떠났다. 인도 현지에서 필요한 장비는 한국에는 없는 것이었고, 미국에 있는 장비를 빌려 써야 했다. 그 장비가 아주 고가여서 하루 차용비가 6백만 원이나 되었다. 일주일 정도 장비를 빌려 쇠에다 드릴로 구멍을 뚫어 터빈의 선을 이어주는 리피아(repair, 보수) 작업을 했다. 아침에 배달호가 시파트 발전소로 일하러 가면 하얀 소들도 함께 출근을 했다. 발전소에 가면 사람은 철저히 신분을 조사해도 소들은 아주 자유로이 드나들 수 있었다. 사람보다 소가 더 대접받는 그 광경이 배달호는 매우 재미있었다.

인도에 머문 기간은 2주 정도였다. 일이 끝나고 쉬는 날에는 자이나 사원에 놀러 갔다. 사람들이 자이나 사원에 와서 휴식을 취하고 있었다. 대리석 위에서 잠을 자는 사람도 있었다. 자이나 사원 내부에는 조각들이 많이 있었는데, 모두 나체였다. 사원을 돌다가 만난 사람들 중에도 나체로 돌아다니는 사람들이 눈에 띄었다. 옷을 벗고도 아무렇지 않게 이리저리 자유로이 돌아다니는 사람들을 보고 배달호는 신기해했다. 그 사람들은 자이나교를 믿는 수행자들이었다. 왜 그렇게 나체로 돌아다니는지 물어보았더니 아무것도 소유하지 않기 위해 옷조차 벗어 버리고 돌아다닌다고 했다. 자이나교를 창시했던 '마하비라'라는 사람은 걸식을 위한 그릇마저 던져 버렸다고 했다. 자신의 모든 것을 다 내주고 아무것도 갖지 않는다는 게 무엇인지 배달호는 그들의 모습을 보면서 생각하게 되었다. 자신의 모든 것을 다 버리고 살아가는 삶. 그런 경지에서 살아가는 사람들이 배달호에게 깊게 다가왔다.

1999년 8월 30일부터 4박 5일간 배달호는 대만 포모사 보일러 설치 작업 중 문제가 발생해 스카핑 작업을 하러 갔다. 배달호는 할 일이 많았기 때문에 될 수 있으면 일을 빨리 끝내고 돌아오려 했다. 나중에는 회사에서 보내 주는 연수는 잘 안 가려고 했는데, 갔다 오면 노조 일도 못하는데다가 회사 차원에서 노조원들의 환심을 사기 위해 보내는 경우가 있기 때문이었다. 어쩔 수 없이 가게 되는 경우에는 정해진 일정이 있어도 될 수 있으면 일찍 오려고 노력했다. 그는 국내의 영광 발전소나 울진 발전소 등에서도 문제가 발생하면 파견 근무를 나갔다. 회사에서도 기술이 뛰어났기 때문에 그를 함부로 하지 못했다.

## 배밭 속 일본 집

"오빠는 손재주가 참 좋았어요. 김해 살 때 전파사에서 직접 부품을 사 가지고 와서 전축도 만들고 라디오도 만들었죠. 그 당시에는 부잣집 아니고는 녹음기나 전축 같은 건 가질 수 없는 시대였어요."

여동생 배애숙은 오빠에 대해 이렇게 말문을 열었다. 배달호는 초등학교를 졸업하고 중학교에 진학하지 못했다. 집이 가난해 학교를 보낼 형편이 되지 못했다. 엄마의 사정을 알기에 배달호는 학교에 가고 싶다는 말을 꺼내지 않았다. 표현은 안 했지만 학교를 다닐 수 없는 처지에 대해 배달호는 깊은 상처를 받았다. 이런 자신의 마음에 대해 배달호는 어느 누구에게도 쉽게 말하지 못했다. 배달호는 그 상처를 마음에만 묻어 두었다.

집에 있으면서 배달호는 김해 읍내에 있는 전파사에서 부품을 갖다가 라디오나 전축이나 녹음기를 조립하기 시작했다. 애숙은 당시만 해도 달호를 오빠라고 부르지 않고 어른들이 부르는 이름을 따라 달현이라 불렀다.

"현아, 그래 쓸데없는 걸 와 만들고 그라는데?"

애숙도 엄마도 동네 사람들도 모두 달호가 만든 전축에서 소리가 나올 것이라고는 믿지 않았다.

"조금만 기다려 봐라, 음악이 나올 기다."

"괜히 방만 어지럽히는 거 아이가? 방 청소는 현아가 해야 된데이."

배달호가 만든 전축에서 처음으로 노래가 흘러나왔을 때 마을 사람들 모두가 놀랐다. 정말 소리가 났던 것이다. 사람들은 이제 중학생 나이밖에 안 된 달호가 그것을 만들어 내리라고는 생각을 못했다. 모두들 신기해했다. 배달호는 무엇이든 일단 한 번 보기만 하면 척척 만들어 냈다.

"마을 사람들이 오빠가 만든 전축 소리를 듣고 고등학교 나온 사람보다 더 머리가 좋다고 했어요. 돈이 있어서 공부시켜 놓으면 괜찮겠다 했어요."

이렇게 그는 군대 갈 때까지 집에서 쉬면서도 매달 전축이나 녹음기를 만들어 전파사에 갖다 주었다. 전파사 주인은 배달호에게 수고했다면서 용돈을 주었다. 배달호는 그렇게 어렸을 때부터 스스로 돈벌이를 했다.

배달호의 가족이 부산 진구 전포동 산동네에서 김해 대저리로 이사 온 것은 배달호가 초등학교 5학년, 배애숙이 초등학교 3학년 때였다. 부산 전포동에 살 때 아버지 배기억은 버스를 운전했다. 아버지는 운전하다가 사고를 두세 번 냈는데, 한번은 할머니 한 분을 치어 교도소에 들어갔다. 사고를 내면 손써 줄 사람이 없었기 때문에 매번 감옥에 들어가서 몇 년씩 살다 나왔다. 아버지가 감옥에 들어가는 바람에 집안 살림은 어머니 이영순이 다 책임져야 했다. 배기억은 열심히 일했지만 사고라도 한번 나면 모든 것이 원점으로 돌아가곤 했기 때문에 사는 모양이 보통 힘든 게 아니었다.

집이 너무 가난해 옆집에서 딩게 가루(등겨)를 주면 그걸로 어머니가 개떡을 빚어 줬다. 딩게 가루는 보리나 쌀의 속껍질을 벗겨 놓은 가루인데, 얼마나 껄끄러운지 잘 먹을 수가 없었다. 거기다가 설탕이 귀하니 사카린을 넣고 개떡을 만들면 색깔이 수수떡처럼 불그스름했다. 그걸 베어 물면 까칠까칠해서 목에 넘길 수가 없었다. 애숙은 그 개떡을 안 먹는다고 떼를 쓰며 울었는데, 그럴 때면 항상 배달호가 달래 주었다.

"그라도 배고프니까 묵어라."

그러면서 개떡을 다시 손에 쥐어 주곤 했다.

그는 그 꺼칠한 것을 아무 말 없이 먹었다. 어머니는 너무 먹을 게 없으면 자식을 굶기지 않으려고 바가지를 들고 밥을 얻으러 다닌 적도 있었다. 애숙은 아직도 바가지에 얻어 온 밥을 다 함께 비벼 먹던 기억이 난다. 엄마가 돌아가시기 전, 병상에 아파서 누워 있을 때 그 이야기를 하면 엄마는 힘없이 그랬다.

"니는 머한다꼬 그런 걸 기억하노? 이제 좋은 기억만 갖고 살그라."

애숙은 세 살 무렵에 길을 잃어버린 적이 있었다. 그때 어머니는 머리를 산발한 채 애숙을 찾아다녔다. 애숙은 사흘 만에 경찰서에서 발견되었다. 나중에 엄마가 집안이 힘들어지면 그 이야기를 수도 없이 했다. 차라리 부잣집에 가게 내버려둘 것을 왜 찾았던고. 옷도 사주고, 학교도 다니고 그랬을 것 아니냐 하면서.

어느 날은 배달호가 담배꽁초를 주우러 가자며 애숙의 손을 잡고 나섰다. 달호는 길거리에 떨어져 있는 담배꽁초를 주워서는 겉은 잘 벗겨 내고 속을 털어서 풀빵 같은 걸 사먹으면 주는 봉지에 차곡차곡 담았다. 아버지가 막 교도소에서 나오셨을 때였다. 달호는 담배를 좋아하시는 아버지가 돈이 없어 담배 한 개비 피워 물지 못할까 걱정하다 그렇게 담배 가루를 모아 드렸던 것이다. 아버지는 그 가루를 종이에 말아서 피웠다. 열한 살 배달호는 아버지의 마음까지 헤아릴 만큼 그렇게 속이 깊은 아이였다.

감옥에서 나온 아버지는 가족들에게 김해로 이사를 가자고 했다. 김해는 아버지의 고향이었다. 고향 근처로 가서 새롭게 삶을 시작하고 싶었던 것이다. 아버지는 농사짓는 집에 짐을 실어 나르는 트럭을 운전했다. 농사철에는 김해 읍에서 비료도 실어 날라 주었고, 수매철에는 벼도 날라 주었다. 트럭을 운전하는 사람이 드물었기 때문에 돈벌이가 되었고 살림도 점점 자리를 잡아 갔다. 달호와 애숙도 전학을 해서 김해에 있는 대저 초등학교에 다닐 수 있게 되었다. 5리 정도를 걸어야 하는 등굣길에는 수레 다리가 있었다. 폭이 좀 넓었는데, 그 다리에서 함께 뛰어내리면서 놀았다. 학교 수업이 끝나면 냇물에서 멱도 감았다. 아이들은 뱀이 있어도 아랑곳 하지 않고 야, 뱀이다, 하면서 함께 헤엄치고 놀았다. 배달호나 애숙은 그렇게 재미있게 학교생활을 보냈다.

하지만 김해에서도 배기억에게 사고는 끊이지 않았다. 그 당시는 횡단보도나 신호등 같은 게 제대로 설치되어 있지 않아서 사고가 많이 일어날 수밖에 없었다. 한 번 사고가 나면 아버지는 또 2~3년씩 교도소에 가있어야 했다. 그러니 김해에서도 살림은 여전히 힘들었다. 어머니가 생계를 책임져야 했다. 어머니는 땅이 없었기 때문에 남의 집을 전전하며 일을 해주었다. 배밭에서도 일하고, 수박밭이나 오이밭에서도 일했다. 토마토 순도 쳤다. 어머니가 날마다 들판에 일하러 나가면 애숙은 동생들을 업고 새참 시간에 젖을 먹이러 다녔다. 동생들이 다 크고 나서는 과수원에 가서 어머니의 일을 거들었다. 벌레가 먹지 않도록 배를 봉지에 싸고, 배가 익으면 배도 땄다. 배달호도 어머니를 따라 농사일을 도왔고, 집안에서는 동생들을 씻겨 주거나 구석구석 청소를 했다. 그가 지나간 자리는 빛이 날 정도로 깨끗했다.

김해에서 배달호 가족이 살았던 집은 큰 배밭 한가운데에 지어진 큰 집이었다. 일본 사람이 건축했는데, 그 당시 김해에는 그런 집들이 많았다. 지붕은 일본 집처럼 둥근 통나무를 엮어 만든 것이었고, 방이 다섯 개나 되었다. 방 다섯 개에는 각각 다른 세대가 세 들어 살고 있었다. 식구가 많은 달호네가 제일 큰 방을 차지했다. 옆집에는 배달호의 친구인 주지덕이 살았다. 집 앞에는 대나무들이 무성했고, 봄이면 하얀 배꽃이 흐드러지게 피었다. 일본 집이라 일본 귀신이 산다는 말들도 있었다. 누워 있으면 이상한 소리가 났다. 따각따각 일본 사람들이 신고 다니는 게다 소리도 나고, 다그닥 다그닥 말 달리는 소리와 와장창 뭔가 깨지는 소리도 났다. 그래서 사람들은 그 집을 도깨비 집이라고 불렀다. 작은 어머니도 제사를 지내려고 내려왔다가 이 소리를 듣고는 놀라 물었다.

"형님, 저거 게다 소리 아입니꺼?"

"도깨비들이네."

"지금 농담하시는 거지예?"

그러면 아이들은 옆에서 듣고 있다가 까르르 웃곤 했다.

배달호의 형제는 일곱이었다. 한 명은 아주 어린 나이인 다섯 살 때 경기를 일으켜 죽었다. 그 동생을 살리려고 어머니가 온 부산 시내를 돌아다녔으나 결국은 세상을 떴다. 배달호가 초등학교 3학년 때였다. 나머지 애숙, 일호, 경희, 경주 그리고 일본 집에서 태어난 경화는 김해에서 함께 살았다. 다 같이 한방에서 지냈다.

자식들을 먹여 살리느라 어머니가 고생을 많이 했다. 어머니는 밭에서 하루 종일 일하고는 조그마한 네모표를 받아 왔다. 반나절 일하면 반 쪼가리였다. 집에 색동 주머니가 하나 있었는데, 방에 들어오면 못에 그 주머니를 걸어 놓았다. 일하고 받은 표 딱지는 항상 그 주머니 속으로 들어갔다. 하루는 달호와 애숙이 수레 다리에서 놀고 들어와 보니까 주머니에 들어 있어야 할 표들이 다 사라지고 없었다. 18개에서 19개 반쯤 되는 표들이었다. 온 집안이 발칵 뒤집어졌다. 그 표들은 나중에 돈으로 바꿔서 쌀도 사고, 반찬도 사고, 아이들 학용품도 살 생활비였다. 가족들 목숨이나 마찬가지였다. 화가 단단히 난 어머니는 달호와 애숙을 크게 나무랐다.

"너그 놀면서 머했노! 그거 하나 못 지키고!"

엄마는 동네 사람들에게 '양밥'을 한다고 소문을 냈다. 양밥은 본디 액운을 쫓거나 남을 저주할 때 무속에서 취하는 간단한 조치를 뜻하는 말인데, 달호가 사는 마을에서는 기름을 두르고 프라이팬에 볶은 쌀을 일곱 살짜리 어린아이가 보면 범인의 얼굴이 보인다는 말이 있었다. 훔쳐 간 사람의 손이 몽둥이맨키로 뭉뚱하게 된다고 했다. 어머니는 동네 아주머니들을 모아 놓고 내일 양밥을 할 테니까 가져간 사람은 오늘 우리가 집을 비울 때 가져다 놓아라, 그러면 모든 것을 용서해 주겠다고 했다. 다음 날 집을 비우고 기다렸다가 들어가 보니 표 반쪼가리만 빼고는 다 되돌아와 있었다. 알고 보니 옆집에 애숙보다 세 살 많은 아이가 그걸 가져간 것이었다. 어머니는 속을 하도 끓여서인지 그걸 찾고 며칠을 식은땀을 흘리며 앓았다. 아버지 배기억이 차라리 운전을 그만두고 아내랑 같이 농사일을 했다면, 그렇게 고생스럽지는 않았을 것이다. 어머니는 남편이 군 수송대에서 일할 때 만난 이후로 결혼식도 못 올리고 계속 고생만 했던 것이다.

애숙은 큰딸이어서 동생들도 돌보고 엄마 대신 집안일도 해야 했다. 하루는 일을 마치고 돌아온 어머니가 애숙에게 수제비를 끓인다고 연탄아궁이에 물을 얹어 놓으라고 했다. 애숙은 시키는 대로 물을 얹었다. 하지만 어떻게 된 일인지 아무리 기다려도 물은 끓지 않았다. 알고 보니 애숙이 모르고 연탄 뚜껑을 닫아 놓은 채 물을 얹은 것이었다. 당연히 어머니는 단단히 화가 났다. 그날 애숙은 부지깽이로 흠씬 두들겨 맞았다. 온몸에 구리 감아 놓은 것처럼 멍이 올라왔다. 보다 못한 달호가 어머니를 끌어안았다.

"퍼뜩 도망가라!"

그래도 어머니는 악착같이 잡으러 왔다. 애숙도 너무 맞다 보니 화가 치밀어 올라 되레 악을 쓰면서 도망갔다. 어머니는 더 화가 나서 쫓아왔다. 애숙은 얼른 친구네 집 마루 밑으로 숨었다. 이쯤이면 어머니가 갔겠지 하고 밖으로 나왔는데 아직도 자신을 기다리고 있는 어머니와 딱 마주쳐 버렸다. 애숙은 또 도망가려고 재빨리 몸을 돌렸다.

"도망가지 마라, 도망가지 마라, 엄마가 이제 화 다 풀렸다."

그러면서 어머니는 애숙을 꽉 껴안고 목 놓아 울었다. 머리를 하염없이 쓰다듬으면서. 애숙도 어머니를 붙들고 함께 울었다. 다음 날 어머니는 연고를 사다 발라 주었다. 그때 어머니는 궁색한 생활에 찌들어 사는 게 말이 아니었다. 어머니가 하도 고생을 하니까 마을 어르신 한 분이 어머니에게 그랬다. 애들 몇 명은 할매에게 맡기든지 작은집

애숙이 오빠의 원래 이름이 달호라는 것을 안 것은
제대 후 돌아온 오빠 군복의 명찰을 보고 나서였다.
군복을 입은 달호의 모습을 보니
저절로 오빠라는 말이 툭 튀어나왔다.

에 주고 시집가라고. 좋은 자리 있으니까 시집보내 준다고. 엄마가 그때만 해도 젊었다. 그래도 어머니는 끝까지 포기하지 않고 자식들을 키웠다.

아무리 사는 게 팍팍해도 어머니가 배달호를 꾸짖는 경우는 거의 없었다. 하지만 어머니가 사준 병아리가 개에 물려 죽었을 때만은 그렇지 않았다. 어머니는 잘 키워 놓으라 했는데 죽였다며 호되게 야단했다. 잘 키워 장에 내다 팔아 생활비라도 보태려고 했는데 키우지도 못하고 죽어 버리니 어머니는 많이 속상했다. 그래도 어머니는 배달호를 믿고 많이 의지했다. 남편이 채워 주지 못한 빈자리를 달호가 대신해 주었다. 동생들도 배달호를 잘 따랐다. 배달호는 형제들과 싸우지도 않았고, 동생들을 야단치는 일도 없었다.

남동생 일호는 좀 별난 말썽쟁이로 마른 똥을 손가락에 끼우고 다니곤 했다. 여섯 살쯤에는 물장난을 하다가 수레 다리 밑으로 들어가 버린 적도 있었다. 애숙이 잠깐 한눈판 사이 번갯불에 콩 구워 먹듯이 없어지더니 물속에 빠졌던 것이다. 그곳은 폭도 넓고 다리에 직접 물이 닿아 흘러가는 곳이라 물살도 셌다. 다행히 달호와 애숙이 반대편 다리 밑에서 기다렸다가 건져 냈지만, 애숙은 어머니에게 호된 꾸지람을 들어야 했다. 애숙에게 이런 일은 동생들이 사고를 칠 때마다 반복되는 일상이었다.

배달호가 제대를 하고 집으로 돌아온 후 가족들은 김해에서 배달호가 나고 자랐던 부산 전포동 감로사 부근으로 다시 이사했다. 배달호가 죽기 전까지 어머니가 살았던 2백만 원에 7만 원짜리 달세방이 바로 그 집이었다. 전포동은 아버지 형제들인 작은아버지들이 뿌리를 박은 곳이었다. 작은아버지들은 배달호의 집보다는 형편이 나았다. 작은아버지는 세 분인데, 그중 바로 손아래 작은아버지는 퇴직할 때까지 미군 부대에 있었다. 월급도 70~80만 원이나 되었다. 덕분에 달호네 가족도 많은 도움을 받았다.

부산으로 와서 아버지는 똥차를 운전했다. 하지만 이 일이 시(市)로 넘어가자 그다음부터는 도살장에서 고기 실어 나르는 일을 했다. 아버지는 일이 힘들었는지 당뇨병을 얻었다. 당뇨를 오래 앓는 동안 빚이 많이 쌓였다. 집안 형편이 이랬기 때문에 배달호는 돈을 벌기 위해 노력을 많이 했다. 그는 군에서 제대한 지 한 달도 안 되어 회사에 들어갔다.

그렇게 해서 들어간 배달호의 첫 직장은 부산에 있는 동호전기였다. 아버지는 병원에 자주 입원했고 어머니는 돈을 벌 능력이 없었기 때문에 배달호가 생활비를 댔다. 그 당시 돈 벌 사람은 달호밖에 없었다. 여동생들 학비도 그의 몫이었다. 결혼하고 나서도 배달호는 어머니에게 생활비를 드렸다. 술을 좋아하는 동생 일호가 사고를 치면 배달호가 합의금을 내고 경찰서에서 빼오기도 했다. 변호사 수임료가 몇백만 원씩 들 때도 있었다. 부인 길영은 청소를 하다가 남편의 옷에서 떨어진 변호사 수임료 영수증을 발견한 적도 있었다. 배달호는 부인이 알면 속상할까 봐 말을 안 했던 것이다.

아버지는 당뇨 합병증으로 1996년 69세의 나이에 돌아가셨다. 둘째, 셋째 여동생인 경희, 경주는 다 커서 교통사고로 죽었다. 한 명은 오토바이 사고였고, 한 명은 역진해 오는 차에 치인 것이었다. 경희는 어린 아들까지 있었다.

"내가 무신 죄가 많아 자식을 이래 앞세우노!"

어머니는 통곡했다. 어머니 마음은 말이 아니었다. 그렇잖아도 고생을 이루 말할 수 없이 했는데 자식의 죽음까지 맞이했던 것이다.

## 가포 유원지와 수미다 여성 노동자

한국중공업 기숙사는 항상 젊은 노동자들로 북적거렸다. 주로 장가 안 간 총각들이었다. 기숙사에 있으면 젊은 노동자들은 밖에 나갈 기회가 많지 않았다. 어쩌다가 쉬는 일요일도 회사 안에서 보내야 했다. 공장은 돌섬이 손에 잡힐 정도로 바다에 인접해 있어서 한번 마산 시내까지 나가려면 버스를 타고 한 시간 이상씩 가야 했다. 총각끼리 그렇게 몇 년씩 어울려서 지내다 보면 싫증이 나기도 하고 지루하기도 하고 외롭기도 해서 자취방을 얻어 나가는 노동자들도 많았다. 배달호도 기숙사에 있으면 왠지 자유롭지 못하고 답답했다. 그렇잖아도 일주일 내내 공장에 갇혀서 일만 하는데 쉬는 날에도 공장 내 기숙사에 처박혀 있자니 젊은 혈기를 주체할 수 없었다. 그래서 배달호는 쌍용과 지금의 마산 터미널 앞 합성동에 있는 벌집 같은 슬레이트 지붕집 방 한 칸을 얻어 함께 자취 생활을 시작했다. 건형도 따로 나와서 자취 생활을 하다가 기숙사로 다시 들어가기도 했다.

그 당시(1980년대 초) 마산 수출자유지역에는 전국 각지에서 몰려든 아가씨들이 많았다. 그들은 섬유나 전기, 가발, 의류 등을 만드는 공장에서 일하고 있었다. 한국중공업에 다니는 노동자들은 여성 노동자들에게 인기가 좋았다. 한국중공업이 대공장 사업장인데다가 노동자들 대부분이 기술자들이기 때문이었다. 마산 수출자유지역의 여성 노동자들과 창원의 한국중공업 노동자들이 단체로 미팅을 하기도 했다. 그렇게 만난 아가씨 중에 지금은 배달호 회사 동료의 아내가 되어 있는 사람도 있었다.

"배 형은 몸집도 그렇게 크지 않고, 키도 작고, 나보다 못생겼는데, 인기는 참 많았어요. 사람을 끄는 뭔가가 있었어요. 난 내성적이었는데, 배 형은 사람을 리드하는 힘이 있었어요."

함께 미팅을 나갔던 건형이 말했다. 그 당시 회사는 한 달에 한두 번 밖에 쉬지 못했는데, 그들은 노는 일요일이면 미팅을 하며 돌아다녔다.

그렇게 얼마간 지내다가 배달호는 합성동 슬레이트 지붕집에서 나와 좀 더 좋은 주택가로 이사를 했다. 그 주인집에는 얼굴이 예쁘장하고 참한 딸이 한 명 있었다. 마산 수출자유지역에 있는 '수미다'라는 전기회사에 다니는 아가씨였다. 달호는 그 아가씨가 참 괜찮았다. 하지만 그녀를 맘에 둔 것은 배달호만이 아니었다. 쌍용도 그이가 마음에 들었다. 배달호와 쌍용은 서로 그이에게 잘 보이려고 경쟁하며 싸웠다. 쌍용은 달호가 자신을 따돌리고 주인집 아가씨를 혼자 독차지하려고 해서 불만이 많았다. 그 아가씨랑 데이트 좀 하려고 하면 언제 나갔는지도 모르게 데리고 나가서 둘만 데이트를 하고 돌아왔다. 달호가 행동이 재빨라 쌍용은 항상 뒷북을 쳤다. 이러다가는 둘도 없는 친구 사이에 싸움까지 날 판이었다. 그래서 쌍용은 수미다에 다니는 그 아가씨의 친구를 한 명 불러서 넷이 돌아다니는 길을 택했다. 쉬는 날이면, 멀리는 가지 못하고 마산 근방을 왔다갔다했는데, 특히 가포동에 자주 들러 회도 먹고 자전거도 타며 여가를 즐겼다.

당시만 해도 마산은 참 아름다운 곳이었다. 바다를 끼고 있다 보니 경치 좋은 곳이 많았다. 그중에서 마산시 가포동에 있는 가포 유원지는 돌섬에 가려 마산 시가지가 보이지 않는데다가 육지와 섬이 맞물려 있어 내륙 지방의 큰 연못을 연상케 하는 곳이었다. 쌍용과 달호는 버스를 타고 그 수미다 아가씨들과 함께 가포 유원지로 자주 놀러 갔다. 유원지의 뒷산에 올라가면 마산 앞바다의 전경을 한눈에 내려다볼 수 있었고, 무엇보다 불빛이 하나둘 들어오기 시작하는 저녁 풍경은 말로 표현할 수 없을 정도로 아늑하고 아름다웠다. 그 아름다운 풍경에 철야나 야근으로 쌓인 일독도, 몸에 밴 쇳가루 냄새도 모두 털어 버리고 편안히 쉴 수 있었다. 가포 유원지는 해안을 끼고 나무들이 빼곡히 늘어서 있어서 걷기에도 아주 좋았다. 찻집도 있고 횟집도 많아서 주말이면 가족들이나 연인들이 자주 찾았다. 달호와 쌍용은 둘씩 짝을 지어 보트도 탔다. 노를 저어 움직이는 보트여서 타고 나면 손바닥에 물집이 잡혔지만, 그래도 아프다는 생각은 전혀 들지 않았다. 멀리 산에는 나뭇잎들이 햇빛을 받아 반짝거렸고, 바다에서는 비릿하고 싱그러운 미역 냄새가 훅 올라왔다.

그들은 연예인 이야기도 하고, 회사에서 반장 때문에 속을 끓였던 일들도 이야기했다. 배달호는 김추자를 좋아했고 쌍용은 하춘화를 좋아해 서로 누가 노래를 더 잘하는지를 가지고 말다툼을 벌일 때도 있었다. 배달호는 김추자의 '커피 한잔'이라는 노래를 멋들어지게 불렀다. '내 속을 태우는구나' 구절을 노래할 때면 유난히 경상도 사투리를 세게 넣어 웃음을 자아냈다.

더울 때는 해수욕장에서도 놀았다. 어떤 날은 자전거를 가지고 와서 해안 도로를 따라 하이킹을 하기도 했다. 바닷가에 가지 않는 날에는 마산 화개산이나 무학산에 올랐다.

주인집 아가씨는 배달호를 많이 좋아했다. 맛있는 요리도 해주고, 작업복이나 속옷을 빨아 줄 정도로 마음에 깊이 두었다. 그이의 어머니도 배달호를 좋아해서 사위로 삼고 싶어 했다. 그 어머니 친정 마을에 가서 모내기를 할 정도로 서로 편하게 지냈다. 하지만 배달호는 그이를 연인으로 생각하지는 않았고, 그저 동생으로 대했다.

배달호가 좋아하는 여성은 따로 있었다. 함께 놀러 다녔던 주인집 아가씨의 친구 '림'(가명)이었다. 그녀는 말이 많지는 않았지만 속이 깊고 내면이 강한 여성이었다. 생활력도 강했다. 배달호는 서서히 그녀에게 마음이 끌렸다. 결혼까지 생각하고 있었다. 결국은 시내로 림을 불러내 청혼을 했다. 하지만 림은 고민 끝에 배달호의 청을 받아들이지 않았다. 자신도 배달호에게 마음이 없는 것은 아니지만 두 집이 모두 너무 가난해 함께 살면 힘들 것이라는 이유에서였다. 그녀는 가난한 집의 장녀였고, 집안을 돌봐야 할 처지였다. 월급을 모아 부모님 생활비로 보내고 동생들의 학자금도 대야 했다. 배달호는 집이 가난해 헤어지자는 말에 충격이 컸다. 그리고 그 뒤로 둘은 헤어졌다.

부인인 길영에게도 언젠가 림에 대한 이야기를 했다.

"정말 결혼하고 싶은 사람이었는기라. 근데 집이 가난하다고 가버리더라구."

림은 머리가 길었는데, 배달호는 그때의 상처로 긴 머리 여성을 싫어했다. 두 딸들만은 예외였지만 길영이 머리를 기를라 치면 별로 좋아하지 않았다.

림은 나중에 수미다 일본인 사장이 임금도 떼먹은 채 공장을 폐업하고 자국으로 도망가자 일본까지 가서 원정 투쟁을 벌인 노동자였다. 림이 일본 야스쿠니 신사 앞에서 시위를 벌이고 있을 때 일본 언론과 노동자들은 수미다 노동자들의 싸움을 지지해 주었는데, 한국 외교관이 찾아와 나라 망신시킨다며 철수하라고 해서 여성 노동자들의 지탄을 받은 적도 있었다.

배쌍용은 자취방에 찾아온 배달호의 여동생을 마음에 두었다. 쌍용은 한번 사귀어 보려고도 했는데, 이미 죽었다고 해서 놀란 적이 있었다. 여동생이 올 때 쌍용은 배달호의 어머니도 보았다. 어머니는 생각보다 젊어 보였다.

어느 날 배달호는 쌍용에게 부산으로 선을 보러 간다고 했다. 그날 배달호는 지금의 부인 길영을 만났다. 그는 길영이 마음에 들었는지 자취하는 집으로 데리고 와 집사람이 될 여성이라면서 쌍용에게 소개시켜 주었다. 선본 지 한 달도 안 되었을 때였고, 나이 차이가 여덟 살이나 났다. 쌍용은 배달호를 도둑놈이라 놀렸다. 부인은 곱고 하얀 피부에 참한 얼굴을 하고 있었다. 예식장에서 피아노를 치는 재능 있는 여성이기도 했다. 쌍용은 그 후로 달호와 싸우지 않고 마음 놓고 주인집 딸을 만날 수 있었다.

## 짙은 하늘색 작업복

배달호를 만났을 때 길영은 부산에 있는 한 예식장에서 피아노를 치고 있었다. 길영의 꿈은 피아노 학원을 하나 차려 아이들을 가르치는 것이었다. 학생일 때는 차마 피아노 배우고 싶다는 말을 부모님께 꺼내지 못했다. 피아노를 절실히 배우고 싶었지만 다들 경제적으로 어려운 상황이라 학교를 보내 준 것만도 고맙게 생각했다. 길영은 고등학교를 졸업한 후 회사에 들어가지 않고 집안일을 거들며 지냈다. 집에서는 시장에 내다 팔려고 니트, 스웨터 등 편물을 만들었다. 길영은 만든 편물을 진시장에 있는 아버지 가게에 갖다 주었다.

길영은 독실한 기독교인이어서 열심히 교회에 다녔는데, 마침 교회에서 알게 된 친구가 피아노 학원을 하고 있었다. 그녀는 아침 일찍 부모님 몰래 집을 빠져 나와 피아노를 배웠다. 피아노를 다 배우고 나니 취직이 몹시 하고 싶었다. 그래서 서면의 대아 호텔 안에 있던 부전 예식장에 취직했다. 예식장에 있는 사무실에 근무하면서 식이 있을 때는 피아노를 연주해 주었다. 그 호텔에서 길영은 배달호의 동네 친구를 만났다. 그는 예식장에서 사진을 찍어 주는 사진사였다. 하루는 그가 길영에게 다가오더니 "내 친구가 한국중공업에 다니는데 한번 소개시켜 줄까?" 하고 물었다. 그는 평범하고 착실한 길영을 좋게 보았던 모양이었다. "그래요? 그럼, 보죠 뭐." 그렇게 해서 일요일에 예식장 지하에 있는 음악다방에서 길영은 달호를 만났다.

사실 길영은 한국중공업이 무슨 일 하는 곳인 줄도 몰랐다. 약속 장소에 갔는데, 배달호는 혼자 온 게 아니라 친구들을 잔뜩 데리고 나와 있었다. 인연이 되려고 그랬는지 길영은 배달호가 입고 나온 짙은 하늘색 작업복이 그렇게 멋있어 보일 수가 없었다. 예식장에서 만나는 사람들은 대부분 정장 차림이었고 그 차림에 질려 있던 길영은 짙은 하늘색 잠바가 눈에 확 들어오면서 마음이 설레기 시작했다. 겨울 잠바라 두꺼워서 몸이 좀 작은 편인 배달호의 몸이 있어 보여 좋았다.

"아, 저는 그 모습이 정말 순수하게 보이는 거예요. 그 모습에 반했어요. 지금 생각해 보면 사람에 반한 게 아니라 옷에 반한 것 같아요. (웃음) 아, 중공업 계통에 이런 게 있었구나, 했어요."

지금도 길영은 짙은 하늘색 작업복에 정이 많이 간다. 일할 때 활기차고 생기가 도는 색이었다. 두산중공업으로 바뀐 뒤로는 작업복도 죄수복 같은 회색으로 변했다. 회사에서는 분위기를 차분하게 바꾸려고 그랬는지는 모르겠지만 일하는 분위기도 영 가라앉아 버렸다.

배달호와 함께 온 친구들도 다 느낌이 괜찮았다. 하지만 첫인상이 좋다고 무턱대고 만날 수는 없었다. 길영은 어릴 적부터 교회에 함께 다녔고 지금은 중공업 쪽에 있는 친구에게 배달호가 회사에서 어떤 사람인지 알아봐 달라고 부탁했다. 얼마 후 친구는 사람도 좋은 것 같고, 집안도 괜찮으니 만나 보라고 이야기해 주었다. 나중에 알고 보니 친구가 배달호의 집안이 어렵고 식구가 많다는 이야기는 다 빼버리고 나머지 얘기만 전해 준 것이었다. 그렇게 해서 길영은 배달호와 정식으로 만나게 되었다.

길영은 배달호가 자신의 이야기를 받아 주는 편이어서 마음이 편했다. 길영에게 형제라고는 남동생 하나뿐이어서 달호의 오빠 같은 면도 좋았다. 배달호를 사귄 뒤로 오빠가 새로 생긴 것처럼 뿌듯했다. 길영은 그를 통해 자신이 이제까지 접해 보지 못한 세계를 하나씩 만나 갔다. 사회생활이라고는 교회 유치원 교사와 예식장 피아노 연주자 경험밖엔 없던 길영에게 배달호가 경험한 세상은 새롭고 신기하고 재미있게 다가왔다. 무엇이든 궁금한 걸 물어보면 조곤조곤 설명해 주었고, 무슨 일이든지 능숙하고 발 빠르게 알아서 움직였다. 무엇보다 배달호와 그의 친구들을 통해서 남자들의 세계를 조금씩 알아 가는 게 좋았다.

배달호도 길영에게 잘했다. 길영이 피아노 연주를 정말 좋아한다는 것도 이해해 주었다. 피아노도 계속 할 수 있도록 밀어주고, 원하면 피아노 학원까지 차려 주겠다고 했다. 지금은 모든 것이 물거품이 되었지만, 길영은 남편이 그때만큼은 진심이었다는 것을 믿는다. 결혼 생활에 대해 많은 꿈을 꾸지만 현실은 그렇지 못하다는 것을 길영은 안다. 손에 물 한 방울 안 묻히게 해주겠다 해놓고 고무장갑 하나 안 사주는 게 결혼 생활이었다. 그래도 서로 사랑했던 그 순간만큼은 진실이라는 걸 믿는다. 자그마한 꿈이라도 현실에서는 이루어지기가 쉽지 않았다.

두 번째 만난 날에 배달호는 한껏 양복을 차려 입고 카메라를 들고 나타났다. 그날이 월급날이어서 맛있는 걸 사주러 왔다고 했다. 그는 계속해서 수요일과 토요일이면 부산에 내려왔다. 그의 친구들은 포니 자동차로 둘을 태워서 이제까지 길영이 가보지 못한 곳을 구경시켜 주었다. 금정산의 범어사, 태종대, 어린이대공원, 자갈치 시장 등 많은 곳들을 돌아다녔다. 그때 함께했던 시간이 길영은 지금도 마음에 많이

길영은 달호의 짙은 하늘색 작업복이 그렇게 멋있어 보일 수가 없었다.

"아, 그 모습이 정말 순수하게 보이는 거예요.
그 모습에 반했어요.
지금 생각해 보면
사람에 반한 게 아니라 옷에 반한 것 같아요."

남아 있다. 배달호는 여러 가지 일을 하는 친구들이 많았다. 어떤 친구는 길영이 마산에 올라갔을 때 배를 태워 주기도 했다. 길영은 그 배를 타고 한국중공업에도 가보았다. 이제까지 그렇게 큰 공장은 처음이었다. 하지만 바다를 매립하고 있어서 공장 자체는 황량했고, 한쪽 면은 어촌이나 시골 변두리 같은 느낌이 들기도 했다.

만난 지 4개월 만에 배달호와 길영은 결혼하기로 마음을 정했다. 그런데 배달호는 길영을 집에 데려갈 기미가 없었다. 길영은 시부모님조차 소개받지 못한 상황이었다. 결혼식을 며칠 남겨 놓고서야 배달호는 길영에게 집에 가자는 말을 꺼냈다. 전포동에 있는 골목길을 지나 아파트 앞에서 배달호가 멈춰 섰다. 길영은 그 아파트가 배달호의 집인 줄 알았다. 그런데 배달호는 길영을 아파트 앞에 세워 놓고 잠깐 어디를 갔다 온다면서 사라졌다. 한참이 지난 뒤에야 나타난 그는 길영을 아파트 뒤쪽으로 데리고 갔다. 아파트 뒤편은 밭이었다. '여기는 밭뿐인데 어디로 데려가는 걸까…….' 밭을 지나 한참을 위로 올라가 보니 꼭대기에 판자촌이 나왔다. 그는 판자촌 골목으로 들어가 어느 집 앞에 멈춰 섰다. 양철 지붕에 갓빠(천막의 일본말)를 씌워 놓은 집이었다. 길영은 그런 집이 있다는 건 상상조차 못했다. 집 안으로 들어갔는데 방이 하나뿐이었다. 단칸방에는 남동생과 막내 시누에다 큰시누 애들까지 모여 북적거리는 바람에 앉을 곳조차 없어 보였다. 막내 시누는 중학생이었다. 거기다 배달호의 증조할머니까지 더해 열 명 남짓한 사람들이 방 한 칸에서 살고 있었다. 시댁 식구들을 만났을 때 시어머니께서 했던 말을 길영은 아직도 잊지 못한다. "결혼식 하지 말고 그냥 살면 안 되겠나?" 시누들도 결혼식은 올리지 못한 채 살고 있었다. 길영은 배달호와 결혼하고 나서 그 누이들 결혼식도 올려 줬다.

길영의 집에서는 예단을 보냈으나 배달호의 집에서는 결혼식 날이

결혼 생활에 대해 많은 꿈을 꾸지만
현실은 그렇지 못하다는 것을 길영은 안다.
손에 물 한 방울 안 묻히게 해주겠다 해놓고
고무장갑 하나 안 사주는 게 결혼 생활이었다.
그래도 서로 사랑했던 그 순간만큼은 진실이라는 걸 믿는다.
자그마한 꿈이라도 현실에서는 이루어지기가 쉽지 않았다.

다가오는데도 예단이 오지 않았다. 결혼이 임박해서야 한복을 한 벌 지을 수 있는 천만 보내왔다. 길영은 결혼을 망설였다. 집이 가난한 것은 그렇다 쳐도 그동안 자신에게 그런 이야기를 해주지 않았다는 게 받아들이기 힘들었다. 포니 자동차니 배니 하는 것들을 태워 준 것도 순진한 자신을 속이기 위한 게 아닌가, 하는 생각까지 들었다. 고민하던 길영은 잠시 그를 피해서 전도사가 될 준비를 하고 있던, 혼자 사는 친구 집에 머물렀다. 어떻게 해야 될지 막막해서였다. 결혼 첫날부터 이런 마음으로 시작하고 싶지는 않았다. 친정어머니는 사람이 좋은 것 같으니 사람 보고 가라고 했다. 나중에 알고 봤더니 배달호는 길영이 마음에 드는데, 자신의 집 사정을 이야기했다가 또 첫사랑처럼 떠나버릴까 봐 겁이 난 것이었다. 그 말을 듣고 길영은 혼자서 마음 졸였을 그의 모습을 생각하니 안된 마음이 들었다.

1983년 5월 8일, 서면에 있는 백조 예식장에서 그들은 결혼식을 올렸다. 그날 양쪽 집안사람들은 모두 울었다.

"오빠 결혼식 하는데 왜 그렇게 눈물이 나와요. 기뻐해야 하는데 …… 왜 이렇게 눈물이 나지?"

여동생 배애숙이 그 결혼식을 떠올리면서 말했다.

길영은 배달호와 결혼한 것을 후회하지는 않았다. 집은 가난하고 식구들이 많아도 시댁은 가족 간에 우애가 좋았다. 길영의 집은 사람이 별로 없어 조용했는데, 그의 집은 항상 북적북적 생기가 돌았다. 시아버지도 잘해 주었다. 무엇보다 길영을 이해해 주었다. 배달호는 가진 것은 없어도 마음이 좋았다. 길영을 존중해 주고 마음도 많이 써주었다. 한국중공업이면 남편 직장으로 나쁘지 않았고, 평범하게 남들처럼 열심히 살면 괜찮을 거라고, 좋아질 거라고 생각했다. 길영은 종교적인 힘으로 많은 걸 견뎌 냈다. 힘이 들긴 하지만 손길이 필요로 하는 집에 시집와서 많은 것을 해드릴 수 있어 잘된 일이라 여겼다.

처음 결혼해서는 생활이 많이 힘들었다. 양덕동에 있는 1백만 원 보증금에 4만 5천 원 하는 달세방에서 신혼살림을 시작했다. 그 뒤로 열 차례 이상 이리저리 옮겨 다니는 생활이 이어졌다. 나중에 길영은 이삿짐 싸는 데 명수가 되었다. 점점 집을 넓혀 가기 시작해 봉화산의 집은 전세로 얻었고, 북마산의 조그만 기와집은, 대출을 받기는 했지만, 내 집으로 마련할 수 있었다. 하지만 남편이 노조 일을 시작하고 집에 신경을 쓰지 못하면서부터 생활은 다시 힘들어졌다. 시댁에 생활비도 드려야 하는데, 형편은 안 되고, 애들은 커가고, 그때부터 길영은 사는 게 겁이 나기 시작했다. 그때만 해도 길영은 노조에 대해서는 전혀 아는 바가 없었다. 노조 사람들이 집으로 우르르 몰려오곤 했는데, 처음에는 그냥 직장 동료들이 놀러 온 줄로만 알았지 노조 일을 상의하러 온 줄은 꿈에도 생각지 못했다.

## 두 딸

선혜가 태어난 것은 결혼 후 1년쯤이 지나서였다. 배달호는 딸이 태어나자 세상을 다 얻은 것처럼 좋았다. 힘들게 일하고 집에 들어와서도 밥도 하고 빨래도 했다. 애와 같이 도시락을 싸서 소풍도 갔다. 아이를 업고 밖에 나가면 땅에 내려놓을 줄 몰랐다. 달호는 아기가, 딸이, 이렇게까지 예쁠 줄 몰랐다.

"이쁜 딸 낳아 줘서 고맙구마."

무뚝뚝해 이렇게밖에 표현할 줄 몰랐지만 길영은 남편이 아이를 좋아하는 마음을 다 느낄 수 있었다. 2년 후에는 인혜가 태어났다. 두 살 터울의 아이 둘을 키우는 일은 힘들었지만 길영은 달호가 잘 도와주어서 견딜 수 있었다.

"그때는 진짜 재미있게 살았심더. 순수 그 자체였어예."

집이 낡아 고장이 많았지만 달호의 손은 뭐든 되게 만들었다. 달호의 손이 가면 신기할 정도로 금세 모든 것이 제대로 돌아갔다. 아이들에게도 항상 장난감도 사주고, 집에 올 때는 아이스크림, 과자 하나라도 사들고 들어왔다. 배달호는 원래 성품도 그렇지만 자취 생활을 많이 해서인지 사람에 대한 정도 많고 그리움도 많은 사람이었다. 특히 나이 드신 분들을 좋아했다. 길거리에서 노인분들을 만나면 그냥 지나치지 못했다. 앉아서 한 마디라도 말을 걸고 지나가야 했다. 하루는 어스름한 저녁까지 다 시든 시금치와 오이를 팔고 있는 할머니를 그냥 지나치지 못해 그걸 몽땅 사들고 간 적도 있었다.

가끔 배달호는 길영을 아내보다는 누나같이 생각하고 싶었다. 자신의 마음을 이해해 주고 위로해 줄 상대를 원했던 것이다. 이렇게 정이 많은 그에게 아기가 태어났으니 더 기뻤을 것이다. 선혜랑 인혜가 태어나자 부산에 있던 부모님도 좋아했다. 특히 아버지가 매우 기뻐했다. 손녀들을 무릎에 앉히며 함께 놀아 주었다. 선혜, 인혜는 방학 때마다 할머니 집에 내려가 또래 언니들과 놀았다. 선혜는 갸름한 얼굴에 이목구비가 뚜렷하면서 가지런한 것이 아빠의 외모를 많이 닮은 편이었고, 인혜는 배달호의 활달한 성격을 닮은 아이였다.

배달호는 선혜, 인혜가 태어난 뒤부터는 아이들을 보는 눈이 달라졌다. 세상의 아이들이 다 귀엽고 사랑스럽게 느껴졌다. 길을 가다가 아이들을 만나면 손이라도 한 번 더 잡아 주고, 시간이 나면 함께 놀아주기도 했다. 아이를 낳으면 세상 보는 눈과 크기가 달라진다더니 배

달호는 아이를 한번 업고 밖에 나가면

땅에 내려놓을 줄 몰랐다.

달호는 아기가, 딸이, 이렇게까지 예쁠 줄 몰랐다.

" 이쁜 딸 낳아 줘서 고맙구마. "

무뚝뚝해 이렇게밖에 표현할 줄 몰랐지만

길영은 남편이 아이를 좋아하는 마음을

다 느낄 수 있었다.

이웃집 아이와 놀고 있는 선혜(왼쪽).

달호가 그랬다. 한번은 퇴근하는 길에 다운증후군에 걸린 아이를 만난 적이 있었다. 아이는 길거리에서 엄마에게 괴성을 지르고 있었다. 길을 가던 사람들은 그 소리가 불편했는지 모두 피하기만 했고, 아무것도 못 들은 척 무심하게 지나가는 사람들도 많았다. 아이 엄마는 땀을 뻘뻘 흘리면서 아이를 달래고 있었다. 배달호는 그들에게 다가가 아이가 엄마와 편하게 쉴 수 있는 곳으로 옮겨 주었다. 알고 보니 버스가 갑자기 경적을 울리며 지나가니까 아이가 놀라 그런 것이었다. 여린 마음에 놀라 경기하듯 소리를 지르는 아이를 보면서 배달호는 정말로 마음이 아팠다. 전에는 그런 모습을 봐도 그저 안쓰럽다는 정도의 마음이었는데, 이번에는 선혜와 인혜가 생각나 아이와 엄마의 고통이 그대로 자신에게 전해져 왔다.

# 3

# 공장에서 자유를 외치다

—

차별이 없어지고 임금이 오른 것도 기뻤지만, 무엇보다도 단체 협상을 통해 서로 뜻을 조정해 가는 과정이 저희들은 정말 신나고 재미있었어요. 아, 대등하다는 게 이런 것이었구나, 깨달은 거죠. 회사가 저희를 대화 상대로 인정한다는 거잖아요. 그 이후로 회사와 서로 격렬히 싸울 때도 있었지만, 더 많이 협상하고 회사 생활을 더 생산적으로 만들어 가려고 노력했어요. 저희 현장 노동자들에게는 정말 즐거운 경험이었죠.

## 좋은 인연 : 노동조합

배달호는 일요일에 가족 행사가 있거나 마산 수출자유지역 여성 노동자들과 데이트 약속이 있어도 회사에서 출근하라고 하면 어쩔 수 없이 작업복을 입었다. 그 당시는 군사정권 시절이었기 때문에 현장에서의 차별도 심했고, 노동자들에 대한 태도도 몹시 권위적이었다. 아침에는 군대처럼 구보도 하고 피티 체조도 했다. 거의 사람 취급을 못 받았다. 식당에 가면 관리자들과 밥 먹는 자리가 서로 달랐고, 나오는 반찬도 달랐다. 하루 8시간 일하는 것으로 모자라 잔업도 하고 철야도 해야 했다. 어떤 때는 한 달에 보름을 철야하고 나면 그 달이 다 가버렸다. 그렇게 밤새도록 일을 하고 나면 얼마나 힘든지 머리가 핑 돌고 헛것이 보일 정도였다. 몸이 아파도, 개인적으로 급하게 볼 일이 있어도, 회사에서 지시가 내려오면 일을 해야 하는 것이 당시 노동자들의 일상이었다. 회사의 지시에 불응하면 다른 부서로 보내 버리는 일도 부지기수였다. 명찰만 달고 오지 않아도 규정 위반이 되어 버리던 시절이었다.

탈의실과 샤워장 같은 기본적인 복지시설도 제대로 갖추고 있지 못했다. 컨테이너 건물에 있던 목욕탕 옷장처럼 생긴 조그만 사물함에 작업복과 안전화를 같이 두어야만 했다. 환풍기가 없었기 때문에 냄새도 심했다. 한 동료가 냄새가 심하니 환풍기를 하나 달아 달라고 했다가 반장에게 '권고사직'을 당한 경우도 있었다. 현장을 관리하는 책임자인 반장의 횡포는 이만저만이 아니었다. 현장 곳곳이 복종을 강요하는 군대식 체계로 이루어져 있었다. 공기업인 한중은 군사정권과 밀접한 관계를 유지하고 있었기 때문에 군사주의적인 경향이 더 강했다. 사장 등 회사 고위층은 절대 권력을 휘둘렀으며, 반장 등 중간 관리자들도 이 힘을 믿고 위세를 부렸다. 더군다나 그 당시 노동자들은 노동법 같은 것은 구경도 못 해본 때였기 때문에 반장이 나가라면 아무런 손도 쓰지 못하고 그대로 공장을 떠나기가 예사였다. 반장은 '자진해서 나가면 퇴직금이 있지만 해고당하면 퇴직금이 없다'는 식으로 노동자들을 협박했다. 그러면 그 사람은 퇴직금을 받지 못할까 봐 사표를 쓰고 나갔다. 노동법에 해고비와 퇴직금을 주도록 보장되어 있는데도 당시 노동자들의 노동법에 대한 '무지'를 이용해 형식만 자진 사직으로 꾸며 해고수당을 주지 않았던 것이다. '고과'라는 것도 있어서 반장에게 잘 보이면 높은 점수를 받을 수 있었고, 밉보이면 아무것도 없었다.

산업재해도 잦았다. 쇠를 다루고 기계를 만지는 일이라 쇠에 부딪혀서 뼈가 부러지는 사람이 많았고, 쇳가루를 많이 마셔 폐가 안 좋은 사람도 있었다. 오래 일하다 보면 허리에 디스크가 오는 경우도 있었는데, 그런 것들이 산재로 처리되는 일은 없었다. 입원 치료를 받기 위해서는 휴가를 내야 했고, 병원비도 개인이 지불해야 하는 상황이었다. 얼마 되지 않는 월급에 산재로 인한 치료비는 엄청난 부담이 될 수밖에 없었다.

기술연구소의 시편(試片) 가공 선반 작업을 하던 정문성은 상사의 무리한 작업 지시로 15킬로그램이 넘는 쇳덩이를 들어서 선반에 고정하는 작업을 하다가 사고로 허리를 다쳤다. 원래 15킬로그램이 넘는 쇳덩이는 두 명이 한 조를 이루어 하는 일인데도 혼자 하도록 작업 지시가 내려졌기 때문이었다. 정문성은 둘이 일하게 해달라고 관리자에게 요구했으나 "하라면 할 것이지 무슨 잔말이 많으냐"며 묵살당했다.

이 관리자는 조회 시간에 정문성이 없는 자리에서 그가 꾀병을 부리는 것이며 산재로 처리해 줄 필요가 없다는 등의 폭언을 퍼부었다. 그 말을 전해 듣고 화가 난 정문성은 대자보를 써서 식당 벽에 붙였다. 동료들이 거세게 항의하자 부장은 공개 사과했다. 낙하산을 타고 내려온 관리자들은 대개 업무에 어두웠기 때문에 정문성처럼 업무에 능통하고 바른말 잘하는 노동자를 자신들의 존립에 위협적인 존재로 여겼다.

이렇게 회사의 억압적 분위기로 고통받던 노동자들은 1983년 말부터 소규모로 노동조합을 만들기 위한 준비를 시작했다. 독서 모임도 갖고, 축구회도 만들었다. 그 중심축의 하나가 원자력 발전기를 만드는 업무를 담당한 원자력사업부의 품질보증부였다. 그 부서의 반장은 사람들을 괴롭힐 줄만 알았지 정작 하는 일은 없었다. 노동자들은 그를 "빵반장"이라고 불렀다. 잔업할 때 간식으로 나오는 빵을 타오는 일밖에 하는 일이 없다고 해서 붙은 별명이었다. 평소 빵반장은 작업장 내의 불합리한 일들을 지적해 왔던 이배근, 최병석을 눈엣가시처럼 여기고 있었다. 하루는 둘을 불러 한 달간의 기간을 줄 테니 다른 직장을 알아보라고 일방적으로 통보했다. 그동안 관리자들의 횡포에 고민이 많았던 노동자들은 이번 사건만은 그냥 넘어가지 않기로 했다. "야, 안 되것다. 더는 못 견디것다. 이참에 현장 분위기를 함 바까 보자." 결단을 내린 노동자들이 부서장에게 건의서를 올렸다. "반장은 자신의 일은 방기하면서 오히려 열심히 일해 온 사람들을 내쫓으려 하고 있습니다. 이런 상황에서 함께 일할 수 없으니 반장을 다른 부서로 옮겨 주십시오." 건의서에 서명할 때는 누가 주동자인지 모르게 둥그렇게 원을 그리고 칸을 만들어 이름을 적어 넣었다. 이 사건은 단순히 악질 반장을 쫓아내는 차원이 아니라 조직적으로 계획을 세워 현장의 비민주적인 행태를 바로잡으려 했던 최초의 시도였다.

회사는 당황하기 시작했다. 사건의 확산을 우려한 회사는 처음에는 반장을 다른 부서로 옮겨 주려 했다. 그러나 당시 창원 공단은 안전기획부(안기부)의 특별 관리를 받는 방위산업체였다. 안기부가 개입하면서 상황은 달라졌다. 안기부는 서명한 사람들을 한 사람씩 불러내 조사하고, 주동자를 찾아내 사직을 강요하기 시작했다. 그 과정에서 이배근, 최병석, 주재석, 박선종 등 네 명이 회사의 강요로 사표를 쓰게 되었다. 그중 한 사람은 사직 이유로 "나는 쓰고 싶지 않지만 회사의 강요에 의해 사표를 쓴다"고 적었다. 이 글은 부당 해고를 가리는 법정 투쟁에서 유리한 증거가 되었다. 그 후 법원에서 한중 노동자들에 대한 강제 사직은 부당 해고로 인정되어 대부분이 복직하게 된다. '빵반장 사건'은 한중 내에 노동조합을 만들 수 있는 분위기가 무르익어 가고 있음을 보여 주는 사건이었다.

대부분의 다른 노동자들처럼 배달호도 현장에서 벌어지는 여러 가지 일들이 부당하다고는 생각하고 있었지만 섣부르게 나섰다가는 회사에서 쫓겨나거나 다른 부서로 전출되어야 했기 때문에 침묵하고 있었다. 무엇을 어떻게 해야 할지 방법도 잘 몰랐다. 그러다가 1985년 보일러 공장에서 있었던 한 사건이 배달호의 눈을 뜨게 했다. 그날은 조회 시간이었다. 5백 명이나 되는 부서원들을 모아 놓고 현장을 총괄하던 반장이 이렇게 경고했다.

"여러분도 소문을 들어서 알고 있을 거다. 노조가 만들어졌다. 그래도 여러분은 가담하지 마라."

그러자 누군가가 손을 번쩍 들며 일어서더니 성큼성큼 앞으로 걸어나왔다. 햇볕에 그을려 피부가 검고, 큰 키에 마른 체격을 한 그를 모두가 호기심 어린 눈으로 바라보았다.

"헌법 31조(현행 헌법으로는 32조)를 보면 노동자들은 스스로 단결할 수 있고 조직을 만들 수 있는 권리가 있다고 되어 있습니다. 회사에서 이래라저래라 할 수 있는 사항이 아닙니다. 회사가 이렇게 이야기하는 것 자체가 부당노동행위에 해당됩니다. 여러분들은 우려하지 마시고 노동조합에 가입해 주십시오."

그 당시는 아침에 지각하면 모두가 다 지켜보는 데서 토끼뜀을 해야 하고 군홧발로 정강이를 차이는 상황이었다. 임금 인상도 노동자들과 합의해 결정되는 것이 아니라 회사가 일방적으로 정해서 통보하는 식이었기 때문에 조회 시간에 이런 식으로 문제를 제기한다는 것은 보통 사람으로서는 하기 힘든 일이었다. 더군다나 매우 권위적인 그 반장 앞에서는 조장들도 쩔쩔맸다. 현장의 노동자들은 일어서서 당당히 자신의 의견을 펴는 그를 보고 가슴이 펑 뚫리는 듯한 통쾌함을 느꼈다. 배달호도 "노동조합을 만드는 일은 노동자들의 권리요, 이를 방해하는 것은 부당노동행위"라는 그의 주장에 신선한 충격을 받았다. 자신은 한 번도 그런 생각을 해보지 못했다. '노동조합'이라는 말도 처음 들었다.

"이제는 관리자들이 자기들 마음대로 우리한테 욕하는 일도 없을 것이고, 야근, 철야도 자기가 원하지 않으면 할 필요가 없다. 또 현장에서 사고가 나면 회사에서 다 책임지고 보상할 것이다. 관리직과의 식사 차별도 시정될 것이다."

이런 말을 들으면서 배달호는 새로운 기운이 가슴에서 꿈틀거리는 것을 느꼈다.

반장 앞에서 당당히 말을 꺼냈던 사람은 우희상, 김의겸, 황성고 등과 함께 한국중공업 최초로 노동조합을 만들고 노조 위원장을 맡은 김창근이었다. 그는 1985년 6월 25일, 35명의 노동자를 규합해 노동조합을 결성하는 데 성공했다. 마산창원 지역에서 가장 큰 한국중공업에서, 그것도 공기업에서 노조가 결성된 것은 사회적으로 대단한 사건이었다. 당시 한국노총 금속노동조합연맹(금속노련)에서도 자발적으로 노조가 결성되는 모습을 보고 흥분을 감추지 못했다. 금속노련 위원장은 직접 창원으로 내려와 경남 지역 노동조합 대표자회의를 열고, 한국중공업 노조를 지원해 성공시키겠다며 격려를 아끼지 않았다.

노동조합이 만들어졌다는 소식이 전해지자 현장의 노동자들은 술렁이기 시작했다. 노동조합에 가입하는 사람들이 늘어나면서 작업장에는 긴장이 감돌았다. 불과 며칠 사이에 조합에 가입한 사람이 1천 명이 넘는다는 소문이 나돌았다. 조회 시간에 김창근으로부터 노조가 만들어졌다는 말을 들은 배달호도 새로운 기쁨으로 들떴다. 하지만 아직도 험난한 과정이 남아 있었다. 노조 설립서를 받은 경남도청이, 한국중공업이 외국인 투자 기업인지 상공부에 확인해 봐야 된다는 핑계로 허가를 차일피일 미루는 사이 회사는 주동자 9명을 해고해 버렸다. 또 노조 결성에 참여한 다른 사람들도 회유와 협박을 통해 탈퇴서를 받아 경남도청에 노동조합 해산 신고를 해버린다. 한국중공업 최초의 노동조합은 그렇게 7일간의 회오리바람을 일으키고 1987년 노동자 대투쟁이 올 때까지 회사와 밀고 당기기를 반복하며 기나긴 물밑 투쟁에 들어갔다.

김창근도 노조 만드는 일을 주도했다는 이유로 해고되었다. 그 후 그는 생활을 유지하기 위해 보수공사를 하는 작은 설비 회사에 다녔다. 한국중공업 관리자들이 회사 출입을 금했기 때문에 그는 공장 둘레에 쳐진 철조망을 사이에 두고 회사 동료들을 만나곤 했는데, 그 모습을 배달호는 멀리서 지켜보았다.

해고된 노동자들은 퇴근하는 동료들에게 노동자들의 권리와 회사의 탄압 내용을 적은 유인물을 나눠 주었다. 한중은 노동자들이 많기 때문에 시내 각 지역마다 코스별로 통근 버스가 50~60대나 되었다. 퇴근 시간이면 수많은 노동자들이 쏟아져 나왔다. 노동조합 사건이 있은 뒤라 회사의 감시는 삼엄했다. 해고자들이 유인물을 나눠 주고 있으면, 관리자들은 그것을 날치기해 도망가 버렸다. 그러면 해고자들은 악착같이 쫓아가 유인물을 다시 빼앗아 오곤 했다. '빵반장 사건'으로 먼저 해고된 노동자들도 복직되기 전까지 정문 앞 통근 버스 주차장에서 퇴근하는 노동자들에게 엿을 팔고 유인물을 나눠 주었는데, 많은 사람들 앞이라 회사도 이를 일일이 방해하지는 못했다. 대신 회사는 통근 버스 타는 장소를 정문에서 회사 안 단조 공장 앞 광장으로 옮겨 버렸다. 동료 노동자들과의 접촉을 차단하기 위해서였다. 그 와중에 채소 장사를 하면서 해고 무효 법정 소송을 준비하던 이배근은 교통사고로 세상을 떠났다. 오토바이를 타고 동료들을 만나러 가다가 그만 트럭에 치인 것이었다. 많은 노동자들이 어려움을 함께해 온 그의 죽음을 슬퍼했다.

해고자들에 대한 회사의 감시는 끈질기게 계속되었다. 그중에서도 일을 주도한 김창근과 위장 취업자로 입사한 주재석에 대한 감시가 특히 심했다. 한번은 회사 측 사람이 김창근을 미행하다 노동자들에게 덜미를 잡혔는데, 안기부 직원을 사칭하다 노동자들이 그를 끌고 안기부 마산 분실까지 간 적도 있었다.

그 후에도 노동조합을 건설하려는 시도는 계속되었다. 하지만 노조가 결성될 기미만 보여도 회사는 그와 관련된 노동자들을 해고해 버렸다. 중기관리부의 신건욱과 철구설계의 이동근이 1986년에 추가로 해고되었다. 새로 해고된 노동자들은 기존의 해고자들과 결합해 또다시 여러 동료들을 규합하고 노조를 결성하기 위한 구체적인 행동에 들어갔다. 이번에는 일을 주도한 장천순을 비롯한 여러 명의 노동자들이 회사 관리자들에 의해 납치되었다. 관리자들은 며칠씩 납치한 노동자들을 전국 각지에 있는 건설 현장에 끌고 다니면서 협박과 회유를 계속했다. 결국 노동자들의 그 시도도 무산되었다. 한중 노동자들의 눈물겨운 노동조합 결성 노력은 1987년 7, 8월 대투쟁에 이르러서야 꽃을 피운다.

## 즐거운 체험 : 87년 7, 8월

배달호가 본격적으로 노동자로서 자신의 삶에 눈을 뜬 것은 1987년 7, 8월 대투쟁 이후였다. 1987년 8월 5일, 그동안 회사에 쌓였던 불만이 일순간에 폭발해 버렸다. 배달호와 함께 보일러 공장에서 일했고, 그를 형님으로 부르며 따랐던 유형오는 그때 분위기를 이렇게 전했다.

"두 달 동안 엄청났어요. 정말 감격스러웠어요. 중장비 끌고 와서 바리케이드 치고 파업을 했어요. 모두가 해방감을 느꼈어요. 그때는 얼마나 기뻤던지 단 한 시간도, 단 하루도 집에 들어가지 않았어요. 지도부에서 철야한다 하면 백 퍼센트 다 참여했어요. 드디어 우리들의 조직인 노동조합이 생긴 거예요. 이제 우리가 주인이 된 거잖아요. 그 뒤로 우리 생활이 180도로 달라졌어요. 그런 경험은 처음 해봤어요.

인간적인 차별이 없어지고, 관리자와 서로 대등해지는 경험을요."

그동안 힘겨운 삶을 버텨 온 신건욱, 김창근, 주재석 등 해고자들도 파업 소식을 듣고 부랴부랴 회사 앞으로 모여들었다. 이미 수천 명의 노동자들이 운집해 있었다. 해고자들은 감격의 눈물을 흘렸다. 자신들이 꿈꾸었던 일이 바로 눈앞에서 벌어지고 있었다. 그동안 힘들었던 일들이 동료들의 함성 속에 녹아내렸다. 해고자들은 자신들의 문제가 주요 쟁점이 되지 않도록 파업에는 직접 참여하지 않았지만, 정문에서 밤을 새우며 파업 지도부와 함께했다.

이런 한중 노동자들의 투쟁은 직접적으로는 7월에 있었던 울산 현대 노동자들의 투쟁으로부터 영향을 받았고, 더 거슬러 올라가면 6·10 항쟁에 자극을 받은 것이었다. 전두환 신군부가 국민의 민주화 열망을 억압한 채 체육관에서 또다시 간선제로 장기 집권의 욕망을 드러내고, 이들이 은폐했던 박종철 고문치사 사건이 폭로되면서 시민들은 격렬히 저항하기 시작했다. 6월 10일, 마산에서도 '민주헌법쟁취국민운동본부'가 주최하는 전국 동시 집회가 열려 많은 시민들이 참여했다. 그날 마산 운동장에서는 대통령배 축구 경기가 열리고 있었는데, 시위대에게 쏜 최루탄이 운동장으로 날아와 이집트 선수들이 공을 제대로 찰 수 없을 정도였다. 땅바닥에 나뒹구는 선수들도 있었다. 그 틈을 타 한국 선수는 골을 넣어 버렸다. 3만 관중들의 환호성이 터졌지만 이내 골 무효가 선언되면서 경기는 중단되었다. 경기장에서 나온 성난 관중들이 마침 시위를 하고 있던 학생들의 무리에 합류하면서 자연스레 시위대는 엄청난 숫자로 불어났다. 6월 26일부터 28일까지 3일간 산호동과 창동 일대는 퇴근하는 노동자들을 비롯한 시민들이 시위대를 형성해 인산인해를 이뤘고, 시위는 밤늦게까지 계속되었다.

결국 노태우 정권은 직선제를 받아들여 시민들의 투쟁 열기를 잠재 우려 했다. 그러나 노동자들은 민주화 정국을 이용해 노동조합을 만들기 시작했다. 7월 5일, 제일 먼저 울산 현대엔진에서 노동조합이 만들어졌고, 그 영향을 받아 마산 수출자유지역과 창원 공단 곳곳에서 노조가 만들어졌다. 이 소식을 들은 한국중공업은 7월 24일, 마산 분수로터리에 있는 한국노총에서 40여 명이 모인 가운데 최현수를 위원장으로 하는 어용 노조를 만들어 버렸다.

이에 대응해 그동안 노조를 결성하기 위해 노력해 온 노동자들은 7월 31일 저녁, 마산역 근처 가톨릭여성회관에서 '한국중공업 노조 민주화 추진위원회'를 구성했다. 소문을 들은 현장의 노동자들은 조용히 일을 하면서 때를 기다렸다. 분위기는 점점 고조되었다. 8월 5일 아침, 어느 공장이 먼저랄 것도 없이 노동자들이 하나둘 노동자 광장에 모여들었다. 거의 대부분의 노동자들이 작업을 멈추고 노동자 광장에 집결했다.

"어용 노조 몰아내고 민주 노조 쟁취하자!"

"통상 임금 50만 원 지급하라!"

"직업훈련생에게 실질임금 지급하라!"

"해고자들 즉각 복직하라!"

여기저기서 노동자들의 요구가 담긴 구호들이 터져 나왔다.

"자, 우리 여서 이러지 말고 본관으로 몰려가자."

"그래, 우리가 살길은 본관으로 가는 거다. 가서 우리 요구를 관철하자."

배달호도 노동자들 틈에 끼어 본관으로 향했다. 생전 처음 한 공장에서 일하는 노동자들과 함께 자유로이 공장을 걷고 있었다. 배달호는 매일 출근하면 보일러 공장으로 가기 바빴다. 자신이 가본 곳도 보일러 공장과 식당밖에 없었다. 다른 곳은 가면 안 되는 줄 알았다. 이렇게 많은 동료들과 공장을 마음대로 누비고 다니는 것은 낯설고 신기한 경험

1974~86년까지 189명의 노동자가 산업재해로 사망할 정도로 열악했던 현대중공업은 그곳에 들어가면 인생 조진다는 의미에서 '조지나 공장'이라고도 불렸다. 사진은 1987년 8월 18일, 울산 동구 현대중공업 운동장에 모인 노동자들이 남목고개를 넘어 시내로 진출하는 모습이다. 이날의 8·18 대행진은 87년 울산 노동운동의 분수령이 되었다.

이었다. 회사를 몇 년간 다녔는데도 알지 못했던 길을 새롭게 발견한 느낌이었다. 무엇을 어떻게 해야 된다는 것도 없이 노동자들은 설렘과 불안이 뒤엉켜 본관으로 향했다. 그렇게 몰려든 노동자들 2천여 명은 어느새 본관 건물 앞 헬기장에 모여 있었다. 본관 창가에는 여러 관리직 간부들과 직원들이 놀란 눈으로 이들을 내려다보고 있었다. 관리자들도 처음 겪는 상황이어선지 당황하면서도 신기하게 쳐다보았다.

중기부 노동자들은 크레인과 지게차 등 중장비를 끌고 와 정문에 바리케이드를 쳤다. 회사 안 소방서 앞에서는 각 공장별 대표들이 주축이 되어 파업 지도부를 구성했다. 최금경, 주두식, 이시형, 이상정, 남상길 등이 파업 지도부로 참여했다. 철야 농성을 한다는 소식을 들은 부인들은 남편을 만나기 위해 자녀들을 데리고 회사 정문으로 몰려들었다. 혹시 남편이 밥을 굶지나 않을까 걱정하며 도시락과 떡, 음료수 등을 한껏 싸가지고 왔다. 배달호는 가족들이 가져온 음식을 동료들과 함께 나눠 먹으면서 이제까지 느껴 보지 못한 벅찬 감격을 느꼈다. 그는 한 번도 회사가 자신의 것이라고 생각해 본 적이 없었다. 회사를 다닌 지 7년 만에 그는 처음으로 한국중공업이 내 회사라는 느낌이 들었다. 이제 누구의 눈치도 볼 것 없이 자유로이 공장을 돌아다닐 수도 있고, 회사에 "당신들 나쁘다. 우리가 원하는 것은 이것이다"라며 자유롭게 큰소리를 낼 수 있다는 것이 배달호는 그렇게 좋을 수가 없었다. 마음의 응어리가 확 풀리면서, 이유는 알 수 없지만 마음속 깊숙이 자리 잡고 있던 주눅, 불신, 원망, 열등감 등이 조금씩 사라져 가는 것 같았다. 그리고 그 자리에는 무엇이든 할 수 있을 것 같은 자신에 대한 믿음과, 함께하는 동료들에 대한 믿음이 가득 찼다. 처음 하는 파업이다 보니 질서도 없었고 중구난방이었지만, 배달호는 오히려 그런 분위기가 좋았다. 철야 농성이 며칠이나 이어졌지만 동료들은 집에 갈 생각들을 하지 않았다.

상공부(현 산업자원부) 차관 출신인 사장 안병화는 창원 호텔에 머물면서 파업의 진행 과정을 보고받고 있었다. 그는 워키토키로 대응 방식을 지시했다. 회사 별관 안에는 그와 접촉하던 비밀 사무실이 있었다. 그곳은 투쟁 과정에서 노동자들에 의해 발각되었다. 비밀 사무실에는 공권력 투입 진로를 A코스, B코스, C코스 등으로 구분해 기록해 놓은 서류도 있었다. 노동자들의 파업이 길어지면 공권력을 투입할 생각을 갖고 있었던 것이다. 노동자들은 부사장을 비롯해 비밀 사무실에서 일하던 사람들을 감금했다. 물론 말이 감금이지 당시는 모두가 순진해서 새끼줄을 쳐놓고 넘어가지 말라고 하는 정도였다. 회사 측도 이를 지켰다.

사장은 파업이 길어지고 있는데다 비밀 사무실이 발각되어 더 이상 지시를 내릴 수 없게 되자 회사로 들어오지 않을 수 없었다. 그 당시는 트레일러에 단상을 만들어 집회를 했는데, 노동자들은 그 위에 사장을 세웠다. 처음으로 사장과 공식 석상에서 협상에 들어가는 순간이었다. 파업을 이끈 사람 중 한 사람인 손석형이 사장과 나란히 서서 지휘봉을 들고 단상 위에 섰다. 단상 앞에는 4천 명이 넘는 노동자들이 자리를 가득 메우고 있었다. 노동자들이 한목소리로 외쳤다.

"임금!"

그러자 사장이 대답했다.

"5퍼센트."

"적다!"

"8퍼센트."

"적다!"

"10퍼센트."

"좋다!"

이렇게 임금 협상이 문서가 아닌 말로 이루어졌다. 노동자들은 또 다른 요구 조건을 외쳤다.

"민주 노조 인정하라!"

"생각해 보겠다."

그러자 노동자들이 야유를 보내며 다시 외쳤다.

"민주 노조!"

"해주겠다."

그렇게 민주 노조도 인정받았다.

"우리를 탄압하는 김종호를 날려라!"

그 당시 한중의 노무를 관리했고, 후에 롯데그룹 기획 조정실 인사 관리 노무 담당 전무로 재직했던 노동 탄압의 일인자 김종호는 한중 노동자들의 손가락질을 한몸에 받았다.

"그건 내 소관이 아니다."

"우우……."

또다시 야유 소리가 울려 퍼졌다. 그러자 사장은 마지못해 대답했다.

"알겠다. 그렇게 하겠다."

공개적인 자리에서 처음으로 사장과 대등한 입장에서 협상을 하면서 노동자들은 사장이 자신들 위에 군림하는 존재가 아니라 자신들과 대등한 인간임을 마음속 깊이 새길 수 있었다.

1차 협상은 단상 위에서 이루어졌기 때문에 서류로 남아 있지 않다. 이후 한중 노동자들은 사장과의 2차 협상에서 어용 노조를 퇴진시키고, 파업과 관련해 민형사상의 책임을 묻지 않는다는 내용 등이 담긴 11개 조항을 관철시키는 합의 문서를 받고 파업을 종료했다.

"차별이 없어지고 임금이 오른 것도 기뻤지만, 무엇보다도 단체 협상을 통해 서로 뜻을 조정해 가는 과정이 저희들은 정말 신나고 재미

있었어요. 야, 대등하다는 게 이런 것이었구나, 깨달은 거죠. 회사가 저희를 대화 상대로 인정한다는 거잖아요. 그 이후로 회사와 서로 격렬히 싸울 때도 있었지만, 더 많이 협상하고 회사 생활을 더 생산적으로 만들어 가려고 노력했어요. 저희 현장 노동자들에게는 정말 즐거운 경험이었죠."

원자력 공장의 강웅표가 말했다.

하지만 합의가 되고 현장에 복귀한 지 일주일 만에 파업을 주도한 손석형, 이시형, 이상정 등 지도부는 체포되었다. 1987년 대투쟁을 이끌었던 손석형은 몇 개월간의 감옥 생활을 한 뒤에 구미에 있는 열병합발전소로 보내졌다. 그는 발전소 사무실에서 소장과 단둘이 앉아 할 일도 없이 온종일 서로의 얼굴만 바라보고 있었다.

민주 노조가 만들어지자 현장 안에서 노동자들의 영역은 급속히 확대되었다. 배달호에게도 그동안 일만 하던 작업장은 새로운 공간으로 탈바꿈했다. 새로운 삶에 눈을 뜨게 된 것이다. 원래도 자신보다 못한 사람들이나 도와줄 사람이 생기면 나서기를 좋아하던 그는 더 적극적으로 많은 사람들을 도왔다. 안전사고로 동료가 다치면 발 벗고 나섰다. 회사는 산재 사건이 발생하면, 조금 다친 것이니 그냥 일하라고 하거나 회사 책임이 아니라면서 얼렁뚱땅 넘어가려고 했다. 그럴 때면 배달호는 직접 관공서와 회사를 찾아다니면서 서류를 넣어 해결해 주었다.

한번은 원자력 공장에서 기술직으로 있던 젊은 중제관 기사가 현장에서 일하는 나이 많은 반장을 폭행한 사건이 일어났다. 기술직들은 종종 현장에 있는 생산직 노동자들 위에 군림하면서 그들을 무시하곤 했다. 원자력 공장에서는 아무런 대책도 내놓지 못하고 있었다. 이에 배달호와 강용철 등 보일러 공장 대의원들은 직접 나서서 중제관 공장과 원자력 공장 등 제관 파트 조합원들에게 공장을 멈추게 한 후, 그 힘으로 젊은 기사가 폭행당한 반장에게 정식으로 사과하도록 하고 그를 다른 곳으로 전출시켰다.

"지금 현장에서 이 정도라도 복지시설이 좋아진 건 다 그렇게 노력한 배달호 형 같은 사람들의 힘이 컸어요. 배 형은 친형처럼 따뜻하고 좋은 사람이었어요. 여러 사람들에게 득이 되는 일을 하려고 노력했어요."

강용철은 그때 일을 회상하면서 배달호가 현장의 억압적인 면을 없애고, 노동환경을 개선해 복지 조건을 더 높이기 위해 많은 노력을 했다고 이야기했다.

배달호는 이렇게 현장에서 벌어지는 크고 작은 문제들을 해결해 주면서 노조 활동가로서 본격적인 공부도 시작했다.

"형님이 1980년대 말 단조 공장으로 파견되어 함께 일할 때 노동자 권리에 대한 이야기를 많이 했어요. 노동자 스스로가 나서서 자기 권리를 찾아야 된다는 말도 늘 했구요."

"1989년께 『어느 노동자의 삶과 죽음』(『전태일 평전』)을 건네주며 조심해서 읽어 보라고 했어요."

배달호를 따랐던 후배들은 그를 통해 노동자들의 권리에 눈을 뜨게 되었다.

김창근이 1988년 봄, 배달호를 보았을 때 배달호는 노조 위원장 선거의 투표참관인으로 투표소 한 귀퉁이를 차지하고 있었다. 이미 배달호와는 조합에 오거나 현장을 방문했을 때 꼭 만나고 가는 친한 사이였다. 해고자로 신망이 높았던 김창근은 노조 위원장 후보로 최병석을 지원하고 있었고, 대부분이 그의 말을 받아들이는 분위기였다. 하지만 배달호는 아무리 친한 사람의 말이라 해도 스스로 납득할 수 없으면

한국중공업 노동조합 위원장 선거 개표 현장. 오른쪽에 서있는 배달호는 당시 선거관리위원이었다.

그냥 넘어가지 못하는 성격이었다.

"왜 최병석 씨가 후보자가 되어야 하는지 명확하게 이야기를 해보이소! 심정적으로 지지를 해야 하는 건 알겠는데, 그냥 심정적인 거 말고 조합원들을 이해시킬 수 있는 근거를 대보란 말입니더!"

배달호는 무엇이든 단도직입적으로 물어보는 성격이었고, 이해가 되지 않을 때는 자신이 동조할 수 있을 때까지 끈질기게 물고 늘어졌다. 배달호는 보일러 공장의 마당발이었고 영향력이 센 사람이어서 김창근은 그 말에 주눅이 들었다. 그는 평소에는 지극히 평범하고 조용해 보였지만 중요한 문제에서는 자신의 뜻을 분명히 했다. 김창근에게 각인된 그의 인상은 예사롭지가 않았다. 오랫동안 노조 위원장을 했던 손석형도 그 당시 배달호를 '아닌 것은 아니다'라고 말하는 사람으로 기억했다.

"내가 위원장일 때 대의원대회에 나가면 말 한번 잘못하거나 제안하나 잘못 내면 그 자리에서 바로 지적하는 사람이 배달호였어요. 옳은 목소리를 내는 사람이었고, 요구 사항이 다른 사람들에 비해서 높은 편이었어요. 많은 부분 내 반대편에 있었고, 그 반대편에서 목청을 높이는 사람이었어요. 그렇게 혹독하게 지적을 하고 나서는 회의 끝나면 어깨를 두드리면서 '미워서 그런 것은 아니니 이해하이소'라고 말하는 사람이었죠. 목청만 높이고 실천하지 않는 사람들이 많은데, 배달호는 말과 실천이 일치하는 사람이었어요. 자신이 내뱉은 말은 반드시 지키려고 노력했어요."

배달호는 최고의 기술자라는 자부심을 가지고 있었다. 싸울 때는 무섭게 싸우기도 했다. 공장장이 압력을 행사해 노조 활동을 방해하면 그의 책상을 들었다 놨다 할 정도였다. 조합이 생겼어도 여전히 관리자들에게 주눅이 들어 있었던 조합원들은 배달호의 그런 모습을 보면서 힘을 얻었다. 그동안 노조가 없을 때 노동자들의 회사 생활이 얼마나 비참했는가를 알기에 배달호는 힘들게 만든 노조를 지켜야 한다는 생각이 매우 강했다. 배달호는 관리자들이 민주 노조 설립 이후의 변화한 여건에 적응하지 못하고 예전 습관대로 노동자들을 대할 때면 그것을 고치기 위해 일부러 강하게 그들을 대했다. "이제 상황도 변했구마. 잘 좀 해주이소." 그러면 관리자들이 잘하겠다고 대답하곤 했다. 배달호는 노동자들을 대상으로 하는 각종 교육 프로그램에도 열심히 참여했다. 같은 부서 김회서와 함께 마산의 일꾼 노동교실에서 노동법 교육을 받기도 하고, 노동의 역사에 대한 강의도 들었다. 배달호는 하나씩 배워 나가면서 노동자들의 세계가 얼마나 큰지 알게 되었다. 자신은 이제까지 그런 세계를 전혀 알지 못한 채 30여 년을 살아왔다. 거꾸로 세상을 바라본 것이다. 그는 하나씩 세상을 알아 가는 그런 과정들이 정말 즐거웠다.

## 희망을 위해 일상을 함께한 사람들

"맨날 집에 와서 모임을 하고 그랬어요. 봉화산 살 때는 더 많이 왔구요."

부인 황길영은 배달호가 노조 활동을 시작하면서 집으로 동료들을 자주 데리고 왔다고 했다. 같은 공장 후배 유형오도 그런 기억이 많았다.

"연말 연초가 되면 형님 집에 가서 많이 얻어먹었어요. 우리 집 와라, 소주 한잔하게, 그러면 가서 놀다 오곤 했죠. 세상 사는 이야기를 많이 했어요. 그때 생각나네요. 형님 집에 아남 나쇼날 TV가 있었어요. 노조 생기고 다들 생활이 풍족하지는 않았지만 형님은 우리가 가면 아껴 놓던, 소주보다 약간 더 좋은 술을 내놓았어요. 저희들보다 오래 회사에 다녀서 생활이 좀 더 나은 편이었어요. 형님이 나보다 여섯 살 많은데, 막내 동생처럼 잘해 줬어요. 우스갯소리도 많이 하고 어려운 일 닥치면 해결해 주려고 애쓰셨죠."

많은 노동자들이 사택에서 살 때 배달호는 따로 집을 얻어 살았다. 사택에서 살면 경제적으로야 도움이 많이 되겠지만, 굳이 개인 주택에서 살았던 이유는 회사로부터 자유롭고 싶어서였다. 모임도 자유롭게 하고 친구들도 마음대로 집에 데려올 수 있었다.

현장에서는 노동조합위원장 선거를 몇 차례 치르면서 뜻이 맞는 사람들끼리 여러 가지 조직을 만들었다. 배달호는 김창근, 최병석, 김종환, 김영철, 이천우, 정도석과 더불어 '새탑회'를 만들고 회장을 맡기도 했다. 새탑회는 '새롭게 탑을 쌓자'는 의미로 지어진 이름이었다. 이런 노동자들의 자발적인 모임에는 새탑회뿐만 아니라 미래회, 한맥회 등도 있었다. 자발적인 모임을 통해 서로의 삶을 나누고, 취미 생활도 함께하면서 노동조합에서는 할 수 없는 여러 가지 역할을 했다. 노동조합이 잘못된 길로 갈 때는 비판해 주고, 힘들 때는 받쳐 주었다. 때로는 이 모임들이 노동조합의 주축이 되고 선거의 중심축이 되기도 했다. 회사에 사장, 전무 등 임원진 외에 중간 관리자가 있듯이 노조와 일반 노동자들 사이에는 이런 자발적인 노동자들의 중간 모임이 있었다. 이들은 현장 소식지를 만들어 돌리는 등 일반 노동자들보다 더 선진적인 문제의식을 갖고 활동했으며, 대부분 생활과 밀접한 주제를 다루었다.

새탑회를 만들기 이전에는 친한 사람들끼리 모여서 '88 관광단'을 조직해 한 달에 한 번씩 여행을 다녔다. 전국 방방곡곡 안 가본 곳이 없었다. 가족들도 모두 함께였다. 황길영도 선혜, 인혜를 데리고 따라다녔다. 한번은 선혜가 초등학교 때 함께 지리산에 간 적이 있는데, 배달호는 선혜에게 맛있는 고깃국이라며 국을 한 그릇 가득 담아 주었다. 선혜가 맛있게 다 먹고 나자 배달호는 그제야 이야기를 꺼냈다.

"선혜야, 그게 무슨 고기인 줄 아나?"

"잘 모르겠는데요."

"개고기다."

"예? 아빠, 뭐라구요?"

선혜는 놀라 어쩔 줄 몰랐다. 입이 까다로워 음식을 가려 먹는 선혜에게 보신탕을 먹이려고 일부러 고깃국이라 속였던 것이다.

여름휴가 때는 남해로 여행을 가다가 차가 한쪽으로 쏠리면서 도랑에 반쯤 빠져 버렸다. 그 차를 끌어내서 헝클어진 물건을 치우다가 황길영은 운전대 발판 밑에 숨겨 둔 배달호의 용돈을 찾아냈다.

"발판을 확 드니까 돈이 나오더라구예."

차가 고장 나 끌어내려고 트렁크에 있는 무거운 짐을 내리는데, 휴대용 타이어 밑에서도 돈이 나왔다. 이번에는 햇빛 가리개를 만졌는데, 그곳에서도 돈이 나왔다. 그날 배달호는 많은 돈은 아니지만 그동안 숨겨 놓은 용돈을 다 들켜 버렸다. 함께 간 동료들이 그 모습을 보고는 박수를 치면서 웃어 댔다.

봄에는 야유회를 함께하고 가을에는 공을 차면서 운동회를 열었다. 여름에는 캠프를 정해 가족과 함께했다. 몸만 오면 음식과 술은 제공해 주었는데, 그 모든 준비는 배달호 몫이었다. 그는 음식이나 생활용품 등 살림에 대해 아는 것이 많아 그런 준비를 도맡아 했다. 황길영은 놀러 가면 항상 물 나르고 밥 차리는 남편의 모습을 보았다. 통영과 가까운 고성 안정사에 조개를 캐러 놀러 갔을 때는 배달호가 어디서 구했는지 전어를 한 상자 가져왔다. 일반적으로 전어 하면 회로 먹는 걸로만 아는데, 그렇게 먹으면 맛이 없다면서 동료들에게 통째로 먹는 법을 가르쳐 주었다. 비늘을 긁어내고 깨끗이 씻어 낸 다음 초고추장에 찍어 뼈째 씹어 먹으니 고소한 맛이 일품이었다. 배달호에게는 이런 음식에 대한 노하우가 많았다.

"봄 멸치, 가을 전어라꼬 전어 묵으면 멸치가 생각난다 아이가. 봄에 멸치회를 묵어 줘야 일 년이 시작되는 거고 회를 묵었다 하는 기다. 멸치회는 내 고향 부산하고도 기장 대변항이라는 데 가면 그기가 제일 맛있다. 멸치회라고 다 멸치회가 아이다. 그물에서 막 잡아 올린 호드득 호드득 뛰는 놈으로 만든 멸치회라야 그 맛이 최곤기다."

사람들은 배달호의 음식 이야기에 귀를 쏙 빼놓곤 했다. '최고로 치는 해장국은 단연 곰치 매운탕'이라는 말로 시작해 곰치는 일명 물텀벙이라고 불리는데 순두부처럼 살이 아주 연하고 맛이 순해서 술병 고치는 데는 제일이라거나, 민어 쑥국은 따뜻한 봄볕을 받은 쑥이 들어가야 제맛이고 홍어 속국에는 한겨울 언 땅에서 자란 보리가 들어가야 제격이라는 식으로 음식에 대한 이야기를 놓지 않았다.

배달호는 야유회에서 동료가 노래를 부르면 곧바로 노래에 맞춰 춤이 튀어 나오는 스타일이기도 했다.

"배달호는 자연 그대로의 분이에요. 즐거우면 춤을 있는 대로 덩실덩실 추시고 그러다가 바른말도 가끔 하시고 기본적으로 누구 맘 상하는 얘기 잘 못하고, 궂은일도 먼저 알아서 하는 그런 스타일이었어요. 힘들어서 지치기 쉬운 오랜 노동운동에도 찌들지 않는 시원한 샘물 같은 분이었죠."

진보신당 심상정의 기억이다. 그는 동료들과 놀러 오면 항상 즐겁고 활기 있게 흥을 잘 돋우는 사람이었다. 노조 일이 힘들고 고통이 많더라도 될 수 있으면 즐겁게 행동해야 한다는 게 그의 생각이었다. 고상한 이념을 늘어놓거나 노조에서 높은 자리에 있지는 않았지만, 그에

그는 동료들과 놀러 오면 항상 즐겁고 활기 있게 흥을 잘 돋우는 사람이었다.
노조 일이 힘들고 고통이 많더라도
될 수 있으면 즐겁게 행동해야 한다는 게 그의 생각이었다.
고상한 이념을 늘어놓거나 노조에서 높은 자리에 있지는 않았지만,
그에게는 나름의 생활철학이 있었고, 그것이 삶을 생기 있게 이끌어 가는 힘이었다.

게는 나름의 생활철학이 있었고, 그것이 삶을 생기 있게 이끌어 가는 힘이었다.

한번은 20~30명쯤 사람을 모아 배를 빌려서 거제도로 선상 낚시 유람을 떠난 적이 있었다. 고기랑 밥 같은 음식은 다 장만해 가지고 갔다. 함께 간 후배들에게 배달호는 "너그들이 노조 활동 할라믄 재래식 화장실에서 밥도 묵을 수 있어야 한데이"라고 했다. 배달호와 절친한 동료 양봉현은 노조 일을 하면 수입이 변변치 않다는 사실을 알았다. 일단 조합 간부를 맡으면 구속될 각오를 해야 되고, 위원장을 맡으면 죽을 각오를 해야 했다. 가게를 연 부인이 이제 간부를 해도 된다고 허락해 주고 나서야 노조 일을 시작했다. 그만큼 노동자들의 상황은 열악했다. 그래서 배달호는 노조 활동을 하려면 재래식 화장실에서도 밥을 먹을 만큼 비위가 강해야 하고 힘든 상황도 견뎌 낼 수 있어야 한다고 말했던 것이다.

현실은 고달플지언정 배달호는 조합원들과 함께 있으면 즐거웠다. 낚시를 하면서 여러 가지 재미있는 이야기들도 오갔다. 고3 자식을 둔 조합원은 고삼이 산삼보다 더 무섭다고 해서 사람들을 웃겼다. 아들만 둘을 키우던 조합원도 자신의 아내 이야기를 하면서 분위기를 거들었다. 아내가 아무도 집안일을 돌봐 주지 않으니 이제부터는 딸만 키우겠다고 하면서 자신의 손을 가리키며 '내 손이 딸이네' 했단다. 또 모두가 한바탕 웃었다.

배달호는 함께 간 유형오에게 자주 이렇게 말하곤 했다.

"야, 형오야, 이 세상에 독불장군이란 건 없는 기다. 서로 어울려서 살아야 하는 기라. 예전에 일제시대 때 독립운동 하는 사람들이 대가를 바라고 한 줄 아나? 그분들도 순순히 자기희생으로 활동하신 분들이었다."

조합 활동을 하면서 이익을 바라지 말고, 심지어 그런 마음이 드는 것도 경계하라는 뜻이었다. 그때는 사람들이 미래를 위해, 희망을 위해 동료들과 일상생활을 함께했다. 이것이야말로 회사와의 힘든 싸움에서도 흔들리지 않고 견뎌 낼 수 있는 힘의 원천이었다. 배달호에게는 그때가 가장 빛나는 한때였다.

## 배달호의 자전거

이제 회사 눈치 보지 않고 자전거를 타고 공장을 돌아다닐 정도로 자유로워졌다. 배달호는 마산에 있는 한 자전거포에서 튼튼한 자전거를 새로 구입했다. 공장이 하도 넓어서 걸어 다닐 수가 없었다. 동료들은 그가 자전거를 타고 공장 구석구석을 누비는 모습을 자주 볼 수 있었다. 눈이라도 마주치면 손을 흔들고는 자전거 페달을 힘차게 밟으며 지나갔다. 다른 공장에 있는 동료들을 만나러 다니는 것이었다. 배달호는 보일러 공장에서 일을 하다가 다른 부서로 간 동료들이나 새탑회 회원들, 고향이 같은 김해 친구들뿐만 아니라 어려운 일에 처한 조합원들을 돕기 위해 부지런히 움직였다. 보일러 공장에 가까이 있는 단조 공장, 중제관 공장, 원자력 공장, 주조 공장만이 아니라 좀 멀리 떨어져 있는 워크롤, 특수 공장까지 회사 곳곳에 그의 발길이 닿지 않은 데가 없었다. 점심시간에 짬을 낼 때도 있었고, 자신이 맡은 일을 다 마치고 공장을 돌 때도 있었다. 시간 안에 분량을 다 마치지 못하는 사람도 많았지만 배달호는 손이 빨라 일을 다 해놓고 다녔기 때문에 아무도 '작업장 이탈'이라는 말을 하지 못했다. 배달호는 조합원들을 만나 어려운 일이 없는지 묻기도 하고, 필요한 일이 있으면 이것저것 도와주기도 했다.

때로는 자전거에서 내려 공장 앞에 한참을 서있었다. 그러면 각 공장들의 작업 과정이 한눈에 들어왔다. 공장마다 제각각 특성이 있는데, 동료 노동자들의 손길이 닿으면 상상할 수 없는 크기의 제품이 만들어지기도 하고, 아주 섬세하고 정밀한 기계가 만들어지기도 했다. 그것을 보고 있으면 가슴속에서 왠지 모를 뿌듯한 기운이 차올라, 시간 가는 줄 몰랐다.

크랭크샤프트 공장에서는 선박 엔진의 핵심 부품인 크랭크샤프트를 만들었다. 이 크랭크샤프트는 피스톤의 직선 왕복운동을 회전운동으로 바꿔 주는 역할을 하는데, 무게가 무려 4백 톤이 넘는 것도 있고, 길이가 25미터 이상인 것도 있었다. 이 부품은 말 수십만 마리가 끄는 것과 같은 힘을 내도록 해주었다. 얼마나 큰지 베어링을 샌드 페이퍼(모래가 붙어 있는 헝겊)로 문질러 표면을 매끄럽게 하는 작업에는 10명씩 3개 조가 투입되어 일주일이 걸리기도 했다. 부품 하나가 그렇게 크다는 게 정말 경이로웠다. 완성된 크랭크샤프트를 바라보고 있으면 잘생긴 악당처럼 날카롭지만 매력적인 눈으로 배달호를 내려다보는 것만 같았다.

워크롤 공장은 제철소나 철강 공장에서 사용하는 커다란 압연롤을 생산하는 곳이었다. 압연롤 두 개를 아래위로 맞물려서 돌리면, 뜨거운 쇠붙이를 얇고 납작한 철판으로 만들 수 있었다. 압연롤을 보자 배달호는 농수로를 만들기 위해 논두렁 여기저기에 놓아두었던 콘크리트 원형 수로관이 떠올랐다. 동네 아이들이 그 원형 수로관 속으로 들어가 술래잡기도 하고 숨바꼭질도 하면서 재미있게 놀곤 했다. 아이들의 모습이 떠오르자 배달호는 기계를 모두 세우고 위험하지 않게 한 다음 공장에서 뛰어놀게 하면 좋겠다는 생각이 들었다. 아이들이 다양한 모양의 기계들을 보면 얼마나 신기해할 것인가! 그렇게 크고 이상하게 생긴 물건들이 세상에 존재한다는 것을 안다면 아이들은 분명 환호성을 지를 것이다. 괴상한 모습을 보고 낯설어 우는 아이들도 있겠지만, 대부분의 아이들은 논두렁 위의 수로관처럼 공장을 금방 놀이터로 만들어 버릴 것만 같았다.

가끔 배달호는 다른 중공업에서 파업을 하면 동료들과 함께 연대지원을 하러 갔다. 그 공장들도 한국중공업처럼 다양한 물건들로 가득 차있었다. 울산에 있는 현대중공업에도 배를 만드는 크고 작은 부품들이 많았다. 현대중공업에서 일하는 한 동료는 배달호를 오토바이에 태우고 공장을 구경시켜 주었다. 현대중공업도 한국중공업 못지않게 큰 공장이었다. 공장 안에는 커다란 배관, 강판, 어른의 손목보다 더 굵은 밧줄 등이 흩어져 있었다. 하얀색, 노란색, 빨간색, 푸른색 등 색상도 다양했다. 그 물건들이 배달호는 좋았다. 라디오 안의 수많은 부품들처럼 친근하고 아름다웠다. 무엇보다 도크에 묶여 있는 커다란 배들이 그의 마음을 사로잡았다. 검은색으로 단장한 큰 배는 참으로 위풍당당했다. 너무 높아서 배 옆에 설치되어 있는 계단으로 한참을 올라가야 갑판이 나왔다. 갑판 위에 오르니 그렇게 넓었던 공장의 물건들은 개미처럼 아주 자그마해 보였다. 다른 편으로는 넓은 바다가 보이고, 갈매기가 차가운 공기를 가르며 날고 있었다. 그 높은 곳에서 현대중공업 동료들은 자기 한 몸을 오롯이 밧줄에 의지한 채 일하고 있었다.

주조 공장 앞에는 거푸집들이 많이 쌓여 있었다. 거푸집들은 틀을 만들어 내는 데 사용되는데, 배달호는 모래를 넣은 거푸집에 끓인 쇳물을 붓는 과정을 지켜보곤 했다. 쇳물의 열기에 조합원들은 속옷까지 땀범벅이 되기 일쑤였고, 땀이 깊게 밴 누런 속옷은 아무리 빨아도 하얘지지 않았다. 또 주조 공장은 모래 가루와 쇳가루가 많이 날렸다. 그 가루들이

폐에 박혀 오랫동안 쌓이면 진폐증이나 폐암을 유발하기도 했다.

주조 공장 옆에는 쇠를 단련한다고 해서 노동자들 사이에 '대장간'이라 불리는 단조 공장이 있었다. 예전에 배달호는 그곳에 파견되어 일한 적이 있었기 때문에 모든 공정에 익숙했다. 세계 최대 규모를 자랑하는 1만 톤 프레스가 집채만 한 벌건 쇳덩이를 밀가루 반죽 다루듯이 눌러 대는 작업 공정을 보면, 모두가 입을 다물지 못했다. 1만 톤 프레스가 세워진 배경에는 재미있는 일화가 하나 있었다. 프레스가 세워질 당시 박정희 대통령이 사장에게 물었다. "북한이 가지고 있는 프레스는 몇 톤짜리인가?" "5천 톤입니다." "그럼 1만 톤으로 합시다." 그래서 1만 톤 프레스가 세워졌다는 것이다.

단조 공장에서 만드는 것들 가운데 단연 눈에 띄는 것은 원자로와 증기 발생기의 몸체(shell)였다. 증기 발생기는 원자로에서 가열된 경수를 이용해 증기를 생산하는 핵심 장비이다. 여기서 만들어진 몸체는 원자력 공장으로 보내진 뒤 3년 동안 가공, 용접, 품질 검사, 방사능 투과 시험 등을 거쳐 최첨단 원자력 설비로 새롭게 탄생한다. 원자로, 증기 발생기 등 원자력발전소의 핵심 기자재는 워낙 두껍고 핵반응을 일으키는 민감한 특수 합금 소재이기 때문에 용접이 까다로웠다. 용접에서 실수를 하면 방사능 유출로 이어질 수 있어 용접공들은 고도로 숙련된 노동자들이 많았다. 원자력 공장에서는 15년이 넘는 경력을 가진 용접공이 대부분이라 5년 경력을 가진 용접공들은 수습사원에 불과했다. 3년이라는 세월에 걸쳐 작업을 하기 때문에 원자력 공장에는 우주선처럼 생긴 큰 원자로가 항상 우뚝 서있었다. 여기서 만드는 원자로는 울진 3·4호기와 같은 모델로 북한 경수로 사업에도 공급할 계획이라고 했다.

원자력 공장에서는 가끔 대형 사고가 났다. 작업 도중 크레인에서 제품이 떨어져 밑에서 일하는 노동자들을 강타했다. 사고는 다른 대부분의 공장에서도 마찬가지였다. 사고가 나서 동료들이 죽거나 중상을 입으면, 현장에 있는 노동자들은 마음이 좋지 않아 며칠 동안 우울하게 공장 생활을 보냈다. 배달호는 이런 사고를 예방하고 작업환경을 개선하는 데 노동조합이 많은 역할을 할 수 있을 것이라 생각했고, 돌아다니다가 위험한 곳이 있으면 노동조합에 건의하기도 했다.

배달호는 보일러 공장에서도 동료들의 어려운 일에 항상 팔을 걷어붙였다. 자기가 좋아하는 사람이든 싫어하는 사람이든 남의 불행은 그냥 지나치지 못했다. 조합원들이 부모상을 당하거나 몸이 아파 병원에 입원하면 꼭 찾아가려 했고, 상갓집들이 강원도·충청도·전라도 각지에 흩어져 있는데도 밤늦게 길을 헤매면서도 기어코 문상을 했다. 김건형은 그때를 이렇게 회상했다.

"부서 조합원들이 상을 당하면 악착같이 가요. 그러면 나도 또 따라가야 돼. 같이 가다가 길 잃어버리면 엉뚱한 데로 가고, 헤매다가 찾아가고 그랬어요. 내가 이런 점에 끌렸는지도 모르지요."

이런 모습 때문에 보일러 공장 사람들은 배달호를 좋아했다. 집회가 있거나 파업이 있으면 많은 이들이 배달호를 따랐다.

회사는 조합원들이 투쟁을 통해 힘들게 얻어 낸 일상적 공간들을 빼앗으려고 별의별 수단을 다 썼다. 조합 중심의 현장을 해체하고 회사 중심의 현장을 꾸리려는 것이었다. 1995년부터 1996년까지 회사는 각 부서의 반마다 '생산 회의'를 만들라고 강요했다. 아침마다 1시간씩 그날의 작업 일정과 생산 일정에 관한 회의를 하라는 것이었다. 그러면서 회사는 환심을 사기 위해 회의비 명목으로 반 회식비를 일괄 지급했다. 거의 일방적으로 회사의 입장을 전달하는 내용으로 채워진 회의를 달가워하는 사람은 없었다. 그 당시 쟁의부장을 맡고 있던 배달호는 오랜 싸움 끝에 이 모임을 노동자들이 중심이 되는 자발적인 모임으로 변화시켰다. 회사가 원하는 것 대신 조합원이 하고 싶고 말하고 싶은 것을 수렴하는 모임으로 만든 것이었다.

배달호는 조합 일에 열심이었지만 자리에는 욕심이 없었다. 하지만 뭐든지 맡겨지면 최선을 다해 열심히 했다. 그에게서 사심이나 보상심리 같은 것은 좀처럼 찾아볼 수 없었다. 한번은 조직 부장 자리가 배달호에게 할당된 적이 있는데, 그것도 다른 사람들이 서로 한다고 하니까 흔쾌히 양보했다. 대의원은 여섯 번이나 했지만 집행부에서 쟁의부장을 맡은 것은 한 번뿐이었다. 쟁의부장을 하게 된 것도 맡기로 한 사람이 사정이 생겨 바뀌면서 하게 된 것이었다. 쟁의부장은 매우 고될 뿐만 아니라, 회사로부터도 미움을 받는 자리였다. 회사와 대립각을 세울 때뿐만 아니라 협의를 통해 문제를 해결해야 할 때도 회사는 쟁의부장이라는 명칭에 거부반응을 보였다(나중에 쟁의부장은 '노사대책부장'으로 바뀌었다).

처음 쟁의부장을 할 때 배달호는 앞에 나서서 집회를 진행하는 것이 굉장히 어색했다. 구호를 외치는 것도 어설펐다. 교육선전부장이었던 강웅표와 당시 민주금속연맹 한석호 조직국장은 배달호에게 선동교육을 해주었다. 배달호는 그 교육이 좋아서 한국중공업 노동조합 확대 간부 수련회 때도 그를 초청해 집중적으로 교육을 받았다. 합천에서 교육을 받던 그날은 이슬비가 내렸다. 그 비를 맞으면서 배달호는 대의원과 상근 집행부(상집) 간부들과 함께 합천댐까지 걸었다. 걸어가는 길에 한 사람씩 돌아가면서 큰 소리로 구호를 외쳤다. 배달호도 있는 힘껏 목이 터져라 외쳤다. 숨이 차고 몸은 힘들었지만 배달호는 뭔지 모를 희열과 진한 동료애를 느꼈다. 조합 간부로서 조합원 앞에 설 자신감도 생겼다. 배달호는 큰일이든 작은 일이든 자신이 부족하다 싶으면 상당히 노력하는 스타일이었다. 공장 안의 모든 집회 물품이나 현수막들도 혼자서 다 챙기곤 했다. 옆에 있는 복지부장이 일에 치어 힘들어 하고 있으면 말없이 다가가 도와주었다. 그러고는 저녁 늦게까지 자기 일을 처리하곤 했다.

넓은 공장을 돌아다니며 동료들의 문제를 해결해 주었던 배달호는 그의 자전거를 다른 동료에게 넘겨주었다. 그가 타고 다녔던 자전거는 새탑회 회장이었던 정동부를 거쳐 젊은 진한용이 받았다.

"한용아, 자전거 니 타라."

"형님 안 타고?"

"니가 총무니까 회사 구석구석 다니려면 힘들다. 니가 이거 타고 사람들 챙기라."

한용은 자전거를 그에게 받아 자그만치 5년을 탔다. 자전거를 타고 현장을 돌아다니고 있으면 배달호가 "동생 욕본다. 나온나. 술 한잔 묵자" 하면서 술도 사주었다. 동료들은 아직도 자전거를 타고 공장을 돌아다니다가 체인이 빠져 고치고 있는 배달호의 모습이나 휘파람을 부르며 쌩하고 지나가는 모습을 기억한다.

## 호루라기

보일러 공장의 예전 이름은 제관 공장이었는데, 노동자가 4백여 명쯤 되었다. 집회가 있거나 싸움이 있으면 남달리 강한 결속력을 뽐내 '앞서가는' 제관 공장이라 했다. 대의원이었던 배달호가 호루라기를 '휘릭' 불면 순식간에 사람들이 모여들었다.

노동조합의 힘이 점점 강해지고 견고해지자 회사 안에서 노동자들이 누릴 수 있는 공간도 넓어지고, 일반 노동자들의 의견을 수렴할 수 있는 체계도 더 확대되었다. 회사에서도 매년 단체 협상을 할 때나 노조 대의원들이 공장별로 보고대회나 토론회를 열 경우 종종 업무 시간을 이용하는 것을 양해해 주었다. 배달호는 노동조합이 일종의 '노동자들의 단독정부'라고 생각했다. 말하자면 노동조합에서 대의원들은 국회의원이고, 위원장을 포함한 집행부는 행정부의 기능을 담당하는 곳이었다. 대의원들은 각 공장에서 일반 노동자들이 갖고 있는 애로 사항이나 의견을 수렴해 직접 처리하기도 하고, 자체적으로 해결하기 어려우면 노동조합에서 접수해 분기별로 열리는 노사협의회 자리나 1년에 한 번씩 회사와의 단체 협상에서 일을 해결해 줬다. 조합원들의 전체 요구 사항을 모아 회사와 벌이는 단체 협상은 노조 위원장이 수반으로 있는 집행부에서 담당했다. 현장의 노동자들은 자신들의 삶이 달려 있는 노조 활동에 관심이 많았다. 노조가 단단해질수록 자신들의 삶도 새롭게 변화된다는 것을 경험을 통해서 알게 되었다. 노조의 힘이 강해지면 자신들의 발언권도 높아지고 권리도 커졌다.

회사 내에서 자유로이 집회도 하고 문화 행사도 열 수 있는 영역 또한 확대되었다. 위원장 선거를 하기 위해 총회가 열리는 날이나 노동조합창립기념일은 노동자들에게 축제와 같았다. 그런 날이면 대의원이었던 배달호는 부서에 가서 함께 집회에 참석하자고 호루라기를 불었다. '휘릭' 하고 호루라기 소리가 들리면 보일러 공장 노동자들은 일손을 멈추고 순식간에 모여들었다. 현장의 노동자들에게 배달호의 호루라기 소리는 자신들의 내면에 잠자고 있는 새로운 힘을 일깨우는 소리였으며, 힘든 노동 속에서 기운을 북돋아 주는 정겨운 노래였다. 동료들은 보일러 공장 중앙 통로를 뛰어다니며 호루라기를 불던 배달호의 모습이 아직도 생생했다. 때로는 보일러 패널 위에 올라가 호루라기를 불어 대기도 했다. 노동자 광장을 향해 열을 지은 조합원들의 선두에 서서 호루라기를 입에 물고 걸어가는 배달호의 모습은 노동자들을 대표하는 대의원이라기보다는 소풍가는 유치원 선생 같았다. 이런 배달호의 모습은 동료들에게 강한 인상을 남겼고, 그 후 동료들은 그에게 호루라기 사나이라는 별명을 붙여 주었다.

"휘리리릭. 자, 모두 모일 시간임니더. 쌍용이 니는 빨리 안 오고 머하노!"

"니는 와 맨날 나만 갖고 그라나."

"니가 좋아서 안 글나."

장난섞인 쌍용과 배달호의 말이 오가면 현장에 있는 동료들은 웃음을 터트렸다. 배달호는 호루라기를 항상 목에 걸고 다녔다. 부인 길영이 빨래를 하려고 보면 주머니에서 호루라기가 나왔다.

"빨래를 하려고 호주머니에 손을 넣으면 호루라기가 한꺼번에 두세 개씩 잡히기도 했어요."

일손을 놓고 공장 앞에 모일 때면, 항상 뺀질거리면서 자기 잇속만 챙기려는 사람들이 있었다. 그런 사람들은 잘 모이지 않고 다른 곳으로 빠져 나가려고만 했다. 그러면 배달호는 그 자리에서 야단을 했지만, 그럴 때도 선한 표정을 한 그의 투박한 말투가 권위적으로 들리지는 않았다.

배달호는 일이 주어지면 왕성하게 활동했다. 1995년 7월 7일부터 8월23일까지 있었던 일방 중재 파업 때 쟁의부장이었던 배달호는 투쟁에 적극적으로 참가했다.

일방 중재는 법에 보장된 노동자의 파업에 대해 노사 어느 일방이 노동위원회에 중재를 신청하면 15일 동안은 쟁의행위를 금지시키는 조항이었다. 이는 군사독재 시절 한국노총이 소속 노조에 시달한 단체협약에서 비롯되었는데, 대중투쟁을 이끌 수 없었던 한국노총이 차라리 노동위원회의 중재 결정이라도 회사 측에 강제해 성과를 얻고자 했기 때문이었다. 하지만 일방 중재 조항은 투쟁에 나선 노동자들의 요구를 억누르는 수단이 되었다. 사용자 측이 쟁의를 막기 위해 의도적으로 일방 중재를 신청하면 단체행동권은 봉쇄당하는 것이었다. 실제로 한진중공업 부산 사업장은 해마다 일방 중재로 고통을 겪었다. 회사는 파업이 일어나면 일방 중재를 신청했고, 이에 따라 쟁의행위를 멈추지 않으면 불법 파업이 되어 경찰력이 투입되었다. 공권력 투입을 통한 진압 → 지도부 구속 → 산발적 가두시위 → 무기력한 업무 복귀. 노조로서는 굴욕적 투쟁이 되풀이될 수밖에 없었다. 한진중공업은 이 조항을 폐지하기 위해 전 조합원이 바다 위에 띄워 놓은 LNG선상에 올라가 파업 농성을 할 정도로 사력을 다해 싸웠지만, 끝내 합의를 이끌어 내지 못했다. 그만큼 일방 중재 조항은 일개 사업장에서 풀기 어려운 문제였다.

"올해는 반드시 일방 중재를 철폐합시다. 이 싸움은 대충 노력해 해결될 문제가 아니니 단단히 각오해야 합니다."

일방 중재 폐지를 공약으로 내걸고 당선된 김창근 위원장은 전 조합원 교육에서 이렇게 선언했다. 그는 현장 곳곳을 돌아다니며 10~20명 단위로 현장 간담회를 열고, 한진중공업의 조길표 위원장을 초청해 대의원들에게 투쟁 사례를 들려주었다.

3월부터 시작된 회사와의 협상은 예상대로 순탄치 않았다. 20여 차례의 협상에도 불구하고 회사와 합의점을 찾지 못한 노동조합은 협상

결렬을 선언했다. 그러자 이수강 사장 역시 결렬을 선언하며 책상을 치고 일어났다.

협상이 결렬되자 노동조합은 그해 7월 초 조합원 87.5퍼센트의 찬성으로 파업을 결의했다. 파업의 열기는 상당히 높았다. 파업이 시작되자 노동자 광장에는 애드벌룬이 띄워지고, 회사 측에서 걸어 놓은 '경축 ○○기업 사장단 방문 행사' 대신 '일방 중재 철폐'가 적힌 현수막이 걸렸다. 노조가 마련한 프로그램은 집회뿐만이 아니었다. 가족들까지 불러 노래자랑도 하고, 막걸리 먹기 대회도 했다. 각종 기네스 대회를 열어 조합원들의 특기를 마음껏 뽐내게 했는가 하면, 물풍선 터트리기, 불꽃놀이도 했다. 사내 영빈관 수영장에서는 어린이 수영 대회와 수구 대회가 열렸다. 여름휴가철이 되자 지구대별로 돌아가면서 잔디가 깔린 사내 운동장에서 천막을 치고 캠프를 벌이기도 했다.

이렇게 노래자랑도 하고 대회도 열고 집회도 하려면 무대를 설치하거나 방송 장비를 마련하는 등 준비할 것이 많았다. 배달호는 파업이 일어나기 전에 필요한 것을 빠짐없이 준비해 놓았다. 파이프를 용접해 노동자 광장에 커다란 무대를 만들어 놓았고 대형 걸개그림도 새것으로 제작해 달았다. 일방 중재 싸움 때는 노조가 생긴 이후로 처음 시도하는 것들이 많았다. 예산을 미리 편성해 성능 좋은 확성기도 장만하고 방송차도 구입했다. 노동자 풍물패가 처음으로 만들어져 본격적인 활동을 시작했다. 투쟁 조끼를 맞추어 입은 대의원과 노조 간부들이 어디서나 눈에 잘 띄어 일반 노동자들을 지도하고 도울 수 있게 되었다. 붉은색 조끼는 한중의 짙은 하늘색 작업복과 잘 어울렸고 노동자들에게 가장 친근한 옷이 되었다. 공장 안 도로마다 배달호가 세운 수백 개의 깃발 덕분에 정문에 들어서면 다채로운 색의 깃발이 펄럭거렸다. 그 만국기 같은 깃발들은 노동자들을 설레게 하고 자긍심을 심어 주었다.

파업하기 전 노조가 단체 협상에 들어가는 날에는 단체 협상 위원들이 하루에 한 번씩 현장을 순회하면서 협상이 있다는 것을 조합원들에게 알렸다. 쟁의부장이었던 배달호는 전 공장을 돌아다니면서 협상 위원들의 길을 안내했다. 한쪽 어깨에는 휴대용 확성기를 매고 가는 곳마다 호루라기를 불어 조합원들을 집중시켰다. 배달호의 뒤에는 노조 깃발을 든 노동자들이 뒤따랐다. 조합원들이 많이 모이는 중앙 통로에서 협상 위원들을 정지시킨 배달호는 휴대용 마이크를 잡고 크게 외쳤다.

"조합원 동지 여러분, 오늘은 제12차 노조 협상의 날입니다. 계속해서 협상에 관심을 가져 주시고 조합에서 모이라는 공고가 나가면 빠짐없이 참석해 주시기 바랍니다. 자, 협상 위원들에게 힘찬 박수 부탁드립니다."

배달호가 애써 또박또박 표준말로 말을 하면, 조합원들의 호응이 좋았다.

"와, 힘내십시오, 수고가 많으십니다."

조합원들은 일손을 놓고 협상 위원들에게 박수와 격려를 보냈다. 협상 위원들은 마창 지역에서 가장 앞장서 투쟁했던 통일중공업 노조와도 교류하면서 서로의 공장을 오가며 현장 순회를 함께했다.

파업 기간 내내 넓은 노동자 광장은 3천여 명의 노동자들로 가득 찼다. 노동자들은 서로를 마주보면서 힘을 얻어 갔다.

"조합원 동지 여러분! 우리의 힘은 어디서 나옵니까? 바로 단결입니다. 여기 노동자 광장에 우리가 함께 있는 것, 이렇게 서로 많은 것을 나누는 것, 바로 그것이 단결입니다."

교육선전부장인 강웅표의 목소리가 울려 퍼졌다. 노동자들은 광장에 설치되어 있는 무대에서 문화 축제를 열었다. 부서별로 노가바(노래

가사 바꿔 부르기) 대회와 율동 경연 대회가 열렸다. 평소에 일하는 모습만 봤던 노동자들은 동료들의 새로운 모습을 발견하고는 넋을 놓고 바라보았다. 말을 더듬던 동료가 노래는 놀랄 만큼 잘 부르는가 하면, 평소에 조용하고 얌전해서 남 앞에서는 아무것도 못할 것 같았던 동료가 멋지게 춤을 추기도 했다. 단조 공장의 어떤 조합원은 육각수의 〈홍보가 기가 막혀〉를 '노동자가 기가 막혀'로 바꿔 불러서 모두들 폭소를 터뜨렸다. 원자력 공장의 젊은 친구는 당시 최신가요였던 '슬픈 언약식'의 가사를 바꿔 불러 환호를 받았다.

'……하지만 넌 서러워하지 마. 우리만의 축복을. 어떤 현실도 우리 투쟁 앞에서는 초라해질 뿐이야. 이제 눈물을 거둬. 하늘도 우릴 축복하잖아…….'

노래를 듣고 눈물을 흘리는 이들도 있었다. 노동자들은 동료들 간의 이런 만남을 통해서 마음속에 있는 자신을 드러내고 동료들의 마음도 이해해 갔다. 그러면서 예전에는 겪어 보지 못했던 노동자들만의 새로운 대화 방식이나 문화도 만들어 갔다. 이런 축제 분위기인 파업을 보고 조직부장 정도석은 농을 던졌다.

"조합원 여러분, 지금은 파업 중입니다. 혹시 잊어버리신 건 아니지요? 지금은 실제 상황입니다."

"우와아아."

그의 말이 끝나자마자 폭소가 터져 나왔다.

문화 축제의 분위기는 한창 달아오르고 있었지만, 외부 상황은 심각했다. 노조는 회사가 물량을 빼내는 것을 막기 위해 회사로 들어오는 모든 길을 차단해 놓은 상태였다. 배달호는 주차장에서 공장으로 들어가는 입구를 자신의 승용차와 조합 간부들의 차량으로 막아 두었다. 하지만 회사는 통제해 놓았던 정문을 밀고 들어왔다.

본관 12층 사장실을 비롯한 임원실 앞 복도에서는 협상 위원들이 농성을 벌이고 있었다. 이렇게 농성을 해도 더 이상 협상이 진전되지 않으면 노조에서는 극단적인 결단을 내릴 수밖에 없었다. 회사와 협상이 최종 결렬되어 공권력이 투입된다면 본관 건물 옥상을 점거하기로 결의한 것이다. 이번 싸움에서 일방 중재를 철폐하지 못한다면, 상황이 더욱 어려워질 것이었다. 옥상에는 대형 물탱크가 있어 사무실에 보급되는 밸브를 차단하면 농성하는 노동자들 수백 명이 몇 달 동안 먹을 수 있는 물을 확보할 수 있었다. 문제는 식량이었다. 너무 많은 수가 올라가면 식량은 오래가지 못할 것이고, 적은 수가 올라가면 공장이 돌아갈 가능성이 있었다. 그러면 파업의 효과가 떨어질 수밖에 없었다. 식량을 올릴 수 있는 데까지 올려서 농성에 많은 노동자들이 참여할 수 있도록 했다. 후생복지부장 김이환은 쌀과 라면, 부식, LPG 가스 등 트럭 몇 대 분의 식량을 준비해 기습적으로 12층 복도까지 올려놓았다. 부장 등 회사 관리자들이 총동원되어 이를 막았다. 정도석은 그들에게 눈을 부라렸다.

"부장이면 다 같은 부장인 줄 아시오? 당신들은 일개 부서의 부장이지만 나는 4천 명 조합원의 조직부장이오. 저리 비키시오!"

정도석의 기세로 관리자들이 주춤하는 사이 조합원들은 저지를 뚫고 물건들을 날랐다.

배달호는 공권력이 투입되기 전에 옥상으로 올라가는 넓은 계단실 두 곳을 봉쇄했다. 그 계단을 막기 위해 비계파이프 한 트럭을 미리 준비해 두었다. 비계파이프가 매우 무거웠기 때문에 12층까지 조합원들이 한 줄로 늘어서서 손에서 손으로 파이프를 들어올렸다. 배달호는 미리 김회서와 노환철에게 용접기를 준비하도록 했다. 용접으로 넓은 계단 두 곳을 조합원 한 사람이 겨우 올라갈 수 있는 구멍만 남기고 막

본관 12층 사장실을 비롯한 임원실 앞 복도에서는
협상 위원들이 농성을 벌이고 있었다.
이렇게 농성을 해도 더 이상 협상이 진전되지 않으면
노조에서는 극단적인 결단을 내릴 수밖에 없었다.
회사와 협상이 최종 결렬되어 공권력이 투입된다면
본관 건물 옥상을 점거하기로 결의한 것이다.
이번 싸움에서 일방 중재 조항을 철폐하지 못한다면
상황은 더욱 어려워질 것이었다.

한국중공업 노조의 일방 중재 철폐 투쟁 당시 모습. 두 번째 줄 오른쪽에서 세 번째가 배달호, 맨 아랫줄 가운데가 김창근 위원장.

아 버렸다. 만약 공권력이 투입되면 노동자들이 모두 옥상으로 올라간 후 그 구멍마저 막아 버릴 예정이었다. 투쟁 열기가 매우 높았기 때문에 흔들림 없이 이 모든 일들이 이루어졌다.

사태는 옥상 점거라는 극단의 상황으로 가기 직전에 노동부가 직접 나서서 회사와의 협상 자리를 마련하면서 진전되기 시작했다. 노조와 회사는 마지막 쟁점인 일방 중재 철폐를 놓고 밤새도록 팽팽히 맞섰다. 8월 23일, 드디어 한국중공업 노사는 단체협약 제48조 일방 중재 조항을 3년 후에 자동적으로 폐기하는 것으로 잠정 합의했다. 25일 합의안에 대한 찬반 투표에서 64.3퍼센트가 찬성하면서 투쟁은 마무리되었다. 단체행동권을 가로막는 일방 중재 조항을 조합원의 힘으로 자동 철폐한 것은 유래를 찾아보기 힘들었다. 일방중재 철폐 투쟁은 1987년 이후 첫 장기 파업이었고, 한중 노조가 어느 정도 성장했는지를 보여주는 싸움이기도 했다.

이렇게 회사와의 협상은 성공적으로 끝이 났다. 노동자들은 싸움을 통해 회사에서 자신의 권리를 제약하는 요소들을 제거해 나갔으며, 자유로운 공간을 넓혀 갔다. 또 회사와의 협상력도 높였다. 하지만 1998년 민영화 위기 이후 그들의 운명은 전혀 다른 방향으로 바뀌었다. 그리고 배달호의 운명도 달라졌다.

# 4

# 민영화의 고통

—

하늘과 땅 차이였어요. 그전에는 출근하면 웃고 재미가 있었어요. 근데 이제 내 회사가 아니게 된 거예요. 감시하고 추적하고 …… 지옥으로 변한 거야. 웃음을 잃어 가는 거야. 박용성 회장 말처럼, '이 회사의 주인은 주주다. 주주를 위해 열심히 일해라.' 우리는 그런 존재밖에 안 되는 거였어요. 이곳에서 우리는 우리를 위해 일해서도 안 되고, 이제 회사는 우리들의 의사를 나누고 함께하는 민주적인 공간이 되어서도 안 되는 거였어요.

## 노래기

1998년 7월 3일, 배달호가 한중 민영화 소식을 들은 것은 작은 파이프의 스카핑 작업을 막 끝마칠 무렵이었다. 함께 일하던 동료가 그동안 소문만 무성했던 '제1차 공기업 민영화 추진 계획'을 새로 들어선 '국민의 정부'가 발표했다는 소식을 전해 주었다. 한국전력공사, 한국통신, 가스공사 등 주요 공기업 11개가 민영화 대상이었는데, 그중에는 한국중공업도 포함되어 있었다.

배달호는 그날 몸살이 났는지 몸이 으슬으슬 춥고 뼈마디가 쑤셨다. 마르고 작아도 강단 있는 체격이라 좀처럼 앓는 일은 없었던 그가, 그날은 아침부터 머리가 아프고 몸을 조금만 건드려도 아렸다. 초등학교를 졸업하고 중학교에 진학하지 못한 채 집에서 라디오를 조립하고 있던 때가 생각났다. 친구들은 다 학교에 가고, 어머니는 들에 일하러 나가 혼자 방 안에 우두커니 앉아 있는데, 어디서 왔는지 작은 참새 떼들이 방 안으로 들어와 기웃거렸다. 달호는 일어나 보리쌀을 조금 뿌려 주었다. 덩달아 신이 난 병아리들도 달려와 모이를 주워 먹었다. 달호는 라디오와 전축을 조립해서 갖다 주고 받은 돈으로 병아리와 토끼를 사서 기르고 있었다. 병아리는 마당에 있는 벌레나 나뭇잎, 작은 풀씨들을 먹고 자랐다. 토끼는 싸리 풀을 뜯어다가 먹였다. 싸리 풀을 앞니로 딱딱 끊어서 오물거리는 토끼의 입을 보는 순간만큼은 괴로운 현실을 잊을 수 있었다.

민영화 같은 큰 소식에 다른 때 같으면 분노해서 펄쩍 뛰었을 텐데 그날은 어릴 적 토끼와 참새들과 병아리들이 생각났다. 한중 민영화가 자신의 삶을 완전히 뒤바꿔 놓으리라는 것을 몸으로 느끼고 있었던 것일까? 그것은 이제까지 그가 살아오면서 느껴 보지 못한, 복잡하게 뒤엉켜 계산조차 되지 않는 어떤 것으로 다가왔다. 어떤 문제가 닥치면 해결책이 눈앞에 명확히 그려지는 경우가 있고, 그 끝이 보이지 않는 것이 있는데, 한중 민영화는 후자의 경우였다. 어떻게 해결해야 할지 알 수 없는, 그러나 엄연한 현실이기에 어떤 식으로든 견디고 헤쳐 나가지 않으면 안 될 문제였다.

1997년 외환 위기 이후 경제가 어렵다는 이유로 노동자들을 정리해고하는 일이 너무 자연스러운 일이 되었고, 한중 노동자들도 어떤 식으로든 희생해야 한다고 강요받고 있었다. 그리고 그 방식은 결국 '민영화'였다. 수면 아래 가라앉아 있던 한중의 가장 큰 문제를 건드린 것이다. IMF가 요구한 구조 조정안을 정부가 받아들여 공기업들에게 민영화를 강요하고 있었다. 전에도 한중 민영화 이야기가 있었지만, 명분은 적자를 보고 있는 공기업은 민영화해서 그 적자를 해소해야 한다는 것이었다. 하지만 한중은 10년째 계속 흑자를 기록하고 있었다. 외환 위기로 경제가 무너진 상황에서도 한중은 별 타격을 받지 않았고, 오히려 1998년에는 768억 원 흑자를 냈다. 형편없이 적자를 보고 있던 사기업을 이렇게까지 일으켜 세우느라 피땀 흘린 것은 한중 노동자들이었다. 그런데 이제 와서 우량 기업일 때 팔아야 한다는 적반하장 식의 말이 나오고 있는 것이었다.

"돈 처박는다고 민영화시킨다 해놓고, 쎄 빠지게 고생해 가지고 흑자 내놓으니까 이제 흑자니까 팔아먹는다고? 그런 엉터리 논리가 어디 있는교?"

힘 가진 사람들의 이해관계에 따라 순식간에 변하는 그 논리의 간사함을 배달호는 견디기 힘들었다. 머리가 더 아파 왔다. 손과 팔다리의 관절들도 더 쑤셨다.

어릴 적 라디오를 조립하고 있으면 어떤 날은 노래기 수십 마리가 방 안으로 기어 들어와 우글우글 배달호 곁에 모여들었다. 어떤 날은 자고 일어나면 머리맡에 옹기종기 모여 있기도 했다. 노래기가 방 안으로 모여들면 어머니는 향이 진한 싱싱한 솔잎을 꺾어다 두었다. 그러고는 노래기를 '노낙 각시'라 높여 부르며 멀리 떠나 달라고 간청했다.

"노낙 각시님들! 여는 메마르고 뜨거버서 귀하신 몸들이 살 곳이 몬 됩니더. 저 풀이 잘 자란 싱싱하고 축축한 곳으로 자리를 옮기시는 게 어떻것십니꺼?"

그러면 노래기들이 줄을 지어 밖으로 나갔다. 노래기가 몰려드는 날은 집에 안 좋은 일이 생기곤 했다. 아버지가 교통사고를 내서 감옥에 들어가거나 어머니가 과로로 쓰러져 병원으로 실려 가기도 했다. 배달호는 뭔가 알 수 없는 이상한 느낌에 사로잡혔고, 소금 바람을 맞아 몸이 끈적거리는 것처럼 불쾌했다.

정부의 민영화 발표로 배달호의 삶은 격랑에 휩싸였다. 정부는 민영화안이 구체적으로 어떤 내용을 담고 있는지 이해 당사자인 노동자들에게조차 공개하지 않았다. 그들은 '민영화'라는 중요한 국가정책의 변화에 대해 공개적인 의견 수렴도 전혀 거치지 않고, 당사자들인 노동자들에게 어떤 의견도 묻지 않은 채 무리하게 몰아붙이고 있었다. 깊은 내용을 모르니 모두가 답답했다. 김창근 위원장을 비롯한 노조 간부들은 주무 부서인 산업자원부(산자부)에 공문(정책 질의서)을 보냈다. 민영화 주체는 산업은행이었지만, 국가 자산이기 때문에 자산을 매각하는 데 소유주인 산업자원부가 개입하고 있었다. 모든 결정권은 산업자원부가 가지고 있었고, 실제 민영화와 관련된 모든 행정적인 업무는 산업은행에서 처리했다. 공문을 보낸 후 배달호와 전대동은 기존의 '민영화 대책 위원회'를 다시 새롭게 꾸리는 작업에 들어갔다. 이 대책위는 노조 위원장, 수석 부위원장, 노사대책부장, 대의원, 기획부장 등 7~8명으로 구성되는데, 배달호는 대의원으로서 민영화와 관련된 모든 실무적인 일을 담당하기로 했다. 그 당시 노조기획부장이었던 전대동 씨는 실무 간사로 민영화의 총체적인 책임을 맡았다.

'민영화'라는 말만 들어도 한중 노동자들은 온몸에 소름이 돋는 위기의식을 느꼈다. 그간의 경험으로 봤을 때 민영화는 곧 정리 해고를 의미하는 것이었다. 국영기업이 '사기업'으로 넘어간다는 것이 무엇을 의미하는지 노동자들은 직감으로 알았다. 그들은 살아오면서 한국 자본들이 노동자들에 대한 기본적인 배려가 전혀 없다는 것을 몸으로 겪었다. 경영이 나빠지면 모든 책임을 노동자들에게 전가했고, 그들을 희생양으로 삼기 바빴다. 한중 노동자들 역시 민영화에 따른 여러 가지 문제를 심각하게 느끼지 않을 수 없었다.

배달호가 일하고 있는 보일러 공장 안에서도 그동안 노조 활동에

## 한국중공업 노조의 정책 질의서와 산업자원부의 답변서

본 질의서는 현재 정부가 추진하고 있는 한국중공업 민영화 정책과 향후 일정에 관한 질의 사항입니다. 한국중공업 민영화 문제는 한중 전 종업원의 최대 관심사이며, 이후에 예상되는 많은 문제점과 사업의 업무 효율성, 종업원의 고용 불안이 야기되고 있는 바 현재의 진행 내용과 향후 정부의 계획을 질의하오니 검토하시어 답변하여 주시길 바랍니다.

Q 한국중공업 민영화 방침 결정 이후 현재까지의 진행 내용과 입찰 시기 및 그 방법을 구체적으로 설명하여 주십시오.

A 1998년 7월 정부 방침 발표 이후 민영화 실무 작업반 회의와 공기업 민영화 추진 위원회를 거쳐 1998년 8월, 민영화 추진 일정을 확정하였습니다.

현재 우리 부는 민영화 추진을 위한 법률 등 관련 제도를 개정하기 위해 재경부(공기업경영구조개선및민영화에관한법률 등), 국방부(외국인투자촉진법), 공정위(독점규제및공정거래에관한법률) 등 관계 부처와 1998년 12월까지 협의를 완료하였고, 대주주인 산업은행은 주주 간 협약서 체결, 자문사 선정을 완료하였으며, 현재 입찰 공고 준비 작업 및 한중 주식 가치 산정 작업을 추진 중에 있습니다.

1999년 1월 5일 국회 본회의에서 공기업 민영화 법률 개정안이 가결되었고, 1월 중순경 공포·발표될 것으로 전망되며, 동법률 발효 이후에 산업은행이 입찰 공고를 실시할 예정으로 있고, 입찰 방법은 국제제한경쟁입찰 방식입니다.

Q 정부의 기본 방향이 한중 주식 51퍼센트 이상을 해외 자본에 매각하는 방침인데, 그 이유는 무엇입니까?

A 한중의 민영화 방침은 '제한경쟁입찰방식으로 국내외 기업(컨소시엄 포함)에 매각하는 것이므로 반드시 해외 자본에 매각하겠다는 뜻은 아닙니다. 이는 사업 자체의 공공성이 낮고, 국내외 기업과 치열한 수주 경쟁이 불가피한 경영 환경에서 경영권 이양 형태의 완전 민영화를 통해 공기업으로서의 한계를 탈피함으로써 경영 효율성 제고와 국제 경쟁력 강화가 긴요하였기 때문입니다.

Q 만약 낙찰자가 선정되면 경영권 이양 형태는 어떤 방향입니까?

A 한중 민영화는 51퍼센트 이상의 지분 매각 방식이므로 최대 주주의 변경 방식으로 경영권이 이양될 것입니다.

Q 현재 민영화 특별법이 존속하고 있는데, 한국중공업 민영화를 추진하는 것은 위법행위라 사료되는데, 어떻게 생각하십니까?

A 1999년 1월 5일, 국회에서 가결된 개정 공기업민영화법률이 발표된 후 한국중공업 민영화를 추진하는 것은 위법행위가 아니라고 사료됩니다.

Q 발전설비 일원화와 관련, 입찰 전 한중 주식의 일정 분을 현대에 주식으로(최고 20퍼센트) 우선 배정한다는 것이 사실입니까? 사실이라면 특혜를 의미하며, 현행법에 위배되지 않습니까?

A 한중 주식의 일정분을 입찰 실시 전에 현대에 우선하여 배정한다는 것은 사실이 아닌 것으로 알고 있습니다. 발전설비 사업 구조조정은 한중과 현대·삼성 간의 협의에 따라 실무 작업이 추진되고 있는 점을 양해해 주시기 바랍니다.

Q 그동안 노동조합이 수차례 제시해 온 대안을 검토해 보셨습니까?

A 민영화 방침이 확정·발표(1998년 7월 3일)된 이후였기 때문에 반영하기 곤란하였고, 무엇보다 민영화하지 않고서는 세계적인 발전설비업체로 성장할 수 없는 상황이라는 점을 말씀드릴 수 있습니다.

Q 주요 국가 기간산업인 한중을 민영화하는 이유가 효율성 제고입니까, 외환 확보입니까?

A 근본 목표는 경영 효율성 제고와 국제 경쟁력 강화입니다. 외자 유치만을 목적으로 하는 것은 아닙니다.

Q 어떤 이유라 하더라도 지금 시기에 저가에 외국에 입찰하는 방식으로 민영화하는 것이 국익에 도움이 되지 않는다고 보는데, 견해를 묻고 싶습니다.

A 발전설비 일원화 해제 및 정부조달시장의 개방으로 세계적 기업들이 국내시장에 진입하게 될 예정이어서 한중이 이들과 대등하게 경쟁할 수 있는 여건을 갖추기 위해서는 민영화해야 할 시점에 이르렀다고 판단됩니다. 매각 수익의 극대화를 위해 경쟁입찰 방식을 채택하고, 세계적인 투자 은행인 CSFB를 민영화 자문사로 선정하는 등 최선의 노력을 기울이고 있습니다.

---

위 내용은 한국중공업 노조가 1998년 12월 28일, 재정경제부에 보낸 정책 질의서와 1999년 1월 8일, 산업자원부가 보낸 답변 내용의 일부이다.

소극적이거나 거의 참여하지 않았던 동료들까지 많은 관심을 보였다. 어머니의 병환으로 노조에 소극적이었던 배달호의 친구 건형도 대의원으로 나갈 정도로 적극적이었다. 모두가 살길은 민영화 문제를 정면으로 타개하는 길밖에 없다는 것을 느끼고 있었다. 가만히 앉아서 정부의 처분만 바랄 수는 없었다. 노동자들은 서로 머리를 맞댔다. 분위기는 매우 격렬했다.

모두들 한중이 '대한중석'처럼 될까 봐 겁이 났다. 대한중석은 한중처럼 공기업이었다. 초경량 합금 공구를 깎는 팁과 텅스텐 분말 등을 생산하는 회사였는데, 창사 이래 한 번도 적자를 본 적이 없는 탄탄한 경영 구조를 유지해 온 회사였다. 하지만 1994년 김영삼 정부의 무분별한 공기업 민영화 과정에서 인수 합병의 귀재라 불리는 거평그룹(거평프레야)에 특혜 매각되었다. 그리고 4년도 채 되지 않아 대한중석은 거평그룹 빚보증으로 부실화되고, 급기야 알짜배기 회사를 해외 자본인 이스라엘의 이스카 사에 매각해 버렸다(결국 2000년 11월 금융감독원에 의해 청산 기업으로 선정되어 퇴출당했다). 대한중석 노조는 매각을 할 때는 자신들과 합의하여 하기로 거평에게 약속을 받아 냈지만, 거평그룹은 매각 협상 과정을 공개하지 않고 일방적으로 진행했다. 해외 매각 반대와 고용 승계 보장을 요구해 왔던 대한중석 노조는 이에 분노했다. 거평그룹이 대한중석을 소유하고 있었던 시간은 겨우 4년이었지만, 대한중석에서 일해 온 노동자들은 1954년부터 회사를 만들어 온 사람들이었다. 40년 동안 회사를 지켜 온 노동자들은 회사 매각 과정에서 어떤 권리도 행사할 수 없었다. 노동자들이 파업을 벌였으나 이미 회사가 팔려 버린 상태에서 아무 소용없었다.

회사의 관리자들도 민영화에 대해서는 현장 노동자들의 입장에 우호적이었다. 그들에게도 민영화는 생계가 걸려 있는 문제였다. 노조가 버텨 주면 자신들도 목숨을 건질 수 있었다. 다른 노사 관계의 문제에서는 노동자들이 싸우면 잡고 막았던 관리자들이, 민영화 문제에서는 적극적으로 막지도 잡지도 않았다. 안면이 있는 관리자들은 직접 현장 노동자들에게 지지를 표현하기도 했다.

회사 측 대표인 김상갑 기획본부장도 민영화가 구체적으로 어떻게 진행되고 있는지 잘 알지 못했다. 정부는 회사의 핵심 관리자들과도 상의하지 않았던 것이다. 그도 민영화에 대해서는 수동적인 입장이었다. 상황이 그렇게 돌아가니 어쩔 수 없이 받아들인다는 쪽이었다. "기왕 민영화 이야기가 나왔다면 변신할 수 있는 기회가 아닌가 합니다." 그는 노조가 주최한 공청회에 참석해 이렇게 말했다. 회사 측에서도 민영화가 어떤 실익을 가져다줄지 고민해 보지 않은 채 정부 논리를 받아들여 총대를 멜 뿐이었다. 그는 노동자들이 초대한 공청회 자리에는 빠지지 않았다. 대화를 통해 문제를 찾고 노동자들의 고민과 생각을 충분히 듣고자 했다.

한중 민영화는 한중 노동자들만의 문제가 아니었다. 한중은 마산·창원 경제에 큰 영향을 미치는 기업이었기 때문에 민영화에 대한 시민들의 관심도 대단했고, 반대 여론도 높았다. 한중이 사기업으로 넘어갈 경우 지역 경제를 위축시키는 것은 물론 대량 실업으로 지역사회가 불안해질 수 있었다. 한중은 지방세의 4퍼센트를 차지하고 있었고, 한중 노동자 7,200여 명이 마산과 창원에 거주하고 있었다. 공기업인 한중이 지원해 주었던 지역 주민들의 복지에도 큰 변화가 있을 것이라 우려할 만했다. 지역사회에 미칠 영향을 우려한 시민들을 중심으로 '한국중공업 민영화 저지를 위한 시민연대'(시민대책위) 모임이 만들어졌다. 시민대책위는 이후 한중 노조와 함께 공청회와 민영화 반대 집회를 계속해 나갔다.

'민영화'라는 말만 들어도 한중 노동자들은 온몸에 소름이 돋는 위기의식을 느꼈다.
그동안 노조 활동에 소극적이거나 거의 참여하지 않았던 동료들까지 많은 관심을 보였다.
모두가 살길은 민영화 문제를 정면으로 타개하는 길밖에 없다는 것을 느끼고 있었다.
가만히 앉아서 정부의 처분만 바랄 수는 없었다.
노동자들은 서로 머리를 맞댔다. 분위기는 매우 격렬했다.

## 국회의원 회관 민영화 공청회

민영화는 과연 될 것인가? 된다면 언제쯤인가? 우리가 끝까지 막으면 정부의 입장은 바뀔 수 있는 것인가? 배달호를 비롯한 한중 노동자들은 가만히 있을 수가 없었다. 자신들의 운명을 바꿀 민영화에 대해 실질적으로 대응할 필요가 있었다.

"입 다물고 그냥 있을 수가 없다 아이가. 뭔가 방법을 찾아야 하지 않것나."

전대동 노조 기획부장과 배달호를 비롯한 민영화 대책 위원들은 국정감사 중에 있는 산업자원위원회 국회의원들에게 한중 노동자들의 입장을 전달하고, 직접 과천 정부 청사에 있는 산업자원부로 찾아가 관리들을 만났다. 이미 해외 매각을 포함한 민영화안이 세부적으로 나와 있는 상황이었다. 그래도 한중 노동자들은 상황을 변화시키기 위해 노력했다.

"이런 해답 찾기 어려운 현실에서 우리가 스스로 노력하지 않으면, 우리 노동자들의 가능성이 어디까지인지 우째 알 수 있겠습니꺼?"

배달호와 한중 노동자들은 열심히 일해 나갔다. 한중 민영화에 국내 자본들도 매우 예민하게 반응했다. 5조 원으로 매출 규모가 큰 만큼 어느 기업이 인수하느냐에 따라 중공업 시장의 판도가 달라질 뿐만이 아니라 재계 서열도 단숨에 바꿔 놓을 수 있었다. 한중 노동자들은 자신 있었다. 1989년 노태우 시절과 1994년 김영삼 시기에도 민영화 시도를 막아 낸 적이 있었고,* 무엇보다 현 정부의 한중 민영화에 대한

* 1987년부터 정부는 '공기업민영화추진위원회'를 구성해 본격적으로 한중 민영화를 추진하기

명분이 약했다. 한중 노조에서는 '무조건' 반대가 아니라 대안을 가지고 입체적으로 대응해 나가기로 했다.

한중 노조에서는 한중 민영화에 대한 제2차 연구 용역을 의뢰했다. 제1차는 1995년에 박석운 노동정책연구소 소장에게 의뢰해 인하대 김대환 교수를 주 연구자로, 한중 민영화의 문제점과 대안에 대한 체계적인 연구 보고서를 낸 바 있었다. 그 내용은 공기업 형태를 유지하고 민영화를 반대하는 것을 원안으로 하되, 불가피하게 민영화를 한다면 국민주 형태의 소유 방식과 전문 경영인에게 회사 경영을 맡기는 '전문 경영인 체제'를 대안으로 고려해 볼 수 있다는 것이었다. 1998년 제2차 연구에서는 노동조합기업경영연구소(이후 노기연)의 김성구 교수를 주 연구자로 해서 한중 민영화의 문제점과 대안에 대한 체계적인 연구 보고서를 만들어 냈다. 그리고 이를 근거로 공장 식당에서 공청회를 열었다. 정부 측 용역을 맡은 한국산업연구소의 연구원들을 찾아가 그들의 입장도 들어 보고 노조 측의 의견을 전달하기도 했다. 정부의 민영화 발표로 사기가 저하되었던 노동자들은 공청회를 통해서 자신감을 얻었다. 민영화 계획에 포함되어 있던 한국통신, 한국전력공사, 한국철도공사 등 다른 공기업들도 함께 움직였다. '공공 부문 노동조합

시작했다. 이에 따라 한국전력공사, 국민은행, 한국통신, 포항제철 등 우량 공기업들이 국민주 방식으로 민영화되었다. 당시 한국중공업은 부실기업으로 간주되어 1989년 11월에 민영화를 추진한 적이 있으나 두 차례에 걸친 유찰로 민영화에 사실상 실패했다.

1993년, 김영삼 정권이 '작은 정부'를 표방하면서 시작된 공기업 민영화안은 한국중공업을 비롯해 55개 공기업을 매각하고, 11개 기관을 통폐합하겠다는 원대한 안을 제시했다. 하지만 이는 노동자들의 거센 반대로 22개 공기업의 경영권을 이양하고 지분을 매각하는 선에서 마무리되었다. 1997년 제정된 '공기업의 경영 구조개선 및 민영화에 관한 법률'에서 한중 민영화는 2003년까지 연기되었다.

민영화 연대회의'라는 공동대책기구도 만들었다. 또 노기연의 제2차 연구 내용을 기반으로 민영화를 반대하는 마산·창원 시민들과 여러 차례 공청회를 열었다. 이렇게 해서 정부와의 협상에서 제시할 수 있는 전문적인 내용과 구체적인 대안이 마련되었다.

하지만 정부는 여전히 직접 대화에 나서지 않으려 했다. 우선은 한중 노조가 주최가 되어 국회에서 공청회를 열었다. '과연 민영화가 현 시점에서 필요한 것인가', '경제를 발전시키는 데 민영화가 도움이 되는가', '민영화는 국민의 삶의 질을 높여 줄 수 있는가'와 같은 근본적인 물음들이 제기되었다. 한중 민영화 문제는 단순히 한 회사와 관련된 문제가 아니라 한국 경제의 전반적인 문제와 깊이 결합되어 있었다. 공청회를 통해 더 크고 중요한 명분을 자각할 수 있었고 많은 이들도 이에 호응했다.

1998년 12월 12일 국회에서 공청회가 있던 날, 배달호는 분주히 움직였다. 공청회를 위해 대의원, 민영화 대책 위원과 관심 있는 조합원 등 한중의 노동자들이 버스 세 대에 나눠 타고 창원을 떠나 서울 여의도로 향했다. 버스를 타고 상경할 때면 배달호는 실무적인 일을 담당했다. 그날은 상경한 인원이 얼마 되지 않았지만, 과천에 있는 산업자원부로 항의 농성이라도 하러 가면 1천여 명의 노동자들이 아침 일찍 수십 대의 버스에 나눠 타고 떠나야 했다. 그럴 때는 준비해야 할 일이 많았다. 버스 25~30대가 한꺼번에 움직이면 코끼리 떼가 뿌옇게 먼지를 일으키며 이동하는 것 같았다. 버스끼리 서로 연락해 몇 호차는 누가 책임져야 하는지 부서별로 결정하고, 김밥과 음료수를 준비하며, 마산에서 내릴 사람과 창원에서 내릴 사람을 고려해 배차하는 것 등 모든 일들이 배달호의 몫이었다.

국회의원 회관 소회의실은 사람들로 가득 찼다. 한중 문제는 사회적으로 가장 격렬한 논쟁의 대상이었기 때문에 한중 노동자들뿐만 아니라 민영화에 관심을 갖고 있던 학자들이나 국회의원, 시민 등이 참석하면서 열기는 매우 높았다. 배달호는 이렇게 각계각층의 사람들이 모여 자신들의 문제를 놓고 진지하게 이야기하는 모습이 보기 좋았다. 그간 힘들었던 마음이 조금은 씻기는 듯했고, 쪼그라들었던 마음에도 힘이 들어갔다. 어려운 문제를 해결하기 위해 마음을 모으고 대안을 찾는다면, 자신의 삶을 지켜 낼 대안이 나올 수 있지 않을까. 배달호는 불안하기도 하고 기대도 되었다. 이런 열기와 긴장으로 가득 찬 분위기에서 먼저 허영구 민주노총 부위원장이 운을 뗐다.

**허영구**(민노총 부위원장) | 오늘 한중 민영화에 대한 대안과 관련해 제2차 연구 보고서가 나왔고, 또 그것을 중심으로 국회에서 조합원들과 관계자 분은 물론 많은 관심 있는 분들이 이 자리를 꽉 채워서 주최 측으로서 상당히 기쁘게 생각합니다. 민영화를 일방적으로 진행하고 있는 '책임 있는' 정부 측 관계자가 참석하지 않아 아쉽기는 하지만, 그들도 오늘 토론회에 대해 많은 관심을 가질 것이고, 토론 결과는 정확히 전달될 것입니다.

**김창근**(한국중공업 노조 위원장) | 이런 민영화에 대한 공청회는 정부가 정책을 결정하기 전에 다양한 의견을 수렴하는 차원에서 해야 하는데, 한중 노조에서 주최하게 되어 안타깝게 생각합니다. 사실 저희 노조는 조합원의 권익을 지키기도 힘든데 이런 어마어마한 국가 차원의 일들까지 한다는 게 여간 벅차지 않습니다.

**김상조** (사회자 한성대 교수) | 이 토론은 단순히 의견을 나누는 자리가 아니

라 절박한 심정에서 무엇인가 통로를 찾고 해결 방안을 찾고자 모인 자리입니다. 지금부터 발제와 토론을 시작하겠습니다.

**김성구**(노기연 이사, 한신대 교수) | 저희 보고서의 전체적인 입장은 이렇습니다. 민영화 문제를 제기할 때 정부는 공기업의 폐해, 즉 비효율성이라든지, 주인 없는 경영에서 생겨나는 무책임성이라든지, 또는 정경 유착으로 표현되는 부정부패 문제라든지, 관료의 지배 등을 근거로 제시하고 있습니다. 제가 의심을 품고 있는 것은 정부의 말대로 과연 이런 공기업의 문제가 '민영화를 통해서 해결 가능한가'입니다. 정부는 공기업 문제를 청산하려는 어떤 노력도 하지 않으면서 단순히 사적 기업에 넘겨주면 해결 가능하다고 주장하고 있습니다. 이런 문제는 단순히 공기업의 폐해라기보다는 한국 경제 전반에 걸쳐 있는 문제이기도 합니다.

결국 지금 정부가 추진하고 있는 민영화는 재벌들과 외국자본에게 대표적인 흑자 기업인 한중을 넘겨주기 위한 구실에 불과하며, 정부가 말하는 민영화의 근거는 현실적으로 설득력이 없습니다. 저희는 공기업이 현행대로 유지되기를 원합니다. 그런 가운데 공기업의 경영 혁신과 노동자들의 경영참가가 이뤄지기를 원합니다.

**박영탁**(산업자원부 과장) | 저는 공기업으로 유지되어야 한다는 의견은 받아들일 수 없습니다. 지금 한중에서 흑자가 계속되고 있다고 하지만, 이 흑자가 언제까지 지속될지 상당히 걱정하고 있습니다. ABB(Asea Brown Boveri)* 나, GE, 일본 기업 등 세계의 유수 기업들과 경쟁해서 살

* 중전기기, 발전설비 부문의 세계적인 다국적기업.

아남을 수 있겠습니까? 해외 매각도 문제가 있다고 했는데, 우리나라 시장이 개방되어 있기 때문에 국내에 들어온 외국 기업과는 그들과 전략적인 제휴도 필요하다고 생각합니다.

**김종배**(공공연맹 국장)● | 얼마 전(10월 12일) 정부는 한국중공업의 외국인 지분 한도를 현행 20퍼센트에서 무제한으로 허용해 버렸습니다. 매우 충격적인 일입니다. 한중을 외국 기업에 넘겨주겠다는 말과 같습니다. 현재 정부가 민영화를 추진하는 이유는, IMF가 한국의 공기업 민영화를 강제하고 있는 면과, 정부가 구조 조정에 소요되는 재정을 확보하려는 의도가 있다고 생각합니다. 하지만 IMF 위기를 겪고 있는 다른 국가를 보면 주요 국가 기간산업을 IMF가 요구하는 대로 다 내주지는 않습니다. 우리의 소중한 것을 포기하고 그 프로그램대로 다 따라가는 것은 자존심 상하는 일 아닙니까.

**김상갑**(한중 기획본부장) | 허심탄회하게 민영화에 대해 이야기할 수 있는 자리가 마련되어 기쁘게 생각합니다. 회사는 지금 민영화를 추진하지 않을 수 없는 그런 입장입니다. 민영화를 하나의 발전적인 계기로 삼을 수 있지 않을까 하는 게 회사의 입장입니다. 우리가 가장 우려하는 부분은 재벌에 의한 한중의 경영권 독점인데, 그런 민영화 형태는 바람직하지 않다고 봅니다. 회사 입장에서는 국제적으로 유명한 발전설

● 한중 노조는 공공연맹 소속의 민영화 사업장들과 연대해 민영화에 대처해 나갔다. 김종배 정책국장은 1차 연구용역 보고서가 나온 1996년부터 한중 민영화 대책에 도움을 주었으며, 나중에 불의의 교통사고로 숨져 마석 모란공원에 안치되었다. 2010년 불거진 국무총리실 민간인 사찰 피해자인 김종익 씨는 그의 큰형이기도 하다.

비 회사들과의 전략적인 제휴를 통해 외국자본을 유치하는 쪽으로 가야 한다고 봅니다. '경제적인 예속이다', '회사의 경영권을 바친다' 하는 이야기도 있지만 길게 보고 판단해야 합니다.

(한중의 경영진이나 간부들 대부분은 민영화에 따른 후폭풍을 두려워하고 있었기 때문에 정부가 추진하는 민영화 자체를 반대하지는 않았지만, 재벌에게 매각되는 것은 반대했다. 이 점은 노동조합과 일치했다. 하지만 김상갑은 나중에 한중이 두산으로 넘어가자 노조와의 합리적 대화를 거부하고 노조 파괴에 앞장섰다. 두산에서 사장으로 진급한 그는 민영화에 대해 노동자들과 토론해 놓고 나중에 그것을 노조의 정치적인 개입이라며 공격했다. "노조 활동이 상당히 정치화하고 있습니다. …… 급여나 조합원의 복지에 대한 투쟁이 아니라 노동법 개정 반대, 민영화 반대 같은 쪽으로 가고 있습니다. 이에 우려를 표시해 봅니다." 2003년 국회 환경노동위원회에서 그는 이렇게 말했다.)

김창근 | 오늘 토론 과정을 지켜보면서 저희는 상당히 혼란스럽습니다. 산자부 박 과장의 이야기를 듣다 보면 '민영화는 당연히 되어야겠구나' 하다가, 공공연맹 김종배 국장의 이야기를 듣다 보면 '결사 투쟁해야겠구나' 하게 됩니다. 김상갑 본부장이나 박영탁 과장이 외국 발전설비 업체와 경쟁하기 위해 민영화해야 한다고 하는데, 외국 기업으로 넘어가 버리면 무슨 의미가 있냐는 얘깁니다. 물론 고용이나 설비가 남아 있어 의미가 있다고 말씀하시는 분이 계시지만, 결국은 그 이익이 전부 외국으로 빠져나가 버리고 우리는 빈껍데기를 차고 앉아 있는데 그게 의미가 있습니까? 나라 살림이 어렵다고 국가 경제를 지탱하는 주요 기업을 외국에 팔아넘긴다고 하는데, 그거는 얼토당토않은 얘깁니다. 공기업 팔아 가지고 과연 그 돈으로 빚을 얼마나 갚을 수 있겠습니까? 54개 공기업 다 팔아 봤자 108억 달러 정도밖에 안 됩니다. 외채는

그 열 배가 넘어요. 한중 팔면 많이 잡아 봐야 6억~7억 달러밖에 안 됩니다. 한중이 연간 해외 수주가 얼마인지 아십니까? 10억 달러 이상입니다. 일 년 수주 값도 안 되는 돈입니다. 그것 받고 어떻게 팝니까?

**이황현아**(노기연 한중 연구팀장) | 김창근 위원장이 하는 말에 공감합니다. 한중은 1980년에는 적자였지만, 1994년 이후부터는 계속 흑자가 이어지고 있습니다. 특히 작년 한 해만 해도 3조 70억 원이라는 엄청난 매출을 올린 회사입니다.

한중은 다른 공기업에서는 볼 수 없는 경영 혁신을 이루어 왔습니다. 노동자들이 열심히 노력해서 지금의 회사가 만들어지게 되는데, 현재 한중 부채비율은 굉장히 낮은 수치이고 전체적으로 금융비용이 매우 낮습니다.

만약 이런 한중을 해외 자본에 매각한다면 얼마만큼의 수익 가치를 낼 수 있을까요? 한중의 가치는 상속세법상의 비상장 주식 평가 방법에 의하면 8,580억 원입니다. 이게 실질적으로 받을 수 있는 돈입니다. (계산 생략) 5조 원 회사가 실제 해외 매각된다면 8,580억 원에 팔리게 되는 것입니다. 매각 대금 회수 기간도 19년으로 나왔습니다. 한중을 외국에 팔았을 때 얻는 것은 막대한 경제적 손실과 노동자들에게 닥칠 엄청난 고용 불안밖에는 없습니다.

저는 민영화와 해외 매각에 대한 반대를 원칙으로 공기업 형태를 유지할 것을 주장합니다. 현행 체제대로 산업은행 43.8퍼센트, 한국전력공사 40.5퍼센트, 외환은행 15.7퍼센트라는 지분 구조를 그대로 유지하고, 정부의 공기업에 대한 과도한 통제를 노동자가 막아 내고 실질적인 경영 참가를 통한 경영 혁신을 이룩해야 합니다. 이런 소유 구조를 유지하는 선에서 '정부와의 협상안'을 만들어 낼 수 있다고 봅니다. 이것이 오히려 세계적인 경쟁력을 갖게 해줄 것입니다.

**김대환**(인하대 경제학과 교수, 전 노동부 장관) | 저는 민영화가 최선의 방법은 아니지만 차선의 대안이라고 생각합니다. 노조에서는 '민영화 결사 반대, 공기업 유지'가 현실적으로 승산이 있는 것인지, 논리적으로 탄탄하게 뒷받침되고 있는지 심각하게 고려해 봐야 합니다. '공기업 유지'만 고수하면 정부하고 대화가 됩니까? 이런 상태에서 정부가 민영화를 일방적으로 진행하게 두는 것보다 노조가 민영화에 참여하는 현실적인 방안을 모색하는 것도 중요하다고 봅니다. 즉, 민영화를 하되, 재벌들의 소유를 제한하고, 경영 참여를 통제하는 방식으로 가면 어떻겠나 하는 생각을 가지고 있습니다. 재벌 중심의 민영화가 아니라 국민주나 종업원 지주제 중심으로 하는 민영화를 제안합니다. 현재 정부는 산업은행 43.8퍼센트, 한국전력공사 40.5퍼센트, 외환은행 15.7퍼센트로 나뉜 한국중공업의 지분 중 51퍼센트를 GE 등 외국 기업과 국내 재벌들에게 넘기려 하고 있습니다. 이 지분 51퍼센트를 국민주와 우리사주로 넘기는 방안을 찾아보는 게 더 현실적일 것 같습니다. 민영화를 지금 현 정부가 추진하는 방식으로 해서는 안 됩니다. 해외 매각에 대해서는 결단코 반대해야 합니다.

(1차 연구 용역 보고서를 낸 김대환 교수는 일방적으로 자신의 입장만 발표하고 시간이 없다는 이유로 먼저 퇴장해 버렸다. 직접적인 논쟁이 이루어지지 않아 다른 학자들이 아쉬워했다.)

**김성구** | 박 과장님이 정부에서 일하시니까 묻겠는데, 김대환 교수님 주장대로 민영화를 하되 소유주를 엄격히 제한하는 국민주 방식으로 하면 정부에서 받아들일 수 있겠습니까? 아마 그 안도 현실적으로 관철하기 어렵다고 봅니다.

실제 소유를 엄격하게 제한하는 민영화를 시행한 적이 있습니다. 시중 은행들의 민영화가 실행되어 상업은행으로 바뀌었는데, 이 은행들이 소유할 수 있는 지분이 1인당 5퍼센트로 엄격히 제한되어 있습니다. 하지만 현실은 10~20퍼센트 넘는 주주의 주식 집중을 가져왔고, 그 주주는 재벌들이 대부분입니다. 상업은행은 이미 재벌들의 은행입니다. 소유를 분산하고 전문인 경영 체제로 회사를 운영한다는 주장은 결국 우리나라 경제 현실에서는 재벌의 지배로 귀착된다는 점입니다. 이게 현실입니다. 국민주 방식도 공기업 유지론을 공격하기 위한 주장밖에 안 된다는 거죠.

우리나라 사기업 경영이 가져온 처참한 결과가 외환 위기를 가져오고, 우리나라가 IMF에 종속되는 상황까지 이르게 되었습니다. 그래서 저희 입장은 민영화를 저지하고 공기업 형태를 유지할 필요가 있다는 것입니다.

**이의영**(군산대 경제학과 교수) | 공기업을 민영화하면 효율성이 보장된다는 논리는 지극히 단순하고 불합리한 논리입니다. 노동자들에게 주인 의식을 가지고 열심히 일하라면서 막상 소유권의 문제가 발생하면 너희는 회사의 주인이 아니다'라는 논리를 과연 노동자들이 받아들일 수 있을까요? 최소한의 합리적·상식적인 결정이 필요합니다.

배달호는 이제까지 한국 경제에 대해서 이렇게 깊고, 생생하게 느껴 본 적이 없었다. 민영화를 하자는 주장과 해서는 안 된다는 주장으로 나뉘고, 정부 입장, 경영자의 입장, 노동자들의 입장이 갈라지면서 한 마디 한 마디가 첨예하게 대립했다. 긴 난상 토론 끝에 공청회의 의견이 '재벌 매각 반대, 해외 매각 반대'로 모아졌다. 재벌들이 국민 돈, 나라 돈, 은행 돈을 독식해서 사익을 취하고 결국 나라를 망하게 만들었는데, 그 책임을 묻기는커녕 우량 공기업을 그들에게 넘긴다는 건 있을 수 없었다. 내실이 탄탄한 기업을 외국에 파는 것은 확실한 국부 유출일 수밖에 없다는 점에 많은 사람들이 동의했다. 이는 지극히 상식적이고 정당한 생각이었다. 국민 여론도 한중 노동자들의 목소리를 지지했다. 한중 노동자들은 해외 매각이나 재벌 매각이 되지 않으면 민영화가 유찰될 것이라 생각했다. 외국 기업이나 재벌이 아니라면 이렇게 큰 규모의 공장을 매각할 수 없다고 본 것이다. 노조는 공청회에서 수렴된 의견을 정리해 다음과 같이 정부 측에 전달하고 공청회를 마무리했다.

한국중공업 노조의 민영화 반대 투쟁의 7대 원칙*

1. 정부가 추진하는 5대 재벌 빅딜 및 구조 조정 반대
2. 민영화와 해외 매각 반대(공기업 유지)
3. 일방적 구조 조정 반대
4. 고용 안정 확보
5. 공기업에 대한 노동자들의 경영 참가 보장
6. 과도한 정부 통제와 관료주의 청산
7. 장기적으로 발전설비 일원화

공청회 이후에도 한중 노동자들은 민영화를 저지하기 위해 자신들이 할 수 있는 모든 일을 다했다. 강남 뱅뱅사거리에 위치한 한국중공업 본사에 가서 농성도 하고, 한중이 한국전력공사의 자회사이자 독점

* 노동조합기업경영연구소 제시안.

고객이기도 했기 때문에 삼성동에 있는 한국전력공사에 가서도 집회를 했다. 국가가 추진하는 민영화를 해당 기업 노동자들의 힘만으로 저지하기는 쉽지 않았지만 모두들 열심히 했다. 배달호도 건형, 쌍용과 함께 서울 상경 투쟁이 있을 때마다 만사 제쳐 놓고 버스에 몸을 실었다. 과천 정부청사 앞마당이 버스로 다 채워질 정도로 많은 노동자들이 참여했다. 정리 해고 위협을 받고 있던 현대중공업 간부 2,300명도 함께했고, 금속연맹에서도 연대 투쟁에 참여했다. 과천 집회를 마친 후에는 명동과 종로 거리를 걸으면서 '민영화 반대'를 외쳤다. 한국중공업 노동자들의 짙은 하늘색 작업복이 종로 거리에 물결을 이루었다.

집회가 끝나면 배달호는 동료들과 함께 선혜와 인혜가 입을 옷이나 가죽잠바를 사러 동대문 시장에 가기도 했다. 그는 일반 조합원들이 상경 투쟁을 부담스럽게 생각하지 않도록 동대문에 옷 사러 가자고 해서 데리고 오곤 했다. 하지만 밀리오레나 두산타워를 돌아다니면서도 몇 년 후에 자신이 이곳에 와서 두산에 반대하는 시위를 하게 될 줄은 꿈에도 생각지 못했다.

## 타협

1999년 12월 27일. 차가운 바닷바람이 세차게 몰아치고 있었다. 배달호는 회사 옆 귀산동 횟집에서 그동안 민영화 투쟁을 함께한 동료들과 술 한잔 걸치고 헤어지는 길이었다. 불콰해진 배달호는 얼굴을 매섭게 내리치는 바람이 오히려 좋았다. 막혔던 마음을 시원하게 뚫어 주는 것 같았다.

"건형아, 그동안 억수로 고생 많았다."

"형님도 고생 많았습니다. 결과가 별로 안 좋아 저도 많이 속상합니다. 어떻게 싸웠는데 노조가 민영화를 받아들입니까."

건형이 잠시 걸터앉으며 말을 받았다. 48일 동안 민영화를 반대하는 파업을 했지만, 결국 노조는 회사와 합의를 해버렸다. 둘은 마음이 편치 않았다.

그동안 배달호와 건형은 서울을 오가며 민영화 반대 투쟁에 마지막 힘까지 쏟아부었다. 하지만 정부는 노동자들의 뜻을 받아 주지 않았다. 1999년 11월 9일, 정부는 민영화 전 단계로 그동안 경쟁 관계에 있던 '현대, 삼성, 한국중공업' 간의 빅딜을 발표해 버렸다. 발전설비 제작 분야를 모두 한중으로 합병시키고, 한중에게 10년간 독점권을 준다는 내용이었다. 도대체 이해할 수 없는 일이었다. 공기업일 때는 경쟁을 해야 한다고 독점을 해제해서 과잉 중복 투자하게 만들어 놓고, 이제는 민영화한다고 독점화시킨다는 게 말이 되는 일인가. 공기업일 때는 독점이 안 되고 오히려 사기업일 때는 독점을 해서 몰아주는 격이었다. 완전히 거꾸로 가는 정책이었다. 노동자들에게는 목숨이 달린 문제를 정부는 중장기적인 대안이나 대책 없이 졸속으로 추진하고 있었다. 출범한 지 3개월 된 손석형 노조 집행부는 빅딜이 이루어지기 전에 회사와의 단체 협상에서 민영화를 핵심사항으로 다루면서, 만약 민영화가 실시되면 60일 전에 노조에 알려 주기로 노사 간에 합의를 보았는데, 정부는 아무런 사전 논의도 없이 한중 민영화 방침을 언론에 발표해 버린 것이었다. 그것도 회사와 합의한 지 3일밖에 되지 않은 시점이었고, 직접 통보도 아닌 언론을 통해서였다. 그동안의 민영화 반대 투쟁이 모두 무로 돌아가는 순간이었다.

손석형 집행부는 정부가 빅딜을 발표한 다음 날인 11월 10일부터 파업 절차와 상관없이 바로 전면파업에 들어갔다. 파업 11일이 지나서야 회사는 협상에 응해 왔으나 별 성과를 거두지 못했고 노조는 강도 높은 투쟁을 벌여 갔다. 산업자원부 장관과 기획예산위원회(현 기획예산처) 위원장과의 면담을 요청하고, 국민회의와 한나라당 지구당 농성도 조직하면서 정부와 사측을 압박해 나갔다. 하지만 '빅딜 반대·민영화 반대'에서 시작한 노동자들의 투쟁은 파업이 장기화되면서 구체적인 대안을 마련해야 한다는 현실적인 요구에 부딪치게 되었다. 노조는 이에 12월 9일 구체적인 협상안을 만들어 현장 노동자들을 교육시키며 의견을 모아 갔다. 그 구체적인 내용은 한중 지분 가운데 51퍼센트 이상을 매각해 인수 업체에 경영권까지 넘기는 정부의 민영화 안에 반대해 정부 지분을 40퍼센트까지 지키는 공기업의 틀을 유지할 것, 해외 자본과 전략적 제휴는 받아들이나 매각은 반대할 것, 우리사주로 20퍼센트를 배정하고 우리사주 매입 자금을 지원할 것, 기존 단협을 인정하고 고용을 보장할 것 등이었다. 정부는 대화에 나서지 않은 채 공권력을 투입하겠다고 경고했다. 이에 노조는 자신들의 안을 국민들에게 알려 정부를 압박했다. 마창에서는 기존의 시민 연대의 틀을 넘어 법조계, 학계, 시민 단체, 국회의원이 참석한 '한중 사태 해결을 위한 범시민 대책 위원회'가 발족해 집회를 벌이면서 정부에 압력을 행사했다.

몇 차례의 난항 끝에 파업한 지 48일째 되는 1999년 12월 27일, 손석형 집행부는 민영화를 받아들이는 데 잠정 합의했다. 직접 산자부 차관이 내려와 협상을 한 결과는 '조건부 민영화'였다. 정부의 일방적인 민영화 방식에는 제동을 걸었으나 공기업의 틀은 완전히 파괴된 안이었다. 결국 48일간의 파업에도 불구하고 민영화를 받아들이게 되면서 많은 것을 꿈꾸며 싸웠던 민영화 반대 투쟁은 그렇게 막을 내렸다.

이 소식을 들은 배달호는 가슴이 덜컥 내려앉았다. 가슴에서 차가운 얼음 덩어리가 싸늘하게 올라왔다. 일부 대의원과 조합원들은 공기업을 포기하고 사기업으로 넘어가는 데 합의한 집행부의 결정에 격렬히 항의하기도 했다. 단순히 민영화를 받아들인 노조에 대한 원망이라기보다는, 엉망으로 만든 정부에 대한 분노라기보다는, 민영화가 되어버린 절망이라기보다는, 사기업을 받아들일 수밖에 없는 노동자들의 현실이 씁쓸하고 허무했기 때문이었다.

노조와 회사가 합의한 내용은 다음과 같았다.*

- 회사는 경영권이 재벌로 넘어가는 재벌로의 매각, 경영권이 해외 업체로 넘어가는 해외 업체로의 매각 및 경영권이 한중에서 분리되는 분할 매각은 하지 않는다.
  구체적 안은 2000년 3월까지 회사와 노조가 논의해 정부에 건의한다. 노조와 회사가 민영화 방안을 만들 때까지 회사는 정부의 국내외 입찰 매각(전략적 제휴는 제외)을 유보토록 책임진다.
- 회사는 법률이 허용하는 범위 내에서 사주 조합이 최대한도 주식을 배정받을 수 있도록 한다. 주식 취득 자금은 가장 유리한 융자를 알선하고, 이자는 노사가 50:50으로 부담하도록 한다. 회사는 우리사주조합이 우리사주를 확보할 수 있도록 최초 주식 배정 시에 한해 주식 취득 자금용으로 10억 원의 기금을 조합에 출연한다.
- 단체협약에 고용 보장 조항을 마련한다.

* 합의서 원본을 구할 수 없어 다음의 두 자료를 참조했다. 앞의 두 항목은 한국 민영화 공청회에 제출되었던 정용택(마창진 참여자치시민연대)의 논문 "한국중공업 민영화 논의 과정과 지배구조"에 인용된 1997년 12월 27일 최종 노사 합의안에서 발췌한 것이다. 나머지는 합의에 직접 참여한 손석형의 인터뷰를 참조한 것이다.

손석형 집행부는 이와 같은 합의안을 타협한 다음 날인 12월 28일, 총회에 부쳐 조합원 70.18퍼센트의 찬성으로 공식 통과시켰다. 노조는 회사 측 3인, 노조 측 3인으로 위원회를 만들어 정부에 내놓을 안을 만들고자 했다. 2000년 3월 10일, '한국중공업 민영화 연구팀'에서 한국중공업 민영화에 대한 발표회를 가졌다. 마창진 참여자치시민연대의 정용택, 경남대 경영학과 교수 이승현, 노동자기업인수지원센터의 송태경, 한국방통대 법학과 교수 곽노현이 한중의 현실적인 민영화 방안에 대한 토론을 벌였다. 하지만 정부는 2001년 3월 23일 주주총회에서 특정 기업이 한중을 독점하지 못하도록 지분을 분산하고, 전문 경영인 체제를 도입하며 노동자 경영 참여를 활성화하자는 노동자들의 대안을 거부해 버렸다. 민영화를 받아들이면서 약속한 최소한의 전제 조건도 정부는 받아들이지 않았던 것이다. 노동자들이 민영화를 반대했던 이유 중 하나도 정부의 이런 태도를 못 믿어서였다. 국회 공청회에서 김성구 교수가 우려했던 일이 현실로 나타난 것이다.

민영화를 받아들이게 된 데에는 노조와 일부 조합원들의 문제도 있었다. 48일간의 파업 기간 동안 노조에서는 경영 참여와 우리사주에 대한 교육을 실시했다. 정부는 한중 노동자들에게 우리사주 15퍼센트를 준다는 이야기를 흘렸다. 노동자들은 그것으로 몇천만 원을 받을 수 있다는 환상을 품게 되었다. 일단 그런 생각을 갖게 되니까 민영화가 이루어지지 않아 자신이 받을 주식이 상장되지 않으면 몇천만 원을 받을 기회를 그냥 놓치는 것이라고 조급해했다. 오히려 노동자들이 민영화를 은근히 바라는 상황이 되어 버린 것이다. 그런 분위기 속에서 민영화 투쟁은 당연히 소극적이 되었다. 민영화 과정을 보면 항상 이런 여정을 겪게 된다. 정부 쪽에서 민영화를 위해 노동자들을 당장의 이익이 되는 돈으로 현혹하고, 일부 일반 조합원들이 거기에 넘어가는 과정이 반복되는 것이다. 이러니 정부와 맺은 합의안도 잘 지켜질 리가 없었다.

실제로 한중 노동자들은 우리사주를 1인당 최고 2천 주까지 받았다. 전부 합하면 상장 주식의 10퍼센트인 1,042만 주였다. 하지만 2년 후 남은 주식은 1퍼센트도 안 되었다. 우리사주를 중장기적이고 안정적으로 보유해 의결권을 행사해야 제 역할을 할 수 있음에도 현실에서는 그렇지 못했던 것이다. 비록 아주 일부라 하더라도 우리사주를 보유하고 있으면 좋은 면이 있었다. 보유한 주식이 5퍼센트 이상이면 안정적으로 경영에 참여할 수도 있고 회계장부도 열람할 수 있다. 실제로 나중에 두산이 한중을 인수한 후에 일부 노동자는 주주총회에 참여하기도 했다.

"우리가 주주총회 하러 딱 들어가면 이미 사설 업체가 못 들어오게 합니다. 회사 사람들이 앞자리를 다 차지해 버려요. 우리에게 발언권을 줘서 발언을 하면 중간에 딱 잘라 버립니다. 백형일 씨가 화가 나니까 책상 위로 올라가서 발언을 한 적도 있어요. 온갖 수단과 방법을 동원해 권리를 행사하지 못하도록 방해하는 거죠. 하지만 주총장에 가면 참 좋은 게 사장이 우리의 고용인이 되어 버린다는 거예요. 우리가 주인이고, 현장에서는 우리가 고용인인데, 거꾸로 되는 겁니다. 적나라하게 비판을 해도 아무 말 못하더라구요."

임병섭이 말했다.

비록 실패하기는 했지만 한중 노동자들은 민영화 반대 투쟁을 통해서 회사가 다양한 방식으로 운영될 수 있다는 것을 알게 되었다. 지금까지 자본가는 경영을 하고 노동자는 여기에 일방적으로 종속된 채 일만 해야 회사가 굴러가는 것으로 알고 있었다. 하지만 이런 형태의 회사는 일부분에 지나지 않았다. 노동자들도 직접 경영에 참여해서 함께 회사를 만들어 갈 수 있고, 직접 회사를 소유할 수도 있었다. 이런 방식이라면 항상 서로를 적대시하는 노사 관계가 아닌 다른 형태의 노사 관계를 꿈꿀 수 있었다.

노동자 기업 인수 지원 센터 전문위원인 송태경은 손석형 집행부의 부탁으로 식당이나 공장들을 돌아다니면서 '노동자(종업원) 소유제도'의 중요성에 대해 이야기해 주었다. 그는 직접 종업원 소유 회사를 만든 경험이 있었다. 스스로 인수도 해보고 인수를 지원하는 일도 해보았다. 대표적인 종업원 소유 회사는 경향신문인데, 이런 회사는 종업원이 주인이 되는 회사로 대표도 편집장도 종업원이 직접 선출했다. 종업원 소유 회사는 훨씬 자생력 있고 인간적인 기업 문화를 구현할 수 있었다. 정리 해고와 같은 노동자들에게 적대적인 경영 방식을 유지할 필요가 없다는 점에서 그는 다른 회사처럼 한중도 노동자가 통째로 기업을 인수할 수 있었으면 더 좋지 않을까 하는 생각을 가지고 있었다. 노동자 1인당 3천만~5천만 원씩만 조달하면 한중을 인수할 수도 있었다. 기업이 재벌에 매각되거나 해외 매각될 경우 노동자들이 짊어져야 할 불이익에 대해서 생각한다면 이 정도의 부담은 아무것도 아니었다. 다른 회사가 한중을 인수할 경우 임금이 동결되거나 정리 해고를 당해, 정년퇴직을 한 경우에 비해 받지 못할 임금을 계산해 보면, 노동자들이 입게 될 경제적 손실은 5천만 원 이상이었다. 더군다나 한국에서 사기업들이 노동자들에게 가하는 억압이나 탄압 등 비인간적인 모욕이나 정신적인 피해까지 계산해 보면, 그 피해액은 엄청났다. 한중은 우량 기업이었기 때문에 한중 노동자들이 직접 인수하면 자산은 노동자들 호주머니에 그대로 남을 수 있었다. 무엇보다 노동자들이 회사의 주인이 되는 일이었다. 그러면 노동자들이 회사를 어디까지 운영할 수 있는지 스스로의 역량도 알 수 있고, 경험도 쌓을 수 있었을 것이다. 한중을 인수하는 데 1인당 5천만 원씩 부담했던 인수 자금은 회사 출연을 비롯한 다양한 방법으로 다시 회수할 수 있었다. 다양한 보완 수단들을 자체적으로 만들 수도 있었다. 당장의 부담과 종업원 소유 회사를 운영해 본 지식과 경험이 전무한 상태에서는 이 큰 회사를 인수할 수 있다는 상상을 하기 힘들지도 모르지만, 그는 시장을 지켜봤기 때문에 인수 합병이 얼마나 무서운 결과를 초래하는지 잘 알고 있었다. 하지만 직접 인수도 어느 정도 현실적인 힘이 있어야 가능한 일이었다.

48일간의 파업을 끝낸 배달호는 머릿속이 복잡했다. 파업 후유증으로 몸은 많이 피곤했으나 긴장이 가라앉지 않고 있었다. 그날은 48일간 집에 거의 들어가지 못하다가 오랜만에 일찍 귀가한 날이었다.

집에는 선혜와 인혜만 있었다. 아내 길영은 저녁 찬거리를 사러 시장에 갔는지 집에 없었다. 부엌에는 저녁에 먹을 쌀이 씻겨 있었다. 선혜는 자기 방에서 종이로 뭔가를 만들고 있었고, 인혜는 텔레비전을 보고 있었다. 벌써 딸들이 겨울방학을 맞아 집에서 쉬고 있었다. 지난여름 선혜가 염색해 준 머리는 어느새 검은 머리로 덮이고, 머리끝에만 갈색빛이 조금 비쳤다. 몸을 씻고 옷을 갈아입었다. 모처럼 식구들끼리 모여 오붓하게 저녁을 함께 먹었다. 딸들은 어느새 많이 자라 있었다.

"아빠, 내년이면 저도 고1이에요. 고등학교는 창원에 있는 학교로 배정이 됐어요."

"그리 멀리 받았나. 여그 가차운 고등학교 다녔으모 좋았을 긴데. 아빠가 시간 나는 대로 실어다 주꾸마."

배달호는 모르는 새 훌쩍 자라 버린 두 딸에게 고마움을 느끼면서도 두렵고 불안했다. 이제 몇 년만 더 있으면 쉰 살이 넘어간다. 다른 때는 이렇게 불안하지 않았는데 요즘은 마음이 안정되질 않았다. 배달호는 밥을 먹다가 선혜, 인혜, 그리고 부인의 얼굴을 잠시 바라다보았다. 선혜가 고등학교를 졸업하고 나면 대학도 가야 하고 교육비도, 생활비도 더 많이 들 텐데 자신이 그 모든 것을 책임질 수 있을지 근심이 마음속을 온통 뒤덮었다.

## 두산으로 넘어가고 말았구나

2000년 12월 12일, 한국중공업이 어느 회사로 넘어갈 것인지 결정되는 날이었다. 배달호는 서울 여의도에 있는 산업은행 앞에 서있었다. 정부가 그곳에서 경쟁입찰을 하고 있었다. 날씨는 몹시 추웠고, 간간이 눈발이 날리고 있었다. 거리는 크리스마스 분위기로 출렁이고 있었다. 배달호는 민영화 대책위 사람들, 노조 간부들과 회계감사, 그리고 일부 대의원들과 함께 입찰 과정을 보기 위해 또다시 창원에서 올라온 것이었다. 입찰을 참관하기 위해 왔으나 산업은행의 모든 출입문은 봉쇄되어 들어가지도 못하고 정문 앞에서 서성이고 있었다. 정부는 '비공개 경쟁입찰 방식'으로 진행한다면서 한중 노동자들을 배제했다.

"아니, 내 회사가 다른 회사로 넘어가는 중요한 날인데, 왜 우리가 못 들어감니꺼? 우리가 입찰을 안 보면 누가 본단 말임니꺼? 우리가 합의하지 않으면 입찰하지 않는다고 해놓고, 왜 약속을 파기함니꺼?"

힘으로 밀어내는 경비들 앞에서 항의해 보았자 아무 소용없는 일이었다. 배달호를 비롯한 한중 노동자들은 아무런 힘도 쓸 수가 없었다. 입찰이 끝날 때까지 긴장 속에서 회사가 어디로 넘어갈지 지켜보는 수밖에 없었다.

드디어 입찰이 끝나고 정부 관계자의 입에서 '두산'이라는 말이 떨어졌다.

"한국중공업을 입찰한 결과, 두산이 인수하게 되었음을 알려드립니다."

"아……!"

자리에 있던 한중 노동자들은 모두 아연실색을 했다. 두산은 페놀 사건* 때문에 부도덕한 기업으로 낙인 찍혀 있었던데다 노조에 대한 탄압으로도 악명 높은 회사였다. 심지어 1997년에는 창원 두산기계(현 두산메카텍)에 근무하던 노조 사무장이 어용 조직인 다물단의 간부였던 회사 동료들의 집단 폭행으로 사망한 사건까지 있었다.**

이미 인수 전에 김창근 노조 위원장은 이를 우려해 '헐값에 매각되거나 기업 사냥꾼의 먹이가 되어서는 안 된다. 한중을 정말 성장시킬

* 1991년 3월 16일, 대구시에서 공급하는 수돗물에 두산전자에서 사용하는 페놀 원액이 흘러 들어 가 많은 시민들이 구토와 복통, 설사, 심지어 유산까지 한 사건이다. 이 일로 대구 환경청 직원 7명과 두산전자 관계자 6명 등이 구속되었음에도 두산은 이를 시정하지 않고 4월 22일 또 페놀 원액을 흘려보내 박용곤 두산그룹 회장, 허남훈 환경처 장관, 한수생 차관이 자리에서 물러나게 되었다. 조사 결과, 사건 이전에도 정화 비용 5백만 원을 아끼기 위해서 페놀을 정화하지 않고 버린 일이 여러 차례 있었음이 밝혀졌다.

** 다물단은 신노사전략의 일환으로 1990년대 중반에 등장한 사측의 어용 조직이다. 겉으로는 봉사 활동과 노동 교육을 위한 모임이었으나 회사의 전폭적인 지원 아래 노조 활동을 무력화시키는 역할을 담당했다. 1994년 대우조선의 무쟁의 기록, 1995년 현대중공업의 무쟁의 서명운동 등을 통해 노동 현장에서 급부상하면서 '노사 화합주의의 전도사', '노조 파괴의 주역'으로 지목받았다. 두산기계에서는 6백 명에 달하던 노조원 가운데 4백여 명이 노조를 탈퇴한 뒤 다물단에 가입했으며, 이들은 집단적으로 노조 활동을 수시로 방해하고 무력화시켰다. 다물단의 교육 내용은 반공극우를 기조로 했고, 강사들도 대부분 보안사 등 군 출신들이었다. 두산의 다물단은 회사 내에 사무실과 상근 인력까지 두면서 회사로부터 잔업 수당까지 지급받는 등 철저히 보호받았다.

수 있는 기업이라야 한다. 그렇지 않으면 적격자 자격에서 탈락시켜야 한다'는 의견서를 정부에 제출했지만 그 역시 소용이 없었다.*

두산에 넘어갔다는 것도 놀랄 일이지만 더 놀랄 만한 것은 두산이 한중을 인수한 가격이었다. 한중의 자산은 1조 3천억 원 규모의 자회사까지 포함해 5조 원에 달했지만, 두산은 겨우 3,057억 원에 한중을 인수했다.** 정부가 내정 가격을 두산에 은밀히 알려 주지 않는 한 이렇게 싼 가격으로 한중을 인수할 수는 없는 일이었다. 한중을 인수하는 데 관심을 가졌던 동부, 효성, 대림 등의 기업도 모두 놀란 눈치였다. 한중은 해외 수주 하나만 따내도 1조 원을 벌어들이는 회사였다. 너무 싼 가격에 모두 뒤통수를 맞은 느낌이었다. 결국 이렇게 해서 넘어가는구나! 배달호는 '죽 쒀서 개 주었구나' 하는 생각밖에 들지 않았다. 너무 무리한 민영화였다. 전반적으로 민영화 추세를 거스르기는 힘들었다 해도 한중을 꼭 두산으로 넘길 필요는 없었다.

박용오가 이끄는 두산은 1995년 이후로 계속해서 엄청난 적자를 기록해 온 기업이었다. 1995년 한 해 29개 계열사의 적자액이 9천억 원에 이르고, 1997년 부채비율은 610퍼센트를 넘어선 최악의 기업이었다. 그런 회사가 어떻게 10년 연속 흑자를 기록해 온 알짜배기 회사를 인수할 수 있는지 사람들은 이해할 수 없었다. 더구나 OB맥주를 핵심 기업으로 식음료 등 소비재를 팔던 기업이 어떻게 중공업 기업을

* 서울대 이동기 교수를 팀장으로 한 적격자 심사팀에는 산업은행과 한국전력공사 그리고 한국중공업의 김재학 수석부사장이 참여하고 있었다.

** 두산이 한중 전체 자산의 36퍼센트에 해당하는 지분을 인수하면서 한중은 완전 민영화되었으며, 두산이 경영권을 행사할 수 있도록 외환은행 주식 15.7퍼센트가 위임되었다. 한중 인수 후 두산은 11조 6천억 원 대의 자산 규모로 재계 10위권에 진입했다.

인수할 수 있단 말인가. 두산은 중공업 쪽에는 일체의 경험이나 노하우가 없었다. 두산그룹 큰아들인 박용곤의 차남 박지원을 중심으로 한 인수팀에 중공업 전문가는 대우중공업 출신 최송학 부사장 하나뿐이었다. 엄청난 특혜 뒤에 모종의 커넥션이 있지 않고서야 이럴 수 없었다. 두산은 곧 특혜 논란에 휩싸였다.

좋지 않은 일만 겪은 배달호와 동료들은 몸이 꽁꽁 언 채 근처 식당으로 향했다. 모두 숟가락은 들었지만 밥알을 제대로 삼키지 못했다. 가슴에는 불덩이들이 하나씩 솟구치고 있었다.

"야, 그 악질 두산에 넘겨줄라꼬 우리가 그렇게 서울 올라와 가면서 고생했단 말이가."

화는 엄청 나는데 화를 낼 수 없을 정도로 마음이 무거웠다. 이제 정말 회사가 사기업에 넘어가는구나. 막연하게만 생각했던 일이 현실로 다가왔다. 미리부터 지레 불안해하지는 말자고, 고용 보장을 요구했으니 기다려 보자고 위로하는 이도 있었지만, 마음은 점점 무겁게 가라앉았다.

경쟁입찰에 들어가기 전, 전대동은 경합 업체가 어느 회사인지 알아 보고 있었다. 경합 업체는 두산과 한라스페코 둘뿐이었는데, 한라스페코는 전혀 들어 보지 못한 회사였다. 자세히 조사해 보니 자본금이 75억 원밖에 안 되는 조그만 회사였다.* 그런 회사가 5조 원에 달하는 회사를 인수하겠다고 나선 것이었다. 정부가 두산 하나만 신청하

* 스페코 컨소시엄은 (주)스페코(자산 3,299억 원, 매출 324억 원, 부채비율 218퍼센트), 대아건설(자산 3,916억 원, 매출 2,626억 원, 부채비율 238퍼센트), 한라스페코중공업(자산49억 원, 매출 0, 부채비율 23퍼센트) 세 개 회사를 합해도 한중을 인수할 규모에 훨씬 미치지 못했다.

면 유찰될 게 뻔하니 한라스페코라는 회사를 들러리로 세운 것이 분명했다. 전대동은 직접 그 회사를 찾아가 보았다. 공교롭게도 스페코 사장 김종섭은 한중 사장 윤영석의 사촌 동서였다. 한중 민영화라는 매력적인 사업에 엄청난 관심을 가졌던 효성, 대림, 동부그룹 등이 의향서를 제출하고 입찰 과정에는 참여하지 않은 것도 의혹이 이는 부분이었다. 사실 한라스페코는 입찰 조건이 되지 않았다. 사업자의 부채비율이 200퍼센트 이하여야 자격 조건이 주어지는데, 스페코는 200퍼센트가 넘었다. 두산이 단독으로 입찰에 참여한 것이나 마찬가지였다. 게다가 입찰 과정은 극비리에 진행되었다.

정부는 한중을 매각하기 전에 삼성이나 현대는 국내 수주를 할 수 없게 하고 한중으로 국내 공사를 일원화시켰다. 독점을 만들어서 사기업인 두산에 물려준 것이다. 지분도 분산시킨다는 약속과 달리 국가가 소유한 지분 36퍼센트를 오히려 몰아서 팔았다. 경영권을 행사할 수 있도록 외환은행 지분 15.74퍼센트도 2002년까지 위임해 주었다. 대단히 무리한 작업이었다. 이것은 물밑에서 정부 관료와 두산의 커넥션이 없었다면 불가능한 일이었다.

진실은 숨길 수 없다고 했던가. 이와 관련된 의문을 일부나마 풀어줄 사건이 2003년에 발생했다. 한중 민영화 과정을 책임졌던 산업자원부 자본재산업국장인 홍기두가 뇌물 수수죄로 구속된 것이다. 그는 두산그룹의 5남이며 현 ㈜두산 회장으로 있는 박용만과 동창이자 절친한 친구 사이로, 한중 민영화 과정에서 매각 방법, 인수 가능 기업의 자본금 규모 및 업종 제한 등 입찰 참가 자격, 입찰 시기 및 절차 등과 관련된 각종 실무적인 일을 책임지고 있었다. 한국중공업 사장이었던 윤영석과는 학교 선후배 사이였다. 서울지방법원 제23형사부 판결문에 따르면, 그는 입찰에 참여할 수 있는 기업의 업종을 박용만이 재직

중인 (주)두산그룹의 업종과 일치시켜 기안했다. 그리고 그 대가로 박용만과 윤영석에게 동생 홍기철의 취업을 부탁하면서 두산중공업의 포워딩 사업권(수출입 복합 운송 대행 업무)을 취득하게 해 8억 9,400만 원 상당의 이익을 얻었다. 이 혐의로 홍기두는 2004년, 징역 2년의 실형을 선고받았다.

그는 산자부 자본재산업국장의 지위를 이용해 2003년에도 두산중공업에 137억 원 상당의 연구개발비 예산을 지원했으며, 두산중공업과 현대중공업 사이의 분쟁에도 개입해 영향력을 행사한 바 있었다. 한중과 같은 공기업을 두산에 매각하는 것과 같은 엄청난 일을 일개 산자부 직원이 결정했다고 믿기도 힘들었다.

"나는 이렇게 생각해요. 민영화는 구색 맞추기에 불과하고, 두산에 거저 주기 위해 노골적으로 작업을 했다고 봅니다. 뇌물 수수, 정치자금에 대한 정황적인 이야기는 무수히 많구요. 물밑에서 정치자금이 돌지 않는 한 협잡과 권력 남용이 작동하지 않는 한, 있을 수 없는 일이 벌어진 거예요. 법도 무시했잖아요."

송태경이 말했다.

정부는 법을 고치면서까지 두산을 밀어주었다. 두산이 출자 총액 제한 제도에 걸린다는 지적이 제기되자 이번에는 공정거래위원회가 나서서 공정거래법을 왜곡시키면서까지 두산을 출자 총액 제한 제도의 예외로 인정하는 무리수를 두었다. 정부가 '구조 조정을 위한 타법인 출자는 예외로 인정해 준다'는 내용을 뼈대로 공정거래법을 고쳐 문어발 확장에 대해 사면을 받게 해주었던 것이다.* 법까지 고쳐서 두

* 박순빈, "민영화, 그 거대한 부실," 『한겨레21』(2001/10/24).

산을 밀어주는 관국에 노사가 민영화 전제 조건으로 합의했던 약속이 지켜질 리 없었다.

"노사가 민영화 대책 위원회를 꾸려서 그다음 해 3월까지 합의안을 만들어 오면 산자부에서 인정하기로 했어요. 그런데 산자부에서 그 약속을 안 지켰어요. 전문 경영 체제, 지분 분산이 제일 중요한데 3월 23일 주주총회에서 노동자들 안을 거부해 버렸어요."

그 당시 민영화 협상 과정에 참여했던 주재석이 말했다. 정부는 노조가 최소한의 민영화를 받아들이면서 요구한 전제 조건도 지키지 않았다.

노동자들 사이에서는 '두산그룹 회장 박용성과 김대중 대통령이 같은 호남 출신이어서 밀어주고 있다', '비자금 1조 원이 조성되었다'는 등의 이야기가 나돌았다. 노동자들은 무엇보다 두산이라는 기업이 한중을 인수한 것에 대해 심각히 우려하고 있었다. 두산은 노사 관계가 지극히 안 좋은 회사로 유명했다. 노동자들은 자신들의 삶이 어떻게 변할지 걱정할 수밖에 없는 상황이었다. 노조는 두산과 고용 보장, 단협 승계, 노조 승계를 합의했으나 이는 이행되지 않았다.

공기업에서 사기업으로 넘어갈 때는 이행 각서가 필요하다. 특히 매각에서의 합의는 '이행 강제 규정'이 반드시 있어야 한다. 이행하지 않았을 때는 인수한 회사에게 상당한 손해를 입힐 수 있어야 한다. 하지만 한중에서 두산으로 넘어갈 때는 그런 안전장치가 아예 없었다. 인수한 다음에 두산이 합의 내용을 다 무시해도 그것을 제어할 장치가 하나도 없었던 것이다. 두산은 늘 그랬다. 고생을 많이 하던 대우종합기계도 결국 2005년 1월, 두산에 인수되었다.

한편으로는 두산과의 관계에서 노조가 너무 단순하게 일을 처리한 면도 있었다. 하지만 노조의 잘못으로만 돌릴 수는 없었다.

"단순히 노조의 힘 부족, 집행부의 판단 부족이라 생각하지 않아요.

집행부의 오류, 실수, 판단 착오를 세부적으로 평가하고 문제 제기할 수는 있지만, 그것은 대단히 미시적인 평가입니다. 기업에 대한 사회 전반적인 인식 수준이 높아져야 한다고 생각합니다. 노동운동 전반의 역량이 부족했어요. 노동운동판에서 인수 합병 전문가는 나 하나밖에 없었어요. 대안을 만들어 가는 것도 중요하지만, 구체적인 대안이 나오는 것이 중요합니다. 설득력 있고 실효성 있는 대안 말이죠. 단위 노조에서는 최대한 싸운 거라 생각합니다."

송태경이 말했다.

두산그룹은 한중을 인수하면서 재계 서열 8위로 급부상했다. 두산은 인수 자금 3,057억 원 중 계약금으로 겨우 3백억 원을 내놓고 경영권을 행사하면서 희망퇴직을 가장한 정리 해고를 시작했다.

## 파괴된 일상

모두가 자신에게 무슨 일이 닥칠지 긴장하고 있었다. 고용 승계와 노조 승계를 약속했기 때문에 지켜보자는 이들도 있었고, 이를 어길 경우를 대비해 뭔가를 준비해야 한다는 이들도 있었다. 그러나 이미 회사를 두산에 넘겨준 상황에서 뾰족한 수는 없었다. 엄청난 불안감이 공장을 뒤덮었다.

2001년 1월 3일, 회사 게시판에 과장급 이상 378명에 조합원 746명을 더해 1,124명이 희망퇴직한다는 공고가 나붙었다. '단협 보장, 고용 보장'을 약속했던 두산이 노조와 협의도 없이 일방적으로 내버린 공고였다. 배달호는 항상 현실이 자신이 상상한 것보다 더 냉혹하지 않기를 바랐다. 하지만 현실은 매번 그 기대를 저버렸다. 현장과 노조를 관리하고 구조 조정을 하기 위해 두산은 이미 수억 원의 돈을 들여 기업 사냥꾼인 매킨지에 기업 진단을 의뢰해 놓은 상태였다. 그들은 구조 조정을 할 수 있는 정교한 논리와 비법을 두산에 제공해 주었다. 1,124명의 정리 해고는 그 결과였다. 또한 두산은 자신들의 행위를 합법적으로 처리해 줄 전문 법조인도 고용했다. 그들은 계속 법적인 시비를 걸어 노동자들의 자유를 최소한으로 축소시켜 나갔다.

두산은 강제적이고 폭력적인 뉘앙스를 풍기는 '정리 해고'라는 말 대신에 '희망퇴직'이란 단어를 사용했다. 새로 들어온 두산은 말을 세련되게 세탁하는 일부터 시작하고 있었다. 그들은 구조 조정을 신경영으로, 외주화·하청화를 소사장제로, 노동자가 회사의 주인이란 말을 주주가 주인이란 말로 바꿔서 사용했다. 이를 진두지휘한 사람은 두산그룹 큰아들 박용곤의 차남 박지원(36세) 인수팀장이었다. 나중에 박지원은 전무이사 및 변화관리팀장을 맡는데, 노동자들에게 변화관리팀은 게슈타포로 통했다.

"우리는 한 명도 쫓아내지 않았다. 인원이 줄었으면 좋겠다는 차에, 중간에 그만두고 싶은 사람들이 있어서 돈 더 줘서 내보냈을 뿐이다. 자율적으로, 큰 압력 없이, 자기 필요에 의해 그만둔 거다. 그걸 왜 쫓아내 버렸다고 하느냐."

두산에서는 노동자들에게 이렇게 말했다.

하지만 현실은 전혀 달랐다. 그들은 중간 관리자들에게 어떤 일이 있더라도 한 부서의 30퍼센트를 해고하라는 지침을 내렸다. 강제적인 사항이었기 때문에 관리직 부서마다 30퍼센트를 내보내야 했다. 팀장이나 공장장들은 할당량 30퍼센트를 채우지 못하면 자신들이 나가야 했기 때문에 수단과 방법을 가리지 않았다. 열 명의 인원이 꼭 필요한 부서도 있는데, 세 명을 해고해 버리니 당연히 업무가 제대로 돌아가지 않았다. 그러면 간부들은 되레 아랫사람들을 질책했다. 다시 들어오라고 해서 나갔던 사람들이 재입사한 경우도 있었다.

한중 노동자들은 대부분 15~20년 일하면서 단련된 숙련 노동자였다. 이들을 자르면 어디서 구하기도 힘들었다. 기술이 중요한 중공업을 경영해 보지 못한 두산이 소비산업을 경영하던 마인드로 노동자들을 대하고 있었다. 당연히 노동자들의 불만은 커져만 갔다.

"잘 들어봐라. 너그가 햄버거 만들면 하루가 걸리고, 맥주를 만들라믄 한 달이 걸린다 치면, 우리는 발전소 하나 만들어 한 바퀴 도는 데 10년은 걸린다. 너그들이 정말 중공업 기술을 알라면, 최소한 10년을 세 바퀴 돌아야 가능한기라. 30년이 흘러야 제대로 이해할 수가 있다. 너희는 한 달짜리고, 우리는 10년짜리다. 와 한 달짜리 사고로 회사를 운영할라꼬 하나. 기술자 짜르면 새로 키우는 데 10년이 걸린다."

전대동이 말했다.

하지만 두산은 노동자들의 이런 이야기를 이해하지 못했다. 두산에서는 '법적으로 어긴 게 별로 없다'느니 '정리 해고한 게 아니라 고용을 보장해 주었다'는 말만 되풀이했다. 하지만 실제 눈앞에서는 전혀 다른 광경이 벌어지고 있었다. 조합원 범위가 아닌 과장급 이상을 먼저 희망퇴직시키고, 그다음에는 과장급 이하의 사람들이 희망퇴직 대상이 되었으며, 결국은 부서장, 팀장, 상무들까지 해고 대상이 되었다. 또 희망퇴직 대상자를 미리 점찍어 놓고 누가 접촉하는 것이 좋을지 사전에 계획을 짜서 접근했다. 처음에는 노골적으로 말하기보다는 우회적으로 이야기했다.

"당신 여 있어 봐야 비전도 없다. 그러니 한 살이라도 나이 들기 전에 새롭게 뭔가를 할 수 있는 계기로 삼아야 안 되것나. 나가서 새로운 인생 찾는 게 더 나을 기다."

하지만 노동자들은 이런 회유를 하는 맥락과 회사 분위기를 너무 잘 알고 있었다.

"당신 입장이 있으니 그런 이야기를 하는 건 알겠는데, 다시는 그런 말 하지 마라."

이렇게 거절하고 나면 노골적으로 사직서를 쓰라고 강요했고, 이를 거부하면 대기 발령 조치가 내려졌다. 형식적으로는 고용을 보장해 준 것처럼 보이지만 실질적으로는 정리 해고였다.

노동자들도 가만히 있을 수만은 없었다. 희망퇴직을 거부한 대기 발령자들이 모여서 처음으로 '관리직 노조'를 만들어 회사에 대항했다. 하지만 그냥 나가는 사람들이 더 많았다. 부서장이 와서는 "당신은 남아 있어도 진급이 안 된다. 당신이 나가야 밑에 있는 사람들 진급할 것 아니냐"고 해서 나간 사람도 있었다. 어떤 사람들은 할당량이 내려오면 "어차피 누군가는 나가야 되는데 애들을 내보낼 수 있나, 내가 나가야지" 하면서 떠났다. 그렇게 회사를 그만둔 사람들은 불황에 일자리를 구할 수 없으니 다시 비정규직으로 들어와서 일을 했다. 파견업체를 통해서 자신을 정리 해고한 두산에 다시 파견 나와 있는 것이다. 이들은 월급도 기존의 절반밖에 안 되고 상여금이나 보험 처리도 안 됐다.

상황이 이러니 회사 분위기는 말이 아니었다.

"하늘과 땅 차이였어요. 그전에는 출근하면 웃고 재미가 있었어요. 근데 이제 내 회사가 아니게 된 거예요. 감시하고 추적하고 …… 지옥으로 변한 거야. 웃음을 잃어 가는 거야. 박용성 회장 말처럼, '이 회사의 주인은 주주다, 주주를 위해 열심히 일해라.' 우리는 그런 존재밖에 안 되는 거였어요. 이곳에서 우리는 우리를 위해 일해서도 안 되고, 이제 회사는 우리들의 의사를 나누고 함께하는 민주적인 공간이 되어서도 안 되는 거였어요."

강웅표가 말했다.

두산이 들어선 직후부터 '경영 혁신'이니 '새로운 변화'니 하면서 조직 형태는 팀제로 계속 변화했다. 각 사업 본부별로 보면 '기업 혁신부', '기획 혁신부'니 하는 부서가 이를 담당하고 그룹에 보고했다. 하는 일은 큰 차이가 없는데, 이름표만 바꾼 것이었다. 승진이든 인사 발령이든 자리를 먼저 찢고 붙이고 나서 사람을 발령하는 형태였다. 한두 번의 개편으로 끝나지 않았기 때문에 분위기는 어수선하고 계속 불안정했다. 잡무도 엄청나게 늘어났다. 여기에는 무엇보다 기존의 한중 사람들을 자신들의 인적 조직망으로 장악하려는 의도가 숨어 있었다. 주로 박지원을 중심으로 사람들을 집중 배치시켜 자신들에게 충성할 로열패밀리를 만들어서 영향력을 확산해 나갔다. 그 핵심적인 내용은 사람들을 등급화하는 것이었다. 경영 혁신 과정을 거치며 노동자들은 자신도 모르는 사이에 특별한 소수가 되거나 별 볼 일 없는 다수가 되어 갔다. 특별한 소수는 정보를 나누고 교육도 함께 받았다. 나머지는 철저히 배제되었다. 예전에는 교육을 하든 연수를 하든 누구나 참여할 수 있게끔 공개되었는데, 두산이 인수한 뒤부터는 선별된 소수를 중심으로 교육과 연수가 이루어졌고 참여하지 못한 사람은 허깨비가 되었다. 인센티브나 급여 체계가 성과급과 연봉제 형태로 바뀌면서 노동계약도 전체적인 논의를 통해 동의를 받는 집단적인 방식이 아니라, 새롭게 구축된 인맥이나 사적인 조직망을 통해 개별적으로 이루어졌다.

"등급을 나눠 낮은 등급 사람들은 쓸모없게 만드는 거죠. 자괴감 내지 패배감을 정서적으로 확산시켰어요. 사업 부서도 본인의 의사와는 상관없이 축소했다 확대했다 합했다가 하는데, 회사의 의도대로 사람들이 못 견디고 나갑니다. 나이 많은 사람이나 오랫동안 일해 온 노동자들은 절망도 절망이지만 그걸 넘어 공황 상태에 빠졌어요. 직접 해고가 어려우니 분위기를 이런 식으로 만들어서 내보낸 거죠. 두산은 저희들과 시각 자체가 다른 겁니다. 사람의 인성이 망가질 수밖에 없었어요. 굉장히 야만적이었어요. 그게 얼마나 야만적인지조차 느끼지 못하면서 서슴없이 그런 일을 하는 것 자체가 더 야만적인 거죠."

2005년에 두산의 비리가 폭로되면서 인터넷에 두산을 비판하는 글을 올렸다는 이유로 징계를 받은 사무직 김성상이 말했다.

이런 비인간적인 분위기에 적응하지 못하거나 순진하게 속아서 회사를 그만둔 사람들도 많았다. 퇴근길에 배달호는 희망퇴직으로 그만둔 동료가 골목을 서성이는 것을 보게 되었다. 그는 한동네에 살면서 얼굴을 익힌 사이였다. 가끔 함께 출근할 때도 있었고, 노조에서 주최한 봄나물 캐기에 함께 가기도 했었다. 그는 회사의 말에 순진하게 속아 넘어가 퇴직을 하게 된 경우였다.

"사람들이 인자 나올 때가 됐는데 안 나오네?"

"그게 무슨 말입니꺼?"

"회사에서 나 나올 때 그라던데……. 어차피 다른 사람들도 곧 내보낼 거니까 지금 나가는 게 이익이라고. 요번에 나간 사람한테는 일 년치 보상금이나 위로금을 주는데 담에 나온 사람한테는 없을 거라고 하든서."

그 동료는 회사 말을 믿고 다른 사람들이 왜 안 나오는지 궁금해했다. 평생 한 직장에만 다녔던 조합원들은 세상 물정을 잘 몰랐고 이해관계에 어두웠다. 다른 때 같으면 배달호는 '그거 거짓말인기라요. 회사 말을 곧이곧대로 믿었단 말입니꺼' 하고 툭 내뱉었을 텐데, 차마 그렇게 말할 수 없었다. 골목을 이리저리 걸으며 햇볕에 몸을 말리고 있는 그의 뒷모습에는 회사에 대한 그리움이 묻어났다. 아직도 짙은 하늘색 작업복을 입고, 명찰을 달고, 출입증을 내보이며 회사에 출근하고 싶어 하는 마음이 어려 있었다. 그도 배달호 자신처럼 바닷바람을 맞으며 한중에서 생을 다 보내 버린 사람이었다. 한중 외에는 어디 가서 일할 수도, 새롭게 일을 시작할 수도 없는 사람이었다. 쫓겨난 그 동료를 보면서 배달호는 자신의 삶도 이제까지와는 다르게 보였다.

## 너희들만의 이윤 : 두산 메카텍

"두산이 맨 처음 들어와서 했던 일이 뭐냐면, 회계를 담당하는 부서에 자기 사람을 심었거든요. 두산 들어오기 전인 2000년 11월 국정감사에서는 한국중공업이 417억 원 흑자 났다고 그랬는데, 두산이 들어오고 불과 3개월 만에 적자로 전환됐어요. 현금 보유액 5천억 원도 다 사라졌고……."

워크롤 공장에서 일했던 백형일이 말했다. 이 내용은 한중 사장이었던 윤영석도 인정했다. 두산이 들어오고 난 이후 2001년 3월 23일 있었던 주주총회 결산보고 자리에서 그는 2조 4천억 원의 매출에 248억 원의 당기 순손실을 기록했다고 보고했다.

한중을 인수한 지 두 달 만인 2월 25일, 두산은 인수 자금 잔액 1,834억 원을 산업은행에 조기 납부함으로써 한국중공업의 실질적인 경영권을 확보했다. 계약서에는 3개월 분할 납부 방식으로 되어 있었는데, 3개월도 채 못 돼 인수 자금을 갚은 것이었다. 또 두산은 한중 자본금 1,207억 원으로 한국전력공사 주식 11.6퍼센트를 매입해 한중 지분의 51퍼센트를 차지하면서 최대 주주가 되었다. 한중을 인수하기 전에는 적자였던 두산이 어떻게 이런 일이 가능했을까? 20여 년 동안 국민들의 세금과 노동자들의 피땀으로 만들어 놓은 회사의 재산들이 사기업의 개인 자산을 불리는 데 사용되고 있었다. 한중의 자금으로 한중을 사는 어처구니없는 일들이 벌어지고 있었던 것이다. 이런 불합리가 어디 있단 말인가. 20여 년 동안 노동자로 일해 왔는데 그런 횡포를 막을 아무런 권한도 없단 말인가. 현실이 이렇게 어이없이 돌아가는데 자신 같은 노동자들은 정말 경영에 관여해서는 안 될 존재들이란 말인가. 두산의 행태에 배달호는 마음 깊은 곳에서 분노가 치밀었다.

또한 두산은 서울 뱅뱅사거리에 있는 한중 사옥을 외국계 생명보험회사인 푸르덴셜 생명에 1,097억 원에 매각했다. 더욱 심각한 것은 한중 DCM이 두산기계를 3천억 원에 사들였다는 것이다. 그것도 알짜배기 땅 5만여 평은 제외하고, 기계를 비롯해 껍데기만 흡수 합병했다. 한중을 3,057억 원에 인수한 두산이, 적자에 허덕이며 구조 조정이 불가피한데다가 한중 규모의 5분의 1에 불과한 두산기계를 3천억 원에 사들였다는 것을 노동자들은 이해할 수 없었다. 더군다나 한중 DCM은 자산 총액이 1,106억 원에 불과해 두산기계를 인수할 수 있는 규모가 되지 않았다. 한중 DCM이 두산기계를 사는 데 두산중공업이 보증을 서지 않았는지, 그 돈이 재정이 튼실한 한중의 이익금에서 나오지 않았는지, 교묘한 방법으로 법망을 피해 내부 거래를 하고 눈속임하고 있는 것은 아닌지 등 갖가지 의혹이 제기되었다. 실제 두산기계 사장 최승철의 이메일 기록을 살펴보면, 두산기계가 한중 DCM을 흡수 합병하게 된 것임을 알 수 있다.

"어제[11월 15일]부로 우리 두산 기계 BG[Business Group, 사업본부]는 외형상으로는 한중 DCM에 사업이 양도되는 모양을 갖추었으나 실제는 기계 BG가 한중 DCM을 흡수 합병하게 되는 것입니다. 새로운 회사가 12월 말에 탄생하는 것이지요."

그는 자신의 회사가 팔려 나가는데도 매우 기뻐하며 이메일로 흡수 합병해 새로 태어날 회사의 이름을 공모하기까지 했다. 상금 50만 원을 내걸었다.

"새로 출발하는 회사의 사명을 정하기 위해 여러분들의 좋은 아이디어를 찾습니다. 최근 타 회사들의 바뀐 이름들을 한번 보시고 작명을 하시는 것이 좋을 것입니다. 예를 들면, 기아중공업이 위아(WIA)로, 현대정공이 현대 모비스로, 삼성항공이 삼성 테크윈으로, 현대전자가 하이닉스로 바뀌었음을 참고하시기 바랍니다. 여러분들의 번뜩이는 기지를 기대합니다."

결국 2003년 2월 28일, 두산그룹 관계자도 두산기계 최승철 사장이 인수 작업을 직접 지휘했다는 것을 인정했다.

"최승철 두산기계 사장이 2001년 10월 11일부터 메카텍 사장을 겸임하면서 메카텍의 인수 작업을 직접 지휘했다."

기업을 사는 사람과 파는 사람이 같았다는 뜻으로 처음부터 부당한 내부 거래였던 것이다. 인수 과정에서 메카텍 대주주인 두산중공업이 8백억을 증자했다. 이는 두산중공업 회장인 박용성의 승인 없이는 불가능하다는 점에서 두산의 부당 내부 거래가 그룹 총수를 포함한 두산그룹 전체 차원의 계획 아래 진행되었음을 시사한다.

"두산이 한중을 매입하고 1년 뒤에 자금 빼먹기로 돈을 다 빼갔다. 국가 기간산업을 사기업에 맡기는 거는 고양이한테 생선 맡기는 거랑 같은 꼴인기라. 두산 배만 채운 거 아이가."

노동자들은 두산의 행태에 분노했다.

또한 두산은 한중 인수 후 한중의 공장들을 팔아 치우기 시작했다. 한중 강고 사업 부분은 한중 DCM에 92억 8천만 원에 팔았고, 얼마 전

빅딜로 가져온 8천 평가량의 신촌 공장 부지는 HSD엔진(현 두산엔진)에 40억 원에 팔았다. 이는 두산중공업의 발전적인 투자를 기대했던 많은 국민과 한중 노동자들을 우롱하는 처사였다. 또 두산이 들어온 이후 연구개발투자 예산이 삭감되고 다른 분야의 투자도 대폭 축소되었다.

"공기업일 때는 사장이 자기도 월급제니까 사업을 많이 벌입니다. 사업을 많이 벌이면 지역 노동자들과 함께 나눠서 먹고 삽니다. 납품업체도 먹고살 만큼 줍니다. 근데 사기업이 되어 버리니까 남은 돈은 자기 호주머니로 넣어 버리는 그런 의식이 있어요. 언론에서는 민간 기업, 민간 기업 하는데, 이건 적절한 표현이 아니에요. 사기업이잖아요. 노조와 임금 협상을 해도 아주 짜고, 진짜 일 원 한 푼이라도 덜 주려고 발버둥치고, 납품 단가도 후려쳐 가지고 얻을 수 있는 건 다 얻고, 하청업체 단가도 깎을 수 있는 만큼 깎고……. 이 지역 경제에 도움이 안 돼요. 그 수많은 노동자들이 피땀 흘려서 만들어 놓은 부가 한 사람의 주머니로 다 들어간다는 게 말이 안 되는 거죠. 공기업은 비효율적이고 방만하다, 나태하다 그러면서 민영화했는데, 사기업은 효율성이 있느냐! 비리가 더 많아요. 두산은 원래 하청 체제예요. 하청 체제 하면 노조도 서서히 없어지고 중간 관리자, 엔지니어가 필요 없어지는 거죠. 엔지니어들이 고임금들이잖아요. 그것도 아깝잖아요. 두산 입장에서 보면."

그라인더 작업을 하고 있는 임병섭이 말했다.

배달호는 자신이 열심히 일해서 이익금을 만들어 내면 그 돈으로 노동자도 먹고살고, 지역 시민들도 먹고살고, 세금 내서 나라도 먹고살기를 바랐다. 단순히 내 월급 받으면 그만이지 이런 생각은 해본 적이 없었다. 공기업일 때는 그런 고민을 하지 않았다. 저절로 자신이 열심히 일해서 생긴 이익금이 국가 재산이 되어 국민들에게 돌아갔기 때문이다. 하지만 사기업이 되고 나니 자신이 생산한 이익금이 한 개인의 손에 돌아간다는 게 참 힘 빠지는 일이었다. 그렇다고 세금을 많이 내도록 해 그 이익금을 국민들에게 돌려주는 것도 아니었다. 이제는 일할 때도 예전처럼 신나지도 않고 손놀림이 빨라지지 않았다. 그것은 함께 일하는 동료들도 마찬가지였다.

"에잇, 진짜로 일할 맛 안 난다. 오늘은 일 빨리 끝내고 어디 가 술이나 한잔 걸치자."

이런 상태에서 노동자들이 회사에 대한 자부심을 갖기는 쉽지 않았다. 전에는 작업복을 입고 창원 시내를 돌아다녔는데, 이제 밖에 나갈 때는 아예 작업복을 입지 않았다.

노동자들을 특히 잔혹하게 탄압했던 두산그룹은 2005년, 형제의 난을 통해 그 본모습의 일면을 보여 주었다. 한중을 공격적으로 인수했던 당시 두산그룹 회장이었던 박용오는 박용성과 박용만 두 동생이 편법 활동으로 1,700억 원대의 불법 비자금을 조성해 왔다고 폭로했다. 또 두산 일가는 326억 원의 회삿돈을 횡령해 사적으로 생활비와 개인 대출금의 이자를 갚는 데 썼다. 심지어는 개인 세금까지 회삿돈으로 냈다는 게 밝혀졌다. 잔인한 인수 합병으로 회사를 확장하고, 이를 각종 불법적인 방법으로 운영해 왔음이 마침내 세상에 드러난 것이다. 서울중앙지법은 그들의 죄를 인정해 박용오와 박용성에게 징역 3년에 집행유예 5년, 벌금 80억 원을 선고했고, 박용만에게 징역 3년에 집행유예 4년, 벌금 40억 원을 선고했다. 최근 트위터에서 자신의 소박한 일상을 보여 주었다며 일부 네티즌들로부터 칭송받았던 두산그룹 5남 박용만 두산 인프라코어 회장은 2009년 1월 뉴욕 맨해튼에 3백만 달러(38억 원)짜리 초호화 콘도를 매입하기도 했다.*

비자금을 폭로했던 박용오 회장은 두산그룹에서 제명된다. 두산그룹의 총수 일가는 계열사의 지분을 적게 보유하면서 다른 계열사의 출자를 통해 그룹 전체를 지배하는, 이른바 순환 출자 구조를 유지하고 있었다. '(주)두산 - 두산중공업 - 두산산업개발 - (주)두산'으로 이루어진 순환 출자 구조는 적은 지분으로도 절대적인 권한을 행사할 수 있는 방식이었다. 누구라도 한 계열사의 경영권을 장악하면 모든 계열사를 지배할 수 있다는 점을 잘 알고 있었기 때문에 경영권을 둘러싼 내부 갈등도 만만치 않았던 것이다.*

2009년 11월, 한중을 공격적으로 인수하는 데 실제 책임을 담당했던 박용오 회장은 자살로 생을 마감했다. 그가 한중을 인수하지 않았던들 배달호의 죽음은 없었을 것이고, 그가 그렇게 비도덕적으로 회사를 경영하지 않았다면 그 자신의 죽음도 없었을 것이다. 어떻게 보면 지금과 같은 적대적인 경영 체계는 기업가와 노동자 모두에게 비극적이라고 말할 수 있다. 사람들은 삶의 질이 한 단계 더 높아져야 한다고 말한다. 그렇게 되려면 제일 먼저 기업을 운영하는 방식이 더 높은 수준으로 변해야 한다. 그러면 노동자들뿐만 아니라 기업가들의 삶의 질도 달라질 것이고, '남을 밟지 않고도 자신의 존엄을 지킬 수 있는 방법'을 찾게 될 것이다.**

* 재미교포 안치용은 '시크릿 오브 코리아'(SECRET OF KOREA, http://andocu.tistory.com)라는 블로그에 국내 정재계 인사들의 미국 내 부동산 매입을 증명하는 계약서, 계약 위임장 사본 등 각종 문건과 각종 자료를 실명과 함께 대거 공개했다. 안 씨는 등기소와 인터넷 사이트 등을 통해 이들 문건을 적법하게 입수했다고 밝혔다.

*『한겨레 21』(2005/08/03).

** 두산의 구조 조정을 이끈 박용성 회장의 조카 박지원은 BG장들을 총괄 지휘하는 기획실 부사장을 거쳐 2007년에 두산중공업 사장이 되었고, 현재는 대표이사 사장으로 있다. 1999년에 민영화되면서 정부와 합의했던 전문 경영인 체제에 대한 약속은 이미 쓰레기통에 들어

## 90과 10

배달호는 보일러 작업장을 나섰다. 날이 많이 뜨거워졌다. 엊그제 차가운 공기를 뚫고 새싹이 돋았던 나무들도 어느새 자라 연푸른 잎들을 빼꼼히 내밀고 있었다. 햇볕이 머리 위에서 제법 따갑게 내리쬐었다. 그는 보일러 공장 문 앞부터 화장실까지 수북이 쌓여 있는 배관들과 패널 사이로 발걸음을 옮겼다. 가느다란 것부터 두꺼운 것까지 갖가지 모양의 배관들이 여기저기 널부러져 있었다. 그놈들은 가만히 배달호의 손길을 기다리고 있었다. 배달호는 요즘 마음의 갈피를 잡지 못해 일도 거의 손에 잡지 못하고 있었다. 회사는 어디로 튈지 도무지 알 수 없었다. 아무도 예상하지 못한 다양한 방식으로 사람들을 힘들게 했다.

화장실 앞에는 청소하는 아주머니들이 웅성웅성 모여 있었다. 오랫동안 얼굴을 익혀 온 사람들이었다. 가끔 일하다가 먹을 것이 있으면 나눠 먹기도 했다. 그들은 자식들의 학비를 마련하거나 생활비를 벌기 위해 일하는 사람들이었다. 그들 중 한 분은 배달호와 같은 동네에 살았는데, 손자들을 키우면서 집안 생활을 꾸려 가고 있었다. 가끔 시간이 맞으면 승용차로 함께 출근도 했다. 화단의 동백나무들도 그분들 덕분에 예쁘게 잘 자라고 있었다. 동백꽃이 피는 시기에는 그 화려한 모습에 일하는 사람들도 지친 마음을 한철 달랠 수 있었다. 어찌 된 일인지 그날은 모두 표정에 걱정이 가득 차 있었다. 그냥 지나칠 수 없어

간 지 오래다. 두산은 족벌 경영의 선두에 선 기업이다. 두산 그룹의 지주회사인 (주)두산의 사내이사는 박용성 두산중공업 회장, 박지원 두산중공업 사장, 박용만 두산인프라코어 회장과 제임스 비모스키 (주)두산 부회장을 포함해 7명으로 구성된다. 7명 가운데 5명이 가족 경영인이다.

배달호는 무슨 일인지 물었다.

"회사에서 우리들 월급을 40만 원으로 깎아 버렸네. 적은 월급에 뭘 깎을 게 있다고 그러는지 몰라. 저기 풀 뽑는 사람들은 30만 원으로 줄여 버렸고."

배달호는 예순에 가까운 아주머니의 얼굴을 들여다보았다. 얼굴색이 시커멓다. 회사는 이 사람들뿐만 아니라 삼교대로 일하는 경비들의 월급도 80만 원에서 59만 원으로 깎았고, 회사 내에서 물건 나르는 차를 운전하던 14명의 노동자들도 내보냈다. 그리고 그중 10명을 다시 외주 업체에 채용시켜 이전의 3분의 2에 불과한 월급만 주고 비정규직으로 재고용했다. 5월에는 식당 일부를 용역화했고, 거기서 일하는 사람들도 반값에 다시 채용했다. 1,061가구의 보금자리였던, 8백억 원에 달하는 회사 사택도 매각했다. 어디까지 떨어져야 밑바닥이 보일까. 두산에 우리들의 값어치는 어디까지인가. 우리도 인간이긴 한 걸까. 배달호는 청소하는 아주머니들의 월급까지 줄여서 이득을 보려는 두산에 대해 일종의 비루함을 느꼈다. 소름이 돋았다. 얼마나 끔찍한 일인가. 노동자들에게는 삶의 가치도, 자유도, 스스로 생각할 수 있는 힘도, 아름다운 것을 누릴 권리도, 맛있는 것을 먹을 권리도 없이 그저 자신들을 위해 일할 수 있을 만큼만 먹고살라는 것인가. 아주머니들은 자신들뿐만 아니라 통근 버스 운전사들도 임대비용이 줄어들었다고 했다. 한국중공업 때부터 통근 버스는 회사가 직접 운영하지 않고 임대해서 하고 있었는데, 그들의 임대료를 깎은 것이다.

"두산은 극단적으로 이윤을 추구합니다. 1백 원이 있으면 90원은 자신이 갖고 나머지 10원은 다른 사람에게 줍니다. 수많은 사람들이 그 10원을 가지고 살아가는 거죠. 그러나 그 10원에는 물질만 있는 게 아닙니다. 가치관도 있고, 자신의 뜻에 따르지 않을 때 사용하는 폭력도 있고, 협잡도 있고, 불합리도 있고, 비애도 있고, 처절한 고통도 있고, 인간적인 모멸감도 있고, 죽음도 있습니다. 그렇기 때문에 1백 원에서 10원을 주고 90원을 갖는다는 것은 단순히 '물질을 적게 분배했구나' 하는 것만이 아니라 사람을 죽이는 가장 잔인한 일이며, 인간성을 파괴하는 행위입니다."

전대동이 말했다.

두산의 이런 모습을 앞으로 어떻게 견뎌야 할지 배달호는 막막해졌다.

두산의 잔인한 경영은 여기서 그치지 않았다. 그들은 '일인 외주 소사장제'와 사업부제를 도입하려 했다. 소사장제는 사실 사내 하청화를 허울 좋게 부르는 말일 뿐이었다. 사업장 내 작업들을 분리해 외주화해 노동자들의 인원을 정리하려는 의도가 숨어 있었다. 이것은 노동자들의 고용 불안과 직결되는 심각한 문제였다. 사업부제는 회사의 조직 체계를 BG라는 큰 틀로 묶어서 사장을 두고 독립채산제를 실시하는 것이다. 이것은 BG 간 경쟁을 격화시켜 여러 가지 부작용이 나타날 수 있었다. 크랭크샤프트 공장에서 일하는 한 노동자는 다음과 같이 증언했다.

"2007년 12월 13일, 원자력 공장의 4베이에서 서치경 조합원이 스팀 제너레이터와 M/S 빔이 추락해 머리를 맞고 숨졌어요. 두산이 들어오고 나서부터 사망 사고가 끊이지 않았습니다. 2001년부터 2009년 1월 현재까지 8년 동안 두산에서 숨진 사람은 무려 27명이나 됩니다. 이는 1989년부터 1998년 10년 사이에 죽은 16명보다 훨씬 많습니다. 두산의 경영 방식은 성과 제일주의이기에 환경 안전 부분의 비용을 아껴 성과를 내는 데 이용하고 있으며, 경영진은 오너에 대한 충성으로 각 BG, BU(Business Unit, 사업 부문)별 경쟁만을 일삼고 있습니다. 노동자들의 힘이 약화된 곳에서 두산은 자신들 멋대로 이윤을 내고 있습니다. 그 결과 노동강도의 강화로 인한 과로사, 과다한 업무 스트레스 등으로 인한 자살, 현장에서 작업 중 압착, 폭발 사고 등이 늘어 가고 있습니다. 이는 엄청난 비극입니다."

배달호도 사업부제에 대한 글을 두 편이나 쓸 정도로 이 문제를 심각하게 느끼고 있었다. 사업부제가 실시되면 경쟁이 심화되고 노동강도가 강화될 뿐만 아니라 경쟁력이 떨어지는 부분을 없애면서 일자리도 없어졌다.

배달호는 오랜 경험으로 회사의 속셈을 간파하고 있었다. 회사는 '신경영'이라는 이름으로 수많은 청사진을 제시했다. 특히 소사장제는 '자신의 능력을 최대한 발휘해 성과를 올리면 자기자본을 들이지 않고도 사장이 될 수 있다'는 환상을 심어 줬다.

"소사장제는 노동자가 실제로 경영을 하고 사장인 것처럼 느껴지나 내막은 그렇지가 않다. 예를 들어 제품을 만들다가 불량이 나거나 정해진 납기일을 맞추지 못할 경우는 바로 인센티브가 적용된다. 일감이 없으면 쉽게 인력 구조 조정이 이루어질 수 있는 여건이 조성된다. 노동자는 오직 정해진 돈과 시간 안에 더 많은 일을 요구당하며 거기에 맞추지 못하면 기업주는 더 적게 받고 많이 일할 노동자를 찾게 된다. 향후 경영이 악화된다면 그 책임까지도 노동자의 몫이다. 경영의 권한은 없으면서 일하는 책임만 있는 것이다. 노동자들의 노동력은 한계가 있다. 영원하지가 않다. 끊임없이 경쟁을 해야 하고, 경쟁에 이겨 본들 남는 건 박봉과 더 높은 노동강도뿐이다. 두산은 이윤을 남겨 먹는 방법이 틀렸다. 순간의 이익에 눈이 멀어 사람 자르고, 복지 축소하고 경쟁에서 살아남으려는 것은 커다란 우를 범하는 것이다."*

* 글쓴이 미상, 『임단협 속보』(2001/09/28).

## 사업부제 문제 있다

보일러 공장 대의원 배달호

BG 조직 개편 발표를 보고 문제가 심각하게 다가오고 있음을 느낀다. 이 조직은 벌써 중사장제를 기본으로 하는 것임을 알 수 있다. BG장이 모든 것을 책임지고 사업을 진행해 손익 결과에 따라 추후 정산해 책임 소재 유무를 따질 것이다. 사업부제(독립채산제) 형태란 무엇인가? 이것은 몇 년 전 한중에서 실시하다가 병폐가 많아 폐기되었던 조직 형태이다. 보일러 공장을 예로 들어 볼 때 패널, 코일 등의 외주 단가와 제작 단가를 비교해 외주가 낮으면 곧바로 외주 처리를 한다. 그것은 곧 사내 제작 부서의 일감이 줄어들고 부서 내 고용에도 문제가 될 수밖에 없다. 보일러 공장뿐만 아니라 중제관, 발전기, 터빈 등 어느 부서 할 것 없이 해당된다. 사측에서 주장하는 성과주의, 대부대과, 팀제는 일의 생산성보다는 순익의 계산을 먼저 생각하기 때문에 고용과 관련이 있기 마련이다. 예로 그 팀에서 성과 없이 적자로 평가될 때 팀 전체를 없애거나 워크아웃시킨다. 그렇게 되었을 경우 그 팀에 속한 직영 노동자들은 길거리로 나앉게 될 것이다. 우리는 아주 위기 상황이다. 이럴 때일수록 대동단결해야 한다. 그것이 바로 전 조합원을 위하는 길이다. 노동자에게는 삶의 방패가 되는 것은 임금노동 말고는 없다. 그렇기 때문에 기업주가 마음대로 부려먹을 수 없도록 단결할 수 있는 권리가 주어지는 것이다. 그것도 자본은 노동자가 없으면 돈을 벌 수 없기 때문에 노동자 보호 차원에서 주어진 최소한의 권리인 것이다. 우리는 이제 어느 조직을 위한 사건 처리보다는 다가올 사안에 대한 대응을 해야 한다. 그렇지 않으면 공멸일 뿐이다. 노동조합이 이후에 다가올 문제를 예측하고 계획해 대응해 나갈 때 전 조합원이 공감하고 노동조합으로 힘을 모을 수 있을 것이다. 이제는 너와 내가 아닌 노동조합의 깃발 아래 더욱더 큰 단결을 해야 한다.

자료 : 『임단협 속보』(2001/10/31)

이런 상황에서 배달호를 비롯한 노동자들은 또다시 소사장제를 저지하는 싸움을 하지 않을 수 없었다. 2001년 단체협약 과정에서 노조는 9월 28일 소사장제 문제를 찬반 투표에 붙였다. 그리고 그 결과 90.36퍼센트의 노조원이 쟁의행위에 찬성하면서 곧바로 게릴라 파업에 들어가게 되었다. 게릴라 파업이란 불시에 특정 날짜를 정해서 파업을 하거나 어느 부서가 파업하는지 회사가 모르게 해서 미리 대응하지 못하도록 하는 싸움이었다. 기존의 도식화된 싸움에서는 나올 수 없는 기발한 방식의 파업이었고, 그 효과도 컸다. 파업을 하는 조합원들은 온종일 창원 시내를 돌아다니며 선전전을 벌였다. 파업에 참여한 부서는 전체의 5분의 1밖에 되지 않았지만, 효과는 전면파업과 같았다. 조합원들도 지루해하지 않고 즐겁게 파업에 동참할 수 있었다. 배달호도 보일러 부서가 파업을 하는 날이면 동료들과 시내를 휩쓸고 다녔다. 민영화 싸움부터 계속되는 파업으로 힘이 들었지만 다들 열심히 했다. 파업 일정은 대의원이나 상집 간부들도 몰랐다. 아침에 다른 임원들에게는 이야기하지 않고 상집 교섭팀과 쟁의팀만 모여서 그날 파업할 부서를 알려 주었다. 해당 부서의 대의원들은 그것을 받아 부분파업을 실시했다. 회사는 속수무책이었다. "파업을 하려면 야무지게 해야지, 왜 그렇게 해? 게릴라 파업? 우리가 군인이냐, 아니면 군대와 싸우는 조직이냐?" 기존의 기준으로 봤을 때는 정확히 파업이라고 볼 수 없었기 때문에 노무팀에서도 대응하지 못했다. 결국 게릴라 파업은 승리했다. 회사 관리자는 항복을 선언했고, 소사장제는 도입하지 않기로 했다.

박용성 두산중공업 회장은 회사의 패배를 받아들이지 않았다. 그는 두산을 인수한 직후 "회사의 주인은 주주이기 때문에 근로자들이 회사의 가치를 나누어 가지려는 생각은 버려야 한다"며 "노조를 잡아야 한다"는 강경 발언을 서슴지 않았다. 결국 그는 소사장제 도입이 무산되자 최송학 부사장을 경질했다. 최송학은 대우중공업에서 두산이 영입한 사람으로 어느 정도 합리적인 노사 관계를 지향하고 있었다. 탄압을 하든 회유를 하든 무조건 실적을 내야 하는데 회사의 입장을 관철하지 못해 책임을 물은 것이었다.

박용성 회장은 "2001년도 임단협은 윈-윈(Win-Win)이 아니라 루즈-루즈(Lose-Lose)로 끝났다"(노사 모두가 패자이다)며 소사장제에 대한 노동자들의 승리를 격하했다. 그리고 노동자들에 대한 형사 고발, 징계 등 강경책을 독려했으며, 빠른 시일 안에 새로운 노사 문화 정립안을 만들라고 지시했다. "절이 싫으면 중이 떠나야 한다", "노조의 경영 참여는 있을 수 없는 일이다" 등 강경책을 예고하는 발언들이 이어졌다. 사장으로는 민영화 문제를 함께 논의했던 김상갑(당시 두산중공업 부회장)을 임명했다. 그는 예전에 노조를 인정하고 대화로 갈등을 풀던 모습을 버리고 철저히 두산 편에 서서 노동자들을 탄압하기 시작했다. 한중 노동자들을 가장 잘 아는 자가 두산의 앞잡이가 된 것이다. 부사장으로는 김종세가, 관리본부장으로는 정석균이 임명되었다. 최송학 밑에서 노사 관계를 담당했던 그들은 노조를 깨버리지 않는 한 두산그룹에서 자신들도 살아남을 수 없다는 것을 잘 알고 있었다.

그들은 치밀하게 계획을 세웠다. 현장을 어떻게 장악해야 할지 검토하고 노조를 관리하기 위해 수십억 원을 쏟아부었다. 경영 컨설팅 업체인 매킨지로부터 구조 조정 비법을 전수받아 1,200명을 희망퇴직 형식으로 정리 해고한 두산은 아예 매킨지 출신을 대표로 하는 구조 조정 전문 회사인 '네오플럭스 캐피탈'을 출범시켰다.

"두산은 매킨지 출신 등 20여 명으로 구성된 별도 팀을 만들어 전 세계에 있는 기업을 예의 주시하고 있다."

두산그룹 회장은 이렇게 말했다. 두산은 이를 기반으로 계속해서 다른 기업을 인수·합병해 공격적으로 기업을 확장하는 전략을 실행해 나갔다. 이런 기업 경영 방식 아래 놓인, 배달호를 비롯한 노동자들에게 2002년은 한중 역사상 가장 혹독하고 비극적인 한 해가 되었다.

# 5

# 더러운 세상, 악랄한 두산

—

파괴적인 신노사 정책을 위해 두산은 총 11억 5,600만 원의 예산을 지원했다. 이 예산은 선무 활동, 회사 측 대의원 양성, 회식비 지원, 제주도 여행 등에 사용되었다. 구체적으로 쓰인 곳은 조합 활동가 관리 1억 원, 노무 활동비 1억 4,400만 원, 대의원 양성비 2억 원, 선무 활동비 3억 4,600만 원 등이었다. 이를 통해 그들은 조합원을 '직원'으로 만들었다.

# 막가파식 단협 해지

우리가 항상 하던 말 있잖아. 대한민국 교육 중에 정말 성공한 것 두 가지가 있는데 하나는 반공 교육이고, 다른 하나는 바로 기업의 궁극적 목적은 이윤 추구에 있다는 말이라는 것. 정말 그럴 수밖에 없는 것인지. 왜 기업가라는 사람들은 사회적 가치를 포기하려 하는지. 오늘은 서울로 상경 투쟁 갔다 온 날.

_보일러 대의원*

3월 초, 배달호가 작업장에서 잠깐 쉬면서 커피를 마시고 있는데 건형이 뛰어들어 왔다.

* 『임단협 속보』(2001/11/07).

"형님요, 징계가 내려졌어요. 그것도 2백 명이나요. 일반 조합원들도 포함됐어요."

"지금 뭐라카노?"

일반 조합원까지 징계를 하다니 배달호는 기가 막혔다. 곧바로 조합 사무실로 달려가 징계를 받은 조합원들의 명단을 확인했다. "치열한 전투가 예상되니 총알을 보강하라"라는 박용성의 발언이 떠올랐다.* 드디어 두산이 노동자들을 상대로 '전쟁'을 시작한 모양이었다.

두산은 우선 민주노총 주최로 2월 26일에 있었던 '노동법 개악 저지 및 공공 3사 민영화 반대' 4시간 파업에 참여한 조합원 201명에 대해 징계를 내리는 것으로 노조에 대한 전면전을 선포했다. 정직 1개월 1명, 출근 정지 2주 6명, 견책 29명, 경고 165명. 여기에는 파업에 참여한 노조 간부뿐만 아니라 일반 조합원들까지 포함되어 있었다. 이제까지는 파업을 해도 노조 간부들에게만 책임을 물었지 한 번도 일반 조합원들에게 징계를 내린 적은 없었다. 파업은 조합원들의 총의를 모아 합법적인 절차를 거쳐 이루어진 것이었다. 노동자들의 자율적인 파업을 회사에서 간섭할 이유는 없었다. 회사에서 '민노총'이라는 외부 단체를 핑계로 노골적으로 싸움을 걸고 있었다. 징계를 받은 조합원들은 파업에 참여했을 뿐인데 왜 불이익을 당해야 하는지 상당히 불쾌해했다. 그러면서도 조합원들은 회사의 강경한 조치에 많이 위축되었다. 징계를 받으면 금전이나 고과에 직접적인 피해를 받기 때문이었다. 징계에 대한 불만은 회사가 아니라 노조 집행부에 쏟아졌다. 노조가 자신들을 지켜 주지 못했다고 생각한 것이다. 회사의 노무 정책이 의도

* 박용성은 9월 11일 임원회의에서 이렇게 이야기했다.

한 대로 상황은 흘러갔다. 노조는 노조 나름대로 당황했다. 회사가 일반 조합원들에게까지 징계를 내리리라고는 상상하지 못했던 것이다. 더 철저히 준비했어야 하는데 그러지 못했다는 자책감이 들었다. 노조가 할 수 있는 일은 조합원들을 설득하고 회사의 징계 조치에 강력하게 대응하는 방법뿐이었다. 노조 집행부는 3월 18일 본관 앞 국기 게양대 앞에서 바로 천막 농성에 들어간다.

배달호는 천막 농성을 위해 옷을 챙기러 집으로 들어갔다. 아내 길영은 큰방에서 아이들 옷을 수선하고 있었다. 선혜는 고3이어서 아직 학원에서 오지 않았고, 인혜는 자기 방에서 컴퓨터게임을 하고 있었다. 배달호는 아내에게 이번에 또 철야 농성에 들어간다는 말을 꺼내기가 쉽지 않았다. 1998년을 시작으로 1999년 민영화 48일 파업 투쟁, 작년의 게릴라 파업까지 계속 이어지는 투쟁들 때문에 배달호는 집에 제대로 신경 쓸 겨를이 없었다. 그런 아내에게 언제 끝날지도 모르는 싸움 이야기를 또 하면서 집안일을 부탁한다는 말이 차마 입에서 떨어지지 않았다. 작년 11월에는 대의원 선거 전에 아내를 데리고 쌍용이 하는 주말농장에 간 적이 있었다. 아내는 쌍용에게 남편을 대의원에 나가지 않도록 할 수는 없는지, 노조 일을 많이 하니까 집안일이 잘 돌아가지 않는다, 내년에는 선혜도 고3인데 이것저것 감당하려니 너무 힘이 든다면서 눈물을 보였다고 했다. 쌍용은 배달호에게 아내가 저렇게 힘들어 하는데, 이번 한 번만 대의원 선거에 나가지 않으면 안 되겠나 하고 설득해 보았다.

쌍용의 말을 듣고 배달호는 고민을 많이 했다. 하지만 선거에 나가지 않을 수 없었다. 자신들이 지금 회사를 다닐 수 있을지 없을지 모르는 위급한 상황이었고, 회사의 탄압을 막아낼 수 있을 정도로 보일러 공장 내부의 사정이 좋은 게 아니었다. 회사 측의 치밀한 공작으로 제일 강했던 보일러 공장이 많이 약해져 있었다. 회사 측의 공작을 막아 내면서 보일러 공장의 현장 조직을 지켜 내야 했다. 아내의 바람과는 달리 그는 다시 대의원 선거에 나갔고, 결국 당선되었다.

배달호는 아내에게, 그리고 두 딸에게 미안했다. 남편의 불규칙한 생활을 감당하느라 얼마나 힘이 들겠는가. 하지만 그는 아내를 믿었다. 자신보다 여덟 살이나 아래지만 아내는 처음 만났을 때부터 슬기로우면서 강단이 있었다. 살림도 알아서 잘 꾸려 왔다. 아내가 그렇게 해주니 배달호는 오히려 모든 것을 아내에게 맡기고 대의원 생활도 자유롭게 할 수 있었다. 하지만 가족 안에서 남편으로서, 아버지로서 배달호의 빈자리는 커져만 갔다. 항상 미안했다. 아내에게 잘해 주지도 못하는데, 직장에서 벌어지고 있는 힘든 일들을 자세히 이야기해 주기도 쉽지 않았다. 아내에게 회사 문제로까지 부담을 주고 싶지 않았다. 그래서 어느 순간부터 배달호는 아내에게 회사 일에 관해서는 필요 이상으로 잘 이야기하지 않게 되었다. 무슨 면목으로 자신이 이런저런 일을 하고 다닌다고 말할 수 있겠는가. 회사와의 계속되는 싸움, 자신의 지친 육신, 하지만 포기할 수 없는 소중한 것들 …… 자신이 사랑하는 동료들. 자신의 개인적인 행복을 위해 현장을 책임지지 않으면 현장은 무너지고 말 것이다. 그 무너지는 현장을 바라보는 것이 오히려 더 힘들 것 같았다.

"그 당시에는 대치 상황이라 거의 집에도 못 갔고, 노조 사무실에 밤새도록 불이 켜져 있었습니다. 생활도 힘들고 밖에서 사람도 만나야 하니까 결혼 생활이나 자녀 교육은 포기한 거죠. 집에서 보기에는 가족을 버렸다고 생각할 정도로. 그렇게밖에 안 돼요. 배달호는 더했다고 봐야죠. 남자가 집에 하는 것에 따라 아내가 달라진다고 하잖아요. 워낙 다들 현실적으로 힘든 생활을 하기 때문에, 잘하는 사람도 있겠지만, 대부분 관계가 안 좋아져요. 그래서 하다가 중간에 노조 활동을 그만둔 친구들이 있는데, 가장 큰 문제가 가정적인 문제로 접는 거죠. 아이들에게 많이 미안하죠. 아내도 스트레스 많이 받고. 솔직히 나를 많이 약하게 만드는 요인도 되고. 그렇다고 노조 활동을 안 할 수는 없잖아요. 다 참고 비굴하게 살 수는 없잖아요. 사회적인 큰 의미보다는 당장 한 공장에서 일하고 부딪치며 고통당하니까 조금이라도 조합원들의 희생을 막아야 되는 것 아닌가 하는 생각이죠."

보일러 공장에서 오랫동안 동료로 지내 온 김극일이 말했다.

배달호 등 노동자들이 천막 농성을 하면서 노조는 본격적으로 임단협 협상을 시작했다. 해마다 근로조건을 개선하기 위해 회사와 하는 단체 협상인 임단협은 노동자들에게는 일 년의 생활을 계획하고 꾸려 나갈 수 있게 해주는, 노조 활동의 꽃이었다. 하지만 두산은 아예 처음부터 협상 테이블에 나타나지 않았다. 작년 한국중공업 노조는 소사장제 투쟁을 마무리하면서 2002년부터 집단 교섭을 하기로 두산과 합의해 놓은 상태였다. 한중 노조는 기업별 노조에서 산업별 노조 체계로 전환하면서 2001년 2월 8일에 출범한 전국금속노동조합에 최대 사업장으로 참여하고 있었다. 2001년 단체협약 제92조 2항은 "임단협시 지회가 속한 지부 차원의 교섭을 성사시키기 위해 최선을 다하고 집단 교섭이 이루어질 때 회사는 교섭에 임한다"라고 규정하고 있었다. 기존의 협상 방식은 한 회사와 노조가 단독으로 협상하는 것이었지만, 집단 교섭은 산별로 교섭하기 때문에 여러 회사와 전국금속노조 지역 지부장, 단위 노조 사람들의 참여를 통해 이루어지는 교섭 방식이었다. 2002년 3월 19일을 1차로 5월 24일까지 열 차례의 집단 교섭이 이루어졌으나 마지막까지 참석하지 않은 기업은 두산중공업뿐이었다. 한국제강, 대흥산업, 한국산연, 한국웨스트 등 다른 회사는 다 나와서 단체 협상을 마친 상태였다.

두산이 계속 협상을 거부하자 노조에서는 또다시 파업을 시작할 수밖에 없었다. 5월 17일, 임단협 쟁의행위 결의를 위한 찬반 투표에서 조합원 82.53퍼센트의 참여와 64.2퍼센트의 찬성으로 파업은 가결되었다. 47일간의 파업이 시작된 것이다.

노동자들이 파업을 선언하자마자 기다렸다는 듯이 두산에서는 단협을 해지한다고 통보해 왔다. 단협을 일방적으로 해지한 회사는 창원지역에서 두산중공업이 처음이었다. 단협 해지는 가장 극단적인 대응방식으로, 노조가 있는 회사에서는 매우 드문 일이었다. 노동자들은 이 막가파식 조치에 모두 놀랐다. 해지를 통보한 후 6개월이 지나면 단협은 자동적으로 해지된다. 1987년 노동조합을 만든 이후 15년 동안 노사 간의 협상을 통해 만들어 놓은 협약을 두산이 하루아침에 폐기하겠다는 의지의 표명이자 노조를 인정하지 않겠다는 선언이었다. 거기에는 '사규'만 있으면 됐지, 단협이란 게 뭐가 필요하냐는 박용성의 사고가 반영되어 있었다. 그에게 노동자들은 자율적인 인간들이 아니라 그의 뜻에 따라 움직이는 부하들에 불과했던 것이다.

단협이 해지되면 노사 간 신뢰도 산산조각 난다. 노조 사무실은 폐쇄되고, 노조 전임자들은 현업에 복귀해야 하며, 조합비를 노동자들로부터 원천징수하는 것도 중단되기 때문이다. 따라서 노조는 회사의 집단 교섭 거부와 단협 해지를 매우 엄중하고 심각하게 받아들일 수밖에 없었다. 그 사이 회사는 건장한 경비 40여 명을 추가로 고용해 배치함으로써 위화감을 조성했다. 이에 노조는 5월 22일 오후부터 시작한 파업을 23일부터는 전면파업으로 확대했다. 배달호는 자본이 싸움을 걸어오면 어쩔 수 없이 받아야 한다는 것을 경험으로 알고 있었다. 도망간다고 해결되는 것이 아니었다. 노조의 존재를 전면적으로 부정하면 타협의 여지는 제로가 되기 때문에 죽더라도 싸울 수밖에 없는 상황이 되는 것이다.

회사는 찬반 투표를 거쳐 합법적으로 결정한 파업을 불법 파업이라고 몰아붙였다. 상습적으로 파업한다고, 10년 사이에 파업을 수도 없이 많이 했다고 악선전을 하기 시작했다. 하지만 현장 노동자 누군들 파업을 하고 싶겠는가.

"우리도 파업하는 것보다 하루 빨리 현장에 들어가서 일하고 싶고, 월급도 받고 싶어요. 파업이 좋아서 하는 사람은 아무도 없어요. 밤에 잠도 못 자고, 먹는 것도 잘 못 먹고, 피곤하고, 스트레스 많이 받아요. 우리가 파업을 하는 건 박용성과 대화하고 싶어서입니다."

그러나 상황은 계속 그들을 파업으로 몰아넣었다. 두산은 직접적으로 파업을 유도하기도 했다. 6월 1일 사장 주재 회의에서 김상갑은 "파업은 이삼일 가지고는 안 된다. 이번 기회에 문제를 해소할 수 있어야 한다"며 장기 파업을 유도하도록 간부들을 독려했다.●

회사의 일방적인 조치에 대한 불만이 높아지자 회사는 6월 4일 집단 교섭과 대각선교섭을 병행해 교섭에 응하기로 했다. 징계는 철회할 수 없지만 대화할 때까지는 징계위원회를 열지 않겠다고 약속했다. 노조 쪽에서도 그렇다면 그때까지 파업을 하지 않기로 약속했다. 하지만 그다음 날 회사는 13명의 노조 간부를 업무방해 및 폭력으로 고소·고발했다. 여기에는 배달호도 포함되어 있었다. 고소·고발은 계속 이어지고 6월 21일 배달호는 체포 영장이 떨어져 수배를 당하게 된다. 결국 사태의 심각성을 절감한 김창근, 김춘백, 강웅표 등 지도부는 조합원

● 최정천 상무보의 수첩 메모 중에서.

의 징계가 철회될 때까지 파업을 재개하기로 한다.

월드컵 축구가 한창이던 때라 두산에 대한 싸움은 여론의 지지를 받지 못했다. 힘겹고 외로운 싸움이었다. 싸우는 동안에는 가족을 만날 수 없어 회사로 가족들을 불러 함께 월드컵 경기를 보기도 했다. 양봉현의 아들 홍석이도 아빠가 보고 싶어 엄마와 회사에 들어왔다. 그날은 2002년 6월 16일 이탈리아와의 16강전이 벌어지던 날이었다. 마침 금속노조가 전국의 악덕 사업장을 순회하면서 철야 농성을 함께하는 프로그램을 마련해 주었던 터라 대형 스크린으로 축구 중계를 지켜볼 수 있었다. 전반전이 끝나고 휴식 시간을 맞아 쉬고 있는데, 용역들이 회사 물건을 빼가는 모습이 눈에 들어왔다. 물건을 빼내지 못하게 하려고 축구 보던 사람들이 몰려가 막으면서 몸싸움이 벌어졌다. 결국 가족들과의 일말의 휴식도 그렇게 끝이 났다. 양홍석은 회사가 물건을 빼내 가는 걸 보면서 '회사가 자기 회사에서 일하는 사람들을 저렇게 못 믿나?' 싶었다.

이렇게 노동자들의 파업은 7월 8일까지 47일간 계속된다.

## 마지막 선을 넘다

6월 7일 오후, 가장 강렬한 싸움이 있던 날, 유계호 과장은 다른 노동자들 틈에 끼어 있는 배달호를 보았다. 배달호는 이리저리 뛰어다니면서 물량 반출을 막고 있었다. 파업에 참여한 조합원들이 퇴근 투쟁으로 전부 집으로 돌아가고 노조 간부와 사수대만 남아 있는 틈을 타 회사는 담수화 설비와 리엑타벡셀(핵융합 원자력 제품)을 강제로 출하하려고 했다. 회사는 관리직 1천여 명에게 안전모와 안전화를 신고 조합원들을 막게 했다. 유계호도 안전모를 쓰고 관리자들 사이에 서있었다. 회사에서 나오라고 해서 나왔지만 이렇게 한 직장에서 일하는 동료들과 극단적으로 대치하고 있다는 것이 부담스럽고 불편해, 될 수 있으면 그들에게 가까이 가지 않으려 했다. 용역들도 수십 명이 와서 함께 진을 치고 있었고, 물건을 실어 나르기 위해 렉카차와 트레일러 여러 대가 정문에 준비되어 있었다. 유계호는 그동안 현장에 있는 노동자들과 많이 부딪쳐 봤지만 이날처럼 극단적이고 험악했던 적은 없었다. 노동자들은 70여 명밖에 되지 않았다. 만약 여기서 충돌이 일어난다면 큰 불상사가 생길 것 같아 유계호는 불안했다. 노동자 몇 명이 렉카차와 트레일러를 막기 위해 차 밑으로 들어가 누워 버렸다. 무엇 때문에 이렇게까지 극단적으로 대립해야 하는가. 유계호는 이런 상황에 놓인 자신의 처지에 화가 나면서 자괴감마저 들었다. 그는 차마 앞에 나서지 못하고 뒤편에 서서 멍하니 그 광경을 바라만 보고 있었다.

유계호는 20여 년 동안 보일러 공장에서 배달호와 함께 일해 온 반장 출신 과장이었다. 가끔 노사 갈등으로 회사 편에 서야 할 때면 "달호야, 한 번만 나를 이해해 줘라"라고 부탁하곤 하는 그런 사이였다. 배달호가 말을 들어주지 않으면 멱살을 잡은 적도 있었지만, 대부분은 서로 입장이 달라도 이해하며 함께 술도 마시면서 친하게 지냈다. 유계호는 파업 기간에 회사의 지시대로 하지 않으면 최종 책임자에게 불려가 문책을 받아야 했다. 파업이 일어나면 물량을 외주로 빼라, 아니면 외주 인력을 동원시켜서 작업하라는 지시가 내려왔다. 하지만 유계호는 그렇게 하기가 쉽지 않았다. 노동자들이 파업할 때는 일을 멈추지만 파업이 끝나면 언제 그랬냐 싶게 열심히 해서 파업 기간에 못했던 것까지 다해 놓는다는 것을 그는 경험으로 알고 있었다. 또 간부들 말만 믿고 외주로 빼버리면 나중에는 일거리가 없어서 동료들을 내보내야 하는 아주 심각한 상태에 빠지기 때문에 그렇게 하지 않았다. 파업이 일어나 회사가 손해를 보는 것은 일정 부분 감수하고 가야 할 부분이었다. 그렇기 때문에 그는 파업이 일어나기 전에 가능하면 서로 양보하고 타협하기를 바랐다.

이런 현장의 생리를 윗사람들은 좀처럼 받아들이려 하지 않았다. 노사문제가 발생하면 계획했던 사업들이 아예 멈추거나 지체되는 일이 많은데, 그들은 이런 일들을 조급하게 현장 관리인들에게 떠넘기면서 심하게 질책했다. 그래도 그는 그들의 명령을 따를 수가 없었다. 현장 노동자들은 내일이라도 파업이 풀리면 다시 함께 일해야 하는 사람들인데, 그런 사람들에게 인간적인 앙금이라도 남으면 두고두고 관리자로서 불편했다. 일정 선을 조금이라도 넘게 될 경우, 한쪽에서는 현장 노동자들에게 타박을 받고 다른 쪽에서는 회사 윗사람들에게 강한 질책을 받는 자리가 바로 그의 자리였다.

그래도 지금보다는 한중의 관리자로 있을 때가 더 여유롭고 처신하기 쉬웠다. 한중 때는 공기업이기 때문에 관리자나 노동자가 모두 주인이라는 생각이 있었다. 그래서 문제가 생겨도 서로 책임을 지면서 해결해 나갔다. 하지만 사기업인 두산은 소유주가 주인이라는 생각이 강해 무엇이든 아랫사람들에게 책임을 떠넘겨 숨 쉬는 것조차 힘들었다. 또 한중은 노조를 인정해서 서로 윈-윈(win-win)하자는 생각이었지만, 두산은 노조를 회사의 경영에 저해되는 조직이라고 받아들였다. 노조가 파업을 하면 회사에서는 불법에 대처하라고 했지만 파업 현장에서 합법과 불법의 선은 명확히 구분되는 것이 아니었다. 그 안에서 최선의 길을 찾아야 하니 힘이 들었다. 회사에서는 그들의 뜻에 따라 명확히 행동하지 않는 자신 같은 사람들을 별로 좋아하지 않았다.

그날 유계호는 순식간에 출하를 막는 노동자들과 관리자들이

뒤엉키는 모습을 바라보아야만 했다.

다리가 부러지고 머리에 피가 낭자했다.

'이제 다시는 서로를 이해하고 술잔을 기울일 날은 오지 않겠구나.'

이날 이후 작업장에서 서로의 일을 돕고

얼굴을 마주보며 웃음 짓는 일들은 다시는 오지 않았다.

6월 7일 오후, 회사는 오전 퇴근 투쟁으로 조합원들이 없는 틈을 타 출하가 바쁜 원자로, 담수 설비 제품을 출하하기 위해 관리자 1천 명, 용역 경비 40여 명, 레카차와 츄레라를 총동원했다. 이를 저지하기 위해 뒤늦게 달려온 상집 간부들과 용역 경비들이 몸싸움을 벌이면서 현장은 아수라장으로 변했다. 이후 회사는 물량 반출에 실패하자 BG별로 관리자를 동원해 조합원들의 폭력을 유도했다.

그날 유계호는 순식간에 출하를 막는 노동자들과 관리자들이 뒤엉키는 모습을 바라보아야만 했다. 다리가 부러지고 머리에 피가 낭자했다. '이제 다시는 서로를 이해하고 술잔을 기울일 날은 오지 않겠구나.' 서로에 대해 지켜야 할 최소한의 예의라는 게 있는데 그런 것들이 모두 산산이 깨져 나가는 것 같았다. 결국 이는 회복될 수 없는 상처를 남겼다. 이날 이후 작업장에서 서로의 일을 돕고 얼굴을 마주보며 웃음 짓는 일들은 다시는 오지 않았다. 일하다 보면 아무리 기계화가 되었어도 기계가 할 게 따로 있고, 사람이 할 게 따로 있었다. 무거운데 좀 들어 달라고 하면 들어주지 않았다. 아끼던 동료 배달호가 세상을 뜬 것도 바로 이런 분위기 속에서였다.

달호가 그렇게 고통스럽게 갔을 때 유계호는 인생에 깊은 회의를 느꼈다. 직장 생활 30년 하면서 그는 그때가 가장 힘들었다. 작업장 분위기도 엄청 안 좋았다. 사람들이 다 우울해했다. 자신이 배달호의 직계 라인 관리자이지만 개인적으로 배달호는 자신의 친구였다. 양심에 걸려 마음이 많이 힘들고 고통스러웠다.

그날 배달호는 유계호를 보지 못했다. 지난 며칠 동안 중간 관리자들이 자신들과 대치하고 있었다. 노사가 갈등할 때마다 서로 대립하기는 해도 이렇게 극단적인 대립은 처음이었다. 작년 소사장제 도입을 저지하기 위한 파업 때 회사가 관리자들을 대상으로 설문 조사를 한 적이 있었다. 관리자들도 두산에 대한 거부감이 심했다. 말로만 투명 경영, 열린 경영 등 입에 발린 소리만 하는 두산을 관리자들은 믿을 수가 없었다. 무엇이든 회사가 하면 원리 원칙이고, 노조가 하면 불법이 되었다. 회사는 현장에서 직접 부딪치는 관리자들인 기장, 직장, 반장에 대해 지속적으로 노조 탈퇴 공작을 벌였다. 그들은 모두 360여 명으로 두산이 들어오기 전에는 대부분이 노조원이었으나 현재는 다 탈퇴해 노조원은 그 가운데 20퍼센트밖에 되지 않았다. 또 회사는 관리자들에게 불법 파업 사례를 수집하지 않으면 처벌하겠다는 식으로 압력을 가하기도 했다.

발전설비와 원자로 반출은 부사장인 김종세가 본관에서 무전기로 직접 지시한 것이었다.

"이번에는 무슨 일이 있더라고 물건들을 전부 출하해야 한다. 방해하는 놈들은 모두 강제로 끌어내! 버티는 놈들은 패서라도 밀어붙여!"

이렇게 명령이 내려오면 임원들이 현장에서 이 일을 직접 지휘했다. 배달호는 관리자들이 구사대로 변해 용역 깡패와 함께 자신들을 무자비하게 팰 것이라는 생각은 하지 못했다. 갑작스레 관리자들이 덮쳐 오는 통에 정신을 차릴 수가 없었다. 노동관계법에는 '쟁의 기간 중 회사는 그 쟁의행위로 중단된 업무를 하도급을 주거나 물량 반출을 해 줄 수 없다'고 쓰여 있었다. 파업 중 물량 반출은 부당노동행위에 해당되는 것이었다. 회사는 그런 법도 무시한 채 정문, 동문, 중문에서 물량 반출을 시도하고 용역까지 동원해 노동자들을 두들겨 패고 있었다. 이 충돌로 부상자들이 속출했다. 구급차들이 요란한 소리를 내며 달려오고, 이 소식을 들은 조합원들이 속속 정문으로 집결했다. 이미 마산, 창원 두 곳의 사설 용역 업체에서 몰려든 깡패들이 각 출입문은 다 봉쇄해 놓은 상태였다. 드디어 렉카차와 트레일러로 물건을 반출하려는 작업이 시작되었고, 노조 간부들은 맨몸으로 차량 밑으로 들어가 물량 반출을 저지하기 시작했다.

"어떤 놈이든 걸리기만 해봐라. 칼로 회를 떠버릴 테니!"

"이 새끼들 간을 파서 묵어 버리뿐다!"

거친 말들을 쏟아 내며 용역 깡패들은 노조 간부들을 끄집어냈다. 웃통을 벗어 문신을 보이며 겁을 주고 다니는 용역도 있었다. 이 용역들은 '명신 방호'와 '퀸'이라는 사설 용역 업체에서 조달한 사람들이었다.

마침 노조의 이재성 편집부장은 담수 설비를 조립하고 있던 2층 높이의 작업장에서 이 광경을 촬영하고 있었다.

"야, 저놈 카메라 뺏어!"

한 용역 깡패가 소리치자 그에게로 30여 명의 용역들이 달려들었다.

이를 본 노조 간부들과 사수대들이 편집부장을 보호하려고 뒤를 따랐다. 가까이서 이를 지켜보던 최윤석은 용역들을 저지하려다 장대같이 큰 용역들에게 밀려 넘어졌다.

"사람이 밑에 깔렸다!"

소리를 질렀지만 용역 깡패들은 밑에 쓰러져 있는 그를 짓밟기 시작했다. 그는 다리와 어깨를 축 늘어뜨리고 심하게 일그러진 얼굴로 고통을 호소했다. 옆에 있던 동료가 자신의 옷을 찢어 피가 흥건한 상처를 감싸 주었다. 결국 최윤석은 다리가 부러져 병원으로 이송되었다.

그 와중에 배달호는 편찮으신 어머니 때문에 잠시 성남 집에 들른 김건형에게 전화로 급히 소식을 전했다.

"야, 건형아. 난리가 났다. 빨리 내려 온나."

건형이 급히 내려왔을 때 이미 현장은 아수라장이 되어 있었다. 머리가 터진 사람에, 위에서 뛰어내려 인대가 파열된 사람에, 부상자가 수두룩한 상황이었다. 배달호도 맞아서 온몸이 멍투성이였다.

다음 날, 배달호는 회사가 또 물량 반출을 시도할 것에 대비해 건형에게 후문에서 보초를 서도록 했다. 아무도 들여보내지 말라고 하고 회사에 들어오는 사람도 지키게 했다. 그리고 자신은 정문으로 가서 조합원들에게 무대를 설치하도록 지시하고는 운동장 주변에서 현수막을 달고 있었다. 한참이 지났는데 건형과 함께 보초를 서던 조합원에게서 다급하게 전화가 왔다. 건형이가 다쳤다는 것이었다. 배달호는 하고 있던 일을 집어던지고 후문으로 뛰어갔다. 건형은 몸이 마비되어 가면서 심한 두통과 목뼈, 허리 통증을 호소했다.

건형은 달호 말대로 차량을 통제하고 있었다. 그때 신원을 알 수 없는 트라제 승용차 하나가 몰래 진입해 들어왔다. "어떻게 오셨습니까?" 물었으나 운전자는 아무 대꾸도 없이 곧바로 건형에게 달려들었다. 순간적으로 김건형은 '아, 이러다간 죽겠구나' 싶어 보닛 위로 올라탔다. 건형은 그러면 그 사람이 차를 세워 주리라 생각했다. 하지만 오히려 그는 건형을 차에서 떨어뜨리려고 무섭게 속력을 내면서 이리저리 커브를 틀어 댔다. 그는 건형의 눈을 똑바로 쳐다보면서 좌우로 핸들을 흔들었다. 차체가 심하게 흔들렸다. 그렇게 후문 해안가 가는 길에서 본관까지 1,500미터쯤 되는 거리를 전속력으로 질주했다. 차 위에서 건형은 몸이 한쪽으로 쏠려 곧 떨어질 것만 같았기 때문에 보닛을 더 세게 움켜쥘 수밖에 없었다. 얼마나 팔에 힘을 주었던지 팔 근육과 어깨가 굳어 버렸다. '아, 이게 죽는 거구나, 이제는 진짜 죽겠다.' 공포심은 극에 달했다.

그렇게 한참을 질주하던 차량은 검문소 근처에서 정지했다. 승용차를 운전하던 이는 경비 업무를 담당하는 비상기획팀장 이상출이었다. 군인 출신으로 회사가 이번에 새로 영입한 경비팀장이기도 했다. 건형이 끌려가던 모습을 보고 승용차를 뒤따라왔던 동료들이 그를 에워쌌다.

"우얄라꼬 사람을 매달고 그렇게 달릴 수 있노? 지금 당신이 얼마나 끔찍한 일을 저질렀는지 알고나 있어요?"

"지금 사람 죽일라고 그랬는교? 당신 목숨은 중요한데, 우리 목숨은 안 보여요? 사람을 죽일 만큼 그 자리가 그렇게 중요합니꺼?"

사람들이 그에게 소리쳤다.

배달호는 어제도 그 사람을 보았다. 무전기로 김종세로부터 지시를 받아 현장에서 용역을 지휘하던 사람이었다. 김건형은 정신적·육체적으로 심한 충격을 받았다. 곧 병원으로 실려 갔다. 병원에서 그는 1년 동안 굳은 피를 뽑아내야 했다. 그 충격으로 인해 3층 계단도 한꺼번에 올라가지 못해 쉬어야 할 정도로 숨이 차는 병을 얻었다.

'두산이란 회사는 사람을 죽이고도 남겠구나'

그날 배달호는 이런 생각이 들었다. 모두 회사가 자신들을 죽일 수 있다는 데 충격을 받았다. 아무리 서로 대립하는 관계라 하더라도 회사가 그 밑에서 일하는 사람을 죽이려 한다는 게, 자신의 동료를 죽이려 했다는 게 배달호는 받아들일 수 없었다. 그날 그나마 남아 있었던 두산에 대한 마지막 신뢰조차 산산이 부서졌다. 그 선은 이제 되돌리기도, 회복되기도 힘들었다.

## 삶의 후퇴1 : 노조 파괴 문서

파업 기간 내내 배달호는 치밀하게 방해 전략을 구사하는 회사 때문에 잔뜩 신경이 곤두선 상태였다. 방해하는 수법이 상상을 초월했다. 이런 두산의 행위는 2003년 1월, 두산중공업 노동조합 파괴 공작 정책 문서가 드러나고, 터빈발전기 BG 한명교 상무보, 박병환 공장장 등 관리자들의 수첩이 유출되면서 그 전모가 밝혀진다.

회사는 노동자들이 파업에 참여할 수 없도록 파업 기간에 집에 있으면 재택근무로 인정해 일당을 주었다. 파업에 참여한 노조원들은 '무

5/5부터 시작

통상출근 8시간 나온다

파업에 참가할 수 있는 공차 있지 [illegible]
[illegible] 일체 없다

○ 재택근무 · 석세제 ·
작업장에 대한 방해 한 사람은
[illegible] 못한다

○ 회사는 [illegible] 철저하게 [illegible]
○ 끝까지 회사를 위해 [illegible] 회사가 책임진다

○ 22명 고발 했다
오늘 이후에 근로 의무를 [illegible]하고
일할수 없는 시간은 재택근무 한다

○ 반장은 자기 반원 다스릴것.
○ 파업에 가는것은 억지로 말리지 않는다
○ 보직 반장 중심되어 가서로 한다

금속 노조 쪽으로 지회 [illegible]에서 파업한다

이제까지 선택한 사람 - 지회 [illegible] 사람
① 그 선택 파업에 참여한 사람은
재승강 없어진다 (반장)
② 반장들이 [illegible] 가면 [illegible]
③ 근태는 반장에게 귀임 한다
발생된 근태를 정확하게 해라
- [illegible] 방해한 사람 [illegible]
[illegible]
- 파업에 가면 일체 손없다 분명히해
- 파업에 참여 안하고 [illegible]
[illegible]하자.
- [illegible]
- 주 2~3번 비상소집 (공장장)
- 확약서 · 영수증 · 챙겨놓을것.
- 고소 고발 22명. 조반장 구속영장 발부
◎ 시 [illegible] 반장 (사직)
◎ 연락은 김차장에게로
◎ 107명 참여 (오녀) (610 [illegible])

은 파업으로 [illegible]
[illegible]
[illegible]
[illegible]

비 - 노조활동은 제약을 받는다
[illegible] 파업에 대한 [illegible]

1회용 [illegible] 준비
금액은 6000원이내

이자금은 준비 하지말것

유출된 현장 중간 간부의 수첩 일부. 파업 참가자에 대해서는 잔업·특근을 통제해 경제적 압박을 가함으로써 노조를 탈퇴하도록 유도하며, 이런 전략을 실행하는 데에는 개별 조합원들과 직접 부딪치는 직장 및 반장과 같은 현장 관리자를 동원한다는 내용이 적혀 있다.

단결근'(무계결근)으로 처리하고, 1시간이라도 파업에 참여한 사람은 작업에 투입하지 말고 특근이나 잔업도 시키지 말라고 지시했다. 무계결근 처리는 노동자들에게 심각한 피해를 입혔다. 주차, 월차, 연차가 없어지고 무계결근이 누적될 경우 징계 처리될 뿐만 아니라 상여금에도 손실을 입었다. 그 수는 1,300여 명에 이르고, 피해액도 1인당 적게는 10만 원에서 1,300만 원까지 되었다. 회사는 이를 통해 파업에 참가한 노동자들에게 심각한 피해를 입혀 참여하지 않은 노동자들과 분리하고, 파업에 참여하면 피해를 당한다는 인식을 확산시켰다. 노동조합에 적극적으로 협조하던 사람들도 하나둘씩 보이지 않게 되었다. 배달호와 뜻을 같이했던 새탑회 동료들 가운데에도 회사 편으로 넘어가는 사람이 있었다. 배달호는 실망과 허탈한 마음을 달랠 길이 없었다. 오히려 평소엔 의견이 엇갈렸지만 끝까지 투쟁에 동참해 준 다른 조직 사람이 힘이 되었다.

"47일 동안 파업하면서 오래 버틴 사람들은 그 속에서 피해 의식에 젖어 있었어요. 회사에 찍힐까 봐 사람들이 집회에 나오지를 않았어요. 소외시키고 분리하는 과정이, 금전적인 피해도 피해지만, 인간적인 관계까지 무너져 버렸죠. 이제 친구들이 동료가 아니라 자본에 놀아나는 앞잡이로 보이는 거죠."

김창근의 진단이다.

또 회사는 '사외 토론회'라는 것을 만들어 회사에 우호적인 오피니언 리더들과 부서장 및 과장들을 중심으로 선무 활동을 시작했다. '선무 활동'이란 사실 군대 용어로, 점령지 주민의 민심을 안정시키고 아군의 시책을 이해시켜 협조하도록 하는 활동을 의미한다. 두산이 관리자들을 시켜 조합원들을 선무 활동의 대상으로 삼았던 것이다. 두산은 조합원들이 선무 활동에 참여할 경우 근무한 것으로 간주해 파업에 불

## 신노사문화 정책 방안

- 조합 활동가를 경유한 고충 처리 요구 사항 배제(현장 관리자를 통한 고충 처리 적극 지원)
- 신상필벌의 원칙 적용(차등 관리 방안 연계)
- 파업 참가자 불이익 조치
- 진급 승급에 대한 비조합원 우대

### 의식 개혁 활동 세부 시행 계획(노무팀)

- 주부 한가족 교육 등을 통한 직원 의식 개혁 유도

### 조합 활동 오피니언 리더 밀착 관리 방안(노무팀)

- 의식 개혁 → 건전 세력화
- 활동 성향 및 유형에 따른 분류
- 회사 기여도에 따른 명확한 유·불리 적용
- 신상 관리 : 취미 활동 등 사내 동아리 활동 등에 대한 지속적 관심과 지원으로 개인적 관심사를 조합 활동에서 타 분야로 유도

### BG 책임 노무관리 제도 운용 방안(노무팀)

- 강성 조합 활동가 순치
- BG 내 조합 활동가 주요 동향 파악
- 종업원 신상 관리를 통한 현장 통제력 확보
- 조합 활동가 이력 관리
- 전담자 처우 : 진급· 포상시 우선권 부여
- 본사 노무팀과의 사내 이메일을 이용한 지속적인 정보 공유(1일 단위)

### 현장 관리자 위상 강화 방안(노무팀)

- 노무관리 능력에 따른 인센티브 적용(우수 관리자 포상, 진급 반영 및 성과급, 연봉 책정시 반영. 평가 기준 : 조합 가입 비율, 파업 참여율, 불법행위 채증 역할 수행 등)
- 관리 불량자 보직 박탈

### 차등 관리 방안(노무팀)

- 조합원 성향에 따른 차별화 관리 : 친회사 세력(10퍼센트, 각종 인센티브 우선 혜택), 온건 세력(20퍼센트), 중도 세력(50퍼센트), 친조합 세력(15퍼센트), 강경 세력(5퍼센트, 철저한 근태 관리 등 불이익 조치와 징계, 선무 활동의 효과가 없을 경우 재배치 등으로 영향력 축소)
- 파업 참가자 불이익 조치(각종 혜택 배제, 인사 평가시 불이익 조치 등)

---

위 내용은 회사가 2002년 4월 작성한 '신노사문화 정책 방안'이란 제목의 노조 파괴 계획서를 일부 옮겨 놓은 것이다.

참하도록 유도했다. 또 파업에 참여하고 있는 조합원의 가정을 방문해 가족들을 협박함으로써 조합원들에게 심리적인 압박을 가하거나 직접적으로 파업에 참가한 조합원들과 술자리를 마련해 포섭하는 등 집요하게 파업 파괴 행위를 진행해 나갔다.

"회사에서 대의원 데리고 다니면서 술 먹이고 공갈 반 협박 반으로 '이제 노조는 끝났다, 회사에 붙지 않으면 회사에서 일하기 힘들다'면서 술을 먹고 2차까지 데리고 다녔어요. 차마 해고자들 보기 민망해서 마지막 코스에서 집으로 도망친 사람들도 있었어요."

임병섭이 목소리를 높였다.

배달호의 부인 황길영도 회사 과장의 부인에게 전화를 받았다.

"'배달호 씨 집 맞죠? 나 과장 부인인데, 아버님 장례식 때 가서 부인을 만났었는데 기억 안 나요? 남편 노조 못하게 했으면 좋겠네요.' 그렇게 말을 해요. 그거야 본인이 알아서 할 일이지 내가 못하게 한다고 안 하겠어요? 하니까 '다른 집 부인들에게도 다 전화했어요. 그렇게 하면 잘려요' 그러는 거예요. 그래서 내가 잘리면 그만두면 되지 뭐가 어렵냐고 그랬어요."

이런 파괴적인 신노사 정책을 위해 두산은 총 11억 5,600만 원의 예산을 지원했다. 이 예산은 선무 활동, 회사 측 대의원 양성, 회식비 지원, 제주도 여행 등에 사용되었다. 구체적으로 쓰인 곳은 조합 활동가 관리 1억 원, 노무 활동비 1억 4,400만 원, 대의원 양성비 2억 원, 선무 활동비 3억 4,600만 원 등이었다. 이를 통해 그들은 조합원을 '직원'으로 만들었다.

"한번은 잘 알지도 못하는 공장장 이름으로 편지가 왔어요. 그 편지에 상품권이 하나 들어 있었어요. 아들이 책을 좋아한다고 들었다, 그것으로 책을 사주라는 내용이었어요. 얼마나 끔찍했는지 몰라요. 회사에서 우리 사생활을 다 안다는 거 아니예요? 상품권을 복사해 놓고 되돌려 줬어요. 가끔 회사에서 밥 사준다, 수박 사준다 해요. 거절하니까 경비실에 빵을 사놓고 갔어요. 그냥 경비 아저씨 줘버렸어요."

임병섭의 부인 위필조가 말했다.

또 회사는 노조 내의 오피니언 리더들을 파악해 분석했다. 대부분이 전·현직 노조 간부나 대의원들이었는데, 그들의 직급, 조합 활동 경력, 계파뿐만 아니라 성향까지 분류해 놓았다. 성향은 온건(☆), 조합 추종(☆☆), 강성(☆☆☆), 초강성(★★★), 합리적(표시 없음), 이렇게 5개로 분류하고 있다(표 1 참조). 회사에서는 이런 오피니언 리더들을 각 BG별로 1백 여 명 내외로 파악해 집중 관리 대상으로 확정했다. 각종 집회와 회의에서의 발언 내용을 기록하고, 취미 활동을 지원했으며, 이를 통해 조합 활동에서 타 분야로 관심을 변화시키도록 유도했다. 또 전담 관리자를 선정해 일대일로 관리하도록 하고, 결과에 따라 포상을 주었으며, 노조의 논리에 밀리지 않도록 새로운 논리를 계속 개발해 전담 관리자들에게 제공했다. 하지만 이렇게 조합원 하나하나를 사찰하고 감시하는 것에 대해 최고 경영자들은 아무런 죄의식도 느끼지 않고 있었다.

"다른 회사도 다 하는 일이고, 회사로서 요 정도는 할 수 있는 것이고, 관리 차원의 정당한 활동이라 생각합니다."

정석균 당시 관리본부장이 말했다. 그는 2003년, 벌금형을 선고받았던 부당 행위에 대한 재판 결과에 대해서도 "우리는 법을 어긴 게 아니고 회사에서 최소한의 질서 유지와 경영 활동을 위해서 정당한 일이라고 봤는데, 재판부에서는 노조에 개입, 노조를 지배하는 걸로 봐서 벌금을 때렸던 거지요"라고 말했다.

"저희들이 했던 방식은 회사를 살리기 위한 신노사 관계이고, 효율적인 관리를 위한 것이었습니다."

김상갑 사장도 2003년 국회환경노동위원회에서 이렇게 말했다. 회

**표 1. 조합 OPINION LEADER 현황**

※ 성향구분 기준 : ☆-온건, ☆☆-조합추종, ☆☆☆-강성, ★★★-초강성(의식화), 나머지 표기 없는 자는 합리적인 인물임

| 순번 | 소속 | 직급 | 사번 | 성명 | 조합 활동 경력 | 계파 | 성향 | 담당 | | |
|---|---|---|---|---|---|---|---|---|---|---|
| | | | | | | | | 팀(부서)장 | 담당 | BG(본부)장 |
| 15 | 주단) 주조공장 | 4급반장 | 502478 | 김○○ | 대의원(3, 14대) | | ☆ | 고○○(4703) | 최○○(4900) | 김○○(4780) |
| 16 | 주단) 주조공장 | 5급반장 | 505823 | 송○○ | 대의원(13대) | 한맥 | ☆ | 고○○(4703) | 최○○(4900) | 김○○(4780) |
| (생략) | | | | | | | | | | |
| 22 | 주단) 주조공장 | 4급반장 | 504789 | 손○○ | 총무차장(14대) | 새탑 | ☆☆ | 고○○(4703) | 최○○(4900) | 김○○(4780) |
| 24 | 주단) 주조공장 | 5급반장 | 503888 | 전○○ | 대의원(14대) | 미래 | ☆☆ | 고○○(4703) | 최○○(4900) | 김○○(4780) |
| 25 | 주단) 주조공장 | 4급반장 | 503184 | 한○○ | 대의원 (10, 12, 13대) | 미래 | ☆☆ | 고○○(4703) | 최○○(4900) | 김○○(4780) |
| 26 | 주단) 주조공장 | 5급반장 | 504336 | 김○○ | 조직2차장 (12대) | 새탑 | ☆☆ | 고○○(4703) | 최○○(4900) | 김○○(4780) |
| 27 | 주단) 주조공장 | 5급반장 | 502539 | 김○○ | 체육차장(7대), 총무차장(10대), 대의원(7, 14대) | 새탑 | ☆☆☆ | 고○○(4703) | 최○○(4900) | 김○○(4780) |

**표 2. 주단 정비 조합원 성향 보고**

| 소속 | 직급 | 성명 | 학력 | 사유 | 비고 |
|---|---|---|---|---|---|
| 주조정비직 기계 1반 | 5급 | 김○○ | 고졸 | 분위기 선동자 | 58년생 |
| | 5급 | 허○○ | 중졸 | 분위기 선동자 | 57년생 |
| | 5급 | 황○○ | 고졸 | 조합 지칭 신봉자 | 63년생 |
| 주조정비직 전기 1반 | 5급 | 정○○ | 고졸 | 회사의 방침 부정적인 자 | 63년생 |
| | 5급 | 공○○ | 고졸 | 회사의 방침 부정적인 자 | 64년생 |
| 주조정비직 기계 1반 | 5급 | 안○○ | 중졸 | 판단이 불가능한 자 | 57년생 |
| | 5급 | 김○○ | 중졸 | 판단이 불가능한 자 | 58년생 |
| 주조정비직 기계 2반 | 4급 | 송○○ | 고졸 | 회사의 방침 부정적인 자 | 54년생 |
| | 5급 | 구○○ | 중졸 | 판단이 불가능한 자 | 52년생 |

두 자료 모두 배달호의 죽음 이후, 제보에 의해 유출된 자료의 일부이다. 〈표 2〉는 2001년 12월 11일, 회사 과장이 부장에게 발신한 전자메일 자료이다.

사 정책에 대한 이해를 높이기 위해 실무자 차원에서 개개인의 성향을 파악하는 것은 당연히 해야 할 노무 활동의 일환이라고 생각하고 있었던 것이다. 이에 한 여성 국회의원은 이렇게 그들을 질책했다.

"반대로 어떤 조직에서 자기 목표를 달성하기 위해서 사장님을 감시하고, 분석하고, 차별적으로 관리했다면 어떻겠습니까? 회사가 노동자들에게 그렇게 하는 것은 부당노동행위를 넘어서 인권침해의 한 전형입니다. 자신이 한 방법이 굉장히 현명한 방법이라고 회사가 착각하고 계시다면, 이 나라 노사 관계의 앞날은 없다고 말씀 드립니다."•

그들은 노조 활동에 개입하고, 사생활에 대한 정보를 수집하고, 노동자들의 사고까지 검열한 행위가 얼마나 사람들의 삶을 파괴하는 행동인지 알지 못했다. 자신들이 노동자들에게 했던 일들은 새로운 노사 관계를 위한, 현명하고 합리적인 선택이라고 믿고 있었다. 자신들의 행위가 어떤 이에게는 죽음을 의미할 수도 있는 가장 잔인한 인간 지배 방식이라는 것은 깨닫지 못하고 있었다.

두산은 노조 파괴 전략을 담은 자료들이 유출되자 자료를 파기하기 시작했다. 원자력 노무팀장은 상무보와 부장에게 "바이러스 대처 방법 보고"라는 제목의 자료를 보내 '오해가 있는' 파일은 모두 삭제하라고 지시했다. 실제로 바이러스와 관련된 자료는 정보운영팀에서 관리하고 있어서 일개 현장 과장이 보낼 공문이 아니었다. 이 바이러스란 말은 노조 파괴 문서를 가리키는 은어에 불과했다.

현장을 지키려 노력하고 헌신하는 노동자들은 관리 대상이 되었고, 대의원이라도 나가려 하면 회사에서 미는 사람을 찍으라며 노골적으

• 『제236회 환경노동위 위원회 회의록』(2003년 2월 19일), "전재희 국회의원 편."

로 방해 공작을 펼치고 다녔다. 대의원으로 나가려는 사람을 현장 내에서 왕따로 만들어 버리기도 하고, 노조 측 대의원을 지지하는 사람이 있다면, 위협하고 불이익을 주거나 돈으로 매수하기도 했다.

노동자들의 자율권이 심하게 훼손되고 있었다. 배달호가 호루라기를 불면 전에는 금방 많은 사람들이 모였는데, 이제는 일반 조합원은 물론이고 새탑회 회원들까지 도망가 버렸다. 관리직에게 눈에 띄기를 꺼려 했기 때문이었다. 배달호는 배신감을 느꼈다. 대부분이 회사의 탄압을 더 이상 견디지 못하고 보신주의로 돌아선 것이었다. 처음부터 회사 측에 붙어서 자기 이익을 추구하던 사람들은 그렇다 쳐도 가까이 지내던 사람들까지 떠나가니 배달호는 깊은 상처를 받았고, 많은 위기의식을 느꼈다. 돌아선 사람 중에는 20년 동안 함께 대의원을 지내던 사람도 있었다. 그는 개인 손해배상청구를 풀어 주겠다는 회사의 회유를 받아들여 일종의 특혜인 사이트(외근)로 나갔다. 배달호는 그렇게 배신하고 가는 동료들이 미우면서도 불쌍했다. 그들도 가족이 있어 먹고는 살아야 할 것이다. 그들이 이기적이어서가 아니라 현실이 그렇기 때문에 그런 선택을 할 수밖에 없었을 것이다. 하지만 현실을 선택한 동료들이 생계는 얻었지만 인간다운 생활은 포기할 수밖에 없다는 걸 알기에 더 안쓰러웠다. 지금의 노조가 그들에게 더 이상 버팀목이 되어 주지 못하고 있는 것도 안타까웠다. 여러 가지 일이 복잡하게 얽혀들면서 현장은 손을 쓸 수 없을 정도로 급격히 무너져 갔다. 노동자들을 분열시키는 회사의 획책을 멈출 수 있는 방법은 더 이상 없었다.

노조 간부들에게는 수배령이 내렸다. 배달호도 업무방해 및 폭력으로 수배를 받은 상태였다. 황길영은 남편에게서 수배당했다는 전화를 받았다. 전화가 도청되는 상황이라 만나기도 쉽지 않았다. 공중전화로 통화를 해 둘만이 아는 암호로 마산역에서 만나기로 했다. 옷가지를 챙겨 큰딸 선혜를 데리고 나섰다. 남편은 그렇지 않아도 마른 얼굴이 더 새카맣게 말라 있었다. 다같이 해장국을 먹었다. 배달호는 부인에게 너무 걱정하지 말라고 했다. 어떤 때는 여관으로 오라고 해서 중요한 서류 같은 걸 갖다 주기도 했다. 마치 불륜 사이인 것처럼 행동해야 했다. 다른 부인들도 마찬가지였다.

"수배되어 도망 다니니까 회사 산꼭대기에다 텐트 쳐놓고 자고 그랬어요. 강웅표 씨 부인 옥련 씨하고, 낮에는 안 되니까 밤에 차를 타고 만나곤 했어요. 낮에는 미행하면 잡히니까. 차도 다른 사람 것 빌려서 타고 다니고. 우리 것은 다 추적되니까. 007 작전하면서 살았어요. 휴대폰도 안 되지. 세월이 지났으니까 웃음이 나오지 그 당시에는 사는 게 기가 막혔죠. 전화하면 즉각 내용이 다 들어가요. 저뿐만 아니라 부인들이 다 힘들었지. 그래도 함께하니까 견뎌 낼 수 있었어요. 나 혼자면 못 해냈죠. 정도 많이 들고 가족보다 더 편한 거죠." 위필조 씨의 말이다.

이런 투쟁이 47일간 계속되면서 참가하는 인원도 150~200명 수준으로 줄었다. 공권력 투입이 예상되는 상황에서 노조도 이 투쟁을 접어야 하는가에 대한 마지막 고민을 하게 된다. 전체가 깨지면 돌이킬 수 없는 상황이 예상되니 투쟁을 접고 현장으로 돌아가 현장을 복원시키자는 결론이 내려졌다. 7월 8일부로 아무런 성과 없이 현장에 복귀한 조합원의 사기는 땅에 떨어졌다. 끝까지 파업에 참여한 조합원과 중간에 이탈한 조합원은 감정이 상할 대로 상해 이제 더 이상 동료가 아니었다. 같이 일하면서도 서로 말을 하지 않았고 점심 식사도 따로 했다. 꼭 필요한 사무적인 대화 말고는 어지간해선 속내를 드러내지 않았고, 심지어 부모상을 당해도 서로 문상을 가지 않을 만큼 인간관계는 파탄 났다. 작업장은 그야말로 숨 막히는 곳이 되어 있었다.

## 삶의 후퇴2: 손해배상, 가압류

이런 회사와의 극단적인 대립 속에 노동조합의 모든 파업은 불법으로 간주되고, 7월 2일 회사는 노동조합과 조합원, 노조 간부 42명에 대해 65억 원에 달하는 손해배상을 청구했다. 조합원과 노조 간부의 임금, 퇴직금, 부동산이 가압류되었다. 배달호도 월급의 절반과 북마산에 있는 허름한 한옥이 가압류당했다. 8월 30일, 회사는 엄청난 액수의 가압류에다 620명에 대한 징계까지 내렸다. 해고자 18명을 포함해 중징계가 89명, 경고 조치가 531명이었다. 배달호는 정직 3개월의 징계 처분을 받았다.

가압류와 손해배상은 노조에 대한 가장 악랄한 탄압 수법이었다. 파업에 대해 이런 민사적 책임을 묻는 것은 그 어떤 나라에서도 전례가 없는 일이었다. 국제노동기구의 한 관계자는 한국을 방문했을 때 다수의 파업이 불법으로 간주되는 현실에 놀라움을 금치 못하며 이런 이야기를 했다. “어차피 파업은 기업의 이익을 저해할 수밖에 없습니다. 그 대신 얻게 되는 노동자의 권익이 더 큰 가치이기 때문에 법으로 노동권을 보장하는 것입니다.”

회사의 가압류로 노동자들의 생활은 말도 못하게 힘들어졌다. 황길영은 남편의 월급으로 60만 원이 찍힌 통장을 바라보았다. 가압류되었을 것이라고는 생각도 못한 채 수배 생활을 하다 보니까 돈이 필요해서 썼을 것이라 생각했다. 입금자는 두산중공업이 아니라 ‘배달호’로 되어 있었다. 친구들에게 전화해서 물어보니 남편에게 분명 비리가 있다, 혹시 여자를 사귀는 것은 아닌가 해서 처음에는 오해를 많이 했다. 나중에는 통장도 차압당하고 집도 차압당하는 상황이 되고 나서야 모든 것을 알게 되었다. 어떤 달은 월급으로 5만 8천 원밖에 나오지 않아 남편이 카드를 긁거나 동료들에게 빌려서 길영에게 생활비를 입금해 주었다. 8개월 넘게 월급이 제대로 안 나오니 생활은 엉망이 되어 갔다. 돈을 빌리려고 해도 빌리기가 쉽지 않았다. 다들 월급이 안 나오는 상황이었기 때문에 선뜻 빌려주기가 어려웠다. 아이들은 우선 학원부터 끊고 먹는 것을 줄여 갔다. 사는 게 말이 아니었다. 보일러나 전기가 고장 나도 돈이 없어 고칠 수가 없었다. 전에는 상상도 못했던 일들을 겪어 보니 노숙인들의 심정이 이해가 되었다. 쌀이 떨어지면 남편이 라면을 한 박스 사오고, 쌀을 한 말 사오고 …… 그렇게 견뎠다.

법원에서 통지서가 날아오면서 집이 차압당했다는 것을 알았을 때 길영은 울화통이 터졌다. 이토록 허름한 집까지 차압해 놓다니 길영은 너무 어이가 없었다. 그것도 큰시누가 필요하다고 해서 집을 담보로 1천만 원을 빌려주고, 4백만 원은 갚아 6백만 원이 남아 있는 상태였다. 앞으로 어떻게 살아야 하는지 길영은 겁이 났다. 너무 걱정이 되어 남편에게 어떻게든 트럭 한 대 장만해서 장사라도 해보자고 하기까지 했다.

가압류로 어려워진 집은 배달호의 집만이 아니었다. 1995년 한국중공업을 상대로 한 일방 중재 철폐 투쟁 때에도 손배 가압류 조치가 이루어졌지만, 파업이 끝나고 이는 결국 철회된 바 있었다. 하지만 두산은 개인 재산뿐만 아니라 통장과 급여까지 가압류해 가족의 생계까지 위협하며 목줄을 조여 왔다. 또 한중 때 노조 간부들만을 대상으로 이루어졌던 가압류 조치가 이제는 일반 노조원들에게까지 이루어지면서 조합 활동 자체를 가로막았다. 현장에서 받은 타격은 실로 엄청났다.

"월급을 압류시키는 것도 모자라 회사 사택 보증금 6백만 원에다 가압류를 해버린 거예요. 생활비가 어디 있었나요? 꼴이 말이 아니었죠. 겨우 밥 먹는 게 다였는데, 통장도 가압류해 버렸어요. 사람이 할 수 있는 일이 아니잖아요. 상상도 못하죠. 그런데다가 남편이 해고되

**표 3. 2002년 가압류 이후 배달호의 월 급여 수령액**

(단위 : 원)

| 구분 | 6월 | 7월 | | 8월 | | 9월 | |
|---|---|---|---|---|---|---|---|
| | 급여 | 하기 휴가비 | 급여 | 상여금 | 급여 | 추석/귀성 | 급여 |
| 가압류 금액 | 450, 858 | 200,000 | 457,711 | - | 221,731 | 34,736 | - |
| 급여 수령액 | - | - | | - | 58,000 | - | - |

| 구분 | 10월 | | 11월 | | 12월* | | 합계 |
|---|---|---|---|---|---|---|---|
| | 상여금 | 급여 | 급여 | 상여금 | 위로금 | 급여 | |
| 가압류 금액 | | 13,495 | - | - | - | 631,386 | 2,009,917 |
| 급여 수령액 | | | | | 1,401,190 | 25,000 | 1,484,190 |

* 12월 급여의 급여일은 배달호의 분신 다음 날인 1월 10일이었다.

니까 사택에서 나가라고 하더라구요. 집을 빨리 비우라고 하는데, '감히 어디서 사람을 가둬 놓고 집을 나가라고 하나, 내 모가지 빼고 끌고 가라' 그랬어요. 나가도 갈 데가 없는 사람들에게 회사가 그런 짓을 했어요. 남편이 평생 일해서 키운 회사 아니에요? 그런 회사에서 우리가 왜 나갑니까? 그런데 회사가 너무 독하게 하니까 회사만 생각하면 힘이 절로 나는 거예요. 막다른 골목에 가면 힘이 솟는다고 하잖아요. 그때는 무서운 게 없었어요. 더 이상 내려갈 데가 없더라구요. 그런 일을 당하니 내 시야가 갑자기 넓어졌어요."

위필조의 말에 힘이 들어갔다.

강웅표의 부인 박옥련은 생활비를 벌기 위해 화장품 외판일을 시작했다.

"안 좋은 일은 빨리 잊어버려야 된다, 잊어버려야 된다, 머리에 주문을 걸어 입력을 시켜요. 잊어버리지 않으면 머리가 아파서 못 살아요. 머리가 터져요. 그때 가압류당했을 때 항상 두통을 안고 살았어요. 그전에는 집에 가압류하는 것은 있었어도 월급에 가압류는 처음이었어요. 해고돼서 교육비도 안 나오니 학원도 끊고, 완전 소용돌이였죠.

생활이 항상 짜증이 났어요. 왜 이렇게 눈물이 나지 …… (잠시 눈물) 최악의 상황이었고, 죽기 아니면 살기였어요. 가압류 …… 막막했죠. 배신감, 원망. 열심히 했는데 이렇게 되니까. 화장품 외판을 시작했어요. 남편이 쫓겨 다니고 숨어 다니는 일이 한두 번이 아니었어요. 그게 일상이었어요. 애들은 나 혼자 돌보고. 애들은 사춘기 때 아빠가 있어야 하는데 …… 아빠가 감옥 가면 애들은 충격 받고 …… 지금은 잘 자라줬지만요."

전대동의 부인 한해영 씨도 남편의 월급이 가압류되고 구속까지 되자 그만둔 지 오래된 직장을 다시 다니면서 생계를 책임져야 했다.

"생계가 막막해서 다시 CJ그룹에 시험을 쳐서 공채로 들어갔어요. 애들은 전혀 모릅니다. 남편이 해고된 것도, 구속된 것도. 제 부모님이 병으로 일찍 돌아가셨는데, 그때 어린 나이에 상처를 많이 받았어요. 저희 아이들에게는 아빠, 엄마에 대한 그 어떤 상처도 주고 싶지 않더라구요. 가압류 들어오고 월급 차압까지 들어오고 …… 저희가 아파트를 하나 장만하는데 반송이라는 재개발 지역에 가압류 들어온다고 해서 중간에 팔았어요. 손해가 얼마나 많았는지 모릅니다. 남편 원망도 못하고 회사 원망하면 속만 상하고, 그래서 지난날 생각 안 하고 앞만 생각하고 살려고 합니다. 왜 남들은 편한 길을 가는데, 내 남편은 저래 가시밭길을 가는가. 내가 남편에게 그럽니다. '내가 한 인간으로서 당신을 존경한다. 하지만 당신이 내 남편이라서 참 나쁘다.' 외국 같은 경우는 사람들 고통을 잘 돌봐 주잖아요. 어떤 고통인지 깊게 들여다보고 삶을 견디게 해주고, 지지해 주고 그러는데, 우리나라는 아무도 돌봐 주지 않아요. 노조 활동하는 남편이나 다른 분들도 어려움이 많겠죠. 얼마나 답답하겠어요. 하지만 부인들은 더 힘들어요. 혼자 다 견디니까 그 고통이 몸으로 왔어요."

혼자 많은 것을 견뎌야 하는 부인들은 몸도 많이 상했다. 김창근 부인 서봉선도 그랬다.

"사회 물정 모르고 결혼해 가지고 이런 일을 당하니까 내 삶이 완전히 망가지는 것처럼 느껴졌어요."

가압류는 당하지 않았지만 그렇게 될까 봐 명의를 이전한 사람도 있었다.

"회사 하는 걸 보니 인정사정없더라구요. 제가 촌에서 올라올 때 숟가락밖에 가져온 게 없었어요. 결혼식 올려서 처음에 방 하나, 부엌 하나짜리 월세방에서 살다가 어떻게 융자를 내서 조그만 집을 한 칸 마련했는데, 그것까지 가압류당해서 뺏길까 봐 다른 사람 명의로 옮겨놓았어요. 돈 빌려 써서 그 사람에게 넘어가는 걸로 해놓았죠. 근데 정작 가압류는 없었는데 옮기니까 양도세다 가등기다 모다 해서 복잡하고 돈도 많이 들었어요. 지금 회사는 내 가족이라는 개념이 없어요."

환경안전부 대의원 안상윤이 그 당시를 떠올리며 말했다.

배달호도 생활이 많이 힘들었다. 사내 새마을금고에서 대출을 받으려고 했지만, 모든 재산이 가압류되어 있는 상태라 회사에서는 대출을 해주지 않았다. 그렇지 않아도 파업 기간 때도 무노동 무임금이라 배달호는 월급을 거의 받지 못한 터였다.

"47일 파업 때 저는 월급을 7천 원밖에 못 받았어요. 아들이 지금도 저에게 7천 원 이야기를 해요. 큰놈이 기억을 하고는 파업한다고 하면, '7천 원' 그래요. 달호 형님은 더 심했을 겁니다. 나는 애가 어렸고 달호 형님은 애들이 컸고, 간부 회의를 하든, 파업을 하든, 본관 점거를 하든 항상 형님이 있었거든요. 달호 형님 봉투를 안 봤지만 우리가 다 시간 공제를 당해 버렸거든요. 우리는 상황이 어떻게 되든 간에 집행부와 함께 가기 위해 끝까지 버틴 거죠. 경제적으로 쫓기면서 동료들도 지켜 주지 못하고……."

진한용은 말끝을 흐렸다.

경제적으로 어려운데다 가압류까지 당하면서 배달호의 상태는 최악으로 치달았다.

## 자유의 끝

7월 27일 배달호는 마산 교도소에 구속 수감되었다. 당시 사무국장으로 있던 배달호의 친한 동료 김종환은 한 달 이상 수배 생활을 하고 있는 배달호에게 자진 출두를 권했다. 지역보안과에 근무하는 사람에게 배달호가 출두하면 훈방으로 나올 수 있는지 미리 알아보고 긍정적인 답을 해서 출두했던 것인데, 구속시켜 버렸던 것이다. 노조 간부도 아닌 대의원까지 구속시킨 데 대해 배달호는 분노했다. 회사는 아무리 부당 개입을 해도 아무런 조치도 당하지 않았다.

마산 교도소에서 배달호는 전대동과 같은 사동에서 지냈다. 부지회장이었던 전대동은 수배된 후 회사 안에 있는 산골짜기에 선전부장 이재성, 교육부장 양봉현과 피해 있다가 경찰에 의해 체포되어 구속되었다. 지회장 직무 대행이었던 강웅표도 수배 중이라 집행부는 사실상 거의 제 기능을 할 수 없었다. 전대동의 방에서 대각선으로 마주 보면 배달호의 방이었다. 세수하거나 운동할 때, 혹은 출정할 때면 만나서 서로 이야기를 나눌 수 있었다. "별일 없나?" 하고 물으면 배달호는 "별일 없다"고 대답하곤 했다. 들어간 지 2개월이 좀 못 되어 전대동은 검사의 언질로 배달호가 보석으로 나가게 될 것이라는 것을 먼저 알았다. 지금 생각하면 보석으로 나오지 않고 차라리 징역을 살았으면 괜찮지 않았을까 하는 생각을 한다. 9월 17일, 배달호는 자신만 보석으로 나가게 되었다면서 미안해했다. (이후 몇 차례의 심리 재판 끝에 12월 18일, 배달호는 징역 1년 집행유예 2년을 선고받는다.) 동료들보다 먼저 나온 만큼 현장에서 자신이 할 수 있는 일을 해야 한다고 생각했을 것이다. 하지만 현장은 생각보다 훨씬 나쁜 상태였다. 9월 17일부터 12월 16일까지 징계 기간이어서 회사는 그의 공장 출입을 막았다. 다만 노조 측 협상 위원이었기 때문에 노조 사무실과 협상 장소까지만 출입이 허용되었다.

투쟁도 협상도 더 이상 진척이 없자 현장 노동자들은 임기를 당겨서 8월 29일 조기 선거를 실시했다. 지회장으로 박방주, 수석 부지회장으로 최기상, 부지회장으로 주재석, 권동진, 사무장으로 김병범이 선출되어 새로운 집행부를 구성했다. 두산에 맞서기 위해 여러 현장 조직을 하나로 묶은 연합 집행부였다. 11월 23일이면 회사가 단협을 일방적으로 해지하겠다고 통보한 지 6개월이 되는 날이었다. 원래 이 법의 취지는 협상을 아무리 해도 진척이 없을 때 단협 해지를 통보하는 것이었으나, 두산은 협상에 나오지도 않고 처음부터 단협 해지를 통보한 것이었다. 노동자들은 일방적인 단협 해지라도 막아 보기 위해 쟁의행위 찬반 투표에 들어갔다.

11월 15일부터 3일간, 회사는 이 찬반 투표에 대해 노골적인 방해 공작을 폈다. 노동조합이 찬반 투표를 하는 것은 조합원들의 의사를 확인하고 의지를 모으는 가장 기본적인 민주주의 절차이며, 노동자의 자주적 단결권은 헌법에서 보장하는 기본권이기 때문에 법적으로 회사가 개입하지 못하도록 되어 있었지만, 두산은 아랑곳하지 않았다. 회사에서는 조합원들을 대상으로 '찬반 투표에 대한 사전 조사'를 실시해 관리하고, 직장이나 반장들이 개별적인 면담을 거쳐 그 결과를 도출했다. 이는 두산의 부당노동행위를 조사했던 부산 지방 노동청의 송지태 청장도 인정한 사실이었다.

"두산중공업은 부당노동행위가 가지처럼 얽혀 있다. 최고 경영자도 책임이 있다."

주조·단조 BG에서는 조합원 107명의 금전 관계, 의리(동료 또는 친구), 신분, 가족, 소그룹을 조사해 성향을 분석하고 투표 결과를 예측했다. 금전에 관심을 가진 사람은 '무노동 무임금'을 내세우면 쟁의에 반대할 것이고, 가족에게 약한 사람은 가족들을 찾아가 설득하면 파업에 참여하지 않을 것이라는 식이었다. 또 쟁의행위 찬반 투표에 참여하지 못하도록 찬성할 확률이 있는 조합원은 투표 기간에 출장 근무를 하도록 하거나, 월차를 쓰도록 하거나, 관리자와 함께 외출을 하거나, 식사를 아예 식당이 아닌 현장에 배달하도록 했다. 심지어 출퇴근 시간을 임의로 조정하거나, 투표 장소에 관리자를 파견해 감시하고 비디오로 채증하도록 하기도 했다. 또 통근 버스의 코스를 일방적으로 변경해 투표 장소에 하차시키지 않게 하거나, 야식 시간에 관리자들이 조합원들과 동행해 식사를 하도록 하거나, 투표 참여자의 잔업을 통제한다는 선무 방송을 하게 했다. 결국 노동조합은 이런 회사의 노골적인 방해공작으로 인해 쟁의행위 찬반 투표 중단을 선언했다. 이는 노조의 운영에 사용자가 지배·개입하지 못하도록 한 '노조와 노동관계조정법'(제81조 4호)에 저촉되는 것으로 단순히 파업을 방해하는 부당노동행위를 넘어선, 현장 민주주의에 대한 심각한 훼손을 의미했다.

보일러 공장도 찬반 투표를 위해 조합원들을 집합시켰다. 하지만 회사는 회의를 한다면서 조합원들에게 투표 장소에 접근하는 것조차 허락하지 않았다. 배달호는 징계 기간이라 현장에 들어올 수 없었고, 건형은 혼자 싸우고 있었다.

"지금 회의가 문제냐, 생존권이 문제다!"

아무리 항의해도 회사는 아랑곳하지 않고 방해와 협박을 계속했다.

이런 극단적인 상황에서 김건형은 최후의 수단으로 조끼 속에 석유 페트병 두 병을 넣어 가지고 다니던 참이었다. 그날 회사의 투표 방해 공작은 비열하다고 할 만한 수준이었다. 결국 김건형은 가지고 다니던 석유 페트병 두 병을 꺼내 몸에 뿌리고 불을 붙였다. 다행히 사람들이 달려와 물을 뿌려 준 덕에 큰 화상은 입지 않았다. 사실 김건형뿐만 아니라 많은 사람들이 그처럼 자신의 몸이라도 불사르고 싶은 심정이었다. 이 소식을 들은 배달호는 허겁지겁 달려와 건형을 심하게 꾸짖었다.

"니 지금 무슨 생각을 하고 있는 기가? 그렇게 죽을 맘 있으면 살아가 힘껏 싸워야지 않겄나."

그랬다. 그때는 그렇게 다짐했다. 회사가 저렇게 노골적으로 불법을 저지르고 막무가내로 나가는 것은 지난 47일간의 파업 투쟁 기간에 조합원들을 모두 회사 편으로 만들었다는 자신감 때문일 것이다. 배달호는 지금의 이 현실을 도저히 받아들일 수 없었다. 이 문제를 극복할 수 있는 유일한 길은 조합원의 단결뿐인데, 조합원들은 도망치고 있었다. 파업이나 단체 행동은커녕 의사표시인 찬반 투표마저 가로막힌 현실 앞에서 배달호는 가슴이 터질 것 같았다.

박방주를 지회장으로 한 연합 집행부는 단체 협상에 들어갔다. 하지만 회사는 단협을 해지하든지 회사 측 안을 무조건 받아들이든지 둘 중 하나를 선택하라고 강요했다. 회사 측 안은 기존 안보다 크게 후퇴한 안이었다. 전임자를 축소하고, 집단 교섭을 삭제했으며, 임금을 동결하고, 단협 유효기간을 1년에서 2년으로 늘린 안이었다. 배달호는 대의원으로서 단체교섭에 참여했으나 현 사태를 돌파하는 입장에서는 집행부와 의견을 달리했다. 배달호는 회사 측 안을 받아들이는 것에 대해 격렬히 반대했다. 해고된 동료들이 그대로 있고, 손배 가압류가 풀리지 않은 상태에서 현재 회사 측의 제안을 받아들일 수는 없었다. 차라리 '결렬의 상징성'이라도 있게 단협이 해지되는 게 나았다. 단협이 해지되면 조합 활동은 어렵게 되더라도 조합원의 임금이나 노동조건까지 달라지는 것은 아니었다. 처절하게 싸우면서 최소한 손배 가압류는 해결해야 했다. 동료들을 생각하면 도저히 합의해 줄 수 없는 안이었다.

하지만 집행부는 쟁의행위 찬반 투표까지 무산되고 노조가 밀릴 대로 밀려 버린 상황에서 더 이상 협상으로 얻을 수 있는 것은 없다고 판단했다. 이런 집행부의 입장에 다수의 교섭 위원들도 동의했다. 다수가 동의하자 배달호도 달리 방법이 없었다. 결국 12월 5일, 노조는 집단 교섭 삭제와 전임자 축소 등에 잠정 합의하고, 조합원 찬반 투표를 거쳐 항복이나 다름없는 후퇴안을 받아들이게 된다.

배달호는 무척 괴로웠다. 해고자들은 수배 중이라 몇 달째 집에도 들어가지 못한 채 노조가 있는 1층 산업안전회의실에 임시 숙소를 마련해 생활하고 있었다. 해고자 중 금속노조 김창근 위원장과 구속 중인 전대동, 이재성, 양봉현을 제외한 김춘백 지부장, 강웅표, 백형일, 임병섭, 조희균, 최병석, 한삼수 등이 그들이었다. 해고자들은 오랫동안 노조 활동을 함께해 온 동료들이었다. 그렇게 열심히 한 그들에게 아무것도 해주지 못하고 단협을 끝냈다는 사실을 배달호는 견딜 수가 없었다. 이대로 가면 현장에서 자신들은 자유로이 돌아다닐 수조차 없는 지경에 이를 것이고, 가압류나 손해배상이 풀리지 않은 상태에서는 일을 하더라도 받을 수 있는 월급이 얼마 되지 않을 터였다. 지금까지 그래 왔던 것처럼 힘든 생활고를 또 견뎌 내야 했다. 큰 흐름에서는 불리하더라도 구체적인 상황에서는 포기하지 말고 끈질기게 방법을 찾았어야 하는데 그러지 못한 것 같아 자책감이 밀려왔다.

집행부가 회사와 합의를 하고 나자 현장의 노동자들은 실망감과 깊은 패배감에 빠져 허우적거렸다. 현실적으로 헤어 나올 수 있는 방법은 그렇게 많지 않았지만, 합의가 되지 않았을 때는 어떻게든 한 가닥 희망이라도 있었다. 안 된다는 것이 공식적으로 확인되자 많은 사람들이 공황 상태에 빠졌다. 노조의 합의는 회사의 극심한 탄압이나 조합원들의 침묵과는 또 다른 절망감을 불러일으켰다. 더 이상 우리는 저항할 힘이 없다는 것을 확인시켜 준 것이다. 손배 가압류는 물론이고 부상자 치료와 대다수 조합원의 임금 손실 등 엄청난 피해를 조금도 회복하지 못한 채 모든 게 끝이 났다.

곧 회사는 다른 동료들처럼 배달호도 회유하기 시작했다. 징계가 끝나고 출근 첫날인 12월 17일, 과장이 배달호를 불렀다. 각서를 쓰고 건설 현장으로 나가면 가압류를 해제해 주겠다는 것이었다. 배달호는 울컥 치밀어 오르는 분노를 이기지 못하고 큰소리로 대들었다.

"지금 무슨 소리하는 깁니꺼? 내는 죽어도 그래는 못합니더. 더러븐 짓 하지 마소 고마."

그렇지 않아도 항복이나 다름없는 합의를 한 교섭 위원의 한 사람으로서 손배 가압류로 고통당하고 있는 동료들과 구속자 해고자들에게 면목이 없는데, 자기 혼자 벗어나려고 각서까지 쓰고 사이트(외근)에 가라고 하니 화가 머리끝까지 치밀어 올랐다. 부인 황길영도 그 이야기를 들었다.

"회사에서 강원도에 있는 발전소로 파견 나가라 칸다."

얼굴에는 괴로운 표정이 역력했다. 길영은 속사정은 깊게 모른 채 남편의 말을 받았다.

"가입시더. 주말 부부 하면 되고, 나도 돈 벌면 되니까 가서 일합시더."

하지만 지나고 보니 상황은 매우 심각했다.

"얼마나 힘들었겠심니꺼. 집에 와서 가족들 보면 불쌍하고, 회사에 가서 사람들 보면 불쌍하고. 되는 일이 없는 상황이잖아요."

회사의 이런 회유에 견디지 못하고 사이트로 간 동료들도 있었다.

징계가 끝나고 돌아온 현장은 예전과는 많이 달랐다. 관리자들은 사람들을 만나지 못하게 감시했고, 옆에 있는 동료들에게 말도 걸지 못하게 했다.

"회사 갔다 오면 따돌림당한단 말을 했어요. 회사에서 내 옆에 사람을 못 두게 한다면서, 진짜 회사 다니기 싫다고 했어요."

황길영은 말했다. 동료들도 배달호가 다가오는 것을 꺼렸다. 그들은 배달호가 문병도 가고, 집에 동생이라도 결혼하면 축하해 주러 찾아갔던 사람들이었다. 배달호는 동료들의 태도에 큰 충격을 받았다.

"사람들이 나를 쳐다도 안 본다."

회사가 회사 돈 빼서 인수 자금으로 쓰고, 다른 계열사로 이윤을 빼돌리고, 일자리를 빼앗고, 정리 해고시키고, 용역 깡패들 동원해서 무릎을 꺾고 온 몸뚱이를 멍들게 하고, 월급에 차압을 부쳐도 다 참아 냈지만, 동료들끼리 이렇게 서로 상처를 주면서 갈라서는 것은 견딜 수가 없었다.

"그렇게 힘들게 감옥에 갔다 나온 사람이 있으면 만 원씩이라도 거둬서 여행이라도 보내 줬을 겁니다. 달호 형님 같으면 분명히 그렇게 했어요. 그런데 우리는 못했어요. 분위기가 왜 이러냐? 냉랭하잖아요. 정말 따뜻하고 깊은 정이 흘렀던 곳인데, '형님 고생하셨습니다' 하면서 따뜻하게 저녁이나 한 그릇 주선할 사람이 없었다는 게 마음이 많이 아프죠. 달호 형님은 그런 걸 다 알아서 해주었는데, 이제 우리가 달호 형님에게 해줘야 할 입장인데, 현장 분위기가 워낙 그러니까 그걸 못 해서 많이 후회됩니다. 달호 형님이 인간적으로 회의를 많이 느꼈을 것 같아요. 사이트 보낸다는 이야기도 들었는데 위로도 못했습니다. 인간적으로 담소를 나눌 상황이 아니었어요. 감옥 갔다 오니 완전히 딴 세상에 와있었던 거죠. 전에는 이런 일이 없었어요. 가압류보다 더 힘들었을 겁니다. 현장이 죽었다고, 희망이 없다고 판단한 거예요. 살릴 수 있는 방법이 뭔가 …… 그래서 고민을 많이 하셨을 것 같아요."

그동안 삶을 함께해 온 유형오가 말했다.

## 2003년 1월 9일 오전 5시

출근하려고 아내와 딸 인혜에게 포옹 인사를 하고 돌아서는데, 다른 날과는 다르게 배꽃향이 봄바람처럼 어른거렸다. 어렸을 때 김해에서 살던 일본 집은 배밭 한가운데 있어 항상 쌀맛 같은 진한 배꽃향이 방으로 새어 들어왔다. 문을 열고 돌아서는데도 배꽃향은 계속 배달호를 따라왔다. 가다 말고 되돌아서서 방금 나온 낡고 허름한 기와집 대문을 한참 바라다보았다. 아내와 두 딸을 떠나보내려 하면 할수록 더욱 뚜렷하게 떠올라 눈앞에서 사라지지 않았다. 방금 보고 돌아섰는데도 다시 보고 싶었다. 머리와 가슴에 진한 통증이 일어 뼛속까지 스며드는 추위와 함께 뒤섞였다. 배달호는 평소 몰던 검은색 프린스를 타고 여느 때보다 조금 일찍 회사로 향했다. 프린스는 회사에서 업무용으로 사용하고 수명이 다돼 사원들에게 싸게 판 걸 산 것이었다. 몇 년 동안 이 차는 배달호의 손발이 되어 주었다. 너무 익숙해 자신의 몸처럼 여겨지는 차였다. 그 검은 차가 마산에서 회사로 가는 봉암 다리, 마지막 출근길도 함께해 주었다.

배달호는 회사 근처에 있는 해안가를 돌았다. 겨울 새벽어둠이 가시지 않은 바다는 아직도 검은빛이 짙게 내려앉아 있었다. 20년 전 회사에 처음 왔을 때 이곳 귀산동은 완전히 어촌 마을이었다. 규모는 작았지만 출항하는 배와 들어오는 고깃배로 항상 북적거렸다.

지금은 고깃배는 다 떠나고 횟집 몇 개만 마을을 지키고 있었다. 저 너머에 횟집들이 하나둘 보이기 시작했다. 멀리서 강씨횟집 간판도 보였다. 아니 보이지 않아도 알았다. 동료들과 수도 없이 모임을 갖고 술잔을 기울이며 이야기를 나누던 곳이었다. 이야기가 끝나면 훌라도 한 판 쳤다. 배달호는 훌라를 느지막이 배웠다. 노조를 처음 시작할 때 그는 조합원은 훌라나 고스톱 같은 좋지 않은 문화를 즐기면 안 된다고 생각했었다. 하지만 동료들의 상갓집에 가면 밤을 새는 일이 많았는데, 내내 이야기하고 술만 마실 수는 없었다. 상갓집에서 훌라를 하면 술을 마시는 것보다 몸도 덜 상하고 시간도 잘 갔다. 배달호는 동료들과 훌라를 할 때면 많은 돈은 아니지만 그냥 잃어 준 적이 많았다. 간혹 돈을 따도 동료들에게 다시 나눠 주거나 술을 샀다. 떠들썩하고 재미나게 놀았던 동료들의 정겨운 모습이 눈에 선했다.

차를 세우고 배달호는 밖으로 나왔다. 몸에서는 움직일 때마다 바스락거리는 소리가 났다. 그의 가슴에는 어제 저녁 길영의 도움으로 감옥에서 만난 친구에게 메일을 보낸 후, 망설이다가 쓰고 또 썼던 마지막 글이 들어 있었다. 아내는 피곤했는지 이내 잠이 들었다. 가슴에서 나는 작은 바스락거리는 소리가 쿵! 쿵! 기중기처럼 크게 울렸다. 그럴 때마다 얼음 같은 서늘한 기운이 몸으로 확 올라왔다. 그 서늘한 기운을 설악산 갈 때 동료들과 함께 사서 입은 검은색 솜잠바가 따뜻하게 막아 주었다. 배달호는 동료들과의 좋은 추억이 많이 묻은 잠바를 입으면 마음속 깊은 곳에서 떨려 오는 두려움을 떨쳐 낼 수 있을 것 같았다. 아내는 그가 왜 그 잠바를 달라고 하는지 알지 못했다. 차를 타고 달릴 때도, 바닷바람을 맞으며 해안가를 걷고 있는 지금도, 배달호는 이제까지 살아온 삶이 그랬듯이 현실이 아니라 꿈속 어딘가를 헤매고 있는 기분이었다. 가슴에 있던 유서를 꺼내 운전석 옆자리에 놓았다. 하얀 종이가 천만근의 쇠처럼 무거웠다. 자신의 몸과 영혼에 있던 모든 것이 종이 안에 쓰인 수백 개의 글자 안으로 옮겨진 듯했다.

다시 회사로 향했다. 정문에 들어섰다. 별관에는 불만 켜져 있을 뿐, 아직 출근하는 동료들은 없었다. 용역 경비들만 출입문을 지키고 있었다. 배달호는 차를 타고 회사를 한 바퀴 돌았다. 워크롤 공장이 보이고, 터빈 공장이 보이고, 중제관, 원자력 공장이 보이고, 주조·단조 공장이 보였다. 공장을 지날 때마다 그곳에서 일하고 있던 동료들의 얼굴이 떠올랐다. 때로는 자전거로, 때로는 걸어서 수없이 다녔던 길들이라 배달호에게는 화단에 핀 동백나무의 숫자를 셀 만큼 익숙한 곳이었다. 배달호는 거푸집들이 많이 쌓여 있는 주조 공장 앞에서 차를 세웠다. 주조 공장에서 일하는 동료들은 항상 옷이 땀에 흠뻑 젖은 채 일을 했다. 공장에서 가장 열악한 작업장이어서 배달호는 그곳에 마음이 많이 쓰였다. 날리는 흙먼지와 쇳가루를 마시고 폐병에 걸린 동료들의 하얀 얼굴들이 어른거렸다. 그들을 위하는 일을 많이 하려 했지만 지금 그들은 행복한지, 삶은 더 나아졌는지 배달호는 자신할 수 없었다.

배달호는 다시 차를 몰고 노조 사무실이 있는 건물로 갔다. 그곳 1층 산업안전보건회의실에서는 해고자들이 숙식을 함께하고 있었다. 수배 중이라 밖으로 나가도 그들이 갈 곳은 감옥뿐이었다. 회사 내에 노동자들이 가지고 있던 모든 힘이 다 산산이 흩어져 버린 상황에서 유일하게 해고자들은 회사에 대응하기 위해 함께 모여 작은 힘이라도 붙들고 있었다. 며칠 전, 두산은 쫓길 대로 쫓겨 마지막으로 산업안전보건회의실로 간 해고자들에게 그 공간마저 내놓으라고 협박했다. 그곳을 그들은 용역 깡패들이 사용하는 사무실로 쓰겠다고 했다. 회사 안에서 노동자들이 자유로이 생활할 수 있는 공간은 이제 거의 없었다. 용역 깡패들은 일하고 있는 현장까지 들어와 당직을 서가면서 노동자들을 감시했고, 기숙사까지 와서 시비를 걸며 조롱했다. 노조가 힘이 없으니까 그들은 승냥이처럼 마음껏 노동자들을 우롱했다. 그것이 비참했다. 아침마다 해고자들에게 들렀지만 그가 해줄 수 있는 일은 없었다. 해고자들은 함께 노조를 꾸려 가면서 좋은 일이건 궂은일이건 온갖 것들을 함께 나눴던 동료들이었다. 그들의 그리운 얼굴들이 보고 싶었다. 지금쯤은 모두 자고 있을 것이다. 그들이 일어나 자신과 마주치기 전에 창문으로라도 얼굴 한번 보고 떠나고 싶었다. 해고자들이 자고 있는 산업안전보건회의실로 걸어가는데 누군가 반대편에서 걸어 들어왔다. 백형일이었다. 어제 큰어머니 제사가 있다며 고향에 내려간다 하더니 갔다 오는 길인가 보았다. 1995년 일방 중재 철폐 싸움에서 본관 12층 점거 농성에 들어갈 때 백형일과 쌀, 라면 등 비상식량을 함께 나르던 일이 떠올랐다. 배달호는 회사 사람들이 들어오지 못하게 파이프를 용접해 계단과 출입구에 바리케이드를 쳤다. 87년 대투쟁이나 일방 중재 싸움 때는 정말 자유롭고 재미있고 신이 났다. 동료들이 어디까지 해낼 수 있는지, 자신들 마음 안에 숨겨진 힘이 어디까지인지 확인해 주는 싸움들이었다. 하지만 지금은 그때와는 너무 대조적으로 자신들 안에 있는 비겁과 두려움과 이기심이 자신들을 어디까지 떨어뜨리는가를 보여 주고 있었다. 배달호는 들키지 않게 건물 옆으로 몸을 숨겼다.

그는 다시 차를 몰아 단조 공장 쿨링타워 화단 옆에 차를 세웠다. 차 문을 열고 나와 화단가에 걸터앉았다. 이 단조 공장 앞은 노동자 광장이었다. 노동자들이 자신의 목소리를 내고 싶을 때 항상 모이던 곳이었다. 배달호는 집회가 있을 때마다 자신이 만들었던 단상과 깃발들이 눈앞에 아른거렸다. 그 물건들이 정겹게 말을 걸어오는 것 같았다. 세상에 태어나게 해줘서 고맙다고……. 배달호가 앉아 있는 쿨링타워 앞은 눈에 잘 띄지 않는 후미진 곳이었다. 노동자 광장 끝에 위치한 그곳은 아무도 관심을 가져 주지 않는 좁은 길이었다. 하지만 배달호는 그곳이 좋았다. 화단이 있는 쿨링타워 앞은 배달호가 공장을 구석구석 돌아다니면서 발견한 애정 어린 장소 중 하나였다. 아침 출근 시간이면 보일러 공장 동료들이 통근 버스에서 내려 항상 이곳을 밟고 지나갔다. 넓은 노동자 광장을 가로 질러 아침 바람을 맞으며 걸어오는 동료들의 모습을 보면 배달호는 힘이 났다. 오랫동안 함께해 온 동네 친구처럼 날마다 만나도 반갑고 즐거웠다.

하지만 징계 기간이 끝나고 돌아간 현장은 너무 싸늘했다. 동료들은 서로 말없이 일만 했다. 배달호가 말을 걸어도 모른 척했다. 그렇게 친하게 지냈던 동료들의 변한 모습은 배달호에게 큰 충격이었다. 예전에는 모여서 놀러도 가고, 어려운 일 있으면 도와주고, 집안에 애경사가 있으면 시골집까지 찾아가 함께 나누던 사이였다. 그렇게 지내던 사람들이 생판 남 대하듯 아예 말조차 하지 않는 모습에 배달호는 뭐라 표현할 수 없는 쓸쓸함 같은 것을 느꼈다. 싸늘하게 변한 동료들의 모습을 그는 너무 견디기 힘들었다. 건형과 쌍용도 현장에 없어 그 쓸쓸함은 더했다. 옆에서 용접을 하던 건형도, 작업장 밖에서 용접 부위에 압력을 넣어 새는 곳이 없는지 테스트하던 쌍용도, 지금은 자신의 곁에 없었다. 쌍용과 많은 이야기를 나눴던 수압장 컨테이너도 이제 사라지고 없었다. 건형은 분신을 시도했다가 지금 병원에 입원해 있었고, 쌍용도 산재로 허리가 아파 병원에 있었다. 그들이 없는 현장은 생기가 없었다. 20년 동안 그와 함께했던 동료들은 사라지고, 남은 것은 자신을 외면하는 낯선 현장뿐이었다. 관리자들은 배달호가 이동하는 대로 따라오고 감시했다. 일을 다 마치고 원자력 공장으로, 단조 공장으로, 발전기 공장으로 자유롭게 마실을 갔던 일들은 모두 옛일이었다. 이제 자유로웠던 공간들은 사라지고 없었다. 회사에서는 끊임없이 회유를 해왔다. 손배 가압류를 풀어 줄 테니까 이 공장을 떠나라고. 어떻게 동료들은 손배 가압류에 묶인 채 그대로인데 자신만 풀고 도망가라고 하는가. 배달호는 받아들일 수 없었다. 회사에서 일을 한다 해도 배달호가 받을 수 있는 월급도 거의 없었다. 실제로 월급날인 1월 10일, 그가 받을 수 있는 돈은 정식 급여 150만 원 중 2만 5천 원에 불과했다.* 배달호는 이런 곳에서 일을 할 수도 안 할 수도 없었고, 떠날 수도 떠나지 않을 수도 없었다. 해결되기 힘든 문제들은 쌓이고 또 쌓여만 갔다.

한때는 조회 시간에 토끼뜀도 뛰고 군홧발로 정강이를 걷어 채이면서 일하던 시절이 있었다. 그 후 15년, 많은 것들이 좋아졌다고, 전보다는 더 나아졌다고 믿었는데 자신이 믿었던 모든 것이 이렇게 부서지기 쉬운 것이었다는 게 배달호는 믿어지지 않았다. 하나의 문이 활짝 열렸다고 생각했는데, 그 문 안으로 들어서자 수백 개의 닫힌 문을 만나 버린 것이다. 이 수백 개의 문을 열려면 어떻게 해야 하는가. 어려움을 함께 해결해야 할 동료들은 어떻게든 그 위험을 헤쳐 나올 생각보다는 자신에게 안전한 길만 선택했다. 그렇게 선택한 길이 정말 안전한 길인

* "복직 후 첫 급여일인 1월 10일, 회사가 그에게 줄 돈은 단돈 2만 5천 원에 불과했다. 정식 급여는 150만 2천 원이었지만, 이 중 세금과 복지 기금, 대출금 상환분, 조합비 등을 빼면 실수령액은 65만 6천 원이었고, 회사의 가압류 조치로 인해 이중에서 다시 63만 1천 원이 압류당했다."『시사뉴스』(2003/02/15)

지, 더 위험한 길은 아닌지, 불행한 길은 아닌지 배달호는 안타까웠다. 그는 노조 활동을 하면서 많은 사업장을 다녔다. 노조가 완전히 무너진 사업장에서 일하는 노동자들은 수년 동안 서로 교류하지 못하고 고립된 채 일만 했다. 그런 억압적인 분위기에서 오래 일하다 보면 자존감은 급격히 떨어지고 우울증에 걸리는 사람들이 많았다. 그중에는 병이 깊어져 목숨을 끊는 사람도 있었다. 배달호는 두산도 그렇게 될까 봐 겁이 났다. 아니 지금 상황은 사실 그렇게 되어 가고 있었다. 그런 작업장에서 일해야 할 것을 생각하니 소름이 돋아 견딜 수 없었다.

배달호는 차로 다가가 트렁크 문을 열었다. 거기에는 며칠 전에 감옥에 있는 동료들을 면회하고 오는 길에 사놓았던 휘발유 두 통이 놓여 있었다. 그는 휘발유 한 통을 트렁크에서 꺼냈다. 바다에서 올라오는 얼음처럼 차가운 바람이 그의 몸을 휘감았다. 석유 냄새가 코에 확 끼쳐 오더니 이내 차갑고 미끈한 휘발유가 몸을 타고 흘러내렸다. 밖은 소한이라 몹시 추웠지만 배달호는 차가운 휘발유를 몸에 끼얹고도 추위를 느끼지 못했다.

'더 이상 밑으로 내려가면 안 된다. 여기서 더 이상 무너지면 안 된다. 여기까지라도 지켜야 한다. 더 이상 가면 내가 다니고 있는 회사는 이미 사람 사는 공장이 아니다. 여기서 멈춰야 한다.'

세상에는 목숨을 버려서라도 지켜야 하는 게 있다고 배달호는 생각했다.

'아, 하지만 나는 두렵다.'

배달호는 누군가 자신을 세상에 묶어 주기를 바랐다. 휘발유 젖은 몸으로 정도석에게 전화를 걸었다. 월급을 제대로 받지 못해 생활이 어려운 배달호에게 정도석은 선뜻 생활비를 빌려 준 고마운 동료였다. 그 돈으로 아내에게 마지막으로 생활비 45만 원도 건넬 수 있었다. 끝까지 정을 나눴던 그라면 자신의 마지막 가는 길을 막아 줄 수도 있을 것 같았다.

"여보시오? 누구시오?"

휴대폰 사이로 걸걸한 정 형의 목소리가 들려왔다. 차마 아무 말도 하지 못하고 배달호는 전화를 끊었다. 잠시 숨을 고르고 나서 다시 정 형에게 전화를 걸었다.

"여보시오? 전화를 했으면 말을 해야 할 거 아니요?"

무뚝뚝하지만 속 깊은 정 형의 목소리가 배달호의 마음에 따뜻하게 스며들었다. 아, 이제 되었다. 배달호는 전화를 끊었다.

자신을 밟고 가기를 원했다. 출퇴근 시간에 오며 가며 회사에 다니는 모든 동료들이 자신을 밟고 가기를. 쿨링타워 후미진 곳에 자신을 묻으니 그렇게 자신을 딛고 다시 살아 주기를……. 세상의 못된 사람들이, 자본가들이 노동자들을 인간 이하로 만들더라도 거기에 주눅 들지 말고, 오히려 당당히 그들까지 변화시키는 따뜻하고 인간적인 세상을 만들어 주기를! 회사가 변하지 않는 한 노동자들의 삶이 변하기 쉽지 않다 하더라도 그렇게 해주기를 바랐다. 얼음 조각처럼 날카로운 추위에 살은 이미 얼어붙었지만 그의 뼈는 불타오른 듯 뜨거웠다.

희미해지는 회색빛 공장 건물 사이로 동료들이 하나둘 노동자 광장에 모여들었다. 광장은 점점 짙은 하늘색 작업복을 입은 동료들로 가득 채워지고 있었다. 그 동료들 사이를 돌아다니며 배달호는 어린 아이처럼 즐겁게 호루라기를 불고 있었다.

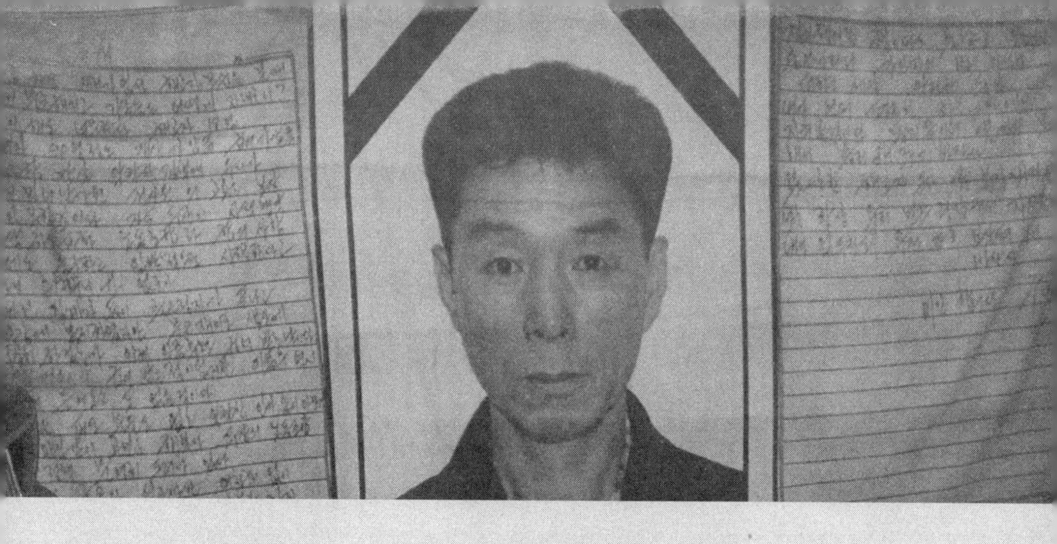

## 유서

출근을 해도 재미가 없다. 해고자 모습을 볼 때 가슴이 뭉클해지고 가족들은 어떻게 지내는지?

두산이 해도 너무 한다. 해고자 18명, 징계자 90명 정도 재산 가압류 급여 가압류 노동조합 말살 악랄한 정책으로 우리가 여기서 밀려난다면 전 사원의 고용을 보장받지 못할 것이다. 지금 두산이 사택 매각, 식당 하도급화, 노동조합과 합의 사항인데도 불구하고 일방적으로 시행한다고 하니 어처구니가 없구나.

얼마 전 징계자들이 출근 정지가 끝나고 현장에 복귀했지만 무슨 재미로 생산에 열심히 하겠는가. 이제 이틀 후면 급여 받는 날이다. 약 6개월 이상 급여 받은 적이 없지만 이틀 후 역시 나에게 들어오는 돈은 없을 것이다.

두산은 피도 눈물도 없는 악랄한 인간들이 아닌가. 나는 매일같이 고민을 해본다. 두산의 노동조합 말살 정책 분명히 드러나 있다. 얼마 전 구속자 선고 재판 어처구니없이 실형 2년이라니 두산은 사법부까지 개입하고 있다는 것이 눈에 보인다. 공정해야 할 재판부가 절차를 거쳐 쟁의행위를 했는데도 불구하고 모든 것이 불법이라니 가진 자의 법이 아닌가.

더러운 세상 악랄한 두산 내가 먼저 평온한 하늘나라에서 지켜볼 것이다. 동지들이여 끝까지 투쟁해서 승리해 주기 바란다.

불쌍한 해고자들 꼭 복직 바란다.

나도 항상 우리 민주광장에서 지켜볼 것이다. 내가 없더라도 우리 가족 보살펴 주기 바란다.

미안합니다.

# 6

# 65일간의 눈물

—

65일간의 긴 싸움이 끝나고 배달호의 빈자리는 갈수록 커져만 갔다. 그리고 그를 지켜 주지 못한 자책감도 그 빈자리만큼 커졌다. 유서 마지막 말, 미안합니다, 그 구절이 계속 마음에 남았다. 자신의 모든 것을 버리고도 무엇이 그리 미안하단 말인가. 그 말을 배달호에게 다시 되돌려 주고 싶었다. 오히려 우리가 미안하다고…….

## 텅 빈 마음들

마산 앞바다에서 귀산동 골짜기로 불어오는 겨울바람이 유난히 차가웠던 희뿌연 새벽녘, 보일러 공장으로 가는 모퉁이 쿨링타워 앞에 한 사람이 불타고 있었다. 야간 근무를 하던 시설 운영부 한 노동자가 발견해 급하게 사내 119에 신고했지만, 이미 몸은 다 타버리고 타다만 신발만 남아 있었다. 출근 버스가 도착하자 사람이 죽었다는 소식에 노동자들이 몰려들었다. 출근을 하던 유형오도 쿨링타워 앞으로 달려갔다. 유형오는 화단 앞에 세워진 검정색 프린스 3691 승용차를 보고 단번에 누구인지 알아차렸다.

"아, 달호 형님이다!"

절규하는 그의 목소리가 아침 공기를 가르며 넓은 공장 건물들 사이로 날카롭게 퍼져 나갔다.

"달호 형님이 죽었다! 아, 이 일을 우짜면 좋노!"

그는 미친 사람처럼 이리저리 뛰면서 목이 터져라 울부짖었다.

노조에서는 긴급하게 전 조합원 보고대회를 열었다. 소식을 듣고 그동안 잘 모이지 않았던 조합원들도 하나둘 모여들기 시작했다. 박방주 지회장이 힘들게 상황을 설명했다.

당시 금속노조 위원장이었던 김창근은 회의가 있어 경주에 갔다가 자신을 마중 나온 경주지부 간부로부터 배달호의 분신 소식을 들었다. 집이 무너져 시멘트 더미에 깔리는 느낌이었다. 배달호는 단순히 개인적으로 친한 관계가 아니라 노조 활동을 하면서 정신적으로 서로 연결된 막역한 사이였다. 일방 중재 투쟁 때 배달호는 노사대책부장을, 김창근은 위원장을 맡으면서 동지 이상으로 친한 사이로 지내 온 터였다. 불과 2주 전에도 김창근은 수배 중이라 창원에 들어올 수 없었기 때문에 마산역에 있는 횟집에서 배달호를 만났었다. 배달호는 회사 상황에 대해 많은 고민을 하고 있었다.

"현장이 많이 어렵다 아입니꺼. 인자는 노조가 위축될 대로 위축돼가 회사 눈치나 보고 있는 상황입니더. 참말로 숨이 막힙니더. 노조를 중심으로 상황을 돌파해야 하는데, 사람들이 안 움직이니 우짜믄 좋것습니꺼?"

"하루 이틀에 복원되거나 해결될 상황이 아니니까 너무 서두르지 마이소. 스트레스 받지 마이소."

대답은 그렇게 했지만 김창근은 금속노조 일을 하느라고 배달호와 어려움을 좀 더 같이 나누지 못한 것이 몹시 마음에 걸렸다. 그런 배달호가 분신을 했다는 것이었다. 곧바로 창원으로 차를 돌렸다. 김창근은 창원으로 오는 내내 다른 동료들의 말은 하나도 귀에 들어오지 않았다.

기자들이 몰려오고 유서가 공개되었다. 유서는 배달호가 오랫동안 타고 다녔던 검은색 승용차 안에서 발견되었다. 환경안전부에서 현장을 확보하기 위해 시신 주위에는 안전띠를 쳐놓은 상태였다.

금속노조 경남지부와 민주노총 경남본부 등 지역의 노조 간부들이 두산중공업으로 몰려들었다. 작년 여름 월드컵 축구 대회 때 두산에서 1박 2일 투쟁을 같이한 금속노조 임원과 전국의 각 지부장들이 포항에서 회의를 중단하고 급하게 달려왔다. 모두들 올 것이 왔다며 장탄식했다. 곧바로 '배달호 동지 분신 대책위원회'가 꾸려졌다.

출근하자마자 배달호의 죽음을 맞이한 동료들은 충격으로 어찌할 바를 몰랐다. 아침 일찍 말없이 끊긴 전화를 받았던 정도석은 집행부의 조사통계부장인 남궁성민과 급히 북마산 회산다리 부근 배달호의 집으로 달려갔다. 회사가 무슨 일을 벌일지 모르기 때문에 부인 황길영을 데리고 오는 것이 급선무였다. 어머니가 계신 부산 전포동 집도 알아내 찾아갔다. 처음 만났을 때 어머니는 호의적이었다. 그간 회사의 탄압에 의해 배달호가 그런 길을 갈 수밖에 없었던 과정을 이야기해 주었다. 두산에서 달콤한 말을 해도 절대 넘어가지 말고 가족들이 뭉쳐야 한다는 부탁도 했다. 어머니는 아들이 그토록 힘들게 살아왔을 것이라고는 생각을 못했다. 아들 친구들(노조)의 뜻이니 따르겠다고 했다. 남동생 일호, 여동생 애숙, 애숙의 남편도 이튿날 분향소를 찾았다. 김창근은 그들에게 배달호의 죽음은 단순한 죽음이 아니라 회사와의 관계에서 벌어진 일이기 때문에 배달호의 유서대로 이루어질 때까지 자리를 잘 지켜 달라고 부탁했다.

남편을 옆에서 지켜봐서 길영은 상황을 쉽게 이해했다. 두산은 부인 황길영의 입장이 확고하자 가족들을 이간질시키기 시작했다. 황길영이 두산 측 사람들을 만나려 하지 않으니 부산에 있는 어머니와 남동생 일호, 여동생 애숙을 직접 만나 회유했다.

"보상은 풍족히 해 드리겠으니 빨리 장례를 치르지요. …… 회사는 아무런 책임도 없습니다. …… 시신을 이래 놔놓고 이게 뭡니까. 노조가 자신의 목적을 달성하기 위해 그러는 겁니다."

회사는 배달호가 원했던 것에 대한 언급은 한 마디도 없이 시신을 밖으로 빼내기 위한 작업을 시작했다. 회사에서 분향소를 지키고 있는 부인은 상주 자격이 없다면서 남동생을 상주로 내세워 부인과 딸의 모든 권한을 무력화시키려 했다. 두산의 이간질은 그동안 화목하게 지냈던 가족들을 순식간에 갈라놓고 엄청난 고통을 안겨 주었다.

회사 측은 상황이 여의치 않자 동료 정도석에게 접근해 왔다. 도석은 김상갑 사장과 정석균 관리본부장의 전화를 받고 사무장이었던 김종환과 함께 그들을 만나러 나갔다. 그들은 부인을 만나게 해달라고 했다.

"부인을 만날 필요는 없고, 배달호의 유서대로 해고자 복직시키고 손배 풀어 주면 모든 게 해결됩니더. 당신들도 분신 와 했는지 알 거 아니요? 해결만 해주면 부인 설득해서 끝을 내라 할 테니 그리 해주이소."

"그건 어렵소."

김상갑 사장이 거절했다. 자신들이 떳떳하면 왜 가족을 만나게 해달라고 하겠는가. 정도석은 회사 측 변호사한테도 전화를 받았다. 법규부장 이정근과 함께 만나 본 그는 부장판사까지 했던 사람이었다. 그 역시 끈질기게 길영을 만나게 해달라고 요구했다. 두산은 근본적으로 문제를 해결할 생각은 하지 않고, 시신을 빼돌려 빨리 일을 마무리할 궁리만 하고 있었다.

검찰에서는 압수수색영장까지 발부해 시신을 가져가겠다고 협박해왔다. 동료들은 분노했다. 가만히 있다가는 시신을 빼앗길지도 모른다는 우려가 확산되면서 시신 사수 투쟁이 시작되었다. 시신 주변에 사람들이 몰려들었고, 동료들이 천막을 치고 철야 농성을 시작했다. 두

분신 현장에 분향소(위)를 설치한 후 철야 농성을 벌이는 모습(아래).

산중공업 노조에게 파업은 부담스러운 일이었다. 시신을 수습하지 못하는 상황임에도 불구하고, 47일간의 격렬한 투쟁이 패배한 직후였고, 조합원들도 이미 지칠 대로 지쳐 있었다. 작년 여름의 파업으로 큰 피해를 입었던 상황에서 다시 싸우려고 하니 싸움 자체가 두려웠다.

공장이 정상으로 돌아가고 있고 조합원들은 참여할 수 없는 상황에서, 철야 농성을 하며 시신 투쟁을 이어가기란 쉽지 않았다. 금속노조 경남 지부의 지역 동지들이 돌아가면서 시신을 지키며 매일 밤 철야 농성을 함께했다.

이런 어려운 상황에서 도움의 손길을 내민 이들은 일반 시민과 학생, 노동자들이었다. 배달호의 죽음에 관한 소식을 듣고 많은 이들이 두산중공업으로 몰려들었다. 배달호가 호루라기를 불고 다녔던 노동자 광장에는 사람들이 매단 수천 개의 깃발이 휘날렸고, 그들이 남기고 간 글들이 빼곡히 광장 바닥과 게시판을 메웠다. 국민의 정부는 생존을 위한 파업조차 무조건 불법으로 규정하며 손배 가압류를 청구하도록 행정지도를 내려 보냈고, 법원도 선례라면서 계속해서 손배 가압류를 인정해 왔다. 이미 전국적으로 손배 가압류로 인해 고통받고 있는 노동자가 한둘이 아니었다. 보증을 서준 일가친척까지 패가망신할 지경에 이르고, 조상의 묘까지 가압류되는 기막힌 현실이 벌어지고 있었다. 배달호의 분신은 그런 노동자들의 마음에 불을 당겨 준 것이었다. 많은 사람들이 배달호의 죽음에 공감하고 분노했다. 단순히 한 사업장이나 한 지역이 아니라 전국적으로 큰 파장을 일으켰다. IMF 이후 새로운 노동자들의 삶의 조건에서 탄생한 제2의 전태일이라는 말까지 나왔다.

언론도 호의적이었다. 객관적으로 봐도 두산이 너무 한다는 것이 분명했기 때문이었다. 언론사들은 회사 내에 계속 상주하면서 철야 농성을 함께했다. 오마이뉴스 윤성효 기자는 속보를 통해 현장의 상황을

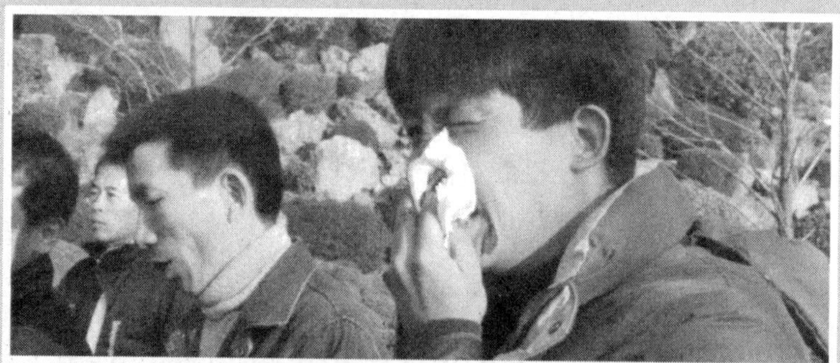

2003년 1월 14일, 회사가 집회에 참석하려는 외부인의 정문 출입을 통제하면서 충돌이 일어났다.

실시간으로 중계했다. 시민들은 현장의 상황을 생생하게 느낄 수 있었다. 매일 깊이 있는 기사가 제공되었고, 다른 신문기자들은 그것을 근거로 정확한 보도를 할 수 있었다.

전국에서 많은 사람들이 몰려오자 회사는 정문 출입을 까다롭게 통제하기 시작했다. 특수한 상황인 만큼 통제를 완화해야 하는데 오히려 통제를 강화하니 자연히 충돌이 일었다. 두산은 외부 세력이라 안 된다고 했고, 노동자들은 국가 기간산업을 망치는 두산이야말로 진짜 외부 세력이라고 맞받아쳤다. 특히 단체로 올 때는 더 심했다. 버스를 대절해 몇백 명씩 몰려오면 일일이 통제하기가 쉽지 않았다. 회사로서는 그런 이들을 의도적으로 들어오지 못하게 방해했고, 힘들게 찾아온 사람들은 멀리서 달려왔는데 조문도 못한단 말이냐면서 대들었다. 그렇지 않아도 회사가 미운데 정문에서부터 조문을 막으니 그 불만이 충돌로 이어질 수밖에 없었다. 두산은 경비만으로 되지 않으니 용역들을 배치했다. 이는 더 큰 충돌을 낳을 수밖에 없었다. 사람들은 정문에서 유리창을 깨고 들어오기도 하고 바리케이드를 부수고 들어오기도 했다.

두산이 문제를 해결할 생각은 하지 않고 계속해서 극단적으로 나오면서 대책위와의 갈등은 깊어만 갔다. 그들은 고인에 대해 악선전을 해댔다. 배달호는 가압류나 노조 탄압이 아니라 돈 문제와 같은 개인적인 문제로 비관 자살했다는 소문을 퍼뜨렸다. 분신의 이유를 언급한 유서가 엄연히 존재하고, 손배·가압류를 통해 노조를 탄압했다는 사실이 분명히 드러났는데도 그런 말을 퍼뜨리고 다녔다. 화가 난 김창근은 교섭 자리에서 두산 경영진에게 언성을 높였다.

"당신들이 도대체 사람들입니까? 그런 소리 자꾸 하고 다니면 가만두지 않겠소. 사람이 죽었으면 정신을 차려야 될 것 아니요. 도대체 몇 명이 더 죽어야 정신을 차릴 거요."

두산은 사람이 죽었는데도 조금도 뉘우침이 없었다. 최소한의 조문이나 조화도 없었다. 두산중공업 회장이자 대한상공회의소 회장이었던 박용성은 자기 회사에서 노동자가 죽었는데도 꽃 한 송이 보내지 않았다. 나중에서야 간부들이 조문하러 왔으나 받아들여지지 않았다. 진정한 뉘우침이나 반성 없는 형식적인 조문을 받을 수 없다는 이유에서였다.

금전적인 문제로 비관해 자살했다는 소문뿐만 아니라 유서 대필 의혹도 제기되었다. 대책위는 김기설 씨 유서 대필 사건처럼 쟁점이 엉뚱한 데로 흐르는 것을 막기 위해 대응하지 않았다. 또 경영진은 김창근이 협상 과정에서 '……몇 명이 더 죽어야 정신을 차릴거요'라고 했던 말을 '두세 명씩 단계적으로 죽기로 기획하고 있다'는 의미로 받아들였다. 정말 어처구니없는 노릇이었다. 그들은 갑자기 단식 중인 해고자들에게 들이닥쳐 검진을 한다고 소란을 피웠다. 회사는 해고자들의 단식을 '기획된 죽음'으로 받아들였던 것이다. 또 배달호는 돈 때문에 죽었으니, 누군가 또 돈 때문에 죽을지 모른다며 금전적인 압박을 받고 있는 사람이 누군지 조사해 보라고 지시를 내리기도 했다. 손배가압류를 통해 노동자들의 생활을 파탄으로 몰아넣은 장본인은 바로 그들 자신인데도 말이다.

1월 29일, 두산은 배달호의 모친을 비롯한 가족들을 내세워 노조를 공격하고 나섰다. 두산 측 변호사 주재로 어머니, 여동생 배애숙, 남동생 배일호가 시청 프레스센터에서 기자회견을 연 것이다. 본부장 등 두산 측 간부들까지 모여 이미 배애숙 등 가족들과 장례 문제 및 위로금에 대해 공식적으로 합의했으니 노조가 진행하고 있는 부인과의 장례 절차는 무효라고 선언했다. 배애숙을 비롯한 가족들은 배달호를 죽인 것은 회사가 아니라 노조라고 발언했다. 그 자리에 있던 정도석은 그 말을 듣고 자리에서 벌떡 일어나 소리를 질렀다.

"달호의 죽은 뜻이 뭔데 돈 가지고 회사에 넘어갑니까. 당신들 이러면 안 되잖아요? 시신 앞에 놓고 이런 기자회견 하는 의도는 뭡니까? 처음에 나한테 약속한 거하고는 다르지 않습니까? 이건 기자회견이 아니라 노조 죽이기입니다."

결국 그곳은 아수라장이 되었다.

기자회견이 끝나고 두산과의 합의서를 가지고 배달호의 빈소를 방문한 두산 측 간부들과 애숙을 비롯한 유족들은 노동자들로부터 엄청난 항의를 받아야 했다. 현장에 있던 노동자들이 유족들에게 고인의 유서에 나오는 가압류 등 현안에 대해 알고 있느냐고 물었을 때 그들은 "그 문제에 대해서는 모른다"고 대답했다. 며칠 후 두산은 창원 지법에 '시신 가처분 신청서'를 제출했다. 그리고 사내 불법 파업, 집회 업무방해 혐의로 김창근 위원장을 비롯한 많은 이들을 고소·고발했다.

두산의 문제는 새로 집권한 노무현 정부의 노동정책의 성격을 가늠할 중요한 사안이었다. 문제가 해결되지 않고 공전이 계속되자 2월 22일, 김원배 노동부 기획관리실장이 내려와 중재를 제안했다. 2월 25일, 노무현 대통령의 취임식을 앞둔 정부로서는 오래가면 부담이 될 수 있는 요소였기 때문에 빨리 문제를 해결 짓고 싶어 했다. 하지만 이는 적당히 타협해서 해결할 수 있는 문제가 아니었다. 그동안 경쟁 관계에 있던 현장 조직이 분신을 계기로 다 무너져 가는 노조의 조직력을 보충하며 투쟁을 이어가고 있는 상황에서도 노동부는 어떻게든 이들을 분열시켜 얼렁뚱땅 사건을 마무리하려는 불순한 의도로 대책위를 기만했다. 문제를 해결하기 위해서 중재를 자처한 정부 관료들은 수배자인 김창근과 김춘백 지부장과는 자리를 같이할 수 없다며 거부했다. 두산중공업 지회장과 협상하겠다는 의도로 내부를 흔들고 있는 것이었다. 하지만 김창근 위원장이 아니면 어떤 합의도 불가능하다고 버틴 결과 어렵사리 협상 자리는 만들어졌다. 그리고 중재안이 받아들여지지 않을 때에는 어떤 발표도 하지 않기로 하고 협상에 들어갔다. 하지만 노동부는 2월 24일 일방적으로 중재안을 발표하고 떠나 버린다.

노동자들은 60일이 가고 100일이 가도 원칙에 벗어난 타협을 해서는 안 된다는 확고한 신념이 있었기 때문에 시간은 문제가 아니었다. 노동자들이 힘든 만큼 회사도 힘들 것이라고 생각했다. 시민들이 두산에 대해 부정적인 이미지를 갖는다면 회사도 답답하고 조급해지기는 마찬가지였다. 자칫 제2의 페놀 사건이 되지는 않을까 두산은 매우 두려워했다. 끝까지 버티는 사람이 싸움에서 이기는 상황이었다. 하지만 끝이 보이지 않는 기나긴 싸움으로 분신 대책위 노동자들의 가슴은 새카맣게 타들어 갔다.

## 거부 : 두산 반대 운동

배달호의 분신 소식을 접한 금속노조는 1월 9일 오후 6시 30분, 즉각 중앙집행위원회 간담회를 열어서 긴급 대응 지침을 전국 각 지부에 내리고, 신천섭 수석부위원장과 김춘백, 손송주 경남 1, 2지부장을 긴급히 현장에 파견했다. 그날 밤 민주노총 유덕상 위원장 직무 대행, 민주노동당 권영길 대표, 민중연대 박석운 집행위원장, 금속연맹 백순환 위원장, 문성현 전 위원장, 손석형 민주노총 경남본부장, 그리고 경남 1, 2지부장과 두산중공업 박방주 지회장 등 전국에서 온 대표들이 모인 가운데 '고 배달호 동지 분신 사망 대책위원회'를 구성했다. 집행위원장은 김창근 금속노조 위원장이 맡아 모든 투쟁을 끝까지 책임지고 끌어가기로 했다.

금속노조는 11일, 영남권 집중 집회를 시작으로 13일에는 두산중공업에서 180명이 참석한 전국지회장 결의대회를 열고, 16일에는 하루 8시간 파업을 하기로 결의했다. 두산중공업 노조도 어렵게 4시간 파업을 수행해 프랜트 공장 식당에 모였다가 시신이 있는 천막 앞에서 집회를 열었다. 서울 두산타워 앞에서는 수도권과 충청도에서 올라온 5천여 명의 노동자들과 시민들이 규탄 집회를 했고, 창원에서는 호남에서 온 노동자들이 영남의 노동자 4천여 명과 합류해 집회를 벌였다. 주말인 18일에는 전국 노동자 대회를 마산 삼각공원에서 개최해 5천여 명이 창동까지 거리 시위를 벌였다. 이날 진주 큰들문화센터 회원들이 보여 준 상황극은 배달호의 분신을 묘사해 참가자 모두를 눈물 흘리게 했다. 대통령직 인수위원회 앞에서의 일인 시위도 계속되었고, 두산중공업 박용성이 회장으로 있는 상공회의소와 전국의 상공회의소 앞에서 지역별 동시다발 규탄 집회가 열리는 등 전국적인 투쟁이 이루어졌다. 민주노총도 1월 14일, 전국 사무처장단회의와 중앙위원회의 등 주요 회의를 두산중공업에서 개최하고 연대 투쟁을 독려했다. 유덕상 직무 대행이 두산중공업에 상주하면서 각 지역 본부와 산별 연맹 노동자들이 교대로 창원으로 내려와 투쟁에 동참했고, 각 지역에서 금속노조를 뒷받침해 주었다. 평소에 교류가 소원하던 한국노총도 1월 17일, 유재섭 상임 부위원장을 비롯해 한국전력공사 위원장 등이 방문해 모두 배달호 열사 투쟁을 지지하고 연대를 보여 주었다.

전국 각계각층의 시민들이 속속 투쟁에 가세했다. 참여연대, 경제정의실천시민연합(경실련), 환경연합, 녹색연합, 여성단체연합(여연), 민주사회를위한변호사모임(민변), 보건의료단체연합, 교수 노조 등 50여

1월 12일, 3차 추모집회 당시 두산중공업 노동자 광장을 지나 행진하고 있는 시위대.

개 시민사회단체는 1월 23일, 기자회견을 열고, 신종 노동 탄압 수법인 손해배상가압류 문제에 대한 대책과 법 개정, 두산 재벌의 한국중공업 인수 특혜 의혹을 규명하기 위한 특검제 도입, 두산중공업의 편법 재산상속 의혹 규명과 처벌 등을 강력히 촉구했다. 시민들과 젊은 청년들도 사진을 찍거나 영상물을 제작해 인터넷과 대자보 등을 통해 전국에 알렸다. '두산 제품 불매운동'과 '전국 백만인 서명운동'이 자발적으로 일어났다. 젊은 청년들은 투쟁 기간 내내 두산중공업에 와서 몸을 아끼지 않고 궂은일을 도맡아 했다. 이들 덕분에 각종 깃발이나 선전전에 쓰일 우드락이 제작되었고, 노동자 광장에는 수많은 사람들의 요구와 바람과 희망 사항이 적힌 '구호 만국기'가 휘날릴 수 있었다. 광장 전체를 꽉 채운 '열사의 뜻 이어받아 노동 해방 쟁취하자!'라는 대형 바닥 글씨 구호도 이들의 손으로 만들어졌다. 그 젊은 청년들 가운데는 몇 년 후 두산중공업 터빈 공장에서 하청일을 하다가 산재 사고로 사망한 변우백이라는 청년도 있었다.

지역의 일반 시민들도 노동 단체, 농민 단체, 학생 단체, 교수 단체, 그리고 시민사회단체 등 87개 단체와 함께 경남 대책위를 구성해 집행위원장에 이홍석, 상황실장에 강인석을 선출하고, 기자회견을 열어 성명서를 발표했으며, 시민 선전전 및 불매운동을 벌였다. 1월 21일, 창원 두산중공업에 5백여 명이 모여서 두산 제품 불매운동 선포식을 열었고, 동시에 서울 두산타워 앞에서도 불매운동 선포식과 더불어 지하철 2, 4호선 동대문운동장역에서 KFC, 버거킹, 산소주, OB맥주, 종가집김치, 동아출판사 등 두산그룹이 생산하고 있는 소비재에 대한 불매운동 포스터와 스티커를 붙였다. 많은 시민들은 설 명절을 전후로 해 전국의 고속버스 터미널에서 귀성객을 상대로 두산 제품 불매운동을 벌였다.

전국순회투쟁단의 두산제품 불매 운동.

분신 대책위에서는 전국 순회 투쟁단을 꾸렸다. 2월 10일부터 17일까지 두산중공업에서 출발한 이재구 단장과 순회단은 부산상공회의소에서 태화쇼핑까지 행진한 후, 울산으로 가서 현대자동차 앞과 현대백화점 앞에서 두산을 규탄하는 집회를 열었다. 또 대구백화점 앞에서 선전전 및 노동조합과의 간담회를 갖고, 광주에서는 기아자동차와 광주노동청 앞에서 두산 화형식을 하기도 했다. 가는 곳마다 그 지역 노동자와 시민들이 동참해 규탄 집회를 열고 불매운동을 전개했다. 순회단은 전주의 전북노동청과 중앙동 KFC 매장 현대자동차 전주 공장, 대전의 노동청 앞 천안상공회의소 버스터미널과 KFC 매장을 거쳐 수원역 광장에서도 집회와 대시민 선전전을 펼치고 부천역, 안산역, 동인천역, 부평역 등 전국을 다니면서 7박 8일 동안 두산의 노동 탄압 실태를 알리고 불매운동을 전개했다.

대책위는 이런 전국적으로 벌어진 싸움에 힘을 얻어 회사 내에서 두산이 벌이는 여러 가지 방해 공작을 막아 내고 있었다.

누가 보아도 분신이 명확한 상황에서 검찰은 사인을 규명하겠다며 영장까지 들고 와서 시신을 밖으로 빼내려 했다. 대책위는 시신을 현장에서 떠나게 할 수 없다며 실력으로 맞섰다. 결국 검찰은 현장에서 부검을 실시하되 부검 후 시신은 대책위와 가족에게 인도하겠으며, 부검을 빌미로 농성장을 침탈하지 않겠다고 제안해 왔다. 대책위도 두산 측과 여동생 등 유가족이 제기한 타살 의혹을 해소하고, 문제가 다른 쟁점으로 변질되는 것을 막기 위해 그 제안을 받아들였다.

노동운동 사상 초유의 현장 부검이 실시되었다. 부검을 시도한 것은 14일이었으나 냉동 탑차에 있던 시신이 얼어붙어서 16일에야 부검을 할 수 있었다. 부검 결과는 당연히 분신이었다. 새카맣게 타버린 배달호의 시신은 냉동 탑차에 꽁꽁 얼어 있는데, 두산중공업의 공장은 돌아가고 있었다. 대책위는 두산 측이 이 죽음을 책임지지 않는 한 투쟁을 끝낼 수도 장례를 치를 수도 없었다. 전국적으로 각 지역 노동자들이 매일 모여 4백~5백 명 규모의 집회를 이어갔다. 두산중공업 지회도 확대 간부를 중심으로 대책위와 함께 안간힘을 다해 조합원을 집회에 참여하도록 했다. 밤에는 경남 지부 동지들이 조를 편성해 칼바람이 부는 노동자 광장에서 철야 농성을 했다. 힘들고 숨 가쁜 싸움이 계속 이어졌다.

이런 어려움 속에서 대책위에 중요한 제보가 들어왔다. 회사 측 간부가 쓴 수첩과 비밀 문건이었다. 거기에는 박용성의 지시에 따라 엄청난 자금을 투입해서 노조를 파괴하도록 한 공작 시나리오와 실제 행동에 옮긴 증거들이 상세히 기록되어 있었다. 대책위는 서울 노동부로 올라가 기자회견을 하는 동시에 지회 회의실에서도 기자회견을 열었다. 다음 날 1월 25일은 서울 두산타워에서 종로 5가까지 2천여 명이 모여 두산의 노조 파괴 공작을 폭로했다. 창원에서도 4천여 명의 노동자들이 만남의 광장에서 창원 시청까지 가두시위를 하면서 두산을 압박했다.

그동안 두산 노동자들이 왜 그렇게 고통스러웠는지 그 전모가 낱낱이 파헤쳐지는 순간이었다. 그렇게 뻔뻔하던 두산도 이번만큼은 매우 곤혹스러워 했다. 하지만 그들은 곧 '불명의 자료이며 일개 부서의 단순한 회의 내용에 불과하다'고 잡아뗐다. 대책위는 노동부에 특별 근로감독을 실시하라고 압박했고, 노동부는 할 수 없이 특별 근로 감독을 실시했다. 노동부가 조사한 결과 두산의 행위가 부당노동행위로 명확히 드러나면서 사건은 검찰로 넘어갔다. 여론이 들끓는데다 검찰도 그냥 넘길 수 없는 명백한 사건이다 보니 법원에 기소되었다. 2004년 3월, 창원 지방법원 제1형사부 심갑보 판사는 유죄를 인정해 벌금형을 선고했다. 노동자들은 분노했다. 같은 상황에서 노동자들은 구속이고, 회사는 벌금 수준밖에 되지 않았다. 벌금도 두산중공업에 5백만 원(대표이사 김종세 외 4명), 김상갑 사장에게 5백만 원, 정석균에게는 3백만 원 수준이었다. 모든 사태의 책임을 지고 있는 박용성에게는 아무런 법적 조치도 내려지지 않았다.

애당초 노동부는 초기에 대책위에서 촉구한 회사 측의 컴퓨터 압수수색은 하지도 않아 관련 기록을 폐기하도록 방기했으며, 사건도 축소시켰다. 중재하러 온 김원배 기획관리실장 외 중재단은 일방적으로 중재안을 발표하는 해프닝을 연출하기도 했다.

그다음 날인 2월 25일은 노무현 대통령의 취임식이 있는 날이었다. 이날 용역 경비들이 대책위에 들이닥쳤다. 수배 중이던 홍지욱 조직부장을 경찰에 넘기려 한 것이었다. 몸싸움이 일어나는 과정에서 홍지욱이 실신했다. 그를 집어 들어서 아스팔트 바닥에 내동댕이쳐 버린 것이었다. 홍지욱은 조합원 몇 명이 몰려가 간신히 구해 낼 수 있었다. 그를 조합 사무실에 눕혀 놓고 바라보고 있자니 모두들 감정이 복받쳐 올랐다.

'우리 책임자가 지금 경비들에게 폭행당해서 실신했다. 오늘 간부들 다 모여라!'

비상소집이었다. 연락을 받은 150여 명이 정문으로 몰려왔다.

"우리 이 상태로는 도저히 안되겄습니더. 더 이상 참을 수가 없십니더."

한판 싸움을 각오하고 모인 것이었다. 이들은 회사 측의 사과와 폭행자 경찰 인계 및 용역 깡패 경비업체에 대한 계약 해지를 요구했다. 기다려도 회사가 답을 내놓지 않자 이들은 고함을 지르며 쇠파이프로 물건을 부수면서 정문으로 밀고 들어왔다. 갑작스럽게 조합원들을 맞은 용역들은 일부는 두들겨 맞고 일부는 도망을 갔다. 그렇게 그들은 정문을 통과해 대책위 사무실로 들어왔다. 저녁이 되어 이들이 집에 돌아갈 무렵 이번에는 용역들이 보복을 해왔다. 주차장까지 가던 도중에 갑자기 집단 폭행을 당한 것이다. 쇠파이프와 소화기 등으로 무차별 폭행해 센트랄 이은진 지회장과 차상욱 대의원의 코뼈가 내려앉고, 머리가 깨지고, 안구에 골절을 입어 실명 위기의 중상을 입었다. 뒤따라 나가던 효성 공장의 이상원, 동명모트롤의 상은규, 동양물산 신성욱 사무장 등도 크게 다쳐 병원에 실려 갔다.

목숨이 위협받는 상황에서 그들은 대책위에 긴급 구조를 요청했다. 그 소식을 들은 사람들은 또다시 흥분과 분노에 휩싸였다. 시신을 지키기 위해 만들어 놓은 쇠파이프와 공장 안에 있는 철판을 가공하고 남은 스크랩에 청테이프를 감아 만들어 놓은 쇠몽둥이를 들었다. 한밤중 정문에서는 또다시 혈투가 벌어졌다. 회사 측 사람들은 공포에 떨고 용역 경비도 그들한테 맞아 실신 상태가 되었다. 회사에서는 용역 경비 두 사람이 죽어서 실려 갔다는 말을 퍼뜨렸다. 이 소식을 접한 지회 간부들은 새파랗게 질려 있었다. 김창근 위원장은 지회 간부들에게 하나하나 물어 정보를 확인한 다음, 정문에 있던 민주노총 경남본부 부본부장 이홍석에게 전화해 정확한 사실 확인을 요청했다. 죽은 것은 아니고, 용역 경비 여러 명이 심하게 부상당해 병원으로 실려 간 것이었다. 회사는 경찰을 공장 안으로 불러들이기 위해 거짓 정보를 흘린 것이었다. 이날의 사태로 용역 경비 20여 명이 부상을 당해 산재 치료를 받았고, 몇 년 후 근로복지공단에서 폭행 책임자를 지명해 금속노조와 김창근, 김춘백, 홍지욱 등에게 1억 8천만 원 상당의 구상금을 청구했다.

회사 내에서 격렬한 싸움이 진행되는 동안 박용성은 아무런 말도 없이 외유를 떠났다. 두산은 여전히 배달호 유서에 쓰여 있는 손배 가압류나 해고자 문제는 자신들의 문제가 아니라 불법 파업한 노조의 문제이며, 자신들은 모든 것을 법과 원칙대로 했기 때문에 정당하다고 주장하고 있었다. 그들은 심지어 중앙지 지역판과 지역신문에 광고를 내서 '사태가 장기화함에 따라 기업 이미지가 추락하고 수주가 감소해 경영이 악화되고 있다'며 돈타령을 했다. 대책위와도 '장례 절차와 위로금 문제'만 협상하겠다고 고집을 부렸다.

끝이 보이지 않는 지루하고 힘든 싸움이 계속되는 가운데 법을 이용한 두산의 시비는 끊이지 않았다. 부인 황길영과 딸 둘에 대한 '시신 퇴거 및 방해 금지 가처분' 소송이 이어졌다. 남편의 시신을 회사 밖으로 퇴거시키고, 회사의 허가 없이 출입을 금지하며, 만약 이를 어길 경우 하루에 3천만 원의 강제금을 지급하도록 한다는 내용이었다. 또 '장례 절차 방해 금지 가처분' 신청을 해서 법적인 상주는 남동생이니 장례를 방해하지 말고 시신을 다른 가족에게 넘기라고 압박했다. 대책위 관계자들과 노동자들의 출입을 금지시키는 '출입금지 가처분' 신청도 냈다. 만약 이를 어길 때는 하루 5천만 원의 강제금을 내도록 한다는 내용이었다. 무차별적인 가압류와 편향적인 판결로 한 노동자를 죽음에 이르게 한 사법부는 이런 두산의 온갖 소송을 고스란히 받아 주었다. 대책위는 차라리 판사를 노무 담당자로 스카우트하든지 사법부를 특혜 인수해 두산 박 씨 일가를 위한 재판부를 만들라고 비판했다.

이제 두산의 이런 행태를 더 이상 두고 볼 수 없었다. 더 이상 끌지 말고 어떻게든 끝을 내자는 분위기가 팽배했다. 대책위에서 1천 명 결사대를 조직하기로 했다. 금속연맹에서는 3월 12일부터 14일까지 1천 명씩 2개 조로 1박 2일 농성을 결정했고, 2개 조 2천 명이 겹치는 13일은 경남지부 전체가 파업에 돌입해 두산중공업에 들어가기로 했다. 1

조는 서울, 경기, 인천·부천, 충남, 대전, 충북 등에서 150~2백 명씩 1천 명, 2조는 울산 4백 명, 광주, 전남, 전북, 구미, 대구, 경주, 포항, 부산 양산 등에서 1백여 명씩 1,200명이 지원했다. 이렇게 많은 인원이 참여하리라고는 예상하지 못한 일이었다. 싸움이 장기화되면서 이제 더 이상 참을 수 없으니 한번 크게 붙자는 분노가 하늘을 찔렀다. 회사는 결사대가 들어오는 12일부터 휴업을 하겠다는 기자회견을 했고, 민주노총은 3월 19일과 20일 이틀간 금속연맹 총파업을 포함해 총력 투쟁에 돌입할 것이라고 맞섰다. 일촉즉발의 시간이 다가오고 있었다. 대책위에서는 일천 결사대를 맞이하기 위해 대나무를 잘라 깃발 1천개를 준비했다. 사태가 급박해지자 지회 간부들도 3월 10일부터 본관 로비에서 성실 교섭을 촉구하는 농성에 들어갔다.

일천 결사대가 들어오기 이틀 전, 신임 노동부 장관 권기홍이 갑자기 빈소를 찾았다. 그가 남긴 방명록에는 "사회 통합적인 노사 관계를 만들겠습니다"라고 기록되어 있었다. 권 장관이 대책위를 만나고 회사 측을 만나면서 협상 자리가 만들어졌다. 노동부 측에서는 대책위와 회사 측을 따로 만나면서 이중으로 협상을 했는데, 처음에 권 장관은 김창근 위원장과 금속노조 협상 대표를 불신하는 기색이 역력했다. 그러나 협상이 거듭될수록 두산 측이 완고한 태도를 보이면서 고성이 터져 나왔다. 협상을 중단하고 장관이 가방을 들고 나서자 두산 측은 이를 말리려고 난리 법석을 떨었다. 이제 두산 측도 대책위도 모두 한계점에 도달해 있었다. 결국 2박 3일의 마라톤 철야 협상 끝에 일천 결사대가 들어오기로 한 12일 새벽, 양측은 합의에 도달한다. 합의 내용은 다음과 같았다.

1. 회사는 개인 손배·가압류를 전부 취하하고, 조합비 가압류는 해당 부분의

40퍼센트만 적용하기로 한다.

2. 명예회복 차원에서 배달호에 대한 징계를 철회한다. 해고자 복직은 5명을 우선으로 하고 나머지는 지속적으로 협의한다.
3. 회사는 노사문화팀, BG별 노무팀의 업무 성격을 명확히 하고, 부당노동행위에 해당하는 업무를 지시하거나 시행하지 않는다.
4. 47일간의 파업으로 전체 조합원이 입은 금전적인 피해(무결 처리)에 대해서는 50퍼센트를 보상해 지급한다.

회사와 이렇게 합의함으로써 배달호를 죽음으로 몰고 간 손배·가압류는 해결되었다. 하지만 해고자 18명 가운데 13명은 복직되지 않았다. 아쉬움이 많은 타결이었다. 나중에 해고자들은 전대동, 강웅표, 김창근, 김춘백 네 명만 남기고 다 복직이 되었다. 그 네 명의 해고자들은 지금도 아침마다 정문에서 찬바람을 맞으며 투쟁을 계속하고 있다.

회사와 장례 문제에 대해 합의를 보면서 65일간의 긴 싸움은 끝이 났다. 하지만 싸움이 끝난 후에도 김창근에게 배달호의 빈자리는 커져만 갔다. 그를 지켜 주지 못한 자책감도 그 빈자리만큼 커졌다. 미안합니다. …… 유서 마지막 말도 계속 마음에 남았다. 자신의 모든 것을 버리고도 무엇이 그리 미안한가. 그 말을 배달호에게 다시 되돌려 주고 싶었다. 오히려 우리가 미안하다고, 이것밖에 지켜 주지 못해서……. 합의서에 서명을 마친 김창근 위원장의 눈에서는 하염없이 눈물이 흘렀다. 65일간의 기나긴 싸움 속에서 단 한 번도 흔들리지 않고 냉정하기만 하던 그는 기자들과 모든 사람이 지켜보는 것도 아랑곳하지 않고 그렇게 눈물을 쏟아 냈다.

배달호의 죽음으로 두산중공업의 노조 죽이기는 잠시 멈추었고, 구조 조정의 강도와 방법도 느슨해지는 듯했다.

3월 10일, 권기홍 노동부 장관은 조문 후 방명록에 이렇게 썼다.

“사회 통합적인 노사 관계를 만들겠습니다.”

하지만 해고자 18명 가운데 13명은 복직되지 않았다.

## 타협할 수 없는 순간들

65일. 죽음의 의식을 치르기까지 그토록 오랜 시간이 걸릴 줄은 미처 몰랐다. 황길영은 남편의 죽음을 통해 견딜 수 없는 많은 일들을 겪었다. 남편이 세상을 뜬 것보다 그 후의 일들을 감당하는 것이 더 힘들었다. 남편이 왜 두산을 악랄하다고 했는지 현실을 겪어 보니까 십분 이해할 수 있었다. 너무 힘이 들어 그대로 주저앉고 싶었다. 하지만 더 이상 피할 길이 없었다. 사람들은 길영이 죽을까 봐 노심초사했다.

"혹시나 딴 맘먹지 마이소."

함께 활동했던 동료의 부인들이 장례 기간 내내 그녀의 곁을 지켰다. 박옥련, 위필조, 서봉선 등 10여 명의 부인들도 길영과 어려움을 함께 겪었다. 길영은 죽더라도 해결해 놓고 죽자고 마음을 다잡았다. 유서에 쓰인 대로는 해주고 보내고 싶었다. 길영은 산업안전보건위원회 사무실에 기거하면서 아침저녁으로 남편한테 문안 인사를 했다.

'선혜 아버지요, 걱정하지 마이소. 내가 잘 참아 내서 당신 뜻 이루도록 할 테니 편히 쉬이소.'

두산은 자기 일터에서 사람이 죽었는데도 조문은커녕 꽃 한 송이 보내오지 않았다. 길영이 회사에 있는 동안에는 집으로도 사람을 보내 감시했다. 계속 모르는 사람들이 집 밖에서 서성거렸다. 길영은 큰시누의 딸 둘과 선혜, 인혜만 있는 것이 불안해 부산 친정집으로 데려가 달라고 부탁했다. 혹시 두 딸을 회사에서 납치라도 하면 길영은 회사의 말을 들어줄 수밖에 없는 형편이었다. 어느 날은 이웃집 아저씨가 회사 사람 한 명이 밖에서 망을 보고, 한 명은 집안으로 들어가는 모습을 보았다고 전해 주었다. 아저씨는 배달호 집에 도둑이 들어왔다고 경찰에 신고까지 해주었다. 그들을 잡으려고 뒤따라갔는데 재빠르게 도망쳤다고 했다. 얼핏 보니 그 도둑이 회사(두산) 수첩을 가져간 것 같다고 했다. 배달호의 수첩을 가져간 것이다.

길영이 분향소를 지키는 동안 회사에서는 계속 부산에 있는 친정집과 시댁을 풀방구리에 쥐 드나들듯 찾아갔다. 그럴 때마다 친정집 식구들은 길영에게 전화를 걸어왔다. 한번은 남동생이 길영에게 만나자는 전화를 했다.

"누나야, 부산으로 내려와라. 할 얘기가 있다."

"와 그라는데? 내는 지금 매형 옆에 있어야 한다. 니가 잘 알믄서."

나중에 알고 봤더니 회사에서 길영을 집으로 내려오게 하면 3억 정도 들여서 여행사를 하나 차려 준다고 했단다. 회사가 회유의 손길을 뻗어 올 때마다 가족 간의 사이는 점점 벌어졌다.

"회사 사람들이 과일 바구니를 갖고 왔다. 우짜면 좋겠노?"

친정어머니가 난처한 목소리로 전화를 했다.

"엄마, 그거 빨리 옥상으로 올라가가 길거리에 던져 뿌리요. 월급 차압해가 돈 안 줄 때는 언제고, 이제 와 그런 짓을 한단 말입니꺼."

처음에는 친정 부모님이 싸움 안 하면 안 되겄나, 그냥 집으로 와라, 하면서 길영을 만류했지만 나중에는 그래 알았다, 끝까지 싸워라, 하면서 이해해 주었다. 친정은 그나마 경제적으로 상황이 더 나았지만, 시댁은 달랐다.

시댁 식구들은 정말 순진한 사람들이었다. 회사가 얼마나 악독한지, 아들에게 무슨 짓을 했는지 잘 모르는 분들한테 라면도 사다 주고, 쌀도 사다 주고, 전화기도 새로 놔 주니까 회사 사람들이 고맙고 좋은 사람들인 줄로만 알았다. 회사는 그런 사람들을 꼬드겨서 소송을 걸어왔다. '장례 절차 방해 금지'라는 생전 들어 보지도 못한 소송도 있었다. 길영과 두 딸이 상주가 아니라 남편의 남동생과 어머니가 상주인데, 지금 며느리와 두 손녀가 장례를 방해하고 있다는 것이었다.[*] 시어머니와 시동생이 법에 대해 무얼 알아서 소송을 걸었겠는가. 회사는 아무것도 모르는 분들을 이용해 시어머니와 며느리 사이를 이간질시키고 있었다. 서류 처리는 모두 회사 측 변호사가 한 일이었다. 나중에 알고 봤더니 소송당사자들인 본인들은 그런 소송을 한지도 모르고 있었다.[**]

또 회사는 소송을 걸기 전에 시어머니와 형제들의 이름으로 노조가 남편을 죽였을 수도 있다는 타살 의혹을 제기하게 하고, 창원 경찰서에 타살 의혹을 밝혀 줄 것과 시신을 부검하자는 진정서를 냈다. 길영은 펄쩍 뛰었다. 유서에 남편이 왜 죽음을 선택했는지 너무나 명백하게 나와 있는데 부검이라니! 그것은 남편을 두 번 죽이는 일이었다. 빠른 사태 수습을 위해 회사는 부검을 핑계로 시신을 밖에 있는 큰 병원으로 빼내려 한 것이었다. 결국 1월 16일, 현장에서 부검이 이루어졌다. 길영은 명백한 진실이 이렇게 왜곡되어 남편의 시신에 칼까지 대는 상황

* 회사와 시댁에서는 남자인 남동생이 상주이기 때문에 장례에 대한 모든 절차를 넘겨야 한다고 했지만, 김기덕 변호사와 정주석 변호사에 따르면, 유해는 상속인인 미망인과 딸들의 소유였고, 이들만이 유해를 관리하고 매장하며 공양할 의무를 갖고 있었다. 설령 남동생이 상주라 하더라도 그에게 어떤 처분권이 주어지는 것은 아니므로 미망인과 딸의 뜻에 반해 남동생이 단독으로 장례를 진행할 수 없었다.

** 대책위는 1월 29일, 유족 모친과의 면담에서 배달호의 죽음에 대해 많은 부분 오해가 있음을 확인했다. 이 과정에서 모친 명의로 된 '장례 절차 방해 가처분 신청'에 대해 정작 신청 당사자인 본인은 전혀 모르고 있음이 확인되었다. 회사는 당사자도 모르게 신청을 해놓고 이 사실을 언론에 알리고 대책위를 비난하면서 유족을 이간질했다. 모든 권한을 포괄적으로 위임했다 해도 신청 당사자에게는 이를 사전에 알려 주어야 했지만 회사는 그것조차 하지 않았다. 진짜 외부 세력은 천민 두산 재벌, 입지를 강화하기 위해 공장을 수용소로 만든 경영진이었다(『대책위 소식』 27호).

에 이르렀다는 것을 믿을 수 없었다. 두산은 하는 일마다 왜 그렇게 잔인한가. 길영은 소름이 돋았다. 모든 게 한바탕 쇼 같았다. 결국 국립과학수사연구소의 부검 결과는 처음 진실 그대로 '분신 사망'이었다.

그 와중에도 길영은 몇 번이나 법원을 드나들어야 했다. 그만큼 회사에서 그녀에게 걸어 놓은 재판이 많았다. 자신이 장례를 치르면서 법원에 들락거리게 될 것이라고는 생각지도 못한 일이었다. 법원은 그저 텔레비전 프로인 〈사랑과 전쟁〉에나 나오는 곳인 줄 알았지 자신이 그 한가운데 설 것이라고는 생각지도 못했다. 재판장에 들어가기 전에 김창근 위원장이 길영에게 말했다.

"형수, 당당히 해요. 있는 사실 그대로, 마음에 있는 말 그대로 하면 돼요."

재판정은 방송사, 신문사 기자들로 가득 차 있었다. 처음 서보는 곳이라 두렵고 떨렸다. 살림만 하던 가정주부가 뭘 알겠는가. 자신과 같은 보통 사람들은 상상할 수 없는 세계였다. 하지만 이런 건 아무것도 아니었다. 세상에서 제일 고통스러운 건 부모와 마주 앉아 재판을 받는 것이었다. 시어머니와 시누, 삼촌은 고소인 측에 자신은 피고소인 측에 앉아 서로 얼굴을 바라보며 재판을 받아야 했다. 예전에는 주말이면 모여서 밥도 해먹고 명절 때면 세배도 하고 그렇게 따뜻하게 지냈던 가족이 지금은 그렇게 반대편에 마주 앉아 있어야 하는 게 힘겨웠다.

시댁 식구들은 사측 변호사와 함께 차를 타고 법원에 도착했다. 길영은 휴게실에서 잠시 쉬고 있는데, 마침 시댁 식구들이 올라오던 길에 길영과 마주쳤다.

"어머니, 회사 사람들이 나쁜 사람들이에요."

"니가 내조를 잘 못하니까 남편이 죽었지. 그렇지 않고야 내 착한 아들이 죽을 리가 없다."

어머니의 그 말은 그렇잖아도 남편을 잃고 여러 가지 일로 고통스럽던 길영의 가슴에 대못을 박았다.

"그래요, 어머니 제가 잘못했어요. 그란다케도 이리 만나는 건 아니잖아요."

"잘못한 지 알았으면 빨리 장례 치르게 시신이나 내놔라."

이미 오해가 깊어질 대로 깊어진 상태에서는 아무리 진실을 이야기해도 말이 통하지 않았다.

"어머니, 모두 지 탓임더. 차라리 제가 죽을게요. 그라니 제발 정신 좀 차리세요. 아들 뜻은 따라야 하잖아요. 욕되게 하면 안 되잖아요."

길영은 어머니에게 절규했다. 이렇게 만나는 건 인간으로서 할 짓이 아니었다. 그날은 큰시누가 없었기 때문에 어머니는 그렇게 말하면서도 덜덜 떨고 있었다. 어머니도 이런 일은 처음이라 두려웠던 것이다. 어머니는 아무것도 모르면서 그렇게 했다.

'어머니가 조금만 깨우쳤더라면 사측에 넘어가지는 않았을 텐데.'

길영은 어머니도 원망스럽고 일을 주도한 시누도 원망스러웠지만, 더욱 원망스러운 것은 회사였다. 어떻게 이렇게 잔인하게 사람들을 갈라놓을 수 있는지 묻고 싶었다. 사람의 마음을 갈가리 찢어 놓고 아주 일상적으로 세밀하게 괴롭혔다. 아, 이래서 남편이 두산을 악랄하다 했구나, 절실히 깨달았다.

회사는 업무에 방해가 되니 시신을 빨리 치우라면서 '시신 가처분'을 신청하고, 길영을 업무방해 혐의로 고소했다. 거기에는 길영뿐만 아니라 선혜와 인혜까지 포함되어 있었고, 김창근 위원장 등 많은 사람들도 고소·고발을 당했다. 또다시 재판을 받아야 했다. 길영을 재판한 판사는 우연히도 과거에 배달호를 재판했던 변희찬이었다. 남편이 유서에 '가진 자의 법'이라고 쓰게 만든, 법의 실체를 깨닫게 해준 판사였다. 그 판사가 두 딸의 이름을 불렀다.

"배선혜, 배인혜 피고 참석했습니까?"

"참석 안했습니다."

"왜 참석 안 했죠?"

어른들 일에 두 딸의 이름까지 법정에서 불러지자 길영은 감정이 북받쳤다. 피가 거꾸로 솟구쳤다.

"판사님, 회사에서 죽은 남편 일로 재판을 받는데, 왜 가족들이 다 재판정에 나와야 합니꺼? 가슴이 미어집니더."

"회사에서 퇴거하지 않을 시에는 황길영, 배선혜, 배인혜에게 하루에 삼천만 원씩 벌금을 징수할 것입니다. 그런데 왜 변호사를 부르지 않는 거죠?"

"예, 저희는 돈이 없어서 변호사 못 부릅니더. 우리는 어렵기 때문에 변호사 없이 혼자 섰습니다."

그러자 회사 측 최호근 변호사가 서류를 아이 키만큼 쌓아서 길영 앞에 내밀었다. 이후 노동운동을 담당하던 변호사 한 분이 길영과 함께 해 주었다. 그의 이름은 박훈이었다. 그는 새벽같이 서울에서 내려와 길영의 재판을 맡아 주었다. 항상 학생들이 들고 다니는 것 같은 배낭을 메고 왔는데, 길영은 그 뒤로 배낭 매는 사람을 참 좋아하게 되었다. 변호사라면 화려하게 말도 잘하고 옷도 말끔하게 입은 사람을 상상했는데, 그는 권위를 내세우지도 않고 차분한 목소리로 조목조목 변론해 나갔다. 아무것도 가진 것 없는 자신에게 남편의 분향소를 지킨다는 이유로 회사에서 하루에 삼천만 원씩 벌금을 내리겠다는 판사의 말을 듣고 길영은 너무나 억울한 나머지 혼자 섰으면서도 긴장도 되지 않았다.

"재판관님, 돈 없고 가진 것 없으면 이렇게 당해야 합니꺼. 하루에 삼천만 원이 적은 돈입니꺼? 저도 빨리 장례식 하고 싶습니더. 하지만 해결된 게 없는데 어떻게 장례식을 치를 수 있십니꺼. 유서에 쓰인 대로 해고자 복직도 안 되고 가압류도 안 풀렸는데, 남편이 우찌 눈을 감으며, 제가 우예 남편을 보내겄습니꺼. 가족들을 회유해 가지고 가족관계도 이렇게 뿔뿔이 흩어 놓는 것이 가진 자의 법입니꺼."

길영은 그 순간을 생각하면 지금도 손발이 덜덜 떨린다. 정말 악몽 같은 시간이었다. 이 정도로 회사가 악랄한데 시댁 식구들이 안 넘어갔겠는가. 길영은 시댁 식구들이 안돼 보였다. 그들이 두산을 직접 겪어 보지 않았기 때문에 남편의 상황을 제대로 이해할 수 없었을 것이다. '저 노조들 이제 다 잘린다, 편들어 줘봤자 얼마 못 간다, 그들이 당신들에게 해줄 수 있는 것은 아무것도 없다, 그렇게 아들만 헛하게 보내는 거다, 우리는 힘이 있고 당신들에게 다 해줄 수 있다.' 회사는 이렇게 시댁 식구들에게 이야기했을 것이다.

그래도 길영은 작은아버지 등 다른 시댁 식구들까지 개입하지 않은 것이 고마웠다. 그분들도 나름 판단이 있었을 것이고, 길영이 잘못한 상황이었으면 한 마디 했을 것이다. 작은집은 젊은 사람들이 많았다. 나중에 그분들이 길영처럼 의지가 강해야 달호를 살릴 수 있다고 말해주었다는 것을 조합 사람들로부터 들었다. 고향 깨북쟁이 친구들도 찾아와서 '선혜 엄마, 친구 일으켜 줘서 고마워요' 이렇게 방명록에 써놓은 것을 읽었다. 그 당시는 엄한 상황이었기 때문에 누가 찾아와도 조합을 통해서 만날 수밖에 없었다. 길영은 세월이 흘러 손자 손녀들 볼 무렵에는 시어머니랑 시동생들과 만나 지금까지 있었던 일들을 다 털어놓고 서로 이야기할 수 있는 시간을 가질 수 있기를 바랐다. "선혜 에미야, 인자 깨달았다. 그때 선혜 에미 얘기를 들었어야 하는데 너무 몰랐구나. 니가 일처리를 잘한 기다." 이런 이야기를 시어머니께 듣고 싶었다.

길영의 이런 바람은 이루어지지 못했다. 2008년 4월 시어머니가 돌아가셨다는 소식을 들었다. 길영은 마음이 많이 아팠다. 어머니도 아들의 죽음을 겪느라 많이 힘드셨을 텐데 위로 한 번 못 해드리고 그냥 보내 드렸다. 끝없이 회한이 밀려왔다.

남편의 장례를 치르던 날, 두산중공업 부사장은 길영을 만나고 싶어 했다. 하지만 길영은 끝까지 회사 대표들을 만나지 않았다. 힘없는 자신이 그런다고 무슨 의미가 있겠냐마는 그들과는 절대 타협하고 싶지 않았다. 길영은 회사 사람들과 만나지 않은 자신이 지금도 대견하고 잘했다고 생각한다. 세상에는 아무리 세월이 흘러도 타협할 수 없는 것이 있다.

회사에서는 남편이 개인적인 문제가 있어서 자살한 것처럼 유언비어를 퍼뜨렸다. 여자관계가 복잡하다, 자신의 빚 때문에 죽었다 등 입에 담을 수 없는 말들을 만들어 내고 과장하거나 왜곡해서 퍼뜨렸다. 혼인신고를 하지 않았던 큰시누가 자식을 호적에 올릴 수 없어 남편 호적에 동생으로 올려놓았는데, 회사는 그것까지 찾아내 밖에서 애를 낳았다는 소문을 냈다. 회사가 그것을 사실처럼 만들려고 했는지, 아니면 시신을 빼돌리려고 했는지는 몰라도 한번은 어떤 여자가 애를 하나 업고 회사에 찾아와서는 내가 배달호 부인인데 들어갈 수 있느냐고 물어본 적도 있었다. 또 회사에서는 길영이 다니는 교회까지 찾아가 길영이 바람피우면서 내조를 못해서 남편이 죽었다는 소문을 퍼뜨렸다. 그렇잖아도 교회 사람들은 자살을 안 좋게 생각하는데, 거기다가 나쁜 말까지 했으니 목사와 사모가 길영을 꺼렸다. 결국 길영은 그 교회를 다닐 수 없었고 이사까지 가야 했다.

사실 남편은 빚이 많았다. 그동안 노조 활동 하면서 개인적으로 썼던 돈들과 가압류되면서 썼던 카드빚 등이 많이 쌓여 있었다. 하지만 길영은 빚에 대한 걱정보다는 그럴 수밖에 없었던 남편이 안쓰러웠다.

"빚 때문에 죽었다는 그런 소리 하지 마라. 나는 내 남편이 더 못 쓰고 간 게 원망스럽다."

옷이라도 더 사서 입히고 좋은 음식이라도 더 먹여서 보냈으면 좋았을 텐데 그러지 못한 게 너무 한스러웠다. 배달호가 빚을 질 수밖에 없도록 한 회사가 오히려 그것을 이용하고 있으니 길영은 할 말을 잃었다. 사람들이 얼마나 바닥으로 떨어져야 하는가. 길영은 회사가 유치해서 견딜 수가 없었다.

용역 깡패들은 쇠파이프를 들고 길영이 있는 곳까지 쫓아와 난투극을 벌인 적도 있었다. 그동안 말만 들었지 실제로 겪어 본 것은 처음이었다. 남편 동료들은 병원으로 실려 갔다. 김창근 위원장은 장례식이 끝나고 감옥에 갔는데, 부인인 서봉선의 얼굴을 마주하니 길영은 미안해서 고개를 들 수가 없었다. 모두들 너무 고생이 많았다. 설날에는 집에도 안 가고 시신을 지켜야 한다며 가족들을 모두 데리고 와서 함께 떡국을 끓여 먹었다. 날이 그렇게 추운데도 집에 가지 않고 모닥불 앞에 앉아 자신을 지켜 주는 걸 보니 너무 미안해서 속으로 남편에게 그랬다.

'아, 죽으려면 따뜻한 봄에 죽든지 많은 사람들이 너무 고생이다. 그래도 당신 헛살지는 않았다. 이렇게 많은 사람들이 함께해 주니.'

길영은 평생 그들을 잊지 못할 것 같았다.

마지막 싸움에서 등을 돌렸던 사람들도 찾아왔다. 오랫동안 배달호와 함께 일해 온 동료들이었다. 함께 계모임을 했던 적이 있어서 길영은 그들을 잘 알고 있었다. 길영 앞에서 그들은 울음을 터트렸다. 회사에서 해고한다고 하니까 해고당하지 않기 위해, 살아남기 위해 등을 돌릴 수밖에 없었던 사람들이었다. 그네들은 너무 부끄럽다면서 고개를 푹 숙였다. 길영에게 끝까지 버텨 줘서 고맙다고 했다. 나중에 회사는 사람들을 퇴출시키면서 이들을 제일 먼저 내보냈다. 그 부인들은 회사에 잘 보이면 남편들이 살아남을 줄 알았는데 회사가 이럴 줄 몰랐다며 노조의 편에 서지 않았던 것을 후회했다. 인간이란 게 참 어떻게 설명을 해야 할지 길영은 마음이 복잡하면서 서러웠다. 생존을 위해 등을 돌렸던 사람들, 그렇게 갔으면 잘살아야 하는데 회사로부터 또 쫓겨나는 걸 보면서 길영은 너무 비참한 기분이 들었다.

회사는 배달호가 분신한 곳에 있었던 냉각기를 65일 동안 한 번도 끄지 않았다. 배달호가 20여 년을 몸담았던 공장은 그의 죽음에도 불구하고 계속 돌아가고 있었다. 회사는 동료의 죽음에 동요하던 보일러 공장 노동자들의 분향조차 막았다. 어떻게 몇십 년 동안 함께 일해 온 동료가 죽었는데 분향도 못하게 하는지. 길영은 마음을 다잡았다. 끝까지 가야 한다. 두 달이 지나니까 등을 돌리는 사람들이 제법 많아졌다. 뭘 던지고 가는 사람도 있고, 이제 그만 하면 안 되겠냐고 하는 사람들도 있었다. 그럴 때마다 길영은 단호히 말했다.

"안 됩니더. 이제꺼정 버텨 왔는데, 해고당한 사람 복직도 안 됐는데 여기서 그만둘 수는 없심더."

길영은 목숨을 내놓고 싸웠다.

'나는 없다, 이것만 끝나면 나는 죽을 것이다.' 그런 각오였다.

'애들을 위해서라도 남편을 살려야 되겠다. 사람은 살다 보면 목숨을 걸어야 하는 순간이 오나 보다.'

그렇게 마음을 비우고 나니 편안해졌다. 외부에서 많은 사람들이 찾아와 위로해 주었다. 캐나다에서 온 이도 있었다. 인터넷 네티즌들이, 젊은 대학생들이, 직접 지은 쌀을 가져온 농부들이, 전국의 노동자들이 물밀듯이 찾아왔다. 그 사람들을 보면서 길영은 내가 쓰러지면 안 되겠구나, 하고 다시 마음을 다잡았다.

지금 생각해 보면 그 모든 것이 꿈결 같다. 아니다. 너무 뚜렷해서 해마다 그 기간만 되면 다시 당시로 돌아간다. 길영의 곁을 지켜 준 사람들이 모두 고마웠다. 지금 생각해 보면 모든 것이 순식간에 돌변할 수 있는 위협적인 상황이었다. 30일 이상 단식을 지속했던 동료들, 쇠파이프를 들고 쳐들어오던 용역들, 발이 닳도록 드나들었던 법원, 그리고 수많은 상처들……. 특히 길영의 곁을 지켜 준 조합원들의 부인들이 없었다면 길영은 그렇게 오랜 시간을 버텨 내지 못했을 것이다. 그들은 남편을 잃은 길영의 심정이 되어 같이 울고, 같이 웃어 주었다. 법정에도 같이 가고 밥도 함께 해먹었다. 다들 시댁에, 이웃집에 아이들을 맡겨 놓고 자기 생활까지 접으면서 길영을 도왔다. 어떤 때는 아이들까지 데리고 와서 함께 지냈다. 아이들이 마당 가득히 쌓인 눈을 뭉쳐 눈싸움 하는 모습을 물끄러미 바라보던 기억도 난다. 회사에서 부인들을 출입하지 못하게 해 위장해서 후문으로도 들어오고 뒷산으로도 들어오고 그랬다. 너무 힘든 일을 겪으며 회사에 오래 있다 보니 예민해져서 나중에는 옆 사람이 한 마디 하는 것도 견디기 힘들 때가 있었다. 하지만 그때도 그분들은 길영을 끝까지 위로해 주었다.

회사와 마지막 협상이 끝난 후, 김창근 위원장은 기자들과 조합원들 앞에서 합의문을 낭독하기 시작했다. 낭독 내내 그는 흘러내리는 눈물을 주체하지 못했다. 항상 냉철하게 흔들리지 않고 그 힘든 일을 모두 처리해 주던 그였다. 얼마나 복잡한 심정이었을까. 길영은 그가 많은 사람들 앞에서 마지막으로 했던 말을 지금도 기억한다.

"배달호의 죽음은 더 이상 있어서는 안 될 마지막 죽음이어야 합니다."

그 막막하고 힘들었던 시간이 그렇게 지나갔다.

2003년 3월 14일 배달호의 장례식이 열리던 날, 김창근 위원장이 오열하는 미망인 황길영을 부축해 걷고 있다.

## 아픈 상처

어디서부터 잘못되었는지 배애숙은 좀처럼 감을 잡을 수 없었다. 안개 속에 빠진 느낌이었다. 처음에는 오빠 친구분들의 뜻을 따르려고 했다. 하지만 모든 게 어긋났다. 애숙이 경찰서에 간 게 문제였을까? 오빠가 죽고 다음 날인가, 그다음 날인가 오빠 빈소에 분향을 마치고 돌아와 집에 있는데, 창원 중부경찰서에서 애숙에게 전화가 왔다. 경찰서로 와달라는 것이었다. 왜 와달라고 하는지 이유도 모르고 그냥 경찰서에서 오라고 하니까 갔다. 형사들이 애숙에게 오빠의 끔찍한 마지막 모습이 담긴 사진을 보여 주었다.

"배달호 씨가 맞습니까?"

"사진을 봐서는 모르겠는데요. 마른 것 보니까 맞는 것 같은데……."

사진 속에는 불에 탈대로 다 타서 양철처럼 찌그러진 사람이 누워 있었다.

"이게 우리 오빠 맞아요? 우리 오빠가 왜 이렇게 됐어요?"

그 사진을 본 순간 애숙은 주저앉아 펑펑 울어 버렸다. 차라리 보지 않는 것이 더 나았을 텐데. 애숙은 격해진 감정을 주체할 수가 없었다. 빈소에 갔을 때는 오빠의 모습을 보지 못하고 분향만 하고 온 터였다. 그 착한 오빠가 이런 모습이 되었다는 게 애숙은 믿어지지 않았다. 어릴 때부터 자신에게 야단 한 번 쳐본 적이 없는 그 선한 오빠의 모습이 맞는지, 어려운 일이 있으면 늘 아버지 대신 나서 주던 그 달현이 오빠가 맞는지 애숙은 절규했다.

그렇게 울부짖는 애숙을 진정시키며 형사들은 알 수 없는 이야기를 꺼냈다. 오빠의 머리 뒷부분에 큰 구멍이 나있다는 것이었다.

"왜 오빠 머리에 큰 구멍이 나요?"

"둔기 같은 걸로 세게 맞은 자국인 것 같은데 정확한 건 정밀 검사를 해 봐야 알 수 있습니다. 부검을 원하십니까?"

노조에서는 스스로 목숨을 끊었다고 했는데 그런 설명을 들으니 혼란스러웠다.

"분신을 했으면 큰 구멍이 날 리가 없는데요?"

"글쎄, 넘어지면서 생긴 것일 수도 있고, 누군가 몽둥이로 머리를 쳐서 죽이고 기름을 부어 불에 태운 것일 수도 있으니 부검을 해봐야 정확한 걸 알 수 있습니다."

형사가 다시 말했다. 만약 오빠가 둔기로 누군가에게 죽임을 당했다면 너무 억울하게 세상을 뜬 것인데, 그렇다면 그냥 있어서는 안 될 것 같았다. 오빠의 성격도 절대 자살할 사람이 아니었다.

"부검해요. 뒷머리 쪽으로 꼭 부검해 주세요."

애숙은 울면서 형사에게 말했다. 부검이란 말을 먼저 꺼낸 것은 형사들이었고, 애숙은 그것을 허용해 주었다. 황길영도 맨 처음 회사 과장에게 연락을 받았을 때 분신했다는 말은 안 하고 머리 뒷골이 깨져 다쳤다는 소식부터 먼저 받았었다. 분신이 명백한 상황에서 회사에서 왜 그런 소식을 먼저 전했는지 그 상황에서는 이해하기 힘들었다. 울고 있는 애숙에게 형사들은 또다시 물어 왔다.

"회사에서 부검에 대해 말하는데, 방송국 사람들도 많이 올 거예요. 거기서 부검한다고 이야기해 줄 수 있겠어요?"

애숙은 하겠다고 했다. 경찰은 다시 물었다.

"노조 사람들 무서운 사람들이에요. 그런 이야기하면 봉변당하고 맞아 죽을 수도 있는데 괜찮겠어요?"

"노조 사람들이 우리를 죽인다고요? 왜요?"

애숙이 반문했다.

그 후 애숙은 부검을 원하는 회사 측과 전화로 이야기를 나눈 후 중부경찰서에 '타살 의혹 진정서'를 냈다. 회사 간부들은 오빠가 유서를 매끈하게 잘 썼다고 했다. 그러고 보니 애숙은 오빠의 유서도 좀 이상했다. 가족에 대한 이야기는 하나도 없었다. 엄마가 그동안 어떻게 살아왔는지 누구보다도 오빠가 잘 아는데, 최소한 엄마는 언급했어야 하는 게 아닌가. 유서 어디에도 엄마 이야기가 없었다. 유서를 이렇게 쓸 수 있나, 형제들은 관두고라도. 노조에 대한 이야기만 있으니 노조를 위한 유서밖에 되지 않았다. 회사에서 노조가 오빠를 죽였다고 하는데 정말 그럴지도 모르겠다는 생각이 들었다. 마산 교도소로 면회를 간 적이 있는데, 그때도 오빠는 걱정하지 말라고만 말했지 자신이 노조 일로 구속되었다고는 이야기하지 않았다. 직장 친구들의 이야기는 몇 번 한 적이 있지만, 노조 이야기는 들은 적이 없는 상태에서 애숙은 그 유서를 이해하기가 쉽지 않았다. 노조에서 오빠의 뒤통수를 쳐서 죽이고 그런 유서를 썼을 수도 있겠다는 생각이 들었다. 지금은 사위도 노조 있는 회사에 다니니까 이해도 깊고, 회사 간부들 외에는 모든 회사 사람들이 노조에 든다는 것도 아는데, 그때는 노조에 대해서 잘 알지 못했다. 그래서 회사와 한 입장이 되어 버렸다. 왜 그랬는지 모르겠지만 이렇게 저렇게 이야기를 듣다 보니까 자신도 모르게 회사 편을 들게 되었다.

회사 측 사람들은 가족들에게 잘해 주었다. 부산에 사는 엄마 집으로 회사 간부들이 찾아왔다. 엄마는 부산 전포동에 있는 보증금 2백만 원에 월세 7만 원짜리 허름한 단칸방에서 살고 있었다. 하루는 회사 간부들이 찾아왔다.

"정말 놀랐네요. 아드님은 기술자여서 한 달에 월급도 굉장히 많이 받는데 이렇게 사실 줄 몰랐네요."

그러고는 함께 온 사람을 가리키며 말했다.

"저 사람도 배달호 씨하고 다 똑같이 버는데, 이층집도 가지고 있고 아주 잘살아요. 어머니를 이렇게 놔두다니 가슴 아프네요."

그 사람들은 올 때마다 쌀도 갖다 주고 전화기도 놓아 주었다. 돈 50만 원도 봉투에 넣어 주었다. 그렇게 해주니까 그 사람들이 좋은 사람들인 줄로만 알았다. 그때 애숙은 회사가 오빠의 월급을 가압류해 집안 형편이 그렇게 어렵게 된 줄 몰랐다. 오빠가 회사로부터 협박을 당하고 회사에서 쫓겨날 처지였던 것도 깊게 이해하지 못했다.

애숙은 올케 황길영만을 원망했다. 그렇게 월급을 많이 받으면서 엄마 생활비도 제대로 주지 않았다고 생각했다. 지난번에 집에 가봤더니 살림살이도 거의 없었다. 쌀도 다 떨어져서 자신이 사다가 밥을 해 먹었다. 김치만 조금 있었지 집에 반찬도 없었다. 그 많은 월급을 어디로 빼돌렸는지 애숙은 분했다. 친정집에 남동생이 사업한다고 하는데 거기 다 갖다 주었나 싶었다. 오빠의 옷장을 열어 보고 애숙은 눈물이 나서 혼났다. 세상에 오빠 옷이 너무 허름한 것만 남아 있었다. 오랫동안 그렇게 일해서 자기 옷 한 벌 못 해 입고 오빠는 뭐하면서 산 거야, 왜 이리 불쌍하게 산 거야. 애숙은 너무 속상했다. 회사 상무라는 사람을 만났는데 배달호가 감옥에 있을 때 이야기를 해주었다. 그 상무가 길영과 연락해서 한 번 만났는데, 만나는 자리에 핫팬츠를 입고, 선글라스 끼고, 나시 입고, 화장을 싹 하고 나왔더라고 했다. 애숙에게 남편은 감방에 가있는데 사람을 만나러 오면서 그렇게 해서 나올 수 있느냐, 그럴 수 없는 거라고 했다. 애숙은 그 말을 듣고 혹시 올케가 바람난 것이 아닌가, 그래서 재산을 빼돌린 것 아닌가 하는 생각까지 했다. 그때는 모든 원망의 화살이 올케에게로 향했다. 하지만 황길영은 자신은 그런 사람을 전혀 만난 적이 없다고 했다.

매번 어머니 집에 찾아와서 이것저것을 사준 회사 간부들은 어렵게 사는 어머니를 진심으로 돕고 싶다고 했다. 자신들이 어떻게 도와야 할지 이야기해 달라고 애숙에게 말했다. 그런 말을 해준 회사 사람들이 애숙은 진심으로 고마웠고, 자신들의 형편도 헤아려 주는 좋은 사람들이라 생각했다. 오빠는 죽었지만 그래도 엄마는 살아야 되니까 경제적으로 도움을 달라고 했다. 그때 당시에 애숙도, 엄마도, 남동생도 회사에서 돈이라도 받아야 오빠의 죽음이 헛되지 않을 것이라 생각했다. 오빠는 죽었는데 돈도 못 받고 가족들에게는 아무것도 남지 않는다고 생각하면 너무 허망했다. 엄마도 당뇨병 치료하느라 빚이 많았고, 오빠가 없으니까 이후의 삶을 살아갈 방법도 찾아야 했다.

애숙은 회사에 1억 5천을 요구했다. 회사에서는 5천만 원만 주면 안 되겠냐고 했다. 그렇게는 안 되겠다고 해서 1억에 합의를 보았다. 회사에서는 1억에서 2백만 원을 뺐다. 1억을 다 주면 회사에서 어떻게 된다고 했는데, 애숙은 어려운 용어투성이인 회사 말을 잘 이해하지 못했다. 그렇게 해서 회사로부터 9천 8백만 원을 받았다. 황길영의 남동생에게는 3억을 제안했던 회사 간부들이 어머니와 애숙의 가족들에게는 낮은 가격에, 그것도 장사치들처럼 흥정을 해서 돈을 깎았던 것이다. 회사에서는 가족에게 돈을 받았다는 사실을 외부에 알리지 않겠다는 서약서를 쓰게 했다. 창원에서 재판이 있을 때마다 회사는 밥도 사먹고 기름도 넣으라면서 1, 2백만 원씩 경비도 대줬다. 시청에서 기자회견 하는 날도 회사에서 경비를 다 대줘서 갔다. 기자회견 전에 회사가 연락해 미리 합의를 본 후에 나갔다.

기자회견을 하게 된 과정에 대해서 애숙은 잘 기억이 나지 않았다. '장례 절차 방해 가처분'에 대해서도 딱히 떠오르는 게 없었다. 자신들은 법을 잘 모르기 때문에 모든 법적인 문제는 회사 측 변호사가 다 알아서 했다. 애숙은 시청에서의 기자회견 등 입장이 난처한 중요한 부분에 대해서는 기억이 안 난다는 말을 자주 했다. 이제 세세한 것은 기억나는 게 아무 것도 없다고. 애숙은 그만 잊고 싶은 것이다. 잘했든 잘못했든 그 가족들에게도 배달호의 죽음 이후의 모든 일들은 고통스럽고 힘든 것이었다. 애숙은 그날 일을 잊어도 두산중공업 노동자들은 잊을 수가 없었다. 애숙을 비롯한 가족들은 배달호의 회사가 민영화되고 두산으로 넘어가면서 어떤 일이 벌어졌는지 상상도 할 수 없었을 것이다.

# 7

# 그리고 그 후

—

아빠는 내게 아무 말씀도 남기지 않고 그냥 가셨다. 사람들도 그렇고 엄마도 그렇고 내가 아빠를 많이 닮았다고 한다. 일하는 것 좋아하고, 사람들과 어울리는 것 좋아하고, 친구 좋아하고……. 사람들은 아빠가 내게 아무것도 남기지 않았다고 하지만 나는 아빠가 '텅 빈 하얀 종이'를 남겼다고 생각한다. 그 빈 종이는 인혜야, 스스로 강하게 잘 커다오, 하고 남겨 준 것 같다. 나는 아빠 몫까지 강하게 살아갈 것이다.

## 너는 날마다 다시 태어나

2003년 3월 14일, 이제 배달호는 20년간 몸 바쳐 일하던 공장에서 떠날 시간이 되었다. 휘리릭, 휘리릭 호루라기를 불면서 동료들의 가슴에 작은 꽃 하나 피워 주기 위해 유치원 선생님처럼 노동자 광장을 누비던 배달호의 모습이 아직도 두산중공업 노동자들의 눈에 선했다. 함께 일했던 보일러 공장 동료 노동자 250여 명이 상복을 입고 그의 곁을 지켰다. 배달호가 사랑했던 노동자 광장은 그를 추모하기 위해 전국에서 몰려든 수천의 노동자와 시민들로 가득 찼다.

배달호의 장례는 '노동 열사 고 배달호 동지 전국 노동자장'으로 치러졌다. 김건형 등 동료들의 조서가 낭독될 때마다 선혜, 인혜, 길영을 비롯한 유족들과 노동자들이 흐느꼈다. 자전거를 타고 전 공장을 돌며 동료들의 어려움을 살폈던 자상하고 따뜻한 사람, 현장 밑바닥에서 궂은일도 기꺼이 도맡아 했던 사람, 힘들고 고통스러운 여건에서도 오히려 동료들을 위로했던 사람, 유서를 준비하고 몸에 끼얹을 기름을 준비하면서도 집안의 수도꼭지를 고치고 보일러를 수리했던 사람. 동료들의 텅 빈 마음과 그리움 속에 수백 개의 만장기가 나부꼈다.

시민들은 손배 가압류 없는 세상이 되기를, 다시는 노동자들이 탄압받지 않는 좋은 세상이 오기를 기원했다. 노동자 광장에서 영결식을 마친 장례 행렬은 배달호가 젊음을 바치며 일했던 보일러 공장을 한 바퀴 돌아 정문과 시청에서 노제를 지냈다. 활활 타는 불 속에서 부활하는 배달호를 그린 대형 그림과 '현장 통제 분쇄'를 쓴 대형 만장기가 바람에 날리며 그의 운구와 함께했다. 그는 통도사에서 가까운 양산 솥발산 공원묘지에 안장되었다. 봄꽃 향과 뒤섞인 안개가 조용히 내리고 있었다. 배달호의 무덤 곁에는 노동운동을 하다가 산화해 간 열사들의 무덤이 조금은 성스럽게 조금은 고요하고 쓸쓸하게 자리 잡고 있었다. 전노협 탈퇴 압력을 받다 의문의 죽음을 당한 박창수 열사, 어린 여성 노동자들에게 초시계까지 재면서 일을 시켰던 회사에 대고 '나는 공순이가 아니라 미경이다'를 팔뚝에 쓰고는 몸을 내던졌던 권미경 열사, 현대자동차의 해고자로 분신했던 양봉수 열사, 대우정밀에서 병역특례로 투쟁하다 목을 매 자결했던 조수원 열사. 조수원 열사의 묘지 곁에 놓인 사물함에는 동료들이 만들어 준 수천 개의 학이 가득 차 있었다. 많은 희생자들이 잠들어 있는 이곳에 이제 배달호도 노동 열사가 되어 함께 묻히게 되었다. 배달호의 불에 탄 육신은 솥발산에 묻혔지만 그의 선한 웃음은 여전히 그곳에 남아 잠들어 있는 많은 열사들을 기쁘게 위로할 것이다. 배달호의 묘지에 마지막 인사를 하고 힘겹게 발길을 돌리는 두산중공업 노동자들의 등 뒤에서 배달호는 조용히 말을 건네고 있었다. 더 이상은 서로에게 상처 주지 말고, 무너진 현장을 꼭 복원해 달라고.

2003년 3월 14일, 고인이 분신한 두산중공업 노동자 광장을 지나 정문으로 이동하고 있는 장례 행렬.

장례 기간에 전국의 노동자들과 두산중공업 내의 여러 계파들은 하나가 되어 두산에 맞서 함께 싸웠다. 그리고 이 연대 정신을 이후에도 이어가면서 노동자들에게 닥친 어려운 문제들을 함께 풀어 나가기로 했다. 2003년 6월 30일, 두산중공업 노동자들은 '배달호 열사 정신 계승 사업회'를 발족했다. 김창근을 회장으로 하고, 이홍석·박종욱·진한용·홍성동·강대균을 부회장으로 했다. 이창희·전대동은 사무국장을 번갈아 하고 장례 대책위에서 같이 활동한, 지역의 석영철·여영국 등이 운영 위원으로 참여해 여러 사업을 펼쳐 나가게 되었다. 하지만 지역에서 토론회나 문화 행사 등 열사회 나름대로 사업을 하고 있지만 노동조합의 일반 사업에 묻혀서 큰 힘을 발휘하지는 못하고 있다.

해마다 1월 9일이면 추모제를 하고 있으나 여전히 두산중공업은 추모제에 참석하는 노동자들을 회유하거나 압력을 행사하고 있다. 1시간 동안 행사에 참석하는 조합원들의 임금을 공제하는 일도 저지르고 있다. 항의를 하면 공제했던 임금을 되돌려 주기를 반복하면서 추모제에 참석하는 것을 어렵게 만들어 버렸다. 두산은 추모비를 세우는 일도 방해했다. 분신 장소에 추모비를 세우는 것은 당연한 일이었지만, 회사에서는 열사회 사람들이 들어가지 못하도록 했다. 지금까지 추모비는 정문 주차장 앞 도로변에 세워져 있다.

갑자기 가장을 잃은 부인 황길영과 두 딸은 모질고 질긴 65일간의 싸움을 거쳐 8년이라는 세월을 견뎌 왔다. 그들은 아직도 상처가 아물지 않아 계절병처럼 마음을 앓으며 힘겹게 살아가고 있다. 이들의 생계도 열사회가 책임지고 도와야 할 중요한 일 중 하나이다. 회장은 전대동을 거쳐서 강웅표가 맡아서 계속 사업을 이어가고 있다.

배달호의 죽음 이후에도 그의 무덤 곁에는 또 다른 노동 열사들의 무덤이 생겨났다. 배달호의 장례 기간에 찾아와 그의 죽음을 슬퍼하고 방명록에 서명까지 했던 김주익은 같은 해 10월, 한진중공업의 손배 가압류와 부당노동행위에 항의해 35미터 크레인 위에서 129일 동안 외롭게 투쟁하다 목을 매 자결했다. 동료의 죽음에 충격을 받은 같은 회사 동료 곽재규도 4도크 바닥에 몸을 날려 한 많은 생을 마쳤다. 죽음의 행렬은 여기서 끊이지 않았다. 곽재규 뒤편에 누운 박일수는 현대중공업 하청업체의 비정규직 노동자였다. 그의 유서에는 "체불 임금을 달라"는 말이 쓰여 있었다. 1970년대에나 있을 수 있는 아주 소박한 바람이었다. 세원테크의 이현중, 이해남도 잔인한 노조 탄압에 맞서다 목숨을 잃었다. 그 많은 죽음들을 안타까워하며 많은 사람들은 '노동자가 인간답게 살기 위해서는 목숨을 걸지 않아도 되는 사회'가 이루어지기를 간절히 바라고 있다.

## 아빠는 텅 빈 하얀 종이를 남겼어요

나는 몸 꾸미는 것을 좋아한다. 그중에도 옷에 대해 특별히 관심이 많다. 언젠가 캐주얼 옷가게를 하고 싶다. 머리에서 발끝까지 토탈로. 아빠는 내가 머리에 노랑 물, 파랑 물 들이면 야단을 치셨다. 호기심으로 그렇게 하고 싶었는데, 아빠는 그게 내가 나쁜 일 하고 다니는 거라 생각한 것 같다. 언니처럼 갈색으로 염색했으면 좋아하셨을 텐데…….

지금은 인도에서 아빠 친구 건형이 아저씨 가게에서 일하고 있다. 손님들도 받고, 주방에서 만든 음식도 서빙하고, 식탁도 닦고 하면서 하루 종일 분주하게 일을 한다. 어떤 때는 일주일에 한 번씩 시간을 내서 스리페룸부두르에 있는 시장에 구경을 가거나 물건을 사러 간다.

인도는 놀랄 만큼 장신구가 많다. 다양하고 특이한 팔찌, 귀걸이, 목걸이가 가게에 진열되어 있다. 처음에 손이나 얼굴에 하는 헤나를 보고 정말 신기했다. 나도 손바닥에 헤나 문신을 해보았다. 언젠가 한국으로 돌아가면 엄마랑 언니에게 줄 장신구도 사놓았다.

건형 아저씨가 한국에 오셔서 같이 인도에 가자고 했을 때, 처음에 나는 외국 나오는 게 조금 두려웠다. 영어도 못하고 힌두어도 못하는데 거기 가서 무엇을 배울 수 있을까. 어린애처럼 처음부터 모든 것을 다시 배워야 하는데 괜찮을까. 보잘 것 없는 것이긴 하지만 인도에 갔다 오면 내가 한국에서 그동안 쌓아 놓은 것들이 무너지는 건 아닐까. 한국에서는 그래도 내가 할 수 있는 게 많은데…… 익숙하고……. 이런저런 걱정을 많이 했는데 오기를 잘한 것 같다.

건형 아저씨를 보면 가끔은 아빠 생각이 난다. 아빠는 밥을 참 잘 차려 줬던 것 같다. 공주님, 밥 먹어라 하면서. 어렸을 때뿐만 아니라 커서도 그랬다. 그래서 아빠, 하면 제일 먼저 떠오르는 게 밥 차려 주는 모습이다. 아빠는 나한테 밥 먹을 때는 울면서 먹지 말라고 했다. 고개 숙이고 먹지도 말고, 주워 먹지도 말고, 무릎 꿇고 먹지도 말라고 했다. 밥 먹을 때는 항상 즐거운 마음으로 먹으라고 했다. 그 말들이 시간이 지날수록 새록새록 생각난다. 아빤 가정적인 분이었다. 가끔 술에 취해 들어오면 엄마는 아빠의 그런 모습을 되게 싫어했다. 나는 아빠가 술 먹고 오면 싫지 않았다. 용돈도 받고 과자 같은 게 항상 손에 들려 있었으니까. 아빠의 안 좋은 모습을 떠올려 보려고 해도 생각이 안 난다. 이제는 좋아했던 것만 생각난다. 그렇지 않으면 내가 괴로울 것 같다.

아빠 돌아가시고 나는 많이 힘들었다. 엄마는 갈수록 말이 없어졌고, 언니는 내가 집에 들어와도 말을 잘 걸지 않았다. 자기 방에만 있었다. 어쩌다 말을 해도 탁탁 튀거나 겉돌기만 했다. 집안이 많이 썰렁해졌다. 나는 그 분위기를 정말 견디기가 힘들었다. 그래서 밖으로 친구들 만나러 돌아다녔다. 친구들 만나서 이야기를 하면 답답한 마음이 조금씩 풀리기도 했다. 친구들은 나를 있는 그대로 이해해 주었다. 그게 좋았다. 친구들과 이야기하다 보면 내가 무엇을 좋아하는지, 앞으로 무엇을 해야 되는지 조금씩 보였다. 엄마는 내가 친구들에게서 얼마나 많은 것을 배우고 있는지 모르니까 그런 친구 만나고 다닌다고 또 야단을 쳤다. 전에는 그러지 않았는데 내가 무슨 고민을 이야기하면 니가 끈기가 없어서 그래, 그러면서 딱딱 끊어서 말을 했다. 나는 그게 참 마음이 아팠다. 지금은 엄마를 이해한다. 아빠가 돌아가셔서 엄마도 많이 힘들었던 거다. 아빠 장례식 끝나고 엄마는 많이 지친 듯 보였다.

아빠의 죽음으로 할머니랑 삼촌, 고모들하고도 뿔뿔이 흩어졌다. 엄마는 마음의 상처를 많이 받았다. 나는 어렸을 때나 중고등학교 때나 방학 때마다 할머니 집에 놀러 갔다. 할머니는 나를 많이 예뻐해 주었다. 집에 있으면 엄마, 아빠는 큰딸인 선혜 언니를 더 예뻐하는데, 할머니네 가면 나를 더 예뻐했다. 할머니는 나의 활달한 성격을 좋아했다. 내 또래 사촌 언니들도 있어서 나는 할머니네 가면 항상 재미있었다. 하지만 이제는 그 모든 게 꿈이 되었다. 아빠 장례식 뒤로 나는 할머니 집에 갈 수가 없었다. 엄마에게는 말을 못했지만 가끔 할머니가 많이 그리웠다. 돌아가셨다는 소식 듣고 나는 많이 울었다. 돌아가시기 전에 얼굴이라도 한번 뵈었어야 하는데 그러지 못해 마음이 많이 아프다. 사촌 언니들도 보고 싶다. 다시 예전처럼 만나서 재미있게 놀고 장난도 쳤으면 좋겠다.

엄마는 이제 학생인 우리를 데리고 어떻게 살아야 하는지 막막해했다. 엄마의 그런 모습 보면 언니는 어리니까 내가 빨리 어른이 돼서 집안을 책임져야 한다는 생각이 들었다.

고1 때, 아빠가 돌아가신 날, 나는 방학이어서 집에 있었다. 회사 아저씨들한테서 출근했나, 안 했나 계속 전화가 왔다. 뭔가 분위기는 이상한데 엄마는 말을 안 해줬다. 엄마, 솔직히 이야기해 주세요, 하니까 아버지가 사고가 난 것 같다고 했다.

나는 아빠의 죽음으로 마음이 휑했다. 내게 정말 소중한 마음 한자리가 사라지는 것 같았다. 아빠 회사에 있다가, 외할머니 집에 있다가, 나도 정신이 없었다. 회사에 들어갈 때는 들키면 안 된다고 차 안에서 머리 숙이고 잠바 뒤집어쓰고 조심해서 들어갔다. 왜 이렇게 해야 되는지 알기에는 내 나이가 너무 어렸다. 방황을 많이 했다. 아빠의 일이 너무 컸으니까. 어른들, 동창생들, 친구들 심지어 마을 애들까지 아빠의 죽음 가지고 뭐라고 했다. 적당히 이야기하면 되는데, 너무 많은 이야기들이 돌았고 아빠에 대한 있지도 않은 나쁜 이야기들이 고스란히 내 귀에 들렸다. 그 시선이 정말 싫었다. 아빠가 돌아가셔서 너무 슬프고 고통스러운데 안 좋은 이야기를 하니까 그게 더 괴롭고 고통스러웠다. 나만 괴로운 게 아니라 언니도, 엄마도, 다른 식구들도 너무 고통스럽고 힘들었다. 한번은 친한 친구가 내가 들으면 마음 아플 아빠에 대한 이야기를 어떤 친구가 하는 소리를 들었다고 전해 주었다. 그 친구를 찾아가서 소리 지르고 싸웠다. 매번 그런 소리가 들리면 쫓아가서 친구들하고 싸웠다. 친한 친구들에게는 아빠 이야기하는 것을 아예 다 막아 버렸다. 친한 친구들이 내 눈치만 보면서 그 이야기는 꺼내지 않았다. 하지만 여전히 집에서는 대화가 안 되니까 많이 외로웠다.

엄마랑 언니랑 가끔 아빠가 살아 있을 적에 있었던 재미난 일들을 이야기할 때도 있는데, 그런 말을 하고 나면 언제나 더 슬펐다. 아빠 이야기를 암묵적으로 서로 꺼내지 않으려고 노력했다. 뭔가 혼란스럽기도 하고, 외롭기도 하고, 괴롭기도 하고, 불안하기도 한 날들이었다.

아빠는 내게 아무 말씀도 안 남기고 그냥 가셨다. 사람들도 그렇고 엄마도 그렇고 내가 아빠를 많이 닮았다고 한다. 일하는 거 좋아하고, 사람들과 어울리는 거 좋아하고, 친구들 많이 사귀는 거 좋아하고. 사람들은 아빠가 내게 아무것도 남기지 않았다고 하지만 나는 아빠가 내게 '텅 빈 하얀 종이'를 남겼다고 생각한다. 그 빈 종이는 인혜야, 스스로 강하게 잘 커다오, 하고 남겨 준 것 같다. 나는 아빠 몫까지 강하게 살아갈 것이다.

## 홀로서기

아마 김창근 위원장과 나는 오래 살 거다. 욕을 수없이 얻어먹어서. 실제로 들은 욕만 해도 엄청난데, 인터넷에 도배된 것까지 합하면 그 곱절은 될 것이다. 그 당시에는 자신감 있게 살아갈 것 같았는데, 살다 보니 힘 빠지는 부분이 있다. 내가 소소한 면에서는 겁이 많다. 풍선을 엄청 무서워한다. 바람 불어서 '펑' 터지면 소스라치게 놀란다. 별것 아닌 소소한 부분에서는 감당 못할 정도로 기분이 가라앉는 면이 있다. 그래도 큰일은 잘 견딘다. 돈 떨어지고 코오롱 아파트 관리비 석 달 치가 밀려 있을 때 '아, 65일 장례식 때도 살아남았는데 집 팔면 되지' 그러고 집을 팔았다.

부인들이 남편하고 다툰다든지, 자식하고 실랑이를 벌인다거나 개인적인 문제가 생기면 나에게 상담하러 온다. 그러면 단칼에 답을 줘 버린다. 상담자 아닌 상담자가 되어 버렸다. 인생의 큰일을 겪다 보니까. 사람들과 대화를 해도 사적인 이야기보다 공적인 이야기들을 많이 한다. 입이 많이 무거워졌다. 현실이 어렵다 보니 인내하는 법도 배웠다. 이제는 대통령이나 높은 사람들 만나도 당당히 이야기할 수 있을 것 같다. 이런 모든 것이 큰일 겪고 난 다음에 남편이 준 큰 선물이다.

지금도 12월이 되고 1월이 되면 몸의 생체 시계는 생생히 그때로 돌아간다. 이유 없이 몸이 아프고 많은 후회로 가득 찬다. 그때 있었던 일들이 하나도 잊혀지지 않고 세세한 것까지 다 기억이 나면서 그 상황을 다시 경험한다. 아직도……. 장례식 끝나고 검은 머리는 온통 하얗게 새버렸고 머리숱도 앞이 훤히 보일 정도로 텅 비어 버렸다. 그 고통이 가슴으로 와서 10분을 걸어도 숨이 턱턱 막힐 때가 있었다. 그래도 올해부터는 이제 남편의 안 좋은 점은 점점 멀어져 가물거린다. 좋은 면들만 뚜렷이 기억난다. 남편이 떠오르면 웃을 수 있게 되었다. 어른들 말씀대로 생각이 점점 깊어진다. 남편의 좋지 않은 면은 잊게 되고 좋은 면만 기억하는 것을 보니 이제 남편이 잊히려나 보다.

가끔 사람들이 찾아온다. 여름휴가 때 대학생들이 직장 체험을 해 가지고 월급을 받아 왔다. 김창근 위원장이 같이 가서는 학생들의 월급을 모아서 나한테 주는데, 그걸 받고 울지 않을 수가 없었다. 정말 고마워서……. 어렵게 살 것 같아서 왔다며 네티즌들도 찾아왔다. 이런 사람들을 위해서라도 내가 쓰러지면 안 되겠구나, 힘내서 버티게 된다.

회사에서도 가끔 전화가 온다. 직접 오는 것이 아니라 회사 편드는 직원 부인이 안부 전화처럼 해서 연락이 온다. 어떻게 사냐고. 나는 그 부인이 회사가 돈을 대줘 유럽 여행을 갔다 온 사실을 알고 있다. 잘 지내냐고 물으면 잘살고 있으니까 걱정하지 말라면서 끊는다. 때때로 잘 모르는 여자에게 전화가 올 때도 있다. 내가 집에 있나 없나 확인 전화를 하는 것 같다. 나는 웬만하면 전화를 받지 않는다.

나는 때때로 사람들이랑 앉아서 술 한잔씩 하고 싶다. 하지만 사람

장례식장에서 인혜, 선혜, 길영(왼쪽부터)

들이 나를 보면 많은 것들이 떠올라 부담스러워 할까 봐 먼저 손을 내밀지 못한다. 다 먹고살기 바쁜데 지난 이야기를 할 수도 없다. 부담 없이 이야기하는 부부는 양봉현 씨 부부이다. 그 두 사람은 나에 대한 모든 이야기를 해도 다 받아 준다.

남편이 동료들 잔뜩 데리고 집에 온 예전처럼, 남편을 아는 사람들을 다 초대해서 따뜻한 밥이라도 한 그릇씩 대접하고 싶다. 언젠가는 그런 날을 만들고 싶다. 그동안 너무 많은 사람들의 도움을 받아 왔고 그들 덕분에 이만큼이라도 살아왔다.

이제 홀로서기를 해야겠다…….

## 이제 나를 꺼내 달라

만 원. 천 원짜리 지폐, 안경, 수첩, 국과수 도장, 민영화 책자, 속옷, 유서 복사본, 영정, 촛대, 솟대, 창원 중부경찰서 조사서, '말보다는 행동으로'라는 수첩글.

노조 사무실이 있는 건물 1층의 창고 한 켠, 먼지가 잔득 쌓인 유리장 안에는 배달호의 유품들이 놓여 있다. '민영화 책자'와 '말보다 행동으로'라는 글이 눈에 확 들어온다. 민영화 책자를 보니 가슴이 저려 온다. 민영화를 막기 위해 수없이 투쟁했던 배달호의 숨결이 생생히 느껴지는 것 같다. 지폐, 안경, 수첩, 속옷은 동료들의 수많은 이야기와 단협 속보 등 자료를 통해 접한 배달호와는 또 다른 묵직하고 낯선 삶의 무게로 다가온다. 유리장 옆에는 조화, 책상, 의자 등 다른 물품들도 마구 뒤섞여 있었다. 먼지가 쌓인 유품들은 기괴하고 낯설었다. 이런 구석진 방에 처박혀 있는 유품들은 본 적이 없다. 좋은 방 안에 모셔져 있거나 절에 모셔져 있거나 무덤가에 있었다. 다 공개된 장소에. 그의 유품들은 누군가의 눈치를 보면서 숨겨 놓은 물건처럼, 들키면 큰일 날 물건처럼 숨겨져 있었다. 그 유품들이 먼지 속에서 나를 꺼내 달라고 말하는 것 같다. 많이 쉬었으니, 오랜 시간 쉬었으니 이제 그만 세상으로 내보내 달라고. 먼지처럼 쌓인 우리 안의 온갖 패배, 어리석음, 이기심, 비겁, 견딜 수 없는 고통, 폭력에 무력한 마음, 그 모든 것을 뒤흔들어 이제 그만 나를 꺼내 달라고…….

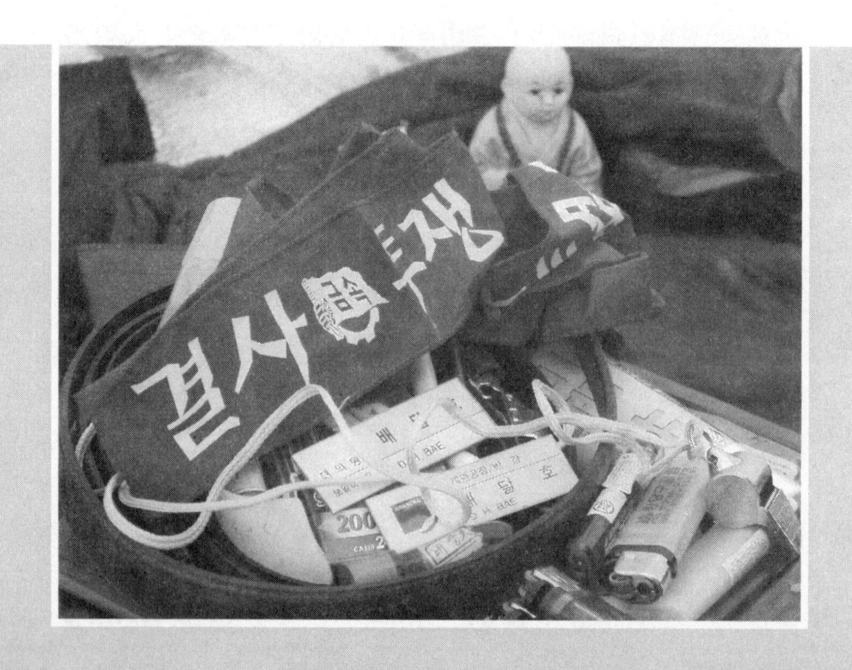

## 지은이 후기

섬.세.하.고 따.뜻.했.다. 처절한 생존경쟁으로 차갑고 냉정하며 뻔뻔하기까지 한 세상에서 따뜻하고 온기가 있다는 건 '구원'이고 '대안'이었다. 깨지고 부서진 고장 난 물건을 고쳐 소중한 것으로 만들고, 상처받고 아픈 사람에게는 따뜻한 밥 한 끼와 식사로 그들의 마음을 어루만져 주었다. 그는 인간이 의미 없다고 버린 것들이 실은 얼마나 의미 있는 것들인지 본능적으로 아는 사람이었다.

자전거를 타고 전 공장을 돌아다니면서 동료들의 문제를 살피고, 아픈 마음을 들어주고, 함께 탄식해 주었던 그가 한 일은 큰일이나 이름 빛나는 일들이 아니었다. 먼지 묻은 옷 빨래해서 입듯이 지극히 일상적인 일들이었다. 외로우면 함께 놀아 주고, 아프면 병문안 가주고, 일하다 다치면 도와주고, 술 마셔 주고, 함께 춤추고, 노래하고 …… 만나는 사람마다 힘을 주는 사람이었다.

그런 따뜻하고 섬세한 사람이었기에 그는 자신의 동료들이 파괴되어 가는 모습을 견디기가 힘들었을 것이다. '남에게 밟히지 않고 자신의 존엄을 지키는 방법'에 대해 날마다 생각했을 것이다. 우리의 삶은 얼마나 쉽게 구렁텅이로 굴러떨어지는가. 인간다운 마음 한번 갖기가,

그런 삶을 살기가 얼마나 어렵고 힘이 들던가. 하지만 그는 매번 인간다운 삶을 살려고 노력했다. 그런 그의 모습에 마음이 시렸다.

살다 보면 죽음을 막는 방법을 생각하지 않을 수가 없다. 너무도 많은 사람들이 사회적인 문제 한가운데서 자의든 타의든 자신의 목숨을 버린다. 2009년 11월 4일, 배달호의 평전을 쓰는 도중 어떤 한 사람의 자살 소식을 듣게 되었다. 두산그룹 박용오 전 회장이었다. 박용오 회장이라면 한국중공업을 공격적으로 인수하여 배달호를 죽음에 이르게 한 장본인이 아닌가. 곧 복잡하고 미묘한 감정에 휩싸였다. 동시대에 살았지만 전혀 다른 두 죽음, 그러나 너무도 닮은 죽음. 한 사람은 나쁜 경영 방식으로 죽음을 맞이했고, 또 다른 한 사람은 그 자신이 선택한 나쁜 경영 방식 때문에 스스로 목숨을 끊었다. 둘 다 비극적일 수밖에 없다. 이런 해답이 안 나오는 상황이 오면 자본가들에게 가만히 묻는다. 그대들 행복한가, 하고. 기업을 인수 합병해 몸뚱이밖에 없는 사람들을 거리로 내몰아 가난에 쪼들려 죽게 하는 그대들은 행복한가. 중소기업의 기술을 훔치고, 노동자들은 정리 해고하고, 가장 낮은 임금 주는 비정규직으로 만들어 이익을 남기는 삶이 행복한가. 그 돈을 정치자금으로, 불법 비자금으로 빼돌리면서 살아야 되는 당신들의 삶이 행복한가. 진정 행복한가. 어느 나라에서는 노동자들을 공동체의 일원이고 '집단 지성'이라 부르며 존중한다는데, 그런 그들을 단지 돈벌이로 여기는 그대들 진정으로 행복한가.

서로가 상처 주고 할퀴고 파괴하지 않는 최소한의 예의가 필요하다. 절실하고 간절하게 더 이상 삶의 질을 떨어뜨려서는 안 되는 인간적인 '사회 협약'이 필요하다. 배달호 같은 평범한 사람도 행복해질 수 있는 경제 시스템, 자본가들도 남을 밟지 않고도 자신의 존엄을 지킬 수 있는 사회시스템이 필요한 것이다.

작업하는 내내 하얗고 작은 불빛이 계속 나를 따라다녔다. 힘이 들어 손을 놓고 싶을 때마다 먼발치에서 따뜻하게 지켜 주었다. 그 불빛이 더 이상 아프지 않았으면 좋겠다. 현장에서 동료들과 뒹굴고 이야기하고 소통하고 어려운 일 닥치면 함께 해결해 나가던 그 작은 불빛으로 노조가 왜 민주주의의 가장 기초인지 절실히 알게 되었다. 그 불빛이 원하는 대로 두산중공업 작업장 발길이 닿았던 곳곳에서 영원히 뛰어놀았으면 한다. 몸이 아프다. 이제는 좀 쉬고 싶다.

# 부록

| 부록 1 |

# 노무현 차기 대통령께

"저는 세상에 하나뿐인 사랑하는 남편을 잃었습니다. 기억하기조차 싫은 1월 9일, 남편의 분신자살 소식을 전해 듣고 차마 새까맣게 불에 탄 참혹한 모습을 직접 보지도 못한 채 남편의 시신 옆에서 악몽의 나날을 보낸 지가 한 달이 훌쩍 넘었습니다. 남편이 죽은 뒤 두산중공업 회사 측은 빈소에 조문은커녕 꽃 한 송이 보내지 않은 채 남편의 죽음에 책임이 없으니 장례를 치르자는 말만 되풀이하고 있습니다. 더욱 기가 찬 것은 가난한 시어머니와 형제들을 이간질해 큰자식을 잃은 홀어머니와 우리 가족 모두를 갈기갈기 찢어 놓고 있습니다.

정말이지 저는 원하지 않은 부검을 시어머니께서 요구한 것도 이해하기 어렵지만, 무조건 장례부터 치르자는 시어머니의 요구가 진심이라고 믿을 수가 없습니다. 며느리와 손녀들을 상대로 '장례 절차 방해 금지 가처분 신청'이라는 듣도 보도 못한 소송을 낸다는 것은 세상 물정을 모르는 시어머니를 며느리와 이간질시켜 사건을 매듭지으려는 회사 측 농간으로밖에 볼 수가 없습니다.

남편이 유서에서 남긴 '더러운 세상, 악랄한 두산'이라는 말이 무슨 뜻인지 알 것 같습니다. 두산은 남편의 시신을 공장 밖으로 강제 퇴거시키고 시신 옆을 지키고 있는 저와 남편의 죽음을 헛되이 하지 않겠다며 애써 주는 금속노조 위원장님과 대책위 사람들을 공장 밖으로 내쫓기 위해 가처분 신청을 했습니다.

---

부인 황길영이 쓴 이 편지는 2월 13일, 민주노총 사무실을 찾은 노무현 차기 대통령에게 전달되었다.

참으로 억울하고 기가 막힙니다. 노조 활동을 했다는 이유로 구속시켜 놓고 조합비와 월급까지 가압류해 죽음의 벼랑 끝으로 내몬 두산이 하루빨리 사건을 매듭지을 생각은 아예 염두에도 없이 또다시 가처분만을 남발해 저와 남편의 동료들을 계속 옥죄고 있습니다. 행여나 두산 측의 이런 행위를 법원이나 국가기관이 동조해 주는 일이 없기를 간절히 바랍니다.

남편이 죽기 전에 그렇게 가슴 아프게 했던 해고자들은 남편의 죽음을 죄스러워 하며 한 달 넘게 단식을 해 쓰러져 병원으로 실려 나가 모두를 안타깝게 하고 있고, 아직도 스스로는 아무것도 먹지 않는 사람이 있는데도 회사 측은 남편의 시신만 밖으로 내보낼 생각만 하고 있으니 또 다른 불상사가 생기지 않을까 생각하기조차도 두렵고 몸서리가 칩니다. 참으로 피도 눈물도 없는 두산이 원망스럽기만 합니다.

존경하는 노무현 당선자님. 며칠 후 취임식을 하시면 국민의 대통령이 되시고 무척이나 바쁘실 줄 압니다만 남편과 같은 이런 비극이 다시는 일어나지 않도록 국민을 보살피는 대통령이 되어 주시길 바랍니다. 남편을 만나 가정을 꾸리고 좀 어렵게 살긴 했지만 두 딸과 함께 나름대로는 행복을 느끼면서 살아왔는데, 어느 날 갑자기 남편을 잃고 비로소 남편이 유서에 남긴 더러운 세상이 무엇인지 알 것만 같습니다. 새 대통령께서는 모든 국민이 기대하는 만큼 평범하고 열심히 일하는 사람들이 자기 목숨을 스스로 불사르는 일이 없는 그런 사회를 만들어 주시기를 바랍니다.

그리고 회장님의 말 한 마디 없으면 아무런 문제도 해결할 수 없는 회사, 자신들의 이익을 위해서는 노동조합도 필요 없고 사람이 죽어도 나 몰라라 하는 두산 같은 회사가 없도록 해주시기 바랍니다. 저는 지금 두산이 내쫓기 전에 하루빨리 남편을 편안하게 모시고 악랄한 두산의 울타리를 벗어나고 싶습니다. 악몽 같은 하루하루를 빨리 벗어나고 싶습니다.

두 번 다시는 남편 같은 억울한 일이 없도록 꼭 도와주시면 고맙겠습니다. 노무현 대통령 당선자님의 건강을 기원하겠습니다.

2003년 2월 12일

고 배달호의 처 황길영 올림

| 부록 2 |

# 두산중공업의 시신 퇴거 등 방해 금지 가처분 신청에 대한 피신청인 측 답변서

사건 | 2003카합59 방해금지 가처분

신청인 | 두산중공업 주식회사

피신청인 | 황길영 외 5명(배선혜, 배인혜, 김창근, 금속노조, 금속노조 두산중공업 지회)

위 사건에 관하여 피신청인들의 대리인은 다음과 같이 답변서를 제출합니다.

1. "법"에 대해 생각해 봅니다.

이 사건의 주된 초점은 망자 배달호 시신을 신청인 회사 밖으로 퇴거하는 데 있습니다.

그런데 망자 배달호가 왜 분신자살이라는 극한적인 선택을 할 수밖에 없었는가에 대해서는 신청인들은 아무런 말도 하지 않고 있습니다.

신청인은 망자 배달호를 죽음으로 몰고 간 모든 행위는 "법"의 이름으로 행하여졌기 때문에 하등의 꺼릴 것도 없고, 망자 배달호 시신을 "담보"로 삼아 피신청인들은 "불법"행위를 이것저것 하였다고 장황하게 쓰고 있습니다. 그리고 자본주의사회의 기본 골간인 "소유권"에 기한 방해 배제 청구권의 한 내용으로 이 사건 신청을 하고 있는 것 같습니다.

---

두산중공업이 제기한 시신 퇴거 등 방해 금지 가처분 신청에 대해 피신청인 중 하나인 금속노조 소송 대리인 박훈 변호사가 2003년 3월 7일 창원지방법원에서 열린 가처분심리 사건에서 제출한 답변서이다.

"법"은 좋은 것입니다!!!

망자 배달호는 30억이라는 천문학적인 임금 가압류를 "법원"의 결정에 의하여 당하였습니다(소갑 제5호증). 이것이 취소되지 않고 그대로 존속한다면 망자 배달호는 1년에 2,000만 원씩을 가압류금에 적립한다고 하여도 150년은 걸려야 할 것입니다. (법률상 매우 가능한 것입니다. "법대로" 생각을 하자면 말입니다. 신청인 회사가 모든 채무자들에 대해서는 취하를 하고 망자 배달호만 남겨 둔다고 하여도 적법한 것이고, 배달호는 연대 채무자로서 모든 것을 일단 책임져야 하기 때문입니다. 법은 원래 무서운 것입니다.)

그리고 파업을 잘못하였다고 별다른 폭력 행위도 하지 않은 망자 배달호는 징역 1년 6월에 집행유예 2년(소갑 제6호증)을 선고받았고 다른 동료들 4명은 아예 실형을 받았습니다.

"법원"이 그렇게 하였으니 어쩔 수가 없는 것이고, 이에 반발한다는 것은 법치주의 근간을 흔드는 것으로 국헌 문란 행위에 해당한다고도 할 수 있습니다. (파업을 잘못하였다는 이유로 파업 과정에서 개별적인 폭력이나 협박 등의 행위를 한 사람들에 국한에서 처벌하지 않고 모조리 싸잡아 공모공동정범으로 "위력에 의한 업무방해죄"로 처벌하고 있는 나라는 이 지구상에서 대한민국 단 한 나라뿐입니다. 위력에 의한 업무방해죄를 규정하고 있는 나라도 일본하고 대한민국뿐이지요. 일본은 1907년 노동조합을 금압하면서 위 죄를 신설하였습니다. 그래도 법이니 처벌받아야 하는 것입니다.)

그리고 숱한 "가처분"을 받았습니다. 파업 과정에서 아무것도 하지 못하도록 말입니다. 심지어 현수막도 걸지 말도록 말입니다. 그래도 법은 지켜져야 하는 것이고 법을 어기면 가혹한 처벌이 있다는 것도 아주 칼날처럼 보여 주어야 하는 것입니다.

"법이 불법에 양보를 할 수는 없다"는 것입니다.

노동자들이 왜 이런 행동을 하고 노동자들이 얼마나 사회적 약자인가에 대해서는 법은 신경 쓸 필요도 없습니다. 간혹 "법에도 눈물은 있다"라는 것으로 이들에게 약간의 온정만을 베풀어 주면 그만인 것입니다.

사실 "불법 파업"한 노동조합이나 노동자들은 나라 경제의 근간을 망치는 (사용자들이 편안하게 골프를 치고 룸살롱 가서 술을 마음 편히 먹는 게 나라 경제의 근간이라면 말입니다) 참으로 방해가 되는 주범들로서 집행유예를 해서도 안 되는 흉악범들입니다. 이런 흉악범들에게 집행유예나 불법 파업으로 인한 손해 전부를 물리지 않는 것만으로도 "법에도 눈물이 있다"는 것을 충분하게 보여 주고 있는 것입니다.

그런데 이 나라의 노동자들은 법을 자신의 법으로 생각하지 않습니다. 법은 자신들에게는 조금이라도 생각하는 입장을 보이지 않는다고 생각하고 있는 것입니다. 물론 노동자들이 잘못 생각하고 있는 것입니다. 법은 전지전능한 것이며, 판결은 어느 때나 존중되어야 하고, 법은 공평성을 생명으로 하고 있다는 것을 이 나라의 "무식하고 폭력적인 노동자들"은 알 턱이 없는 것입니다.

그래서 그중 한 사람인 망자 배달호는 유서에서 "가진 자들의 법 아닌가"라는 망발을 서슴지 않았던 모양입니다.

그리고 망자 배달호는 신청인 회사 사용자들이 노동조합을 말살한다고 잘못 생각하고 있었습니다. 사용자들이 하는 노동조합에 대한 모든 행위는 (조합원 성향 분석을 10일 단위로 전 부서가 사장에게 보고하는 행위, 성향 분석을 토대로 관리자들을 짝을 지어 주어 이들로 하여금 수시로 가정방문을 하여 부인에게 남편 관리 잘 하라고 하는 행위, 남의 집 가정에 시도 때도 없이 전화를 하는 행위, 필요할 때면 면담을 하여 노동조합에 대해 어떻게 생각하고 있는가를 물어보고 이를 토대로 불이익을 주는 행위, 파업도 하기 전에 불법 파업이라고 선전하기, 그런 불법 파업을 막기 위해 쟁의행위 찬반 투표를 사전에 조사하고 투표 시간에 출장 명령, 강제 월차 등으로 방해하는 행위, 파업 참가자들은 해고 1순위이라고 공포감을 심어 주는 선무 활동을 하고 잔업에서 철저하게 배제하는 행위, 회사 말 듣고 파업 기간 중에 집에서 노는 노동자들에게는 재택근무로 인정해 주는 행위, 노동조합에 열심인 조합원들은 승진에서 누락시키고 보직을 주지 않는 행위, 파업에 참가 중인 조합원들을 설득하여 지리산 등반을 하거나 전어회를 먹으러 가는 행위, 노동조합 행사가 있으면 절대로 월차나 연차를 허가하지 않는 행위, 대의원들은 공장 밖으로 쫓아내서 들어오지 못하도록 하는 행위, 노동조합 행사에 참가하다가 1분이라도 늦으면 10분의 임금을 공제하는 행위, 노동조합의 열성 조합원들에게 출근부터 퇴근까지 철저하게 감시하여 조금이라도 사규를 위반하면 적발하여 누적되면 징계하는 행위 등등등등) "노사 상생"을 위한 행위임을 전혀 몰랐던 것입니다. 노사가 같이 살자는 행위를 "말살"로 오해하였고, 이러한 사용자들의 행위를 고소·고발하여도 노동부와 검찰은 조사하지도 않는 것이 다 "노사 상생"을 위한 것임을 망자 배달호는 전혀 몰랐던 것입니다.

망자 배달호는 매우 어리석은 사람이었습니다. 법이 원래 그렇다는 것을 배워서 잘 알고 "교양과 품위"가 있었다면, 그리고 법의 권위에 복종할 자세가 되어 있었다면, 그렇게 자신의 분을 이기지 못해 하나뿐인 생명을 구석구석 불태워 죽지는 않았을 것이기 때문입니다. (아, 그리고 망자 배달호 이전에 1970년대에 망자 전태일이라는 사람은 더욱이나 어리석은 사람이었습니다. 쪼그리고 앉아서 일할 만한 공간만 있고 하루 세 끼 먹으면 되었지 무슨 근로기준법이라는 것을 발견!!해서는 근로기준법에 있는 대로 근로 감독을 하여 달라는 진정을 하러 근로감독관에게 갔다가 면박만 당하고는 나와서는 분신자살을 하였으니 말입니다.)

## 2. 어리석은 망자 배달호의 유서입니다.

이 유서는 "대필"한 것도 아니고, "죽음의 어두운 그림자"들이 사주하여 분신한 것도 아닙니다. 왜냐하면 법의 수호자인 검찰과 경찰 그리고 국립과학수사연구소가 확증한 것이기 때문입니다. (회사 측과 경찰은 초기에 망자 배달호의 시신을 보자마자 그 유명한 "강기훈 유설 대필 사건" — 이 사건도 지엄하신 대법원이 유죄판결을 내린 것이라 뭐라고 할 수는 없습니다 — 이 퍼뜩 떠올랐던지 7대 타살 의혹을 제기하였고, 신청인 회사는 유족 일부에 이것을 넌지시 흘린 사실도 있습니다. _소을 제2호증 자료 558- 559쪽 참조.)

## 3. 신청인은 무던히도 반성을 하여야 합니다.

신청인은 망자 배달호의 죽음에 100퍼센트의 책임이 있습니다.

신청인의 불법행위를 그대로 적시하여 보도록 하겠습니다. (신청인이 하도 피신청인들의 행위를 불법으로 몰아붙이고 있어 피신청인들도 신청인의 행위를 불법으로 몰아붙일 수 있다는 것을 보여 주기 위해 쓰는 것입니다. 이런 추악한 것들을 피신청인들은 쓰고 싶지도 않습니다. 이하의 내용은 모두 소을 제2호증에 있는 내용들입니다. 신청인 회사는 이 자료들이 무슨 "절취"하여 온 것이라면서 이를 타박하고 있으나, 이는 판결문에서 잘 쓰는 용어로 말하면, 독자적인 주장일 뿐이며, 이 자료들은 모두 양심적인 사람들에 의해 제보된 것으로 피신청인들은 알고 있으며, 설사 이것이 절취된 자료에 근거

한다고 하더라도 증거능력이 없다고 할 수는 없다는 것입니다. 이것이 법 논리라는 것은 "법과 원칙"을 준수하는 신청인이 모를 리가 없을 것인데, 이런 황당한 주장을 하고 있으니 한심하다고 할 수밖에 없을 것입니다.)

## 4. 신청인은 그럼에도 불구하고 시쳇말로 "오리발"을 내밀고 있으며, 모든 것이 "법과 원칙"에 따라 이루어졌는데 망자 배달호가 괜히 죽었다고 하고 있습니다.

위에서 본 바와 같이 최고 경영층에서 최하층의 말단 관리 조직까지 신청인 회사는 총력을 기울여 헌법과 노동관계법에 보장된 노동조합의 단결권, 단체교섭권, 단체행동권을 모두 파괴하기 위해 갖은 불법행위를 모두 서슴지 않았습니다. "불법이든 합법이든 개의치 말고 밀어붙여라"(2002년 6월 1일자 신청인 회사의 장재성 전무의 말씀) "무식이 이기려면 더 무식해야 한다." (2002년 6월 1일자 이하성 상무의 말씀) "조합은 이번에 죽으면 영원히 죽는다고 생각한다" "전시체제를 확립하여 즉시 가능하도록 하라" 등을 필두로 하여 두산 자본이 공기업인 한국중공업을 인수한 뒤로 이런 시정잡배들이나 하는 말들을 하면서 무려 2년 넘게 노동조합 죽이기에 혈안이 되었던 것입니다.

임원 회의를 하였다면서 무슨 경영상에 대한 이야기는 하지 않은 채 노동조합을 어떻게 하면 효과적으로 죽일 것인가를 고민하고 있었으니 이것이 무슨 기업이 될 것이며, 걸핏하면 "휴업"을 한다고 하고 있으니 과연 신청인 회사가 무슨 경영을 할 생각이나 있는지 무척이나 의심스럽지 않을 수가 없다는 것입니다.

하기야 두산 자본이 한국중공업을 인수한 뒤로 수주를 실적으로 내세울 만한 것이 없고, 오로지 한국중공업 자본을 두산으로 빼돌리기에 급급하였으니 더 이상 무슨 할 말도 없을 것입니다. (소을 제1호증의 각 신문 기사 참조.)

이런 회사가 망자 배달호의 죽음에 아무런 사과나 반성도 하지 않고 "자신들이 불법을 저지른 것이 있으면 처벌받겠다. 그러나 노동조합에 대해서는 법과 원칙대로 하겠다"라고 아주 자신만만하게 나오고 있습니다.

법이 아마도 신청인 편이라는 것을 그동안의 경험으로 체득한 모양입니다. 자신들은 아무리 커다란 불법을 해도 처벌을 받지 않을 것이며, 노동자들은 사소한

행위도 처벌을 강하게 받았던 경험의 소산 말입니다.

## 5. 법원은 이 사건에 개입을 신중히 하여야 합니다.

물론 법대로 철두철미하게 하는 것을 가지고 뭐라고 할 사람들은 없을 것입니다. 아마도 "대쪽 판사"니 뭐니 하면서 칭찬을 받을지도 모르는 일이며, 정의의 화신인 판사들은 사람들이 죽거나 말거나 관계없이 "법대로" 한다는 데에 누가 이의를 제기할 수는 없을 것입니다.

그러나 법원이 모든 정치 현상과 사회현상에 무관할 수는 없는 것이며, 지금과 같이 극도의 대립적 국면에 누구의 편을 함부로 들어주는 것은 오히려 대립을 격화, 발전시킬 뿐입니다.

신청인은 법에 호소하는 길 이외에 피신청인들의 행위를 마땅히 저지할 만한 것이 없다고 하면서 "갖은 호들갑"을 다 떨고 있습니다. (신청인 회사는 이 사회에서 가질 수 있는 것은 모두를 가지고 있습니다. 돈, 권력, 명예 등등 말입니다. 이 정도면 벌써 힘의 균형은 애초부터 불가능한 것입니다. 그런데 무슨 힘이 없다고 호들갑을 떠는 것인지 알 수가 없습니다. 참 욕심도 많은 사람들입니다.) 법원이 자신들의 편을 들어주면 그 순간에 그들의 장기인 "선무 활동"으로 대대적인 선전을 하면서 자신들에게 유리한 입지를 만들어 볼 심산을 너무나 뻔히 보이고 있습니다.

그러나 그렇게 된다면 노동자들의 극도로 팽창한 불만감은 바로 폭발적인 양상으로 드러날 것입니다. 제2, 제3의 망자 배달호가 연달아 나오지 말라는 법은 어디에도 없으니까 말입니다. 죽는 것이 불법이 아니라면 죽어서 자신들만의 자유를 찾아서 가겠다고 한다는데 "법"이 막을 도리가 없는 것입니다. 지금 망자 배달호의 미망인 황길영은 마지못해 살고 있을 뿐입니다.

피신청인들이 이런 말을 하면 신청인은 "감히 법원을 협박"한다고 길길이 날뛸 것입니다. 그러나 피신청인들의 심정을 이야기하고 분위기를 이야기하고 있는 것이니 조금 참고 들어야 할 것입니다.

물론 그렇게 되든 안 되든 법하고 상관이 없으니 하거나 말거나 법대로 하겠다고 한다면 어쩔 수 없는 것입니다.

그래도 지금 새 정부 들어와서 이번 사건이 지대한 관심사이고, 노사 대화가 이루어지고 있으니 (소을 제1호증 각 신문기가 참조) 조금 참고 기다리는 것도 별반 나쁘다고는 생각하지 않습니다.

다시 말해 법원은 망자 배달호의 시신에 관여를 하지 않았으면 좋겠다는 것입니다.

### 6. 신청인 회사는 피보전 권리나 보전의 필요성이 없습니다.

신청인 회사는 망자 배달호의 시신이 공장 내에 있어 무슨 막대한 손해를 입고 있다고 주장을 하고 있으나 현재 공장은 잘 돌아가고 있습니다. 이 점은 신청인도 인정할 수밖에 없을 것입니다. (인정 못한다면 현장 검증을 해서 보아야 할 것입니다.) 따라서 시신이 있음으로 인해 기분이 상할 수는 있으나 이는 법적으로 보호받을 문제는 아니라고 할 것입니다.

또한 신청인 회사는 망자 배달호의 죽음에 100퍼센트 책임이 있습니다. 신청인 회사가 정의감이 있으나 연약하고 순수한 사람인 망자 배달호를 죽음으로 내몰았던 것입니다. 따라서 이에 대해 책임을 회피하여서는 안 됩니다. 한 해 매출액이 수천억이나 되는 회사가 노동자들의 피땀이 서린 돈을 갈취하려고 지금 이 상황에서도 가압류, 손해 배상 청구를 취하하지 못하겠다고 하는 것은 파렴치한 짓 중 하나일 것입니다.

### 7. 집행관 공시, 집행관 배제, 간접 강제금에 대해

격렬한 물리적 충돌만을 불러일으키는 신청 취지라 할 것입니다. 집행관 공시문을 대문짝만한 퐂말로 제작해서 1년 내내 정문 앞에 세워 두고 있는 회사가 신청인 회사입니다. 이를 보고 있는 노동자들은 극도의 분노감을 표시하는 것을 주저하지 않고 있습니다.

집행관이 배제 행위를 하는 것은 경찰 병력을 투입하는 것을 의미하는 것입니다. 경찰 병력이 집행관과 함께 투입돼서 시신을 빼나간다면 (무식한 노동자들은 "탈취"라고 하고 있습니다. 정말 법도 모르면서 말입니다) 그 광경은 불문가지입니다.

누가 죽거나 혹은 다치거나 더 하겠습니까.

간접 강제금을 1일당 3,000만 원을 신청하고 있습니다. 그동안 결정된 가압류

금액이 총 68억인데 하루당 3,000만 원씩 100일을 더 간다면 30억, 1,000일을 간다면 300억, 그래 봐야 368억입니다. 노동자들에게 1,000만 원이나 1억이나 1,000억이나 같은 것입니다. 어차피 못 낼 돈이라는 것입니다.

시쳇말로 "이미 버린 몸"이라는 것입니다.

더 이상 구차한 설명도 하기 싫을 정도입니다.

8. 결론

신청인 회사가 법원을 이용해서 자신들이 투쟁 국면을 유리한 수단으로 만들기 위한 이 사건은 권리남용 그 자체입니다. (현재 신청인 회사가 귀 법원에 제기하고 있는 희한한 가처분만 이 사건을 포함하여 4건이나 됩니다.)

피신청인들도 더 이상 신청인 회사의 타박에 일일이 대응할 힘도 없고 필요성도 느끼지 못합니다.

그저 피신청인들의 갈 길을 갈 뿐입니다.

피신청인들은 망자가 원한을 품고 죽은 것에 대해 그 원혼을 풀어 주려고 하고 있을 뿐입니다. 그 이상 그 이하도 아니니 제발 오해하지 마시기 바랍니다.

망자는 세상을 털어 버리고 떠난 것이 아니라 깊은 원한을 품고 떠난 것입니다.

소 명 자 료
1. 소을 제1호증 (신문기사)
1. 소을 제2호증 (두산중공업의 노동조합 파괴 공작 활동에 대한 보고서)

첨 부 서 류
1. 위 소명자료 1통
1. 위임장 1통

2003. 3. 7 .
위 피신청인들의 대리인
변호사 박 훈
창원지방법원 제3민사부 귀중

| 부록 3 |

# 배달호 씨의 죽음

_홍세화

나이 쉰을 넘긴 노동자가 스스로 목숨을 끊었다. 모든 사회 구성원들이 우리 사회에서 '분신'이라는 극한적 항거 행위가 사라졌다고 믿었던 시기에, 더욱이 수많은 사람들이 노무현 씨의 대통령 당선으로 개혁과 변화의 희망을 말하고 새 시대가 열렸다고 말하는 시기에, 한 늙은 노동자가 외로이 죽음의 길을 택한 것이다. 아내와 두 딸을 이 세상에 남겨둔 채, 마치 이 나라에 두 개의 세계가 존재한다는 것을 온몸으로 보여 주려는 듯이.

실제로 이 나라에는 두 개의 세계가 따로 존재한다. 하나의 세계에서 벌어진 죽음에 이르게 하는 절망과 굴종은 다른 세계 사람들의 희망과 기대에 아무런 자극을 주지 않는 듯하다. 이 시대 노사 관계를 그대로 보여 주듯 1,200명에 이르는 정리 해고, 파업 이후 해고자 18명 · 징계 89명, 급여 가압류, 재산 가압류를 자랑하는 두산중공업의 노동 탄압이 불러온 죽음에 대해 다른 세계는 개혁과 변화를 위해 무척 바쁜 듯 눈길을 주지 않고 있다. 무엇을 위한 개혁과 변화이고 또 무엇을 위한 정치인지 묻고 싶은데, 노 당선자는 미국과 자본을 향해 자신의 개혁과 변화가 '위험'하지 않음을 홍보하기 위해 바쁜 듯하고, 인수위는 '정책을 인수하기 위해' 바쁜 듯하고, 김대중 정부는 떠날 준비로 바쁜 듯하고, 특히 노동운동을 했다는 노동부 장관은 노동부 장관이 되기 위해 노동운동을 했음을 마지막까지 확인시켜 주기 위해 바쁜 듯하다.

---

『한겨레』(2003/01/19 )

덜 바빠서인가, 분신자살 8일 만에 한나라당이 정부와 당선자 쪽에 두산중공업 문제 해결에 나서라고 성명을 냈다. 물론 "절차를 거쳐 쟁의행위를 했는데도 불구하고 모든 것이 불법이라니, 가진 자의 법이 아닌가"라고 외친 배달호 씨에게 화답하기 위해서가 아니다. 지금도 두산 재벌은 앵무새처럼 '법과 원칙'을 되뇌고 있는데, 그 '법과 원칙'을 적극 '보수'하기 위해 노력했던 사람들이 바로 그들이다. 그들의 반응은 그러니까 그들의 눈에 '노동 친화적'인 디제이 정부와 '친노동적'인 노무현 당선자 쪽을 비판하기 위한 것이다. '노동 친화적', '친노동적'이라……, 그 눈은 다른 세계 사람들의 것인 게 분명하다.

'노동 친화적'인 디제이 정권 아래 구속된 노동자들의 수는 와이에스 정권 때보다 40퍼센트 증가했다. 아이엠에프 위기 극복이라는 현 정권의 '공적'은 재벌 개혁이 아니라 노동자들의 일방적인 희생의 대가를 치른 것이다. 공기업 한국중공업이 사기업 두산중공업으로 탈바꿈한 예가 보여 주듯 디제이의 신자유주의 경제정책은 재벌을 개혁하는 대신 재벌의 배를 더욱 불려 주었고, 노동자들의 눈물을 닦아 주는 대신 노동자들에게 눈물을 강요했다. 구속, 해고 등 전통적인 노동 탄압 이외에 손배소와 가압류라는 신종 노동 탄압 무기 사용을 적극 권장하고 솔선수범했다. 필수 공익 사업장은 '공익'이라면서 가혹한 구조 조정이 따르는 사기업화에 박차를 가했고, 이에 반발하는 노동자들에겐 직권중재란 칼을 들이댔다. 발전 파업, 병원 파업 등 모든 파업은 그들이 정한 '법과 원칙'에 따라 언제나 불법이었다. 디제이 정부의 이러한 노동정책이 부른 노동자 구속, 해고와 징계, 그리고 총 1,600억 원에 이르는 손배와 가압류에 재계는 물론, 여야 · 주류 언론, 그리고 가톨릭교회는 모두 한쪽 세계에 속해 있음을 과시했다.

한 세계의 절망과 분노는 빈익빈 부익부의 심화와 20 대 80의 고착 때문만이 아니다. 지독한 불평등 위에 굴종까지 강요당하고 있기 때문이다. 배달호 씨는 그러한 굴종 대신 차라리 죽음을 택했다.

"해고자 모습을 볼 때 가슴이 뭉클해지고 가족들은 어떻게 지내는지 …… 더러운 세상, 악랄한 두산, 내가 먼저 평온한 하늘나라에서 지켜볼 것이다. 동지들이여 끝까지 투쟁해서 승리해 주기 바란다." 그는 "미안합니다"로 유서를 끝맺고 있다. 미안하다니 누가 누구에게……. 삼가 고인의 명목을 빌 뿐 할 말이 없다.

| 부록 4 |

# 용기 없는 관리자의 독백

오늘 설날, 이 한 마디를 올리기 위해 나는 말없이 기다려 왔다.
용기 없는 관리자에게는 입이 있다 한들 말할 수 있는 입이 아니요,
생각하는 머리가 있다 한들 느낀 그대로 행동할 수 있는 것은 아니다.
한중이 아닌 두중에 몸담은 이래의 슬픈 현실인 것이다.
저 '악랄한 두산'식 노무관리는 비단 노조에게만 해당하는 것이 아니라 관리자로부터도 말할 수 있는 입을 빼앗았고 행동할 자유를 박탈해 갔다.
단지 우리에게 남은 건 거수기 역할, 박수 부대의 역할만 있다.
내가 지금 여기에 글을 올릴 수 있는 것도 네트워크를 이용하지 않으므로 그릇된 아부로 두산에 충성하려는 간신들이 아이피를 추적하지 못할 것이라는 생각에서다.

동료의 주검 앞에 제대로 조의도 표하지 못하고 눈치를 봐야 하는 비인간적인 회사가 여기 말고 또 어디 있겠는가?
회사의 종업원이 죽었는데도 인간적인 조문조차 하지 못하는 사장, 회장이 있는 회사가 또 어디 있겠는가?
적어도 한중 시절, 박운서 사장이었다면 이유 여하를 막론하고 고인 앞에서 흐느끼는 모습을 보였을 것이다.
고 배달호 씨는 노조에서 주장하는 열사가 아닐지는 몰라도 적어도 두산의 억압에 의해 억누를 길 없는 분노로 막다른 골목에서 자신이 최후로 택할 수밖에 없었던 불

---

2003년 2월 1일 두산중공업 지회 홈페이지 열린마당에 올라온 글이다. 작성자는 '설날'로 등록되어 있었다.

가항력적인 죽음이었다.

두산식 노무관리를 경험치 못한 사람은 이해하지 못할 것이다.

아마 노동부에서 특별 조사가 나오더라도 별 기대할 것이 없을 것이다.

개인 컴퓨터에 저장된 노무 관련 파일은 이미 삭제되었고 어떠한 관련 메모도 없애서 증거를 인멸하라고 했기 때문이다.

또한 모르긴 해도 용기 있게 그동안 두산이 행해 온 노조 와해 공작을 증언할 사람도 없을 것이다.

과거 한중 노조는 여러모로 경남 지역의 선도적 입장에서 소위 투쟁을 해왔으나 그런 노조마저도 두산 인수 이래로 힘을 잃어 버렸으니 우리 같은 눈칫밥의 관리자들이야 오죽하겠는가?

이미 노조에서 중추적 역할을 해오던 직반장들도 두산의 경영진에 붙어 아부하는 세상이 되었으니 박용성의 두산은 정말로 무서운 곳이다.

획일화를 중시한 초기 공산주의와 무엇이 다르겠는가?

배달호 씨의 말대로 출근을 해도 재미가 없다.

내가 이런 심정일진대 현장의 근로자들이야 더 말해 무엇하겠는가?

중공업은 끈끈한 팀워크가 기초되어 하나의 제품과 플란트를 생산해 나가는 곳인데 그걸 무시하고 경영이랍시고 하는 것이 이 회사의 장래가 그대로 보이는 것 같아서 안타깝기 그지없다.

우리들의 회사인데…… 잘되어야 할 텐데…… 도대체 누가 우리 직장을 이렇게까지 암담하게 만들었는가?

우리들 자신인가, 아니면 두산의 박용성 회장인가?

명백한 것은 두산으로 민영화한 이후 제대로 된 것은 하나도 없다는 것이다.

단결력도, 인간미도, 애사심도 그리고 성취도. 그저 한중 시절에 이룩했던 저력으로 지금까지 두산은 두산의 이름으로 생색을 내온 것이다.

수주, 영업, 매출, 이익…… 어느 것 하나 뾰족함이 없는 가운데 그저 감시하고 다그치는 사람만 있지 자신들이 땀 흘리고 앞장서는 사람이 경영자 중에는 없다.

인재의 보고라 불리던 이 회사에 지금 인재가 남아 있는가?

두산 이후 1,200명 해고 때부터 인재는 사라지고 그저 장사꾼만 남았다.

지금 사내에서 고 배달호 씨와 함께하시는 분들 고생이 많습니다.

비록 용기가 없어 내가 이렇게 숨어 글을 올리지만

부장 이하 대다수 관리자들은 마음속으로 당신들의 용기에 박수를 보내고 있으며 두산하에서 죽어 버린 두중 노조를 안타까운 심정으로 바라보고 있습니다.
그리고 여기에 올려지는 노조를 공격하는 글에 대해 너무 과민 반응하지 않아도 됩니다.
그들은 회사 내에서 징집당하여 조직적으로 여론을 흐리도록 선발된 특정 부서의 사람들입니다.
그야말로 생계 때문에 어쩔 수 없이 그런다고 보면 됩니다.
나를 포함하여 모두들 용기 없는 자들이니까.

| 부록 5 |

# 잘 가이소, 달호 형님

배달호 형님.

형님과 함께 대의원 활동하면서 현장에 조합원 동지들 집회에 참여시키기 위해서 형님하고 나하고 현장을 돌면서 호루라기를 누가 더 잘 부나 경쟁하듯 불던 때가 엊그제 같은데 이제 형님은 떠나고 없네요.

작년 11월 18일 내가 단협 일방 해지 저지하기 위하여 조합원들에게 쟁의행위 찬반 투표 독려하다가 분신을 기도했을 때 형님은 나한테 찾아와서 "이 바보야, 와 그 무모한 짓을 하노 죽을 각오가 돼 있으면 살아서 더 열심히 싸워야지. 왜 죽을라 카노" 하면서 나에게 모질게 질타하고 또 어깨를 다독여 주며 위로해 주시던 형님이었는데 어찌 내 곁을 떠났는지요. 억장이 무너지네요.

형님과 같이 20년을 넘게 한 공장에서 희로애락을 함께하면서 우린 친형제 이상으로 서로 의지하고 지내 왔는데, 또 노동운동 같이 하면서 살아도 같이 살고 죽어도 같이 죽자고 맹세하고 사나이 의지 변질되지 말자고 늘 다짐했던 달호 형님이었는데 이제 나를 두고 훌쩍 다시 못 올 먼 곳으로 떠났네요.

나보고 바보 같은 짓 하지 말라고 해놓고 형님은 왜 바보짓을 했나요. 왜 형님이 세상에 모든 십자가를 홀로 지고 가셨나요. 틈만 나면 자랑하던 이쁜 선혜, 그리고 인혜를 두고 어찌 그리 냉정하게 가셨나요. 그렇게도 이쁜 딸들을 두고 그리도 엄청난 일을 하셨나요.

형님의 유서를 보니 수많은 밤을 지새우면서 고민하고 또 가족 생각에 얼마나 많은 눈물을 흘렸는지 짐작이 가네요. 나도 형님과 같은 고민 수없이 하면서 많은 밤을 지새웠거든요.

그래서 형님의 심정을 조금은 알 것 같습니다. 이제 형님의 그 숭고한 희생으로 이 땅에 수많은 노동자들이 자본가의 손에 죽었다가 다시 살아날 겁니다. 또 달호 형님을 고마워할 겁니다.

그리고 형님의 이름을 영원히 기억할 겁니다. 두 달 넘게 구천을 헤매었는데 이제는 모든 한을 푸시고 인간의 욕망과 고통이 없는 평온한 저 하늘나라에 가셔서 편안히 쉬소서. 잘 가이소, 달호 형님.

김건형

# 창원에서 죽다

_문동만

만장이 나부끼고, 참으로 선했던
한 사내의 초상이 공장 곳곳에 걸려
살아 있는 사람들과, 당신이 밟고 다녔던 광장이며
보일러 공장 주조 공장 단조 공장 제관 공장을
훑어보고 있습니다 길가에 늘어선 동백은 잎이 푸르러
한참 뒤면 붉은 꽃 피겠고, 해고자들의 가족인 듯
단란한 일가는 가오리연을 광장 하늘에 날리며
좋아라 웃습니다 저 연줄은 절대 끊어지지 않아야 합니다
밤이 들자 희미했던 별이 짙게 밝아져
멀리 북극성 북두칠성이 선명합니다
우리는 모닥불에 둘러앉아 포일에 싸서 고구마를 구워 먹고
몇몇은 꾀를 내어 공장 너머에 있는 바닷가로 가서
회 몇 접시 소주 몇 병 비우고 갯내음 들이켜니
어느 명일 밤 못잖게 좋은 밤입니다.
내가 왜 이곳에 왔는지는 잘 모르겠습니다
그저 미안하고 쓸쓸하고 그래서 왔던 모양입니다
좋은 눈물은 맑게 떨어지고 깊은 슬픔의 눈물은
끈적거릴 뿐입니다 그리고 저 냉동 탑차 안에는 팔뚝이
오그라져 펴지지 않는다는, 생전 보지도 만나지도
못했으나 필연으로 끌리는 한 사람이 누워 있습니다
우리는 다시 모닥불 곁으로 둘러앉습니다
어제는 설이었습니다

# 호루라기 사나이, 그를 아십니까

_김진숙(민주노총 부산지역본부 지도위원)

죽은 듯 서 있던 나뭇가지 끝이 색깔이 변했다 싶었는데, 좁쌀만 한 새순들이 종주먹을 쥐고 막 일어서는 참이었습니다.

그 작은 것들마저 살겠다고 일어서는 게 봄일 텐데, 그 봄에게마저 화가 나던 날이 있었습니다.

어느새 피었던 건지 동백이 지는데, 붉은 꽃송이 모가지가 툭툭 끊어져 떨어지는데, 그 무심한 낙화마저 속상하던 날이 있었습니다.

늦은 밤 막차 안에서 작업복을 입은 사내 하나 고개를 떨군 채 졸고 있고, 종점이 다가오는데 그게 또 서러운 날이 있었습니다.

효순이 미선이 그 아이들이 나란히 새겨진 추모 버튼 옆에, '배달호를 살려 내라' 검은 깃을 달다 말고, 그런 거나 주렁주렁 달다 말고 나도 모르게 하늘을 보게 됐는데, 어쩌자고 하늘은 저리도 맑은 건지 그 푸르름마저 절망이던 날이 있었습니다.

무심하던 일상의 한가운데서 밥을 먹다가도, 텔레비전을 보며 낄낄거리다가도, 버스에 흔들리다가도, 문득 한숨처럼 걸려 넘어지던 이름 하나, 그를 아십니까?

호루라기 하나로 이 세상 가장 아름다운 노래를 부르던, 그를 아십니까?

다들 세상이 변했다는데, 너나없이 변한 세상을 말하는데, 60년대를 살다 간 전태일처럼 죽어 간, 그를 아십니까?

---

2003년 3월 14일, 배달호 열사의 장례식날 창원 시청 앞 노제에서 낭독되었다.

18년을, 자기 집 문지방을 넘나들던 시간보다 더 오랜 시간 허덕거리며 드나들었을 공장 길목에, 감사비도 아니고 기념비도 아닌, 그을린 자국 하나 흔적으로 남겨진, 그를 아십니까?

50 평생 단 한 번도 푸른색으로 바뀌지 않던, 이 멋들어진 21세기에도 붉은빛만 껌뻑거리던 신호등 앞에서, 붉게 검붉게 타오르던, 그를 아십니까?

병도 아니고 사고도 아니고, 견딜 수 없이 부자연스러운 죽음 앞에, "왜"가 아니라 "오죽했으면"이 먼저 가슴을 치던, 그를 아십니까?

더는 밟힐 수가 없어, 도대체가 더는 당할 것도 없어, 마지막 일어서는 일이, 몸부림치며 일어서는 일이, 일어서 외마디 소리 친다는 일이, 제 몸뚱아리, 말라비틀어진 몸뚱아리 장작개비 삼는 일밖엔 없었던, 그를 아십니까?

50년 그 긴긴 세월 그 몸뚱아리 하나로 살았으면서도, 기름기 흐르게 먹여 본 적도, 늘어지게 쉬게 한 적도, 한 번 잘해 준 적도 없으면서 그 몸뚱아리를 그예 횃불로 밝혔던, 그를 아십니까?

이 세상에서 입어 보는 가장 비싼 옷이 수의가 된 지지리도 못난 사내, 그를 아십니까?

그 마지막 호사마저 분에 넘쳐, 새까맣게 오그라 붙어, 타다 만 비닐처럼 오그라 붙어, 그마저도 64일을 꽁꽁 얼어, 변변히 갖춰 입지도 못한 채 먼 길 떠나는, 그를 아십니까?

50평생을 밟히고 차이고 내몰리기만 하다가 죽어서야 꽃상여를 타는, 그를 아십니까?

다 태우고 마지막 한 점까지 다 내주고 이제 그가 갑니다.

수십 년 살 비비고 살았던 마누라에게조차 차마 마지막 모습을 보여 줄 수 없었던 그가 갑니다. 살아서는 지구를 수천 바퀴를 돈다 해도 이 세상 어디서도 다시는 만날 수 없는 그가 갑니다.

징계, 가압류, 전과자의 굴레를 이렇게 밖에는 벗어날 수 없었던 이 모진 땅을 그가 떠나갑니다.

권미경의 곁으로 조수원의 곁으로 신용길의 곁으로 양봉수의 곁으로 서영호의 곁으로 최대림의 곁으로 박창수의 곁으로 또 한 사람이 갑니다.

그러나 남겨진 사람.

새끼들만 아니라면 수백 번도 더 따라나서고 싶었을 그 길목 어디쯤을 날마다 서성이며 남겨질 사람.

가장이 버텨 준 세상도 그렇게 버거웠는데, 수많은 날들을 홀로 휘청거리며 버텨야 할 사람.

오늘이 지나고 나면 이제 목 놓아 울 수도 없을 황길영 동지.
7평이라던가, 9평이라던가 그 좁아터진 집구석이 당장 오늘부턴 휑뎅그레 넓어져, 앉았던 자리도 누웠던 자리도 빈자리만 눈에 가득하고, 코 고는 소리도 술주정 소리도, 술 냄새 발 고린내마저 아득한 그리움이 되고 회한이 될 황길영 동지가 남겨졌습니다.

투사도 아니었고 간부도 아니었고, 그냥 남편의 뜻이 뭔지를 알기에 이 지난한 투쟁의 한가운데서, 견딜 수 없는 슬픔의 바다에서 외롭고 처절한 사투를 벌여 온 황길영 동지가 이제 아빠의 몫까지, 아들의 몫까지 홀로 짊어져야 하는 가장으로 남겨집니다.

대구지하철 청소 용역 아줌마들이 그게 무슨 보물이라고 마지막 가는 길까지 손에 쥐고 죽었다던, 껌 떼는 칼을 들고 있는 황길영 동지의 모습을, 아마 모르긴 몰라도 어느 백화점 계단쯤에서 조만간 보게 될지도 모르겠습니다.

20년을 일한 회사에서 용역으로 내몰렸던 어느 식당 아줌마들처럼, 노동조합 앞에 천막을 치고 막막한 눈길로 앉아 있는 그를 보게 될지도 모르겠습니다.

최저임금법이 뭔지도 모른 채 38만 원 주면 38만 원 받고 40만 원 주면 40만 원 받다가, 〈철의 노동자〉를 〈사랑은 아무나 하나〉처럼 부르는 아줌마들 틈에 섞여 있는 그를 마주치게 될지도 모르겠습니다.

파업이니까 9시까지 출근해도 된다는 집행부의 지침을 한 달째 어기며 7시면 어김없이 출근하는, 수십 년 습관을 못 버리는 어느 병원 청소 용역 아줌마들처럼, 새벽 댓바람 버스를 기다리는 그를 만나거들랑 잠깐 차 세워 잘 지내시냐고 안부라도 물어 주시구려. 태워 주시면 더할 나위 없구요.

그리고 두 딸내미 선혜, 인혜.

그 아이들만 한 보석을 준다 해도 안 바꾸었을 새끼들.

가시는 걸음걸음마다 눈에 밟히고, 가슴에 밟혀 가다가도 골백번을 되돌아보고 또 돌아볼 그 아이들.

백번의 열사보다 단 하나의 아빠가 아직은 더 절실할 아이들.

이 땅 여성 노동자 70% 이상의 삶이 그렇듯 머잖아 비정규직 대열에 합류하게 될 그 아이들을, 백화점에서든 마트에서든 보게 되거든, 화끈거려 제대로 내딛지도 못하는 발바닥 먼저 헤아려 주시구려.

엄마 땜에 앓는 소리 한 번, 힘들다는 투정 한 번 부리지 못할 아이들의 어깨라도 한번 따뜻하게 두드려 주시구려.

마지막 결단의 순간까지 끝내 놓지 못했을, 어쩌면 유서의 맨 앞에 놓고 싶었을 마지막 한마디.

"내가 없더라도 우리 가족 보살펴 주기 바란다."

그 유언은 비정규직이 없어지는 그날까지 아마도 그렇게 이 세상에 남아 떠돌게 될 것입니다.

〈추신〉박창수의 무덤이 빤히 바라뵈는 곳에 배달호 열사를 묻고 와서 이빨까지 빠지는 듯한 심한 몸살에 시달렸습니다. 난 언제까지 이런 추모사를 쓰며 살아야 하나…….

## | 부록 8 | 두산중공업 창원 공장 도면

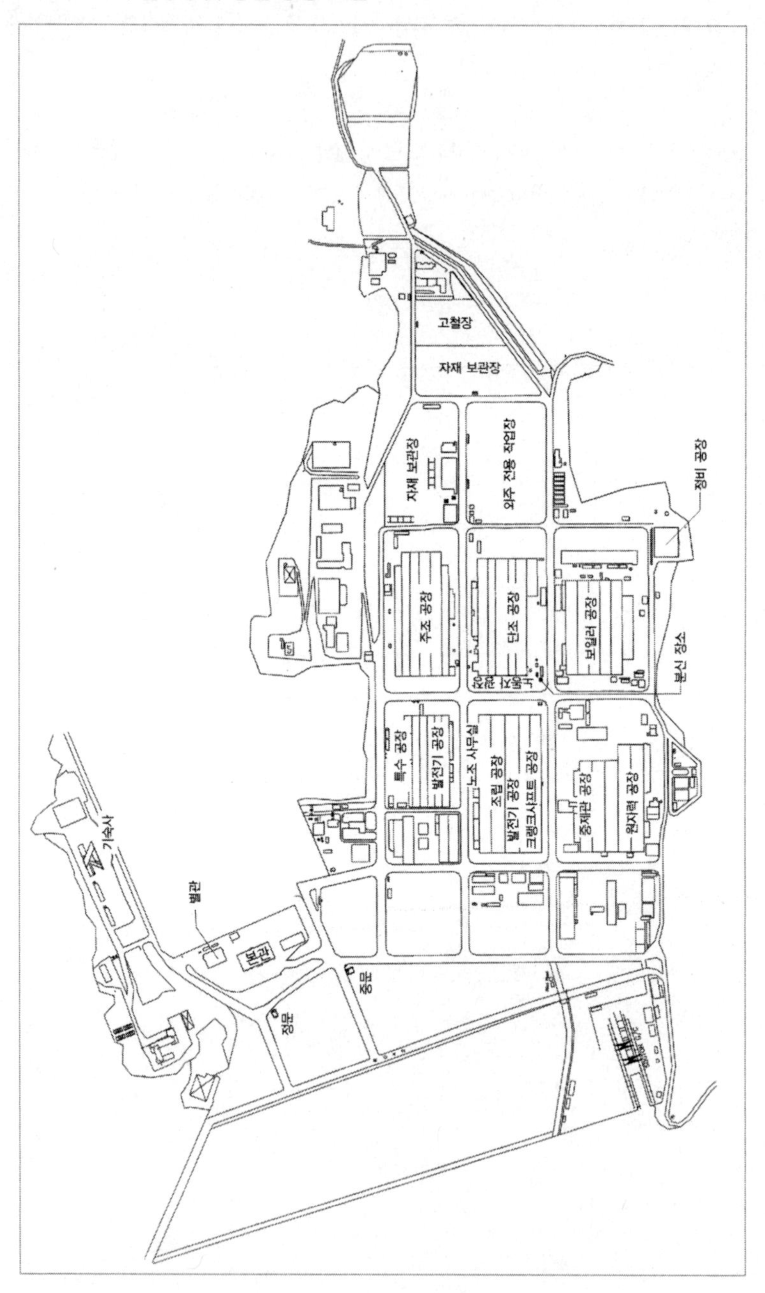

## 부록 9 | 연표

| | | |
|---|---|---|
| 1976년 | | 현대양행, 창원에 종합기계공장 건설 |
| 1979년 | 5월 | 박정희 군부, 중화학공업 중복 투자 문제로, 현대양행 창원공장 및 옥포조선소에 관한 대책 발표. 현대중공업이 현대양행 인수 |
| 1980년 | 9월 | 전두환 신군부 집권 |
| | | 국보위의 중화학공업 투자 조정 정책에 따라 현대양행의 소유권을 대우그룹으로 이양 |
| | 11월 | 부실과 자금 압박으로 2개월 만에 공영화 결정. 한국산업은행과 한국전력공사, 한국외환은행이 인수 |
| 1981년 | 1월 22일 | 배달호, 한국중공업 입사 |
| 1985년 | 6월 25일 | 한국중공업 최초의 노동조합 결성. 일주일 후 회사의 해산 신고로 실패 |
| 1987년 | 6월 10일 | 6·10 민주화 항쟁 |
| | 6월 29일 | 노태우 직선제 수용 |
| | 7월 24일 | 마산 노동회관에서 한국중공업 어용 노조 결성 |
| | 7월 31일 | 한국중공업 노조 민주화 추진위원회 구성 |
| | 8월 5일 | 한국중공업 노동자 파업 |
| | 7, 8월 | 노동자 대투쟁 |
| | 11월 7일 | 한국중공업 노조 임금 협약 체결, 일당 14.5% 인상 |
| 1988년 | 2월 | 노태우, 대통령 취임 |
| | | 배달호, 2대 대의원 |
| 1989년 | 11월 | 한중 민영화 시도, 두 차례에 걸쳐 유찰되면서 실패 |
| 1990년 | 1월 | 전국노동조합협의회(전노협) 결성 |
| 1993년 | 2월 | 김영삼, 대통령 취임 |
| | | 배달호, 7대 대의원 |
| | | 한국중공업을 비롯한 58개 공기업의 매각과 경영권 이양에 관한 민영화안 발표 |
| 1994년 | 9월 | 제10대 집행부(위원장 김창근) |
| | | 배달호, 노사대책부장, 민영화 대책위원 |
| 1995년 | 7월 초 | 파업 결의(조합원 87.5% 찬성) |
| | 7월 7일~8월 23일 | 일방 중재 철폐 파업 |
| | 11월 | 전국민주노동조합총연맹(민주노총) 결성 |
| 1996년 | | 제11대 집행부(위원장 손석형, 배달호, 대의원, 민영화 대책위원) |
| | 12월 | 노동관계법 전면 개정 |
| 1997년 | 8월 28일 | '공기업의 경영 구조개선 및 민영화에 관한 법률'에서 한중 민영화는 2003년까지 연기 |
| | 11월 | 외환 위기로 IMF 관리 체제 돌입 |
| 1998년 | | 제12대 집행부(위원장 김창근, 배달호, 대의원, 파견대의원, 민영화 대책위원) |
| | 2월 | 김대중, 대통령 취임 |
| | | 정리해고제 도입을 내용으로 하는 근로기준법 개정 |
| | 7월 3일 | 제1차 공기업 민영화 추진 계획 발표(한국중공업을 비롯한 11개 민영화 대상 선정) |
| | 12월 12일 | 한중 민영화에 관한 국회 공청회 |
| 1999년 | 8월 | 제13대 집행부(위원장 손석형, 배달호 대의원, 운영위원) |
| | 11월 9일 | 현대, 삼성, 한국중공업 간의 빅딜 발표 |
| | 11월 10일 | 민영화·빅딜 반대 투쟁(48일간 전면파업 돌입) |
| | 12월 27일 | 민영화 수용에 잠정 합의. 조건부 민영화 수용 |
| 2000년 | 10월 | 제14대 집행부(위원장 김창근) |
| | 12월 12일 | 한중, 두산에 매각 결정 |
| 2001년 | 1월 1일 | 간접 인원 직접 생산 배치 전환 발표 |
| | 1월 3일 | 1,124명 정리 해고 |
| | 1월 10일 | 관리직 사원 447명 인력 감축 발표 |
| | 1월 12일 | 관리자 노조 설립 |
| | 2월 8일 | 전국금속노동조합 출범 |
| | 2월 15일 | 두산, 인수 자금 잔액 조기 납부로 실질적인 경영권 확보 |
| | 3월 14일 | 명예퇴직 실시, 1,124명 인원 감축 |

| | | |
|---|---|---|
| | 3월 23일 | 한국중공업에서 두산중공업으로 사명 변경 |
| | 5월 | 외주, 소사장제 제도 도입 계획 및 일부 식당 용역 실시 |
| | 10월~12월 | 임·단협 소사장제 실시 요구로 3개월 파업. 소사장제 도입 무산 |
| | 11월 | 한중 DCM, 두산기계 인수 |
| | 12월 | 두산 메카텍에 800억 출자(주식가격 주당 2만 원)<br>한중 이익금으로 한전 주식 11.6% 자사주 매입(총1,207억 원) 총 지분 51%됨 |
| 2002년 | 2월 26일 | 민주노총, 노동법 개악 저지 및 공공3사 민영화 반대 투쟁 |
| | 3월 | 노동법 개악 저지 투쟁에 참가한 노조원에 대한 대량 징계<br>국기 게양대 앞 천막 농성 돌입 |
| | 4월 | 신노사문화정책 실행 방안 수립, 노조 파괴 예산 11억 5,600만 원 지원 |
| | 5월 | 47일간의 파업(5월 22일~7월 8일) 시작<br>파업과 동시에 단체협약 일방 해지 통보 |
| | 6월 | 물량 반출을 빌미로 파업 유도, 용역 깡패와 구사대 1,000여 명 동원 |
| | | 배달호 대의원 외 13명 업무방해 및 폭력으로 고소고발 |
| | | 26일간 정문 봉쇄 투쟁 |
| | | 배달호에 대한 체포 영장 발부 |
| | 7월 | 2, 3차 손배 청구소송 |
| | 7월 8일 | 47일간의 파업을 접고 현장 복귀 |
| | 7월 27일 | 배달호 마산 교도소 수감 |
| | 8월 29일 | 제15대 집행부(지회장 박방주, 배달호, 대의원, 파견대의원, 교섭위원) |
| | 8월 30일 | 620명 징계 조치(배달호 3개월 정직) |
| | 9월 17일 | 배달호 보석 석방(12월 16일까지 징계 기간으로 공장 출입 금지) |
| | | 쟁의행위 찬반 투표 무산 |
| | 12월 5일 | 노조, 집단 교섭 삭제와 전임자 축소에 잠정 합의 |
| | 12월 17일 | 배달호 징계 기간 끝나고 첫 출근 |
| | 12월 18일 | 배달호 외 7명 1심 선고 공판(징역 1년 6월, 집행유예 2년) |
| 2003년 | 1월 9일 | 배달호 분신 |
| | 1월 10일 | 고 배달호 분신사망대책위원회 구성, 63일간의 투쟁 시작 |
| | 1월 16일 | 두중 노조 전면파업 및 금속노조 4시간 연대 파업<br>배달호 부검 |
| | 1월18일 | 분신대책위 주최 1차 범국민 추모 집회 |
| | 1월 21일 | 두산 제품 불매운동 선포식 |
| | 1월 23일 | 50여 개 시민사회단체 손해배상·가압류 문제에 대한 해결을 촉구하는 기자회견 |
| | 1월 22일 | 노무현 당선자 인수위 두산중공업 사태 해결 촉구 |
| | 1월 29일 | 두산 측 변호사 주재로 어머니, 여동생, 남동생 창원시청 프레스센터에서 기자회견<br>장례 문제 위로금 회사와 합의, 합의안 들고 회사 방문 |
| | 2월 6일 | 노동부 특별 조사반 노사 방문 첫 활동 시작<br>두산 측 창원지법에 시신퇴거가처분 신청 |
| | 2월 10일 | 창원지법 민사3부, 시신퇴거 가처분 결정<br>분신 대책위는 전국 순회 투쟁단 결성 |
| | 2월 12일 | 분신대책위·민주노총, 노조 무력화 문건 공개 |
| | 2월 13일 | 4시간 부분파업 |
| | 2월 17일 | 두산 제품 불매 네티즌 운동 선언 |
| | 2월 24일 | 노동부 특별 조사반 '사측 부당노동행위 확인 등' 결과 발표<br>노동부 노사에 중재안 권고, 사측 수용, 노조 조건부 거부로 결렬 |
| | 2월 25일 | 노무현, 대통령 취임식 |
| | 3월 6일 | 대책위, 일천결사대 투입 등 총력전 선언 |
| | 3월10일 | 권기홍 노동부장관 중재 시작 |
| | 3월12일 | 협상 타결 |
| | 3월 14일 | 고 배달호 전국 노동자장 거행 |
| | 3월 19, 20일 | 금속연맹 총파업 |
| | 6월 10일 | 부당노동행위 고소고발과 관련 박용성, 박지원, 김종세 무혐의 처리 |
| | 6월 30일 | 배달호 열사 정신 계층 사업회 발족 |
| 2005년 | 7, 8월 | 두산그룹 형제의 난 |
| 2008년 | 2월 | 이명박, 대통령 취임 |
| 2009년 | 11월 | 전 두산그룹 회장 박용오 자살 |